UM SOCIALISTA ASSOCIAL

Título original:
An Unsocial Socialist

Tradução e prefácio: Jorge Almeida e Pinho

Revisão:
Ana Salgado

Capa:
Susana Villar

Biblioteca Nacional de Portugal — Catalogação na Publicação

SHAW, Bernard, 1856-1950

Um socialista associal. – 1.ª ed. – (Fora de coleção)
ISBN 978-989-9124-34-9

CDU 821.111(417)-31"18/19"

Depósito Legal n.º

Paginação: EDIÇÕES ALMEDINA, S.A.

Impressão:
para
Minotauro
outubro de 2022

MINOTAURO, uma chancela de Edições Almedina, S.A.
Avenida Emídio Navarro, 81, 3D
3000-151 Coimbra
e-mail: editoras@grupoalmedina.net

UM SOCIALISTA ASSOCIAL

GEORGE BERNARD SHAW

Tradução e prefácio:
Jorge Almeida e Pinho

MINOTAURO

Índice

Prefácio

Das raízes

George Bernard Shaw (1856–1950) ficou conhecido como vencedor do Prémio Nobel da Literatura em 1925 e foi um famoso dramaturgo, romancista, ensaísta, crítico e activista político, que nasceu a 26 de Julho de 1856, em Dublin, e faleceu em Ayot St. Lawrence, Hertfordshire, Inglaterra, a 2 de Novembro de 1950.

A ascendência paterna tem proveniência num clã escocês que se instalara na Irlanda em finais do século XVII. Do lado materno, George Bernard Shaw era descendente da família Gurly, proprietários rurais de Carlow e Galway, e cujos antepassados, originários da Irlanda, também terão chegado a solo inglês em finais do século XVII.

A atitude de Shaw para com o seu próprio clã familiar revelou-se sempre algo problemática. Shaw não apreciava nada o que designava como o snobismo da família («We are a family of Pooh-Bahs — snobs to the backbone.» — «Somos uma família de convencidos — snobes até à medula.») e a forma como se tinham em tão alta conta, ao ponto de se considerarem uma espécie de dinastia. Shaw era um forte simpatizante do protestantismo radical inglês, em particular de Cromwell, Milton, Bunyan e Tom Paine, e ainda da tradição de não-conformismo revolucionário inglês, tal como era representado por figuras como Blake e Shelley. Porém, abominava o protestantismo institucionalizado, em particular o que lhe fora imposto durante a sua própria juventude na Irlanda.

Apesar da hostilidade manifesta relativamente à sua própria família de «Pooh-Bahs» e do afastamento evidente em relação às suas pretensões e preconceitos, as atitudes sociais de Shaw (e até mesmo a sua posição social, como proprietário rural omnipotente na aldeia de Ayot St. Lawrence, empregador de motoristas, governantas e outro tipo de criados, e viajante em primeira classe), o sotaque, o círculo de amigos e conhecidos de que se rodeava, e ainda o casamento com a filha abastada de uma família de proprietários irlandeses, podem servir como demonstração de contradição, de certo modo, relativamente a essa antipatia pelas raízes familiares.

Não é possível, contudo, contestar a integridade da dedicação que se impôs a si próprio no ataque às desigualdades sociais. Ideológica e espiritualmente, foi sempre um amigo próximo das classes trabalhadoras e nunca demonstrou nos relacionamentos pessoais que com elas manteve qualquer tipo de snobismo. Ainda assim, até mesmo durante o período em que era um simples funcionário de escritório, em Dublin, nunca se aproximou demasiado das pessoas das classes socioeconómicas mais baixas. Talvez tenham contribuído para esse comportamento, muito mais do que ele próprio poderia admitir, os seus próprios antecedentes sociais, mas também as inúmeras formas que adoptou para moldar uma carreira e uma personagem complexas.

O pai de Shaw, George Carr Shaw (30 de Dezembro de 1814–19 de Abril de 1885), tinha onze anos quando o seu próprio pai faleceu, em 1826. Em 1838, assumiu um cargo de escriturário na empresa Todhunters, onde trabalharia durante sete anos. Provavelmente graças à influência de um clérigo, viria a tornar-se funcionário público nos Dublin Four Courts. Quando este cargo foi abolido, em 1851, passou a receber uma pensão anual de quarenta e quatro libras. Passou depois por curtos períodos como empregado em empresas diversas até vender os direitos sobre a sua pensão e entrar numa parceria comercial numa empresa de vendas por grosso de milho, farinha e cereais. A Clibborn and Shaw tinha os escritórios e armazéns situados uma zona rural, na extremidade de uma pequena e bonita rua de aldeia, onde o pai de George Bernard Shaw o deixava brincar enquanto criança.

Após a morte da primeira esposa de Walter Bagnall Gurly, em 1839, a futura mãe do dramaturgo, Lucinda Elizabeth (Bessie) Gurly (6 de Outubro de 1830–19 de fevereiro de 1913), foi educada por Ellen Whitcroft, auxiliada nessa tarefa pelo tio de Bessie, John Hamilton Whitcroft, irmão de Ellen Whitcroft. Sob os cuidados da tia, Bessie aprendeu francês, música e outros ofícios femininos. De 1839 a 1846, estudou piano com Johann Bernhard Logier. Tinha uma voz de *mezzo soprano* que Shaw descreveu como sendo extraordinariamente pura e, depois do casamento, tornou-se uma das principais cantoras amadoras de concertos e óperas em Dublin. Compôs canções e, como devota do espiritismo e das sessões espíritas, produziu notáveis desenhos de «espíritos», cujos originais são mantidos na colecção de arte do Harry Ransom Humanities Research Center, da Universidade do Texas, em Austin. Por vezes, parece que Shaw e a mãe tinham pouco em comum, em especial nas suas vidas em Londres antes do casamento. Mas nos diários de Shaw há registos de vários momentos em que assistiu a peças em conjunto com a mãe, e o interesse comum pela música também deve ter sido motivo de comunhão frequente entre ambos. Shaw registou mesmo no seu diário, a 10 de Agosto de 1889, que a mãe lhe comprou, enquanto futuro autor do ensaio «The Perfect Wagnerite», a partitura de *Parsifal*.

O casamento dos pais de Shaw aconteceu a 17 de Junho de 1852, na St. Peter's Church, em Dublin. O relato de Shaw sobre o casamento dos pais, a lua-de-mel e o relacionamento subsequente entre ambos é bastante suspeito, pois sugere que o casamento terá sido um fracasso, arruinado desde o início pelos hábitos de bebida do pai e pela falta de sucesso nos negócios. Esse relato, pelo menos em relação aos primeiros anos do casamento, é posto em causa pelo conteúdo e tom de um grande número de cartas escritas por George Carr Shaw para a esposa no Verão de 1857, um ano após o nascimento do dramaturgo. A representação de Shaw das circunstâncias económicas da família também é questionável. Certamente, em comparação com as relações de Bushy Park, os George Carr Shaw não eram ricos, mas também não viviam na pobreza, como afirmou o filho.

George Carr e Lucinda Elizabeth Shaw tiveram três filhos, Lucinda Frances (Lucy), Elinor Agnes (Yuppy) e George Bernard. Este último era apelidado de Bob ou Bobza quando era criança, Sonny quando se tornou um menino e GBS quando se tornou uma figura famosa. Na verdade, ele não gostava do nome George, preferindo ser chamado Bernard.

Lucinda Frances (Lucy Carr) Shaw (26 de Março de 1853–27 de Março de 1920) tinha, tal como a mãe, uma bela voz *mezzo soprano* e manteve uma carreira de sucesso como estrela da comédia musical e de operetas, até ser forçada a reformar-se por ter contraído tuberculose por volta de 1898/9. Tinha um conhecimento prático de vários idiomas, fez traduções de peças de Strindberg para a *Adelphi Play Society* e tentou fazer ainda traduções de obras de Ibsen e Bjørnson. Mantinha um relacionamento de irmã provocadora, conspiradora e afectuosa com Shaw, e seguiu a carreira deste com o maior interesse e com muito orgulho nas suas proezas.

Lucy trabalhou inicialmente em produções amadoras sob a direcção de George Vandeleur Lee, que passou a detestar intensamente, em parte por causa dos seus indesejáveis avanços amorosos. Estreou-se profissionalmente como Frances Carr na pantomima *Beauty and the Beast*, no Royal Park, Camden Town, na véspera de Natal de 1879. Posteriormente, trabalhou na Carl Rosa Opera Company e na D'Oyly Carte Company. A partir de meados da década de 1880, andava frequentemente em digressão, deixando Shaw sozinho com a mãe. Casou-se com o actor Charles Robert Butterfield em 1887, e viria a divorciar-se dele, após uma longa separação, em 1909. Um amigo de longa data de Shaw, Edward McNulty, manteve uma amizade próxima com Lucy, que durou muito tempo após a recusa dela em se casar com ele no final da década de 1870. Segundo vários testemunhos, Lucy era fisicamente atraente, confiante sem ser arrogante, inteligente e bem-apessoada, ofuscando mesmo o tímido irmão nos primeiros anos. Shaw ajudou financeiramente Lucy, que gradualmente se tornara inválida devido à tuberculose, e cuja saúde se deteriorou substancialmente depois de 1913, tendo falecido nos braços do irmão, a 27 de Março de 1920, em Champion Cottage, Champion Hill, Camberwell, Londres.

Elinor Agnes Shaw (7 de Julho de 1854–27 de Março de 1876), conhecida na família como Yuppy e mais tarde Aggie, era uma menina adorável e de temperamento doce, com grandes olhos castanhos e cabelo louro-avermelhado. Dela permaneceria um belo retrato fotográfico, mas, fora isso, pouco se sabe sobre essa irmã do dramaturgo. Elinor contraiu tuberculose e morreu aos 21 anos no Hospital Saint Lawrence, em Ventnor, na Ilha de Wight, onde está sepultada.

De 1866 a 1873, a família Shaw dividiu casas em Dublin e na vizinha vila costeira de Dalkey com o maestro e empresário musical George Vandeleur Lee. Nas suas considerações autobiográficas, Shaw escreveu muito sobre a família próxima. Por vezes, nota-se que há algumas possibilidades de ligação entre ele e certas figuras históricas famosas que atraíam a sua imaginação. Em particular, ele gostava de pensar que a sua linhagem poderia ser atribuída ao lorde escocês Macduff, o assassino de Macbeth, e, portanto, ele seria o descendente de um modelo adequado para um quixotesco mundo melhor.

Do ofício

George B. Shaw desenvolveu um amplo conhecimento de música, arte e literatura sob a influência da mãe e como resultado das visitas frequentes à National Gallery of Ireland. Em 1872, a mãe deixou o marido e levou as duas filhas para Londres, seguindo o professor de música, George John Vandeleur Lee. Em 1876, Shaw resolveu tornar-se escritor e juntou-se à mãe e à irmã mais velha em Londres (entretanto, a irmã mais nova havia falecido).

Shaw sofria com o sentimento de alguma frustração e também com a pobreza a que estava sujeito, pois dependia inteiramente da semanada que a mãe recebia do marido e dos seus proventos como professora de música. Shaw passava muitas tardes na sala de leitura do British Museum a escrever romances e a ler. À noite, procurava obter mais educação nas palestras e debates que caracterizavam as actividades intelectuais contemporâneas da classe média londrina.

Tendo-se aventurado na área da ficção, não se pode dizer que George B. Shaw tenha alcançado sucesso. O romance semiautobiográfico sobre a Inglaterra vitoriana, escrito em cinco meses para revelar ao mundo como ele era imaturo, e apropriadamente intitulado *Immaturity* (1879, publicado apenas em 1930), foi rejeitado por todos os editores de Londres. Os quatro romances seguintes — *The Irrational Knot* (1880), *Love Among the Artists* (1881), *Cashel Byron's Profession* (1882) e *An Unsocial Socialist* (1883) — foram igualmente recusados, depois de terem sido apresentados a mais de sessenta editores britânicos. O mesmo aconteceu à maioria dos artigos que tentou publicar na imprensa durante a década seguinte.

Apesar do fracasso como romancista na década de 1880, Shaw acabaria por se encontrar e por definir a sua personalidade vincada. Tornou-se vegetariano, socialista, orador, polemista e, provisoriamente, dramaturgo. Tornou-se ainda, e sobretudo, a força motriz por trás da recém-fundada (1884) Fabian Society, um grupo socialista de classe média que tinha como objectivo promover a transformação da sociedade inglesa não através de uma revolução, mas pela «permeação» (segundo a designação de Sidney Webb) da vida intelectual e política do país. Shaw envolveu-se em todos os aspectos destas actividades, mais visivelmente como editor de um dos clássicos do socialismo britânico, *Fabian Essays in Socialism* (1889), para o qual também contribuiu com duas secções.

Em 1885, o crítico de teatro William Archer ofereceu um trabalho jornalístico estável a Shaw. Inicialmente, fazia resenhas de livros na *Pall Mall Gazette* (1885–1888), crítica de arte no *World* (1886–1889), colunas musicais no *Star* (1888–1890) e no *World* (como G.B.S., 1890–1894). Shaw compreendia muito bem a música, em particular a ópera, e complementava os seus conhecimentos com interessantes digressões, que eram um atractivo permanente em muitos dos seus artigos. Todavia, Shaw começou a deixar efectivamente a sua marca quando foi recrutado por Frank Harris para o *Saturday Review* como crítico de teatro (1895–1898). Nessa posição, passou a usar de toda a sua sagacidade e capacidade de gerar polémica quando se envolveu numa campanha destinada a substituir as artificialidades e hipocrisias do palco vitoriano por um teatro de ideias fundamentais para a vida dos cidadãos comuns. Além disso, também começou a escrever as suas próprias peças.

Do teatro

No momento em que Shaw começou a escrever para os palcos ingleses, os dramaturgos mais proeminentes eram *Sir* A. W. Pinero e H. A. Jones. Era uma época em que se começava a tentar desenvolver um drama realista moderno, mas ainda sem romper com o tipo de enredos artificiais e tipologias de personagens convencionais a que os frequentadores de teatro estavam mais habituados. A novidade principal dá-se com o surgimento e apresentação de várias peças de Henrik Ibsen nos palcos londrinos por volta de 1890, quando *Casa de Bonecas* foi encenada em Londres, a que se seguiu *Espectros*, em 1891, abrindo a possibilidade de uma nova liberdade e seriedade no palco inglês.

Shaw, que estava prestes a publicar *The Quintessence of Ibsenism* (1891), rapidamente reformulou uma comédia abortada, *Widowers' Houses*, como uma peça num tom reconhecidamente «à Ibsen», fazendo com que o enredo girasse em torno do escândalo dos bairros pobres de Londres. O resultado (encenado em 1892) desprezava as esfarrapadas convenções românticas. Na peça, um jovem inglês bem-intencionado apaixona-se e descobre que tanto a fortuna do seu futuro sogro quanto os seus próprios rendimentos derivam da exploração dos pobres. Potencialmente, é uma situação trágica, mas Shaw parece ter-se mostrado sempre determinado a evitar a tragédia. Os amantes antipáticos não atraem simpatia, sendo o mal social, e não a situação romântica, o centro das atenções, pelo que a acção se mantém no tom de uma comédia irónica.

As mesmas predisposições dramáticas presidem a *Mrs. Warren's Profession*, escrita em 1893, mas apresentada em palco apenas em 1902, devido ao facto de o Lorde Chamberlain, na sua posição de censor oficial do teatro, ter recusado uma autorização para a representação. Mais uma vez, nesta peça, os factores económicos são realçados e o tema é tratado sem grandes remorsos e sem o entusiasmo das comédias de época sobre as «mulheres caídas em desgraça», mas o veículo para a sua apresentação é o da alta comédia.

Shaw designaria mais tarde estas primeiras peças como «desagradáveis», porque «o seu poder dramático é usado para forçar o espectador a enfrentar factos desagradáveis». De seguida, produziu quatro peças «agradáveis», numa tentativa de atrair os produtores e o público que as comédias mordazes anteriores tinham afastado. Essas peças viriam a ser reunidas em *Plays Pleasant and Unpleasant* (1898).

A tensão e o desgaste associados à escrita destas peças, enquanto o autor mantinha a sua actividade como crítico e político, minaram as forças de Shaw de tal forma que uma doença menor se transformou numa doença grave. Em 1898, durante o processo de recuperação, viria a casar-se com a sua enfermeira não-oficial, Charlotte Payne-Townshend (1856–1943), filha de um abastado irlandês e de uma inglesa, proveniente de Derry House, em Rosscarbery, no condado de Cork. O casamento aparentemente celibatário entre ambos durou toda a sua vida, tendo Shaw satisfeito as suas necessidades emocionais em correspondências apaixonadas com Ellen Terry, com a Sra. Patrick Campbell e outras.

As peças seguintes, coligidas na obra *Three Plays for Puritans* (1901), deram continuidade ao que se viria a tornar o tradicional prefácio de Shaw: um ensaio introdutório, escrito num estilo de prosa efervescente, em que se abordavam tanto os temas sugeridos pelas peças como as próprias peças.

Shaw já era reconhecido como um grande dramaturgo no continente, mas, curiosamente, não tinha ainda grande reputação em Inglaterra. Foi apenas com a produção de *John Bull's Other Island* (encenada em 1904), em Londres, com uma actuação especial para o rei Eduardo VII, que a reputação de Shaw no palco viria a ser tardiamente aceite pelo público inglês.

Shaw continuou, através da alta comédia, a explorar a consciência religiosa e a apontar a cumplicidade da sociedade para com seus próprios males. Possivelmente a obra-prima cómica de Shaw, e certamente a peça mais engraçada e popular, é *Pigmalião* (encenada em 1913). Shaw afirmou que era um drama didáctico sobre a fonética, e o seu herói anti-herói, Henry Higgins, é um foneticista, mas a peça é uma comédia humana sobre o amor e o sistema de classes inglês. A peça incide sobre a formação que Higgins concede a uma florista *cockney* para que ela se faça passar por uma senhora e também sobre as repercussões do sucesso dessa experiência. A cena em que Eliza Doolittle aparece na alta sociedade, depois de ter adquirido um sotaque correcto, mas sem qualquer noção de como manter uma conversa educada, é uma das cenas mais engraçadas do drama inglês. *Pigmalião* foi transformado em filme (1938) e valeu um Óscar a Shaw pelo argumento, vindo ainda a ser adaptado como musical popular, com a designação *My Fair Lady* (1956, versão cinematográfica, 1964).

A Primeira Guerra Mundial viria a constituir-se como um momento marcante e de grandes modificações na vida de Shaw. A princípio, este deixou de escrever peças, publicando em vez disso um panfleto controverso, «Common Sense About the War», no qual defendia que a Grã-Bretanha e os seus aliados eram tão culpados quanto os alemães por toda a situação, ao mesmo tempo que incentivava as negociações e a paz. Os discursos antiguerra de Shaw tornaram-no objecto de inúmeras atenções e alvo de muitas críticas. Entretanto, a canonização de Joana d'Arc, em 1920, despertou em Shaw várias ideias para uma peça sobre essa heroína francesa. Em *Saint Joan* (encenada em 1923), ela é tratada não apenas como uma santa e mártir católica, mas também como uma combinação de mística, herética e génio. Joana é a personificação da heroína trágica, e a sua morte incorpora o paradoxo em que a humanidade receia (e por vezes mata) os seus próprios santos e heróis, e assim continuará a fazê-lo até que as qualidades morais muito mais elevadas que teme se tornem a condição geral do homem através dos constantes processos de mudança evolutiva. A aclamação generalizada da peça levou a que fosse atribuído o Prémio Nobel da Literatura de 1925 a George Bernard Shaw. Todavia, ele recusou o prémio.

Irreverente e contestatário, mas um homem sempre dedicado ao espectáculo, Shaw manteve-se sob as luzes da ribalta até ao final dos seus 94 anos. A figura longilínea, a barba longa e branca e a sua bengala eram tão conhecidas em todo o mundo quanto as suas peças. Depois da morte da esposa, Charlotte, após uma doença prolongada, em 1943, a meio da Segunda Guerra Mundial, Shaw, já algo fragilizado e afectado pelas privações do tempo de guerra, retirou-se definitivamente do apartamento em Londres para a casa da aldeia, em Ayot St. Lawrence. Seria aí que viria a falecer, em 1950.

George Bernard Shaw não foi apenas o melhor dramaturgo cómico da sua época, mas também um dos dramaturgos mais importantes da língua inglesa desde o século XVII. O desenvolvimento de um drama de paixão moral e de conflito e debate intelectual, a revitalização da comédia de costumes e das suas venturas numa farsa simbólica e no teatro da descrença ajudaram a moldar o teatro da sua era e do que se lhe seguiria. Visionário e místico, com uma filosofia de paixão moral que permeia as suas peças, Shaw também foi o panfletário inglês mais incisivo desde Swift, o crítico de música mais lido em língua inglesa, o melhor crítico de teatro da sua geração, um prodigioso conferencista e ensaísta sobre política, economia e temáticas sociológicas, e um dos escritores epistolares mais prolíficos da literatura. O uso da sua inteligência crítica ousada em muitas outras áreas de interesse ajudou a moldar o pensamento político, económico e sociológico de várias gerações ao longo dos anos.

De *Um Socialista Associal*

As cartas publicadas de George Bernard Shaw (Bernard Shaw, *Collected Letters*, 4 vols, org. Dan H. Laurence. Londres: Reinhardt, 1965, 1972, 1985, 1988) são uma fonte inesgotável e extremamente segura para o registo fiável de dados sobre a produção literária, mas também sobre a vida do autor. Assim, é ali assinalado que foi durante o ano de 1883 que Shaw completou o romance *Cashel Byron's Profession* e que, entre 9 de Julho e 13 de Dezembro, viria a escrever a sua quinta e última obra em forma de romance, *An Unsocial Socialist*, cujo primeiro título era *The Heartless Man*.

Igualmente significativo é o registo, no início deste mesmo ano de 1883, de que Shaw terá iniciado a leitura de *Das Kapital*, de Karl Marx, numa tradução francesa de Gabriel Deville. Tudo isto se conjuga ainda de uma maneira muito próxima com a primeira reunião entre Shaw e William Archer, tendo este visto o primeiro a ler Marx e Wagner na British Library entre Fevereiro e Março de 1883. Acresce que as reuniões da Fellowship of the New Life, uma organização a partir da qual emergiria a The Fabian Society, se iniciaram em Outubro de 1883.

A primeira versão de *An Unsocial Socialist* acabaria por ver a luz do dia a 1 de Novembro, e a sua revisão final ocorreu a 13 de Dezembro.

No ano seguinte, 1884, em Maio, Shaw comparece à primeira reunião da *Fabian Society* e adere a esta organização em Setembro. Durante este mesmo ano, depois de *An Unsocial Socialist* ter sido rejeitado para publicação pelas casas editoras convencionais, o romance é publicado, entre Março e Dezembro, sob a forma de fascículos na *To-Day*, uma «Monthly Magazine of Scientific Socialism» («Revista Mensal de Socialismo Científico») editada por J. L. Joynes e E. Belfort Bax.

Depois de, em Dezembro de 1884, Shaw voltar a tentar encontrar uma editora que publicasse *An Unsocial Socialist* em formato de livro, no início de 1885, encontramo-lo dedicado a apresentar palestras sobre «socialismo». A obra recebe uma crítica favorável na Macmillan & Co., mas o clímax desta comédia de enganos é o facto de o manuscrito ter sido confiado às ternas apreciações de John Morley, futuro ministro e biógrafo de Gladstone. Coube-lhe responder à ardente questão literária da época, tão agressivamente exposta por Shaw: será que chegara a hora de um editor britânico sério e conservador lançar um romance com um programa socialista de índole marxista e com um herói que era nem mais nem menos do que a personagem literária de Lénine?

Morley descreveu o manuscrito como sendo dificilmente apreciável, mas sobre a capacidade do escritor não demonstrava quaisquer dúvidas: «O autor sabe escrever, é objectivo, rápido, contundente, às vezes espirituoso, muitas vezes poderoso e ocasionalmente eloquente...» Apesar de tudo, a publicação da obra seria rejeitada.

Seguiu-se uma tentativa junto do editor Swan Sonnenschein. Todavia, Shaw recusar-se-ia a conceder os direitos de autor permanentes a este editor, predispondo-se a concedê-los apenas por um período de cinco anos, com cláusulas que permitissem a sua renovação. O contrato assinado por Shaw para a publicação de *An Unsocial Socialist* na casa editora de Swan Sonnenschein acabou por ser enviado na sua versão definitiva a 6 de Abril de 1885.

Entre 11 e 26 de Agosto de 1886, Shaw reviu integralmente a obra para que ela pudesse ser impressa pela casa editora de Swan Sonnenschein. Seguindo um percurso habitual, a obra viria a ser publicada em Fevereiro de 1887. A 28 de Outubro desse mesmo ano, já Shaw propunha a William Swan Sonnenschein uma nova edição de *An Unsocial Socialist*, desta vez com o acrescento de um prefácio. Entre 27 e 29 de Dezembro, Shaw elaboraria o *Postscriptum* de Sidney Trefusis, em resposta a uma proposta de Swan Sonnenschein para a publicação de uma edição mais barata de *An Unsocial Socialist.*

Neste seu último romance, *An Unsocial Socialist*, Shaw evidencia claramente a sua recente conversão a uma nova fé: o socialismo. No prefácio à obra de 1884, e que seria escrito somente em 1930, Shaw descreve a intenção original do romance como sendo «apenas o primeiro capítulo de uma vasta obra dedicada a descrever a dissolução da sociedade capitalista». A seriedade desta intenção pode ser claramente vista na obra através das interligações e aproximações resultantes das leituras que Shaw fazia na British Library da obra *Das Kapital*, de Karl Marx.

Nesse mesmo prefácio de 1930, Shaw também afirmava que as opiniões do herói deste romance, Sidney Trefusis, «antecipavam as do verdadeiro Lénine» e, portanto, não é de surpreender, neste contexto, que tenha sido por vezes descrito como «o primeiro romance socialista britânico». Filho de um capitalista, educado em Cambridge e convicto de que «propriedade é roubo», Sidney Trefusis prega a nova doutrina com uma paixão inabalável e procura expor em todas as ocasiões possíveis as vilanias cometidas pelo capitalismo.

Originalmente, a obra intitulava-se *The Heartless Man* (*O Homem Sem Coração*), em grande parte por causa do tratamento cruel de Sidney Trefusis relativamente a Henrietta Jansenius (Hetty), a sua primeira esposa. Sidney fugira com Hetty de forma impetuosa, casando-se com a jovem intensamente apaixonada e pertencente à sua própria classe social. Deste modo, Sidney Trefusis permitia-se um curto período idílico. Contudo, cinco semanas depois, ele recusar-se-ia a viver com ela sob o argumento de que, devido aos encantos da sua presença, não poderia continuar com o seu próprio trabalho e servir a causa dos trabalhadores.

Num capítulo extraordinário, Sidney Trefusis descreve a Henrietta a riqueza e o poder capitalista do seu próprio pai, explicando-lhe ainda a teoria da mais-valia de Marx. Desse modo, procura justificar a sua necessidade pessoal de libertar os trabalhadores de Manchester que eram «escravos» do seu pai. Em resposta à propaganda socialista de Sidney, Henrietta oferece-lhe a promessa de um «longo idílio», em que se vestiria «como uma leiteira» e arranjaria «um balde pequeno para transportar o leite», e «trataria da casa» para ele.

É inevitável salientar a importância das intersecções da vida pessoal de Shaw com as peripécias desta obra, pois também são suscitadas as memórias da sua ligação a Alice Mary Lockett (1858–1942), enfermeira de profissão, com quem Shaw teve o seu primeiro caso amoroso mais sério. Locckett era uma jovem atraente e espirituosa, que conheceu Shaw quando ele convalescia de escarlatina na casa do tio Walter Gurly, em Leyton, em 1882. Mais tarde, Alice Lockett viria a ter aulas de canto com Lucinda Elizabeth Shaw, a mãe de Shaw. A relação entre Shaw e Alice passou por muitos desencontros, mas manteve-se ao longo de muitos anos. Shaw chegou mesmo a afirmar que Alice tinha uma personalidade dupla, a de uma Alice romântica e não convencional, e a de uma *Miss* Lockett, mais adequada e respeitável. Na verdade, esta descrição seria tratada ficcionalmente na descrição de Gertrude Lindsay feita por Sidney Trefusis em *An Unsocial Socialist*.

De regresso ao enredo da obra, nas suas deambulações, Sidney Trefusis acaba por também se cruzar com algumas jovens universitárias, com as quais namorisca. Ao saber disso, Henrietta arrisca uma perigosa viagem em condições de frio extremo para se encontrar com ele. Depois de apaziguada nas suas intenções, regressa a casa, mas acaba por falecer.

As descrições e comportamentos burgueses do pai rico e snobe de Henrietta fazem mais uma vez lembrar claramente as que poderiam ser associadas à família chegada do próprio Shaw e que ele próprio criticara. Em vez do pomposo funeral organizado pelo sogro, Sidney prefere erigir um memorial humilde e barato, que fere sobremaneira a vaidade do sogro. Ainda assim, e com o passar do tempo, acabam por se reconciliar.

Entretanto, Sidney, uma espécie de *alter ego* ambicionado de Shaw, assume a liderança dos movimentos reivindicativos dos trabalhadores e dedica-se à melhoria das condições de vida destes. Acabará por se casar uma segunda vez, com uma jovem muito inteligente e perspicaz, prima da primeira esposa, Agatha Wylie.

Tudo neste romance, história, enredo e caracterização, está muito explicitamente subordinado à pregação do socialismo. O título é apropriado, eminentemente porque o herói é anti-social nos seus comportamentos, mesmo em relação aos parentes mais próximos. Shaw terá visto um futuro brilhante para o artista num estado socialista, em particular quando o seu herói neste romance declara: «A arte eleva-se quando os homens se elevam, e rasteja quando os homens rastejam.»

Da tradução

Ao ofício do tradutor cabe tudo o que se pode aqui enquadrar e explicar, porque a aventura do acto de traduzir é sempre muito mais do que a habitual, tantas vezes simplificada e já demasiadas vezes enunciada e esperada transferência de significados de uma língua para outra, em particular para quem a observa externamente.

Afinal, no início está o momento primevo e primordial de leitura do texto original, em que do tradutor se espera uma interpretação, tanto quanto possível informada, mas ela própria mentalmente alteradora do texto original.

E no final estará um novo momento de leitura, em que o leitor derradeiro se vê envolvido por tudo aquilo que o rodeia ou lhe é fornecido de capacitação para a compreensão do texto que enfrenta.

Pelo meio deverá haver, por parte do tradutor, uma acentuada preparação metódica e um conhecimento aprofundado do autor, dos seus traços e peculiaridades, da sua obra mais vasta e, neste caso em particular, de *An Unsocial Socialist*. É uma acumulação de tralhas úteis e só paradoxalmente despiciendas de tudo o que foi possível recolher e conhecer nesta jornada. E, neste meio, tanto podem estar e oficiar o tradutor — obrigatoriamente — como o leitor final —, se assim o desejar e puder fazer.

Do que se tiver recolhido e acumulado se fará e comporá essa leitura final, eventualmente com falhas, de ambas as partes (para o tradutor e também para o leitor final), mas também com encontros felizes e reconhecimentos mútuos.

A obra que aqui se apresenta tem a particularidade de ter uma variedade de observações paratextuais que foram tecidas ao longo dos anos e que contribuem para a sua análise e reconhecimento. Em paralelo, os trabalhos sobre o autor também são inúmeros e igualmente reconhecidos. Ainda assim, realce-se a soberana e feliz permissão editorial para acrescentar neste Prefácio várias notas úteis. Desde logo as que dizem respeito ao autor e à sua obra, tantas vezes descuradas ou menosprezadas. Mas também as que se centram no processo de trabalho translatório.

Um aspecto central da tradução deste texto residia no tom único que muitas tiradas, por vezes monológicas, parecem conter. Conforme se afirmou anteriormente, é um texto de pregação, de convencimento do outro (quando não do próprio). Essa intenção proselitista pode tornar-se ela mesma um obstáculo na transposição para a língua portuguesa, por força dos veículos mais ou menos pomposos, compostos por frases longas e palavras mais rebuscadas. Mas também se torna recorrente e, portanto, a repetição fez-se prática e tornou menos custosa a tarefa de encontrar um tom evangelizador e mais ou menos convincente.

Um outro aspecto significativo neste texto é o que diz respeito às marcas de oralidade, enquanto peças identificativas de classe social e de prestígio, definindo práticas sociolectais que realçam em proporção inversa a oralidade e as competências de literacia das personagens envolvidas. Ou seja, a oralidade, enquanto forte marcador identitário e de valor sociocultural, assinala nesta obra facetas que têm de ser igualmente representadas na transferência interlinguística, sob pena de a sua ausência iludir o que era uma marca do original e obstar à criação de um impacto semelhante na língua e cultura de chegada.

No contexto da representação de algumas variedades linguísticas na ficção, também este aspecto foi devidamente acautelado pela editora. Desse modo, tornou-se viável usar no texto traduzido as mesmas características metalinguísticas enquanto identificadoras de classe social, de prestígio (ou de falta dele) e de nível de literacia, prestando a devida atenção à estética oral ficcional empregue pelo autor.

Nos compromissos que a tradução procurou encontrar entre a poética do original e a poética de uma cultura de chegada, numa época porventura menos receptiva ao que o original na sua própria época procurava veicular, estará o fascínio deste processo e ofício. É um desejo maior que o poder e a beleza da obra original se façam valer e se possam impor por si mesmos. Ao leitor, caberá agora desfrutar integralmente desses defeitos ou virtudes.

Ovar, 2022

Jorge Almeida e Pinho

Capítulo I

No crepúsculo de um final de tarde de Outubro, uma mulher de aspecto sensato, com cerca de quarenta anos, saiu por uma porta de carvalho para um patamar amplo no primeiro piso de uma antiga casa de campo inglesa. Uma mecha de cabelo caíra sobre a parte da frente do seu rosto, como se tivesse estado inclinada sobre um livro ou uma pena. Parou por um curto instante para alisar o cabelo e para olhar contemplativa mas não sentimentalmente através da janela alta e estreita. O sol descia no horizonte, mas as suas glórias estavam do outro lado da casa; pois esta janela estava virada para oriente, onde a paisagem de terrenos de pastagem para ovelhas e outros pastios começava a assumir um tom sóbrio com a aproximação da noite.

A mulher, para quem o silêncio e a calma eram luxos, deixou-se ficar no patamar durante algum tempo. De seguida, virou-se na direcção de outra porta, na qual estava escrito, em letras brancas, Sala de Aula n.º 6. Detida por um sussurro mais acima, parou em frente à porta e olhou para cima pelas escadas, ao longo de um largo corrimão liso que percorria em curva contínua cada patamar, formando um plano inclinado desde o cimo até à parte inferior da casa.

De cima, ouviu-se uma voz jovem, que aparentemente imitava alguém, e que dizia:

— De seguida, vamos iniciar os *Études de la velocité*, por favor, minhas senhoras.

Viu-se de imediato uma menina com um vestido de linho atravessar rapidamente o espaço, rodopiar e fazer a curva com um destemido jeito centrífugo do tornozelo, e desaparecer na escuridão mais abaixo. Seguiu-se-lhe uma menina altiva, vestida de verde, prendendo intencionalmente a respiração enquanto passava num ápice, e também uma jovem de grande dimensão, vestida de preto, que prendia o lábio entre os dentes e que tinha os belos olhos castanhos protuberantes de entusiasmo. A passagem desta jovem criou uma tempestade em miniatura que desarrumou novamente os cabelos da mulher no patamar e a fez aguardar num estado de alerta, sem respirar, até dois choques leves e um baque anunciarem que as viajantes aéreas tinham pousado em segurança no átrio de entrada.

— Oh, meu Deus! — exclamou a voz que falara anteriormente. — Aqui está a Susan.

— É um milagre não terem partido o pescoço — respondeu uma voz feminina palpitante. — Desta vez vou denunciar-te, menina Wylie. Vou mesmo. E também a ti, menina Carpenter: não sei como não tens mais juízo com a tua idade e o teu tamanho! A Sra. Wilson certamente que as ouve quando descem assim e fazem tanto barulho. Fazem abanar a casa toda.

— Oh, bolas! — disse a menina Wylie. — A Senhora Abadessa faz tudo para abafar todos os barulhos que fazemos. Deixa-nos...

— Meninas — disse a mulher no piso de cima, falando calmamente, mas com um toque ameaçador.

Seguiu-se o silêncio e a maior confusão. Depois, ouviu-se uma resposta, num tom de doçura suavizada, da menina Wylie:

— Chamou-nos, QUERIDA, Sra. Wilson?

— Sim, subam até aqui, por favor, as três.

Houve alguma hesitação entre elas, cada uma dando a precedência às outras. Por fim, subiram lentamente, pela mesma ordem, embora de maneira nenhuma da mesma forma que tinham usado para a descida em voo deslizante. Seguiram a Sra. Wilson até à sala de aula e mantiveram-se em fila à sua frente, iluminadas por três janelas ocidentais que lançavam uma luz brilhante em tons laranja-avermelhados. A menina Carpenter, a maior das três, estava ruborizada e confusa. Com os braços pendentes de lado, torcia com os dedos as pregas do vestido. A menina Gertrude Lindsay, vestida com tons pálidos verde-mar, tinha uma cabeça pequena, uma compleição delicada e dentes de pérola. Mantinha-se erecta, com uma expressão de frio desagrado perante a possibilidade de uma repreensão de qualquer espécie. O vestido de pano da Holanda da terceira delinquente mudara de amarelo para branco quando passou do cinzento do crepúsculo oriental na escadaria para o brilho quente ocidental na sala. No seu rosto, era visível um tom brilhante de verde-azeitona, que parecia ter um pouco de mica dourada na sua composição. Os seus olhos e cabelos eram cor de avelã; e os dentes, cuja linha superior exibia livremente, eram semelhantes à delicada pedra de Portland, e inclinavam-se para fora o suficiente para estragarem a sua boca, não fosse o facto de serem apoiados por um rico lábio inferior e por um queixo requintadamente curvo e impudente. O seu ar semibajulador, semizombeteiro, e o sorriso pronto eram difíceis de enfrentar com severidade, e a Sra. Wilson sabia disso, pois não olhava para ela mesmo quando atraída por um impulso convulsivo e pelo olhar lateral e irritado da menina Lindsay, que acabara de ser tocada entre as costelas por um dedo.

— Estão conscientes de que quebraram as regras — disse tranquilamente a Sra. Wilson.

— Não tínhamos essa intenção. A sério que não tínhamos — disse a menina com o vestido de pano da Holanda, persuasivamente.

— Posso então saber, por favor, qual era a vossa intenção, menina Wylie?

A menina Wylie encarou inesperadamente esta resposta como uma réplica inteligente, em vez de uma repreensão. Emitiu um grito um pouco estranho, que explodiu numa cascata de riso.

— Peço-lhe o favor de se manter em silêncio, Agatha — disse severamente a Sra. Wilson. Agatha parecia arrependida. A Sra. Wilson virou-se rapidamente para a mais velha das três e continuou: — Estou particularmente surpreendida consigo, menina Carpenter. Uma vez que não demonstra qualquer desejo de me respeitar e de seguir as regras e que já tem idade suficiente para saber que são necessárias, não vou incomodá-la com repreensões ou apelos aos quais estou convencida de que não iria responder — (neste momento, a menina Carpenter, com um protesto inarticulado, quase explodiu a chorar) —, mas deve pelo menos pensar no perigo em que incorrem as mais novas devido à sua infantilidade. Como se sentiria se a Agatha tivesse partido o pescoço?

— Oh — exclamou Agatha, colocando a mão rapidamente em torno do pescoço.

— Não me parece que tenha havido perigo — disse a menina Carpenter, lutando contra as lágrimas. — A Agatha já fez isso tantas vezes... oh, meu Deus! Rasgaste-a. — A menina Wylie tinha puxado a saia da colega com demasiada força.

— Menina Wylie — disse a Sra. Wilson, ruborizando-se ligeiramente —, tenho de lhe pedir que saia da sala.

— Oh, não — exclamou Agatha, juntando as mãos em sinal de aflição. — Por favor, não, querida Sra. Wilson. Sinto muito. Peço-lhe perdão.

— Uma vez que não faz o que lhe peço, tenho de o fazer eu própria —, disse severamente a Sra. Wilson. — Venham comigo até ao meu gabinete —, acrescentou para as outras duas meninas. — Se tentar seguir-nos, menina Wylie, considerarei isso como uma intromissão.

— Mas vou-me embora, se assim quer. Eu não queria desobe...

— Não a vou incomodar agora. Venham, meninas.

Saíram as três; e a menina Wylie, deixada para trás em desgraça, fez uma careta ao passar pela menina Lindsay, que lhe devolveu o olhar. Assim que ficou sozinha, a sua vivacidade diminuiu. Encaminhou-se lentamente para a janela e olhou com desprezo para a paisagem. A certo momento, quando o som de vozes mais acima chegou até ela, os seus olhos abrilhantaram-se e o seu lábio moveu-se; mas, no momento seguinte, em silêncio, voltou a cair numa indiferença mal-humorada, que não seria aliviada até as duas companheiras, com uma aparência muito séria, voltarem a entrar na sala.

— Bem — disse ela alegremente —, foi aplicada a força moral? Vão para o Anjo do Registo?

— Cala-te, Agatha — disse a menina Carpenter. — Devias ter vergonha.

— Eu não, mas tu sim, sua gansa. Em que linda embrulhada me meteste!

— A culpa foi tua. Foste tu que rasgaste o meu vestido.

— Sim, quando deixavas escapar que eu às vezes deslizo pelo corrimão.

— Oh! — disse lentamente a menina Carpenter, como se esse motivo não lhe tivesse ocorrido anteriormente. — Foi por causa disso que me puxaste?

— Coitada de mim! Finalmente percebeste. És uma menina muito pateta, Jane. O que disse a Senhora Abadessa?

A menina Carpenter cedeu novamente ao choro, e não conseguiu responder.

— Ela está desgostosa com o nosso comportamento, e não é de admirar — disse a menina Lindsay.

— Ela disse que era tudo culpa tua — soluçou a menina Carpenter.

— Bem, não importa, querida — disse Agatha suavemente. — Regista isso no Anjo do Registo.

— Não vou escrever uma única palavra no Anjo do Registo, a menos que faças isso em primeiro lugar — disse furiosa a menina Lindsay. — Tens mais culpa do que nós.

— Certamente, minha querida — retorquiu Agatha. — Uma página inteira, se quiseres.

— Eu a... acredito que GOSTAS de escrever no Anjo do Registo — disse a menina Carpenter acintosamente.

— Sim, Jane. É a melhor diversão deste sítio.

— Pode ser divertido para ti — disse a menina Lindsay rispidamente —, mas não é muito honroso para mim, conforme disse há pouco a Sra. Wilson, ganhar um prémio em ciência moral e depois ter de escrever que não me sei comportar. Além disso, não gosto que me digam que sou mal-educada!

Agatha riu-se.

— Que velhota profunda, ela é! Conhece todas as nossas fraquezas, e esfaqueia-nos servindo-se delas. Vê lá se a apanhas a dizer-me, ou acolá à Jane, que somos mal-educadas!

— Não te compreendo — disse a menina Lindsay, com altivez.

— Claro que não. Porque não percebes tanto de ciência moral como eu, ainda que nunca tenha ganhado nenhum prémio por causa disso.

— Nunca ganhaste um prémio em nada — disse a menina Carpenter.

— E espero nunca ganhar — disse Agatha. — Mais depressa iria procurar moedas na neve, como os meninos da rua, do que tentar entrar numa disputa para ver quem consegue responder a mais perguntas. O Dr. Watts já é ciência moral suficiente para mim. Agora, vou para o Anjo do Registo.

Dirigiu-se até a uma prateleira e pegou num livro pesado, encadernado em couro preto e que tinha inscrito na capa, em letras vermelhas, OS MEUS ERROS. Atirou irreverentemente o livro sobre uma das mesas e abriu as páginas até chegar a uma página apenas parcialmente coberta por confissões manuscritas.

— Que surpresa — disse ela. — Estão aqui duas entradas que não são minhas. Sarah Gerram! Que tem ela confessado?

— Não leias isso — disse rapidamente a menina Lindsay. — Sabes que é a atitude mais vil que podemos ter.

— Treta! Os nossos pequenos pecados não são assim tão importantes. Eu gosto sempre que leiam as minhas entradas: faz-me sentir uma escritora e, portanto, seguindo o dever cristão, leio sempre as entradas das outras pessoas. Ouçam a pobre história de culpa da Sarah.

> 1 de Outubro. Lamento muito ter dado um estalo à menina Chambers na casa de banho esta manhã e ter-lhe partido um dente. Foi muito mau, mas já estava a cair, por si próprio; e ela perdoou-me, porque vai nascer um novo dente no sítio daquele, e ela estava apenas a fazer de conta quando disse que o engoliu. Sarah Gerram.

— Que tontinha! — disse a menina Lindsay. — Esta ideia de termos de registar as nossas coisas no mesmo livro que pirralhas destas!

— Aqui está uma revelação comovente. «4 de Outubro. Helen Plantagenet sente-se profundamente triste por ter de confessar que ontem conquistou indevidamente o primeiro lugar em álgebra. A menina Lindsay obrigou-me, e...»

— Oh! — exclamou a menina Lindsay, ruborizando-se. — É assim que ela me agradece por a obrigar, não é? Como é que ela se atreve a confessar os meus erros no Anjo do Registo?

— É bem feito para ti, por a obrigares — disse a menina Carpenter.

— Ela sempre teve duas caras, e já devias saber isso.

— Oh, asseguro-te de que não foi por causa dela que o fiz — respondeu a menina Lindsay. — Foi para evitar que aquela Jackson ficasse em primeiro lugar. Não gosto da Helen Plantagenet, mas pelo menos ela é uma senhora.

— Que coisa, Gertrude — disse Agatha, com um toque de seriedade. — Ao ouvir-te, uma pessoa até podia ser levada a pensar que a tua avó era uma cozinheira. Não sejas tão snobe.

— Menina Wylie — disse Gertrude, tornando-se escarlate: — És muito, oh! Oh! Pára. Aaargg-oh! Vou dizer à Sra. ... Oh! — Agatha tinha inserido um dedo de aço entre as costelas de Gertrude, e fazia-lhe cócegas sem parar.

— Chiu, chiu — sussurrou ansiosamente a menina Carpenter. — A porta está aberta.

— Será que eu sou a menina Wylie? — prosseguiu Agatha, implacavelmente, enquanto continuava a tortura. — Será que sou muito... seja lá o que for que ias dizer? Será que sou? Será que sou? Será que sou?

— Não, não — engasgou-se Gertrude, encolhendo-se numa cadeira, quase em histeria. — És muito cruel, Agatha. Magoaste-me.

— Mereces isso. Se voltares a ficar amuada comigo outra vez, ou se me chamares menina Wylie, mato-te. Faço-te cócegas nas solas dos pés com uma pena — (a menina Lindsay encolheu os ombros e escondeu os pés por baixo da cadeira) —, até o teu cabelo ficar branco. E agora, se estás realmente arrependida, vem até aqui e regista.

— Tens de ser tu a fazer primeiro o registo. Foi tudo culpa tua.

— Mas eu sou a mais nova — disse Agatha.

— Bem, então — disse Gertrude, com medo de insistir, mas determinada a não fazer o registo em primeiro lugar —, vamos deixar que a Jane Carpenter comece. Ela é a mais velha.

— Oh, claro — disse Jane, com uma ironia chorosa. — Vamos deixar que a Jane faça todas as coisas más em primeiro lugar. Acho que é muito difícil. Pensam que a Jane é uma pateta, mas ela não é nenhuma pateta.

— Certamente que não és tão pateta quanto pareces, Jane — disse Agatha seriamente. — Mas eu faço o registo em primeiro lugar, se quiseres.

— Não, não vais — exclamou Jane, retirando-lhe a pena da mão. — Sou a mais velha, e não vou deixar que tomem o meu lugar.

Mergulhou resolutamente a pena na tinta e preparou-se para escrever. Foi então que fez uma pausa. Pensou. Parecia desnorteada e, finalmente, apelou lastimosamente a Agatha.

— O que devo escrever? — perguntou. — Tu sabes como escrever as coisas, e eu não.

— Em primeiro lugar, põe a data — disse Agatha.

— Com certeza — disse Jane, escrevendo rapidamente. — Esquecia-me disso. Bem, e agora?

— Agora escreve: «Lamento muito que a Sra. Wilson me tenha visto quando eu descia pelo corrimão esta noite. Jane Carpenter.»

— É só isso?

— É só isso: a menos que queiras acrescentar alguma coisa tu própria.

— Espero que esteja tudo bem — disse Jane, olhando desconfiada para Agatha. — No entanto, não poderá haver mal nenhum nisso, pois é a pura verdade. Seja como for, se estiveres a pregar-me uma das tuas partidas, és muito má, mas eu não me importo. Agora, Gertrude, é a tua vez. Por favor, olha para o meu texto e vê se a ortografia está correcta.

— Não é minha tarefa ensinar-te a escrever bem — disse Gertrude, pegando na pena. E enquanto Jane murmurava perante a sua grosseria, escreveu com uma caligrafia ousada:

«Quebrei as regras, ao deslizar pelo corrimão, juntamente com a menina Carpenter e a menina Wylie. A menina Wylie foi a primeira.»

— Malvada! — exclamou Agatha, lendo o que ela escrevera por cima do seu ombro. — E o teu pai é um almirante!

— Acho que é justo — disse a menina Lindsay, retraindo-se, mas assumindo o tom de uma moralista. — É absolutamente verdade.

— Todo o meu dinheiro foi ganho no comércio — disse Agatha. — Mas eu teria vergonha se me salvasse transferindo a culpa para cima dos teus ombros aristocráticos. És lamentável! Vá: dá-me a pena.

— Posso apagar isso, se quiseres, mas acho que...

— Não: vai ficar assim, como testemunho contra ti. Agora, repara como eu confesso os meus erros. — E escreveu, numa caligrafia bem rápida: «Esta noite, Gertrude Lindsay e Jane Carpenter encontraram-se comigo ao cimo das escadas e disseram-me que queriam deslizar pelo corrimão e que fariam isso se eu fosse a primeira. Eu disse-lhes que era contra as regras, mas elas disseram-me que isso não importava e, como são mais velhas do que eu, deixei-me persuadir e fiz isso.»

— O que acham disto? — perguntou Agatha, exibindo a página.

Elas leram e protestaram clamorosamente.

— É absolutamente verdade — disse Agatha, solenemente.

— É terrivelmente malévolo — disse Jane, energicamente. — Primeiro por causa da ideia de culpares a Gertrude e depois por seres duplamente má! Nunca tinha ouvido tal coisa na minha vida.

— «Começou mal, mas o pior ainda está para vir», como afirma o *Standard Elocutionist* — disse Agatha, acrescentando mais uma frase à sua confissão.

— Mas foi tudo culpa minha. Também eu fui rude para com a Sra. Wilson, e recusei-me a sair da sala quando ela me ordenou que o fizesse. Não cometi intencionalmente o erro, excepto quando deslizei pelo corrimão. Gosto tanto de deslizar que não consegui resistir à tentação.

— Ouve o meu aviso, Agatha — disse Jane, com uma atitude impressiva. — Se escreveres coisas insolentes nesse livro, serás expulsa.

— A sério! — respondeu Agatha expressivamente. — Espera só até a Sra. Wilson ver o que escreveste.

— Gertrude — exclamou Jane, com súbito receio —, ela fez-me escrever alguma coisa imprópria? Agatha, por favor, diz-me se...

Ouviu-se o som de um gongo, e as três meninas exclamaram em simultâneo:

— Comida! — E saíram a correr da sala.

Capítulo II

Numa certa tarde soalheira, um fiacre seguia a grande velocidade ao longo da Belsize Avenue e St. John's Wood, e parou diante de uma grande mansão. Uma jovem saltou do veículo, subiu os degraus em passo de corrida e tocou à campainha impacientemente. Tinha uma tez verde-azeitona, com um perfil aguçado: olhos escuros, com longas pestanas; boca estreita com lábios delicadamente sensuais; cabeça, pés e mãos pequenos, com dedos longos e esguios; uma figura ágil e muito esbelta que se movimentava com a graciosidade de uma serpente. Exibia um gosto oriental nas cores do traje, que consistia num vestido branco, bem justo, impresso com um elaborado motivo chinês em tons de azul. Usava um chapéu de palha amarelo coberto por bagas vermelhas artificiais de espinheiro e luvas amareladas que ultrapassavam o cotovelo, e estavam decoradas com uma profusão de pulseiras de ouro.

Como a porta não se abriu de imediato, ela tocou de novo, com violência, e foi prontamente recebida por uma empregada, que pareceu surpreendida ao vê-la. Sem fazer qualquer pergunta, subiu imediatamente as escadas até uma sala de estar, onde estava sentada, a ler, uma matrona de grandes dimensões, com traços fisionómicos ao melhor estilo judaico. A seu lado, estava um rapaz bonito, vestido de veludo preto, que disse:

— Mamã, está aqui a Henrietta!

— Arthur — disse a jovem muito excitada —, sai da sala imediatamente, e não te atrevas a regressar até receberes autorização.

O semblante do rapazinho esmoreceu, e ele saiu amuado, sem dizer uma única palavra.

— Aconteceu alguma coisa de errado? — perguntou a matrona, guardando o livro com a resignação despreocupada de uma pessoa experiente, que prevê uma tempestade num copo de água. — Onde está o Sidney?

— Foi-se embora! Foi-se embora! Abandonou-me! Eu... — A afirmação da jovem falhou, e ela atirou-se para cima de um divã, chorando de despeito.

— Que disparate! Pensava que o Sidney tinha mais juízo. Vá lá, Henrietta, não sejas tonta. Suponho que discutiram.

— Não! Não!! Não!!! — gritou Henrietta, batendo com o pé no tapete. — Não dissemos uma só palavra. Não perdi a calma desde que nos casámos, mamã. Juro solenemente que não. Vou matar-me, não há outra solução. Lançaram uma maldição sobre mim. Estou condenada a ser uma infeliz. Ele...

— Vá lá, vá lá! O que aconteceu, Henrietta? Como já estão casados há quase seis semanas, dificilmente deverias ser surpreendida por uma ligeira discórdia. Ficas sempre demasiado excitada! Não podes esperar que o céu se mantenha limpo para sempre. Muito provavelmente és tu a culpada do que sucedeu, pois o Sidney é muito mais sensato do que tu. Pára de chorar e comporta-te como uma mulher com juízo, e eu irei ter com o Sidney e ponho tudo em ordem.

— Mas ele foi-se embora, e eu não consigo descobrir para onde. Oh, o que devo fazer?

— O que aconteceu?

Henrietta contorcia-se de impaciência. Então, obrigando-se a contar a história, respondeu:

— Na segunda-feira, decidimos que eu deveria passar dois dias com a tia Judith, em vez de ir com ele para Birmingham para aquele horrível Congresso do Comércio. Despedimo-nos sem quaisquer problemas. Ele não poderia ter sido mais carinhoso. Vou matar-me. Não interessa mais nada nem ninguém. E quando regressei na quarta-feira, ele tinha-se ido embora e tinha deixado esta carta — mostrou uma carta, e chorou ainda mais amargamente do que antes.

— Deixa-me vê-la.

Henrietta hesitou, mas a mãe retirou-lhe a carta das mãos, sentou-se perto da janela e arranjou-se de maneira a poder ler, sem prestar a mínima atenção à evidente aflição da filha. Na carta, estava escrito o seguinte:

Segunda-feira à noite.

Minha querida: parto, repleto de carinho, para viver a minha própria vida e dedicar-me ao meu trabalho. Só poderia ter-te preparado para isto através da frieza ou da negligência, que são absolutamente impossíveis para mim quando a magia da tua presença recai sobre mim. Acho que tenho de partir se quiser salvar-me.

Receio não te poder dar razões satisfatórias e inteligíveis para este passo. És uma criatura bonita e luxuosa: para ti, a vida é plena e completa apenas quando é um carnaval de amor. Para mim, é exactamente o contrário. Antes de pronunciar três afirmações suaves, já estou a repreender-me pela insensatez e falta de sinceridade. Antes de uma carícia ter tempo de esmorecer, uma repulsa extenuante apodera-se de mim: anseio por voltar à minha antiga vida de eremita ascético e solitário; aos meus livros secos, à minha propaganda socialista, à minha viagem de descoberta pelo deserto do pensamento. Casei-me num momento insano, em que acreditei que tinha direito a uma quota de afecto natural que faz outros homens passarem pela vida útil do matrimónio. Já estou desenganado. Tu és, para mim, a mulher mais bela do mundo. Bem, há cinco semanas que ando, passeio e estou com a mulher mais bela do mundo, e o resultado é que estou a fugir dela e parto para a caverna de um eremita até morrer. O amor não se pode apossar de mim: todas as minhas forças se revoltam contra ele e não o conseguirão suportar. Perdoa-me por escrever disparates que não vais entender, e não penses demasiado mal de mim. Tenho sido tão bom para ti quanto a minha natureza egoísta me tem permitido. Não me tentes perturbar na obscuridade que eu desejo e mereço. O meu advogado vai falar com o teu pai para tratar das questões dos negócios, e serás tão feliz quanto a riqueza e a liberdade to puderem conceder. Encontrar-nos-emos novamente... um dia.

Adieu, meu último amor,

Sidney Trefusis.

— Então? — gritou a Sra. Trefusis, vendo, por entre lágrimas, que a mãe lera a carta e a contemplava estupefacta.

— Bem, certamente! — disse a Sra. Jansenius, com ênfase. — Achas que ele está bom da cabeça, Henrietta? Ou será que o tens atormentado com demasiadas atenções? Os homens não estão dispostos a desistir de toda a sua existência em favor das esposas, mesmo durante a lua-de-mel.

— Ele fingiu nunca se sentir feliz longe da minha presença — soluçou Henrietta. — Nunca ninguém fez nada tão cruel. Muitas vezes quis ficar sozinha por alguns instantes, para não ser sempre igual, mas tinha o receio de ferir os seus sentimentos se o dissesse. E agora ele não tem sentimentos. Mas tem de voltar para mim. Não tem, mamã?

— Devia fazê-lo. Suponho que não se foi embora com uma outra pessoa?

Henrietta levantou-se de imediato, com as maçãs do rosto muito vermelhas.

— Se eu achasse isso, iria persegui-lo até ao fim do mundo e matá-la-ia. Mas não, ele não é como as outras pessoas. Ele odeia--me! Toda a gente me odeia! Tu não te importas se fui ou não abandonada, nem o papá, nem ninguém nesta casa.

A Sra. Jansenius, ainda indiferente à agitação da filha, pensou por alguns instantes, e depois disse calmamente:

— Não podes fazer nada até ouvirmos o advogado. Entretanto, poderás ficar connosco, se quiseres. Não esperava que me visitasses tão cedo, mas o teu quarto não foi utilizado desde que saíste daqui.

A Sra. Trefusis deixou de chorar, arrepiada com esta primeira intimação de que a casa do pai já não era a sua casa. Caiu sobre ela uma noção ainda mais real de desolação. Debaixo da fria influência desta ideia, começou a recompor-se e a sentir o orgulho erguer--se que nem uma barreira entre si e a mãe.

— Não ficarei aqui por muito tempo — disse ela. — Se o advogado dele não me disser onde ele está, percorrerei toda a Inglaterra até o encontrar. Lamento incomodar-vos.

— Oh, não serás um problema maior do que sempre foste — disse a Sra. Jansenius calmamente, não desagradada por ver que a filha percebera a sua insinuação. — Será melhor ires lavar o rosto. As pessoas poderão aparecer por aí e presumo que não queiras recebê-las nessa condição. Se encontrares o Arthur nas escadas, por favor, diz-lhe que pode entrar.

Henrietta cerrou os lábios num trejeito curioso e retirou-se. Arthur entrou de seguida e sentou-se à janela, num silêncio sombrio, meditando sobre a recente expulsão de que fora alvo. De repente, exclamou:

— Chegou o papá, e ainda não são cinco horas! — Momento em que a mãe o mandou embora de novo.

O Sr. Jansenius era um homem de presença imponente, que ainda não chegara aos cinquenta anos, mas que não estava muito longe disso. Movimentava-se com dignidade, comportando-se como se o conteúdo da sua testa maciça fosse precioso. O seu bonito nariz aquilino e os seus olhos escuros e penetrantes proclamavam as suas origens judaicas, das quais sentia vergonha. As pessoas que não o sabiam acreditavam naturalmente que ele sentia orgulho nisso, e não conseguiam encontrar explicação para o facto de os filhos dele serem educados como cristãos. Bom conhecedor dos negócios, e não estando sujeito a nenhuma outra emoção além do amor à família, à respeitabilidade, ao conforto e ao dinheiro, conservara o capital herdado do pai e fizera-o produzir ainda mais capital da maneira habitual. Era um banqueiro, e o seu objectivo, como tal, consistia em interceptar e apropriar-se das imensas poupanças que o sistema bancário produz e, portanto, na medida do possível, deixar que o resto do mundo trabalhasse tão arduamente quanto o fazia antes de o sistema bancário ter sido criado. Todavia, seguindo estes termos, o mundo não faria qualquer depósito, pelo que ele tinha de oferecer às pessoas uma parte das poupanças como incentivo. Portanto, as pessoas lucravam com as poupanças, assim como ele, e ele tinha a satisfação de ser ao mesmo tempo um cidadão rico e um benfeitor público, rico em confortos e de consciência tranquila.

Entrou rapidamente na sala, e a esposa reparou que alguma coisa o irritara.

— Sabe o que aconteceu, Ruth? — perguntou.

— Sim. Ela está lá em cima.

O Sr. Jansenius ficou estarrecido a olhar para a esposa.

— Quer dizer que ela já saiu? Que veio para aqui fazer?

— É bastante natural. Para onde mais poderia ter ido?

O Sr. Jansenius, que desconfiava das suas próprias ideias quando eram diferentes das ideias da esposa, respondeu devagar:

— Por que razão não foi ter com a mãe dela?

A Sra. Jansenius, intrigada, olhou para ele com uma fria admiração, e comentou:

— Eu sou a mãe dela, não sou?

— Não estava ciente disso. Estou surpreendido por saber disso, Ruth. Também já recebeu uma carta?

— Eu vi a carta. Mas o que quer dizer quando pergunta se não sei que sou a mãe da Henrietta? Está a tentar ser engraçado?

— A Henrietta! Ela está aqui? Aconteceu algum problema?

— Não sei. De que está a falar?

— Estou a falar da Agatha Wylie.

— Oh! Eu estava a falar da Henrietta.

— Bem, o que aconteceu à Henrietta?

— O que aconteceu à Agatha Wylie?

Perante isto, o Sr. Jansenius ficou exasperado e pensou que seria melhor saber o que dissera Henrietta à Sra. Jansenius. Quanto ela lhe entregou a carta de Trefusis, ele afirmou, mais calmamente:

— Um azar nunca vem só. Leia isso — e entregou à esposa uma outra carta, pelo que ambos começaram a ler ao mesmo tempo.

Na carta da Sra. Jansenius, estava o seguinte:

Alton College, Lyvern.

À Sra. Wylie, Acacia Lodge, Chiswick.

Cara Senhora: Escrevo-lhe com grande pesar para solicitar que retire de imediato a menina Wylie do Alton College. Num estabelecimento como este, onde a restrição à liberdade das alunas é reduzida ao mínimo, é necessário que seja cumprido por todas um pequeno grau de subordinação absolutamente indispensável, sem queixas ou atrasos. A menina Wylie não cumpriu com essa condição. Declarou ser seu desejo sair, e assumiu uma atitude perante mim e as minhas colegas que não podemos deixar passar impune, para sermos consistentes perante o dever que temos para connosco mesmas e para com as colegas dela. Se a menina Wylie tem algum motivo para reclamar do tratamento a que é submetida aqui, ou da medida que nos obrigou a tomar, dar-lhe-á indubitavelmente a conhecer isso mesmo.

Talvez possa ter a amabilidade de comunicar a situação ao tutor da menina Wylie, o Sr. Jansenius, com quem terei a satisfação de entrar seguramente num acordo justo para tratar das propinas que foram antecipadamente pagas relativamente ao período em curso.

Cara senhora,
Com os melhores cumprimentos,

Maria Wilson.

— Uma jovem simpática, esta! — disse a Sra. Jansenius.

— Não compreendo isto — disse o Sr. Jansenius, enrubescendo à medida que se apercebia do sentido da carta do genro. — Não posso aceitar. O que significa isto, Ruth?

— Não sei. Acho que o Sidney está louco e a lua-de-mel fez transparecer esta loucura. Mas não podes deixar que ele atire novamente a Henrietta para as minhas mãos.

— Louco! Será que ele pensa que pode abdicar das suas responsabilidades perante a esposa porque ela é minha filha? Será que ele pensa que lá porque o pai da sua mãe era um baronete, pode colocar de lado a Henrietta no momento em que a companhia dela o enfastia?

— Oh, não é nada disso. Ele nunca pensou em nós.

— Mas eu vou fazê-lo pensar em nós — disse o Sr. Jansenius, erguendo a voz em grande agitação. — Ele terá de responder por isso.

Precisamente nesse instante, Henrietta regressou e viu que o pai se movimentava excitadamente para trás e para a frente, repetindo:

— Ele terá de responder por isso. Ele terá de responder por isso.

A Sra. Jansenius franziu a testa para a filha, instando-a a permanecer em silêncio, e disse calmamente:

— Não perca a paciência, John.

— Mas vou perder a paciência. Cão insolente! Maldito canalha!

— Ele não é — choramingou Henrietta, sentando-se e retirando o lenço.

— Oh, vá lá, vá lá! — disse a Sra. Jansenius peremptoriamente. — Já chega de choradeira. Não vale a pena chorares mais.

Henrietta levantou-se impetuosamente.

— Digo e faço o que me apetecer — exclamou. — Sou uma mulher casada e não recebo ordens de ninguém. E vou ter o meu marido de volta novamente, não importa o que ele possa fazer para se esconder. Papá, vai obrigá-lo a voltar para mim, não vai? Estou prestes a morrer. Prometa que o vai fazer voltar.

E atirando-se contra o peito do pai, adiou mais uma discussão entrando em histeria e surpreendendo toda a casa com os seus gritos.

Capítulo III

Uma das professoras do Alton College era uma tal de Sra. Miller, uma professora à moda antiga, que não acreditava no sistema da Sra. Wilson, de governo através da força moral, e que o executava sob protesto. Apesar de não ser mal-intencionada, era suficientemente tacanha para assumir uma atitude de certa forma desprezível e, portanto, suspeitava que as outras pessoas a desprezavam. Suspeitava de Agatha em particular, pelo que a tratava com uma concisão desdenhosa nas relações que com ela mantinha, e que felizmente eram poucas. Agatha não se sentia magoada com isso, pois a Sra. Miller era uma mulher antipática, que não tinha amigas entre as meninas e que satisfazia os seus impulsos afectuosos acariciando um gato grande de seu nome *Gracchus*, mas que geralmente era denominado *Bacchus* graças a uma alteração simpática das duras consoantes iniciais.

Certa noite, a Sra. Miller, que estava sentada no seu gabinete com a Sra. Wilson a corrigir os exames, ouviu ao longe um grito semelhante ao de um gato em perigo. Correu até à porta e pôs-se à escuta. Ouviu um gemido prolongado, que se elevava duas oitavas e diminuía novamente. Era um verdadeiro grito felino, impossível de localizar, mas que foi interrompido por um soluço, uma rosnadela, um guincho forte e uma luta que inequivocamente eram provenientes de uma sala situada no piso inferior, onde, àquela hora, as meninas mais velhas estavam reunidas a estudar.

— Meu pobre Gracchy! — exclamou a Sra. Miller, correndo pelas escadas abaixo o mais rápido possível. Deparou-se com uma sala invulgarmente calma. Todas as meninas estavam profundamente imersas no estudo, excepto a menina Carpenter, que, fingindo pegar num livro caído, estava roxa de tanto suprimir o riso e congestionada por se manter inclinada.

— Onde está a Sra. Ward? — exigiu saber a Sra. Miller.

— A Sra. Ward foi buscar uns diagramas de astronomia em que estamos interessadas — disse Agatha, olhando com um ar sério para cima. Precisamente nesse momento, entrou a Sra. Ward, com alguns diagramas na mão.

— Aquele gato esteve aqui? — perguntou ela, sem olhar para a Sra. Miller e falando num tom de manifesta antipatia relativamente a *Gracchus*.

Agatha encolheu os tornozelos, como se estivesse com medo de que fossem mordidos. De seguida, olhando apreensivamente para debaixo da mesa, respondeu:

— Não está aqui nenhum gato, Sra. Ward.

— Deve haver um gato algures, ouvi-o — disse a Sra. Ward descuidadamente, desenrolando os diagramas, que começou a explicar, sem mais delongas. A Sra. Miller, preocupada com o seu animal de estimação, apressou-se a ir procurá-lo noutro sítio. No átrio de entrada, encontrou-se com uma das empregadas.

— Susan, viu o *Gracchus*? — perguntou ela.

— Está a dormir no tapete da lareira do seu quarto, minha senhora.

— Mas ouvi-o a gritar aqui, ainda há poucos instantes. Tenho a certeza de que entrou aqui outro gato e que estão a lutar um contra o outro.

Susan sorriu compassivamente.

— Que Deus a abençoe, minha senhora — disse ela. — Isso foi a menina Wylie. É uma espécie de imitação que ela faz. Além dessa, também faz a da abelha no vidro, e o soldado que sobe pela chaminé, e o gato que se esconde debaixo da cómoda. Ela faz imitações muito reais.

— O soldado na chaminé! — repetiu a Sra. Miller, chocada.

— Sim, minha senhora. É como se fosse alguém que se tivesse escondido quando ouve a dona da casa a chegar.

O rosto da Sra. Miller mostrava determinação. Regressou ao gabinete e contou o que acabara de acontecer, acrescentando alguns comentários sarcásticos sobre a eficácia da força moral para manter a disciplina no colégio. A Sra. Wilson exibia uma aparência séria. Pensou durante alguns instantes e finalmente disse:

— Tenho de pensar nisto. Importa-se de deixar o assunto a meu cargo, por enquanto?

A Sra. Miller disse que não lhe importava saber a cargo de quem ficaria o assunto, desde que ela própria não tivesse nada que ver com ele, e retomou o seu trabalho sobre os exames. Nesse instante, a Sra. Wilson, desejando estar sozinha, entrou na sala de aulas vazia do outro lado do patamar. Retirou o *Livro de Erros* da prateleira e colocou-o à sua frente. O último registo fora escrito por Agatha: «A Sra. Wilson chamou-me impertinente e escreveu ao meu tio dizendo que me recusei a respeitar as regras. Não fui impertinente e nunca me recusei a respeitar as regras. Eis o que vale a força moral!»

A Sra. Wilson ergueu-se vigorosamente e exclamou:

— Daqui a pouco vou fazer-lhe saber que... — recuperou a compostura, e olhou em volta apressadamente, imaginando supersticiosamente que Agatha podia ter entrado na sala sem ser vista. Segura de que estava sozinha, examinou a sua própria consciência para saber se tinha cometido um erro ao chamar impertinente a Agatha, justificando-se quando reflectiu que Agatha tinha, de facto, sido impertinente. No entanto, recordou que se tinha recusado a admitir esse mesmo fundamento numa ocasião recente, em que Jane Carpenter o propusera como atenuante por ter chamado mentirosa a uma colega. Será que tinha sido injusta para com Jane, ou fora imprudente para com Agatha?

O seu raciocínio casuístico foi interrompido por alguém que assobiava baixinho um tema da abertura de Masaniello, popular no colégio sob a forma de um arranjo para seis pianos e doze mãos. Havia apenas uma estudante que não era nada senhoril e com capacidade musical suficiente para assobiar esse tema, e a Sra. Wilson sentia-se novamente envergonhada por ficar nervosa perante a perspectiva de um encontro com Agatha, que entrou a assobiar docemente, mas com um semblante triste. Quando se viu na presença da Sra. Wilson, pediu desculpas educadamente, e estava prestes a retirar-se quando a Sra. Wilson, procurando reunir todo o seu discernimento e tacto, e esperando que, ao contrário do que era costume em situações de emergência, ambos respondessem à convocatória, disse:

— Agatha, venha cá. Quero falar consigo.

Agatha fechou os lábios, inspirou profundamente pelas narinas e caminhou até chegar a alguns centímetros de distância da Sra. Wilson, onde parou com as mãos entrelaçadas à sua frente.

— Sente-se.

Agatha sentou-se com um movimento único, como se fosse uma boneca.

— Não compreendo aquilo, Agatha — disse a Sra. Wilson, apontando para a entrada no Anjo do Registo. — O que significa?

— Sou tratada injustamente — disse Agatha, demonstrando sinais de agitação.

— De que forma?

— De todas as formas. Esperam de mim que seja algo mais do que uma simples mortal. Todas as outras são incentivadas a queixarem-se e a serem fracas e patetas. Mas eu não posso ter sentimentos. Tenho de fazer sempre tudo bem. Todas as outras podem sentir saudades de casa, ou sentir-se ofendidas, ou sentir-se desanimadas. Eu não posso ficar nervosa, e tenho de ajudar as outras a rirem-se durante todo o dia. As outras podem ficar amuadas quando são repreendidas, e podem fazer com que as professoras tenham receio de lhes assinalar uma falha. Eu tenho de suportar os insultos das professoras que têm menos autocontrolo do que eu, uma miúda de dezassete anos! E tenho de as adular de maneira a permitir que possam sair das dificuldades que criam a si próprias devido ao seu mau temperamento.

— Mas, Agatha...

— Oh, já sei que estou a dizer disparates, Sra. Wilson, mas será que espera que eu seja sempre sensata... que seja sempre infalível?

— Sim, Agatha. Não me parece que seja de mais esperar que seja sempre sensata, e...

— Então não tem qualquer noção das coisas, nem sequer grande compreensão — disse Agatha.

Seguiu-se uma pausa terrível. Nenhuma delas poderia dizer quanto tempo durou. De seguida, Agatha, sentindo que devia fazer ou dizer algo desesperado, ou então fugir, fez um gesto distraído e saiu a correr da sala.

Regressou para junto das suas companheiras no grande salão da mansão, onde se reuniam depois do estudo para momentos de «recreação», um processo ruidoso, que se instalava sempre de forma espontânea logo que as professores se retiravam. Normalmente, sentava-se junto das duas colegas favoritas no banco de uma janela alta próxima da lareira. Aquele lugar estava agora ocupado por uma menina de cabelo louro, a quem Agatha, apesar da força moral, ergueu pelos ombros e depositou no chão. Depois, sentou-se e disse:

— Oh, que notícia!

A menina Carpenter abriu os olhos ansiosamente. Gertrude Lindsay demonstrava indiferença.

— Alguém vai ser expulso — disse Agatha.

— Expulso! Quem?

— Vais saber em breve, Jane — respondeu Agatha, de repente muito séria. — É uma pessoa que escreveu uma entrada impudente no Anjo do Registo.

O medo caiu sobre Jane, e ela ficou muito vermelha.

— Agatha — disse —, foste tu que me disseste o que escrever. Sabes que foste, e não podes negar isso.

— Não posso negar, pois não? Estou disposta a jurar que nunca te ditei uma só palavra em toda a minha vida.

— A Gertrude sabe que o fizeste — exclamou Jane, horrorizada e quase em lágrimas.

— Estás a ver — disse Agatha, acariciando-lhe os cabelos como se fosse um bebé grande. — Não deves ser expulsa, e por isso não serás. Alguma de vocês leu recentemente o Anjo do Registo?

— Não, desde a nossa última entrada — disse Gertrude.

— Chips — disse Agatha, chamando a jovem de cabelos louros. — Sobe as escadas até à sala número 6 e, se a Sra. Wilson não estiver lá, traz-me o Anjo do Registo.

A menina resmungou algo incompreensível e não se mexeu.

— Chips — prosseguiu Agatha —, já alguma vez desejaste nunca teres nascido?

— Porque não vais tu? — perguntou a criança impertinentemente, mas evidentemente alarmada.

— Porque — continuou Agatha, ignorando a pergunta — deves querer morrer e ser sepultada debaixo da bandeira mais negra na cave de carvão se não me trouxeres o livro antes de eu contar até dezasseis. Um... dois...

— Vai de imediato e faz o que ela te disse, sua coisinha desagradável — disse rispidamente Gertrude. — Como te atreves a ser tão desobediente?

— ... Nove... Dez... Onze... — continuava Agatha.

A criança acobardou-se, saiu e, pouco depois, regressou, com o Anjo do Registo nos braços.

— És uma queridinha... especialmente quando as tuas melhores qualidades sobressaem graças a uma aplicação judiciosa da força moral — disse Agatha, bem-humorada. — Lembra-me para te reservar as passas do meu pudim amanhã. Agora, Jane, vais ver a entrada pela qual a menina mais caridosa do colégio deverá ser expulsa. *Voilá*!

As duas meninas leram e ficaram impressionadas; Jane abria a boca e ofegava, Gertrude fechava a boca e tinha um ar extremamente sério.

— Quer dizer que tiveste a desfaçatez de deixar a Senhora Abadessa ver isso? — perguntou Jane.

— Bah! Ela teria perdoado isso. Deviam ter ouvido o que eu lhe disse! Ela desmaiou três vezes.

— Isso é história — disse Gertrude, seriamente.

— Peço desculpa — disse Agatha, segurando rapidamente o joelho de Gertrude.

— Não — gritou Gertrude, vacilando histericamente. — Não faças isso, Agatha.

— Quantas vezes é que a Sra. Wilson desmaiou?

— Três vezes. Vou gritar, Agatha. Vou mesmo.

— Três vezes, como dizes. E pergunto-me como é que uma menina educada como tu foste, através da força moral, é capaz de repetir uma tal falsidade. Mas tivemos uma discussão terrível, a sério. Ela perdeu a paciência. Felizmente, eu nunca perco a minha paciência.

— Bem, estou abismada — exclamou Jane, incredulamente. — Gosto disso.

— Para uma menina de família, és imperdoavelmente vulgar, Jane. Não sei o que disse, mas ela nunca me perdoará por ter profanado o seu livro de estimação. Vou ser expulsa, tão certo quanto estar aqui sentada.

— E isso quer dizer que te vais embora? — perguntou Jane, hesitando logo que começou a aperceber-se das consequências.

— Quer. E o que será de ti quando eu não estiver aqui para te safar das dificuldades. Ou o que será da Gertrude sem mim para lhe chamar a atenção para o seu snobismo inveterado é algo que não consigo imaginar.

— Eu não sou snobe — disse Gertrude. — Apesar de não gostar de ser amiga de toda a gente. Mas nunca levantei quaisquer objecções a ti, Agatha.

— Não, mas ai de ti se o fizesses. Olá, Jane — (que, de repente, explodira em lágrimas): — Qual é o problema? Espero que não tenhas tomado a liberdade de chorar por minha causa.

— De facto — soluçou Jane, indignada. — Já sei que sou uma ton... tonta por chorar. Não tens coração.

— És seguramente uma ton... tonta, como disseste apropriadamente — disse Agatha, colocando o braço sobre os ombros de Jane e ignorando a tentativa furiosa dela para se livrar do abraço. — Mas, se eu tivesse coração, sentir-me-ia enternecida por esta prova do teu afecto.

— Eu nunca disse que não tinhas coração — protestou Jane. — Mas detesto quando falas como se fosses um livro.

— Detestas quando eu falo como se fosse um livro, não é? Minha querida, minha tonta e velha Jane! Vou sentir muito a tua falta.

— Sim, eu diria que sim — disse Jane, com um sarcasmo choroso. — Pelo menos o meu ressonar nunca mais te fará ficar acordada.

— Tu não ressonas, Jane. Tem sido uma conspiração nossa para te fazer acreditar que ressonas, e é tudo. Não é bondoso da minha parte contar-te isto?

Jane ficou siderada com aquela revelação. Após uma longa pausa, disse com profunda convicção:

— Sempre soube que não ressonava. Ah, a forma como vocês sustentaram isso! Declaro solenemente que, a partir deste momento, nunca mais vou acreditar em ninguém.

— Bem, e o que pensas tu de tudo isso? — disse Agatha, transferindo a sua atenção para Gertrude, que se mostrava muito séria.

— Eu acho que... Agora estou a falar a sério, Agatha... Acho que estás errada.

— Porque achas isso, minha querida? — exigiu saber Agatha, ligeiramente excitada.

— Deves estar, senão a Sra. Wilson não estaria zangada contigo. É claro que, de acordo com o teu relato, tens sempre razão, e todas as outras pessoas estão sempre erradas, mas não devias ter escrito aquilo no livro. Sabes que estou a falar como tua amiga.

— E, minha querida, que sabe a tua alma miserável dos meus motivos e sentimentos?

— É fácil compreender-te — retorquiu Gertrude, irritada. — A presunção não é tão incomum que seja preciso possuir uma grande capacidade para a reconhecer. E, já agora, Agatha Wylie — continuou, como se tivesse sido estimulada por alguma reminiscência insuportável —, se te vais realmente embora, não me interessa nada se nos vamos separar como amigas ou não. Não me esqueci do dia em que me chamaste «gata maldosa».

— Já pedi desculpa por isso — disse Agatha, impassível. — Um dia, sentei-me e vi o *Bacchus* sentado no tapete em frente da lareira, com os seus olhos sonhadores a observar o espaço tão cuidadosa e pacientemente que pedi desculpa por te comparar com ele. Se lhe chamasse um gato maldoso, ele não acreditaria em mim.

— Porque ele é um gato — disse Jane, com o sorriso que raramente se seguia às suas lágrimas.

— Não, porque ele não é maldoso. A Gertrude conserva um Anjo do Registo no interior da sua cabecinha, e está de tal modo repleto com os erros das outras pessoas, numa caligrafia grande, mas que só se pode ler com uma lupa, que não há espaço para inserir os seus próprios erros.

— És muito poética — disse Gertrude. — Mas compreendo o que queres dizer, e não o vou esquecer.

— Sua malvada ingrata — exclamou Agatha, voltando-se para ela tão de repente e de forma tão imperiosa que ela recuou involuntariamente para o lado. — Quantas vezes, quando tentaste ser arrogante e falsa comigo, não afastei o teu anjo mau... fazendo-te cócegas? Tinhas alguma amiga aqui no colégio, tirando meia dúzia de bajuladoras, até eu chegar? E agora, porque às vezes, para teu próprio bem, te mostrei os defeitos que tens, és má para mim e dizes que não te interessa se quando nos separarmos continuaremos a ser amigas ou não!

— Eu não disse isso.

— Oh, Gertrude, sabes muito bem que disseste — afirmou Jane.

— Pareces pensar que não tenho consciência — afirmou Gertrude lamuriosamente.

— Quem me dera que não tivesses — disse Agatha. — Olha para mim! Eu não tenho consciência, e vê só como sou muito mais agradável!

— Não te preocupas com mais ninguém senão contigo mesma — disse Gertrude. — Nunca pensas que as outras pessoas também têm sentimentos. Ninguém pensa em mim.

— Oh, gosto de te ouvir falar — gritou Jane ironicamente. — Pensam muito mais em ti do que deviam, e quanto mais pensam em ti mais queres que pensem.

— Como se — declamou Agatha teatralmente: — mal saciada, novos desejos e apetites crescessem. Shakespeare!

— Deixa lá o Shakespeare — disse Jane, impetuosamente. — Esse velho tolo que espera que lhe seja concedido crédito por dizer coisas que toda a gente sabe! Mas se te queixas de ninguém pensar em ti, Gertrude, gostarias de ser como eu, que toda a gente considera uma tonta? Mas eu não sou tão idiota como...

— Como pareces — interpôs Agatha. — Já te disse isso dezenas de vezes, Jane, e ainda bem que concordaste finalmente comigo. Que preferias ser uma tonta ainda maior do que eu...

— Ah, cala-te — disse Jane, impacientemente. — Já me perguntaste isso duas vezes esta semana.

As três mantiveram-se em silêncio durante alguns segundos: Agatha meditativa, Gertrude temperamental, Jane vaga e inquieta. Finalmente, Agatha disse:

— E vocês as duas estão a sofrer com essa sensação de desconsideração e de egoísmo do resto do mundo... ambas incompreendidas... pois esperam tanto de vós e não vos permitem quaisquer desvios?

— Não sei o que queres dizer com «nós as duas» — disse Gertrude friamente.

— Nem eu — disse Jane com raiva. — Essa é apenas a maneira como as pessoas me tratam. Podes rir-te, Agatha, e ela pode torcer o nariz tanto quanto quiser. Sabes que é verdade. Mas a ideia da Gertrude de querer dar a aparência de que ninguém pensa nela não é mais do que sentimentalismo, vaidade e um disparate. — Está a ser excessivamente grosseira, menina Carpenter — disse Gertrude.

— As minhas maneiras são tão boas quanto as tuas, até talvez melhores — retorquiu Jane. — Seja como for, a minha família é tão boa quanto a tua.

— Meninas, meninas — disse Agatha, num tom reprobatório —, não se esqueçam de que são boas amigas.

— Não o jurámos — afirmou Jane. — Devíamos tê-lo jurado umas às outras, e a Gertrude e eu estávamos dispostas a isso, mas tu não quiseste fazê-lo, e, portanto, essa jura de amizade nunca foi feita.

— Mesmo assim — disse Agatha. — E o resultado é que passo o tempo a tentar promover a paz entre vós. E agora, de volta ao nosso assunto, será que posso perguntar se alguma vez vos ocorreu que nunca ninguém pensa em mim?

— Suponho que achas isso muito divertido. Fazes tudo e mais alguma coisa para que ninguém se esqueça de ti — resmungou desdenhosamente Jane.

— Não podes afirmar que não penso em ti — disse Gertrude de forma reprovadora.

— Não quando te faço cócegas, minha querida.

— Eu penso em ti e não sou afectada pelas cócegas — disse ternamente Jane.

— É verdade! Deixa-me tentar — disse Agatha, fazendo deslizar o braço em torno da ampla cintura de Jane e provocando nela uma combinação aguda de riso e gritos.

— Chhiiu... chhiiu — sussurrou rapidamente Gertrude. — Não vêem a Senhora Abadessa?

A Sra. Wilson acabara de entrar na sala. Agatha, aparentemente inconsciente da sua presença, retirou furtivamente o braço e disse em voz alta:

— Como é que podes fazer tanto barulho, Jane? Vais perturbar toda a casa.

Jane enrubesceu de indignação, mas teve de se manter em silêncio, pois os olhos da directora estavam pousados nela. A Sra. Wilson tinha a touca sobre a cabeça. Anunciou que iria a pé até Lyvern, a aldeia mais próxima. Será que alguma das jovens do sexto ano gostaria de a acompanhar?

Agatha saltou de imediato do banco, e Jane abafou um sorriso.

— A Sra. Wilson disse que deveriam ser do sexto ano, menina Wylie — afirmou a Sra. Ward, que acabara de entrar na sala. — A menina não é do sexto ano.

— Não — disse Agatha, com toda a doçura —, mas quero ir, se me for permitido.

A Sra. Wilson olhou em volta. O sexto ano era composto por quatro jovens estudiosas, cujo objectivo na vida naquele momento consistia unicamente em prepararem-se para um exame numa das universidades, ou, conforme era o mote do colégio: «Os Terrenos de Cambridge.» Nenhuma delas respondeu.

— Então, do quinto ano — disse a Sra. Wilson.

Jane, Gertrude e quatro outras ergueram-se e perfilaram-se ao lado de Agatha.

— Muito bem — disse a Sra. Wilson. — Não demorem muito a vestir-se.

Saíram calmamente da sala e dispararam a grande velocidade para as escadas logo que saíram da vista da Sra. Wilson. Agatha, apesar de não sentir qualquer vontade de copiar a ambição dos Terrenos de Cambridge, competia sempre com todo o ardor pela honra de ser a primeira a subir ou a descer as escadas.

Regressaram pouco depois, vestidas para a caminhada, e deixaram o colégio em procissão, duas a duas, com Jane e Agatha na frente, e Gertrude e a Sra. Wilson logo atrás. O caminho para Lyvern seguia por entre hectares de pastagens, anteriormente terrenos aráveis, agora abandonados ao gado, que dava mais dinheiro ao proprietário do que os homens que tinham sido afastados. As jovens da Sra. Wilson, tendo recebido alguma educação em assuntos de economia, sabiam que este facto demonstrava que a terra estava a ser usada para produzir o que mais se pretendia dela, e se todos os benefícios iam para o proprietário, isso não era senão natural, pois era ele o principal senhor das redondezas. Ainda assim, esta situação tinha contrapartidas desagradáveis, pois implicava um grande número de vacas, o que as fazia terem medo de atravessar os campos, um grande número de vagabundos, o que as fazia terem medo de andar pelas estradas, e uma escassez de homens passíveis de sujeição à arte feminina do fascínio.

O céu estava nublado. Agatha, indiferente às meias empoeiradas, passava pelo meio dos montes de folhas caídas com a alegria de uma criança a chapinar junto ao mar, Gertrude escolhia cuidadosamente os sítios onde pousava os pés, e as outras seguiam juntas, conversando subjugadas, ocasionalmente fazendo alguma observação científica ou filosófica num tom de voz mais elevado, de maneira que a Sra. Wilson as pudesse ouvir e conceder-lhes o devido crédito. Com a excepção de um pastor, que parecia ter adquirido um pouco da natureza e expressão dos animais pelos quais era responsável, não encontraram ninguém até se aproximarem da aldeia, onde, no cimo de um declive, a humanidade masculina surgiu sob a forma de dois padres: um deles era alto, tinha uma barba curta, era magro, transportava um livro debaixo do braço, e o seu pescoço esticava-se para a frente; o outro era de altura mediana, robusto, tinha as costas direitas, e um ar agressivo, com curtas suíças negras, e parecia protestar contra noções como as de que um clérigo não se pode casar, caçar, jogar críquete, ou praticar os mesmos desportos que os leigos honestos. O indivíduo de barba curta era o Sr. Josephs, o seu companheiro era o Sr. Fairholme. As perversões bíblicas evidentes sobre este par de nomes tinham sido introduzidas por Agatha.

— Ali vêm o Faraó e José — disse ela a Jane. — O José vai corar quando olhares para ele. O Faraó só vai corar depois de passar pela Gertrude, portanto não veremos isso.

— O Josephs, a sério! — disse Jane desdenhosamente.

— Ele adora-te, Jane. Os homens magros gostam de mulheres cheias. O Faraó, que é um grosseirão, gosta de sangue azul com base nesse mesmo princípio de atracção pelos opostos. É por isso que ele se sente cativado pelo ar aristocrático da Gertrude.

— Se ao menos soubesse como ela o despreza!

— É demasiado frívolo para suspeitar disso. Além do mais, a Gertrude despreza toda a gente, até mesmo nós. Ou antes, ela não despreza ninguém em particular, mas é desdenhosa por natureza, da mesma maneira que tu és decidida.

— Eu! Antes ser decidida do que empertigada. Será que temos de nos curvar?

— Vou fazer isso, sem dúvida. Quero fazer corar o Faraó, se conseguir.

Os dois padres procuravam simular um interesse pelo firmamento nublado como desculpa para não olharem para as meninas até se aproximarem delas. Jane lançou um olhar rápido na direcção de Josephs, com uma habilidade que demonstrava a sua afirmação favorita de que não era tão estúpida quanto as pessoas pensavam. Ele corou e retirou da cabeça o chapéu de feltro macio e não muito alto. Fairholme fez uma saudação extremamente solene, pois Agatha inclinou-se na sua direcção com uma grande seriedade. Mas quando a gravidade e o chapéu rígido de seda dele atingiram o ponto mais alto, ela lançou-lhe um sorriso zombeteiro, e ele também corou, ainda mais profundamente, porque ficou furioso consigo mesmo por o fazer.

— Já alguma vez tinhas visto um tal par de tontos? — sussurrou Jane, rindo-se entre dentes.

— Eles não têm culpa do género a que pertencem. Dizem que as mulheres são umas tontas, e assim é. Mas, graças a Deus, não são tão más quanto os homens! Gostaria de olhar para trás e ver o Faraó a passar pela Gertrude, mas, se ele me visse, pensaria que eu o estava a admirar a ele, e já é suficientemente pretensioso sem isso.

Os dois padres foram ficando cada vez mais corados à medida que passavam pela coluna de jovens. A menina Lindsay não olhou para o lado da estrada por onde eles seguiam, e o aceno e o sorriso da Sra. Wilson não foram muito sinceros. Ela nunca falava com padres e apenas mantinha com o vigário as relações que não podia evitar. Ele suspeitava que ela era uma infiel, embora nem ele nem outros mortais em Lyvern tivessem ouvido alguma vez uma única palavra dela sobre o tema das suas opiniões religiosas. Mas ele sabia que a «ciência moral» era ensinada de forma laica no colégio, e achava que quando a moral fazia parte de um departamento da ciência, a exigência da religião deveria cair proporcionalmente.

— Que vida e que lugar este onde vivem! — exclamou Agatha. — Encontramo-nos com duas criaturas, mais parecidas com fatos pretos do que com homens, e isso é um incidente... um incidente surpreendente... na nossa existência!

— Parece-me que eles são terrivelmente divertidos — disse Jane —, a não ser pelo facto de o Josephs ter umas orelhas tão grandes.

As meninas chegavam agora a um lugar onde a estrada mergulhava num bosque de sombrios plátanos e castanheiros-da-índia. Enquanto passavam por entre as árvores, levantou-se um pouco de vento, as folhas caídas agitaram-se e os ramos soltaram um longo e sussurrante suspiro.

— Detesto este pedaço da estrada — disse Jane, apressando-se. — É exactamente o tipo de sítio onde as pessoas são assaltadas e assassinadas.

— Não é um lugar assim tão mau para nos abrigarmos se formos apanhadas pela chuva, como julgo que virá a acontecer antes de regressarmos — disse Agatha, sentindo a brisa intermitente bater de forma agoirenta no seu rosto. — Vou ficar toda encharcada com estes sapatos leves! Quem me dera ter calçado as minhas botas fortes. Se chover demasiado, entro na moradia antiga.

— A Sra. Wilson não te deixará entrar. É invasão de propriedade alheia.

— Que diferença faz?! Ninguém vive lá, e o portão já caiu das dobradiças. Só quero ficar debaixo da varanda, e não entrar naquele lugar miserável. Além disso, o proprietário conhece a Sra. Wilson e não se vai importar. Ora, aqui está uma gota.

A menina Carpenter olhou para cima e recebeu imediatamente uma pesada gota de chuva nos olhos.

— Oh! — gritou. — Está a chover a potes. Vamos ficar encharcadas.

Agatha parou, e a coluna formou um grupo à sua volta.

— Sra. Wilson, vai chover torrencialmente, e a Jane e eu só temos estes sapatos.

A Sra. Wilson fez uma pausa para avaliar a situação. Alguém sugeriu que se se apressassem poderiam chegar a Lyvern antes que a chuva começasse a cair.

— Ainda estamos a mais de um quilómetro e meio — disse Agatha com desdém —, e a chuva já está a cair!

Alguém sugeriu que regressassem ao colégio.

— São mais de três quilómetros — disse Agatha. — Vamos ficar encharcadas.

— Não há nada a fazer senão esperar aqui, debaixo das árvores — disse a Sra. Wilson.

— Os ramos estão muito despidos — disse Gertrude ansiosamente. — Se começar a chover muito, as gotas vão ser ainda piores do que as gotas da chuva.

— Muito piores — disse Agatha. — Acho que seria melhor se nos abrigássemos debaixo da varanda da moradia antiga. Não fica a mais de meio minuto a pé daqui.

— Mas não temos o direito... — Nesse instante, o céu escureceu ameaçadoramente. A Sra. Wilson olhou em volta e disse: — Suponho que ainda está vazia.

— Claro — respondeu Agatha, impaciente para se pôr em movimento. — É quase uma ruína.

— Então vamos até lá, rapidamente — disse a Sra. Wilson, não mais disposta a divagar sobre futilidades perante o risco de uma forte constipação.

Apressaram-se e chegaram a uma colina verde, situada ao lado da estrada. Na encosta, era visível uma casa de estilo suíço em ruínas, rodeada por uma varanda assente sobre colunas finas de madeira, da qual pendiam algumas gavinhas de trepadeira ressequidas, cujas extremidades balançavam devido ao vento recente, agora momentaneamente abafado, como se estivesse a preparar-se para a chegada da chuva. O acesso a partir da estrada era feito através de um portão de madeira inserido na sebe. Para surpresa de Agatha, que tinha visto pela última vez o portão fora das dobradiças e apenas ligado ao poste por uma corrente enferrujada e um cadeado, estava agora novamente preso e fechado com um ferrolho novo. O tempo, não admitindo qualquer atraso para pensar nestas reparações, fê-la abrir o portão e apressar-se a correr pela encosta acima, seguida pelo grupo de meninas. A subida terminou com uma corrida, pois a chuva começou de repente a cair em grandes torrentes.

Logo que se abrigaram debaixo da varanda, arquejantes, sorridentes, a resmungar, ou felicitando-se por estarem tão perto de um local de abrigo, a Sra. Wilson observou, com alguma inquietação, uma enxada — nova, tal como o ferrolho da porta — colocada na vertical num pedaço de terra que alguém estivera evidentemente a cavar há pouco tempo. Estava prestes a comentar este sinal que indicava que a casa estava habitada, quando a porta da moradia se abriu, e Jane deu um grito quando um homem desatou a correr em direcção à enxada, que pretendia levar para dentro de casa, no momento em que se apercebeu do grupo por baixo da varanda, e parou espantado. Era um jovem trabalhador, com uma barba castanho-avermelhada que deveria ter mais de uma semana. Usava calças de bombazina e um colete de bombazina com mangas de linho. Ambas as peças de roupa, tal como o ferrolho e a enxada, eram novas. Uma camisa azul grosseira, com um lenço de pescoço vulgar, de cor vermelha e laranja, também novo, completavam a sua vestimenta e, para se proteger da chuva, tinha na mão um guarda-chuva de seda, com uma pega de ébano engastada em prata, que parecia pouco provável ter arranjado com honestidade. A Sra. Wilson sentia-se que nem um rapaz apanhado a roubar um pomar, mas exibiu um rosto corajoso e disse:

— Será que nos autoriza a refugiarmo-nos aqui, até que a chuva pare?

— Com certeza, minha senhora — respondeu ele respeitosamente, encostando o cabo da enxada ao cabelo, que lhe caía sobre as sobrancelhas. — Vossa Senhoria concede-me um grande orgulho por se refugiar da anclemência dos ilementos debaixo da minha humilda veranda. — O sotaque dele era bárbaro e, como se fosse um fraco comediante, parecia saborear essa vulgaridade. Enquanto falava, juntou-se a elas debaixo do abrigo da varanda, e encostou a enxada à parede da moradia, batendo com a bota na parede para retirar a terra das botas cardadas, que eram novas.

— Saí, honrada senhora — continuou ele, muito à vontade —, para albergar a minha enxada, com a qual ganho o meu sustento. O que a pena é para o poeta, assim é a enxada para um trabalhador. — Tirou o lenço do pescoço, limpou as têmporas, como se ali tivesse algum suor de trabalho honesto, e calmamente amarrou-o de novo. — Se me perdoar a o'servação dum homem comum — disse ele —, Vossa Senhoria tem belas filhas.

— Não são minhas filhas — disse a Sra. Wilson, muito bruscamente.

— Irmãs, tálvez?

— Não.

— Pensei que pudessem ser, proque tam'ém tenho uma irmã. Nã que tivesse a ousadia de fazer comp'rações, nem siquer na minha cabeça, proque ela é só uma mulher comum... do mais comum qu'é possível. Mas poucas mulheres s'elevam acima do comum. No domingo passado, na igreja d'aldeia, ouvi o padre ler que tinha encontrado um homem no meio de mil, «mas uma só mulher entre todas estas», diz ele, «não encontrei», e eu penso pra mim, «Tem razão!» Mas aposto qu'ele nunca encontrou Vossa Senhoria.

Uma risada, mal disfarçada como tosse, escapou à menina Carpenter.

— 'Quela jovem 'tá a apanhar uma constipação, parece-me — disse ele, com uma solicitude respeitosa.

— Acha que a chuva ainda vai demorar muito tempo até passar? — perguntou educadamente Agatha.

O indivíduo avaliou o céu com o ar sábio de alguém que conhece o tempo durante alguns momentos. De seguida, virou-se para Agatha, e respondeu humildemente:

— Só o Senhor pod'rá dizer, menina. Não cabe a um homem comum como eu dizer isso.

Seguiu-se um prolongado silêncio, durante o qual Agatha, examinando furtivamente o ocupante da moradia, reparou que o seu rosto e pescoço estavam mais limpos e menos queimados pelo sol do que acontecia com os trabalhadores habituais de Lyvern. As suas mãos estavam escondidas debaixo de grandes luvas de jardinagem, manchadas com o pó do carvão. Os trabalhadores de Lyvern, em regra, não colocavam grandes objecções à sujidade que lhes cobria as mãos e nunca usavam luvas. Ainda assim, pensou ela, não havia qualquer motivo para que um trabalhador excêntrico, inacreditavelmente falador, e capaz de uma alusão à pena do poeta, não pudesse dar-se ao luxo de ter umas luvas baratas. Mas o guarda-chuva de seda, com um engaste de prata...

— A jovem aí — disse ele, subitamente, segurando no guarda-chuva —, está fixada nisto aqui. Tenho bem a noção de qu'os homens de condição mais baixa nã têm um guarda-chuva de cavalheiro, e peço perdão a Vossa Senhoria pela liberdade. Encontrei-o por acaso, e ficaria contente se recebesse uma oferta razoável de um cavalheiro que precisasse de um produto honesto.

Enquanto ele falava, dois homens, que muito precisavam de tal produto, como demonstravam os casacos molhados e agarrados ao corpo, passaram pelo portão e dirigiram-se para a moradia. Fairholme chegou primeiro, e exclamou:

— Que aguaceiro terrível! — E virou bruscamente as costas às jovens, de maneira a manter-se na extremidade da varanda e sacudir a água do chapéu. Josephs chegou logo de seguida, encolhendo-se para evitar o contacto húmido com a sua própria roupa molhada. Aproximou-se servilmente da Sra. Wilson e manifestou a esperança de que ela não se tivesse molhado.

— Até agora consegui escapar — respondeu ela. — A questão é como é que vamos conseguir chegar a casa?

— Oh, é apenas um aguaceiro — disse Josephs, olhando alegremente para a cortina cerrada de nuvens. — Não demorará muito a limpar.

— Nã cabe a um homem comum contrariar um cavalheiro que deve ter um conhecimento prefissional dos céus, conforme poderia dizer-se — disse o indivíduo —, mas apostava humildemente o meu guarda-chuva contra qualquer outra coisa em como não vai deixar de chover antes das sete da tarde.

— Aquele homem vive aqui — sussurrou a Sra. Wilson —, e suponho que se quer ver livre de nós.

— Huum! — disse Fairholme. De seguida, virando-se para o estranho trabalhador com o ar de uma pessoa que não admitia brincadeiras, levantou a voz e perguntou: — Vive aqui, não é verdade, meu bom homem?

— Vivo sim, meu senhor, com a sua licença, se me permite.

— Qual é o seu nome?

— Jeff Smilash, senhor, ao seu serviço.

— De onde vem?

— De Brixtonbury, senhor.

— De Brixtonbury! Onde fica isso?

— Bem, senhor, nã sei bem. Se um cavalheiro como o senhor, que sabe giografia e tudo, nã sabe, como é que eu posso saber?

— Devia saber onde nasceu, homem. Não tem senso comum?

— Onde é que uma pessoa como eu arranja senso comum, senhor? Além disso, fui enjeitado. Se calhar, nã nasci em lado ninhum.

— Esteve na igreja no domingo passado?

— Nã, senhor. Só cheguei aqui na quarta-feira.

— Bem, apareça lá no próximo domingo — disse Fairholme secamente, afastando-se do indivíduo.

A Sra. Wilson olhou para o tempo, para Josephs, que conversava com Jane, e finalmente para Smilash, que batia com os nós dos dedos na testa sem esperar que lhe dirigissem a palavra.

— Será que tem um rapaz que possa mandar a Lyvern para nos arranjar um transporte... uma carruagem? Dou-lhe um xelim pelo incómodo.

— Um xelim! — disse alegremente Smilash. — Vossa Senhoria é uma nobre. Duas carruagens. Vocês são oito.

— Só há uma carruagem em Lyvern — disse a Sra. Wilson. — Leve este cartão ao Sr. Marsh, o conservador, e conte-lhe a nossa situação. Ele manda os veículos.

Smilash pegou no cartão e leu-o de relance. De seguida, entrou na moradia. Reapareceu de imediato, com um chapéu de abas largas e vestindo peças de roupa feitas de oleado, seguiu pelo meio da chuva e passou o portão com uma elegância ridícula. Pouco depois de ter desaparecido, como frequentemente acontece aos homens notáveis, tornou-se o tema da conversa.

— Um trabalhador decente — disse Josephs. — Um indivíduo com boas maneiras, tendo em conta a sua classe.

— No entanto, é um pateta — disse Fairholme.

— Ou um patife — disse Agatha, realçando a sugestão com um brilhozinho dos olhos e dos dentes, enquanto as suas colegas, demonstrando desaprovar a liberdade que ela manifestava, se mantinham rigidamente caladas. — Ele disse à Sra. Wilson que tinha uma irmã e que tinha ido à igreja no domingo passado, e acabou de vos dizer que é um enjeitado e que só chegou na passada quarta-feira. O sotaque é falso, ele sabe ler, e não acredito que seja um trabalhador. Talvez seja um assaltante, que veio até aqui para roubar a baixela do colégio.

— Agatha — disse severamente a Sra. Wilson —, tem de ter muito cuidado antes de afirmar coisas desse género.

— Mas é tão evidente. A explicação dele para o guarda-chuva foi inventada para afastar todas as suspeitas. Ele pegava no guarda-chuva e encostava-se a ele de uma forma que demonstrava que está mais habituado a ele do que à nova enxada por causa da qual estava tão ansioso. E todas as roupas dele são novas.

— É verdade — disse Fairholme. — Mas não há muito que se possa dizer acerca disso. Os trabalhadores, hoje em dia, imitam os cavalheiros em tudo. No entanto, vou mantê-lo debaixo de olho.

— Oh, muito obrigado — disse Agatha. Fairholme, suspeitando que estava a ser alvo de zombaria, franziu o sobrolho, e a Sra. Wilson olhou com severidade para Agatha. Pouco mais disseram, excepto quanto às probabilidades (manifestamente poucas) de a chuva parar, até verem a parte de cima de uma carruagem, uma outra carruagem decadente usada para o transporte de caixões, e três chapéus a pingar por cima da sebe. Smilash estava sentado ao lado do condutor da primeira carruagem. Quando esta parou, ele desceu, voltou a entrar na moradia sem dizer uma só palavra, saiu com o guarda-chuva, abriu-o sobre a cabeça da Sra. Wilson e disse:

— Agora, se Vossa Senhoria vier comigo, levo-a sem se molhar até à carruagem e depois venho buscar cada uma das suas honradas sobrinhas.

— Irei em último lugar — disse a Sra. Wilson, irritada com a ideia de que o grupo constituía uma família. — Gertrude, será melhor seguir em primeiro lugar.

— Permita-me — disse Fairholme, avançando um passo e tentando pegar no guarda-chuva.

— Obrigado, não o vou incomodar — disse ela gelidamente, e afastou-se à pressa sobre o terreno, seguindo ao lado de Smilash, que segurava no guarda-chuva por cima dela com uma solicitude ostensiva. Depois, Smilash fez o mesmo com todas as outras, levando-as até aos veículos, nos quais elas se acondicionaram com alguma dificuldade. Agatha, que foi a antepenúltima, deu a Smilash uma moeda de três dinheiros.

— A menina tem uma atitude nobre e altiva — disse ele, aparentemente muito comovido. — Bênção para ambos! Bênção para ambos!

Regressou para ir buscar Jane, que escorregou na relva molhada e caiu. Ele teve de fazer uso de toda a sua força para a ajudar a pôr-se novamente de pé.

— Espero que não se tenha encharcado com a chuva, menina — disse ele. — É uma bela senhora para a sua idade. Tem quase setenta e cinco quilos, acho eu.

Jane enrubesceu e apressou-se a tentar subir para a carruagem onde estava Agatha. Mas essa carruagem já estava repleta, e Jane, contra a sua vontade, teve de ir para a outra, diminuindo consideravelmente o espaço que restava para a Sra. Wilson, que Smilash fora buscar.

— Agora, minha querida senhora, tenha cuidado para não escorregar. Venha daí.

A Sra. Wilson, ignorando o convite, retirou um xelim da bolsa.

— Não, minha senhora — disse Smilash, com um ar virtuoso. — Sou um homem honesto e nunca vi o interior de uma prisão, excepto quatro vezes, e apenas duas por roubar. A sua filha mais nova, aquela que tem um ar altivo, pagou-me muito mais do que o necessário.

— Já lhe disse que estas jovens não são minhas filhas — disse a Sra. Wilson rispidamente. — Por que motivo não ouve o que lhe dizem?

— Nã seja tão dura com um homem comum, minha senhora — disse Smilash de forma submissa. — A jovem acabou de me dar três meias croas.

— Três meias coroas! — exclamou a Sra. Wilson, irada com tal extravagância.

— Deus abençoe a inocência dela, ela nã sabe o que é adequado dar a uma pessoa de baixa condição como eu! Mas eu nã vou roubar a jovem. Meia croa é a paga justa para o trabalho, e assim guardo meia croa, se isso agradar a Vossa Senhoria. Mas devolvo-lhe os cinco xelins a si, para lhos dar a ela. Já notou a altivez dela?

— Que disparate, meu caro senhor. Seria melhor guardar o dinheiro que recebeu.

— Quê? Vender por cinco xelins a elevada opinião que Vossa Senhoria tem de mim! Nã, minha senhora. Nã faço isso. As últimas palavras que o meu pai me disse foram...

— Ainda há pouco disse que era um enjeitado — disse Fairholme. — Em que devemos acreditar? Hã?

— E assim foi, senhor; mas apenas do lado da minha mãe. Vossa senhoria fará o favor de ficar com o dinheiro, porque eu nã fico com ele. Sou das classes baixas e, portanto, não sou um homem de muitas palavras, mas quando digo uma coisa nã deixo de a fazer.

— Fique com o dinheiro — disse Fairholme à Sra. Wilson. — Fique com ele, é evidente. Sete xelins e seis dinheiros é uma soma ridícula para lhe dar pelo que ele fez. Serviria apenas para ele gastar em bebida.

— Sua reverência diz a verdade, minha senhora. Meia croa é o suficiente para eu ficar bem até domingo de manhã, e mais do que isso nã desejo.

— Só se falasse um pouco menos, meu bom homem — disse Fairholme, pegando nas duas moedas que ele estendia e entregando-as à Sra. Wilson, que se despediu dos dois clérigos desejando-lhes uma boa tarde e seguindo para a carruagem debaixo do guarda-chuva.

— Se Vossa Senhoria algum dia precisar de um homem para fazer algum trabalho no colégio, espero que se lembre de mim — disse Smilash enquanto desciam a encosta.

— Oh, já sabe quem eu sou, não já? — disse a Sra. Wilson secamente.

— Todas as pessoas a conhecem, minha senhora, e veneram-na. Não há muitos que se equiparem a mim como cunhadores, e, se precisar de gravar uma medalha para oferecer por bom comportamento ou qualquer coisa semelhante, acho que poderei tratar disso de maneira a satisfazê-la. Além disso, se Vossa Senhoria precisar de qualquer ninharia ou de rendas de contrabando...

— Será melhor ter cuidado, senão arranja problemas, penso eu — disse severamente a Sra. Wilson. — Diga-lhe para seguir em frente.

As duas carruagens partiram, e Smilash tomou a liberdade de acenar o chapéu após a partida de ambas. Depois disso, regressou à moradia, deixou o guarda-chuva no interior, saiu de novo, fechou a porta, guardou a chave no bolso, e afastou-se debaixo de chuva, atravessando a colina sem prestar a mínima atenção aos dois padres surpreendidos.

Entretanto, a Sra. Wilson, incapaz de conter a irritação perante a extravagância de Agatha, falou nisso às meninas que seguiam na mesma carruagem que ela. Mas Jane declarou que Agatha tinha apenas três dinheiros e, portanto, não poderia nunca ter dado ao indivíduo trinta vezes esse montante. Assim que chegaram ao colégio, Agatha, confrontada pela Sra. Wilson com o sucedido, abriu os olhos de espanto e exclamou, a rir:

— Só lhe dei três dinheiros. Ele mandou-me um presente de quatro xelins e nove dinheiros!

Capítulo IV

Sábado no Alton College, nominalmente um dia que era meio feriado, mas que, na verdade, era um feriado completo. As aulas de ginástica, dança, declamação e desenho decorriam durante a parte da manhã. A tarde era passada no campo relvado de ténis, para o qual as convidadas residentes nas vizinhanças tinham permissão para trazer os respectivos maridos, irmãos e pais, pois a Sra. Wilson desejava enviar a suas meninas para o mundo libertas da rigidez inculta das alunas sem hábitos de sociedade.

No final de Outubro, aconteceu um sábado que não viria a revelar-se, em nada, apenas mais um feriado para a Sra. Wilson. À uma e meia, depois de concluído o almoço, saiu para um relvado situado entre o lado sul do colégio e uma zona de arbustos. Neste sítio, encontrou um grupo de meninas que observavam Agatha e Jane a arrastarem um rolo sobre o relvado. Uma delas, que brincava com uma raquete, atirou por acaso uma bola para o meio dos arbustos, de onde, para surpresa de todas, emergiu Smilash, com a bola na mão, a piscar os olhos e a proclamar que, apesar de ser um homem comum, tinha sentimentos como qualquer outra pessoa, e que o seu olho não era nem um pau nem uma pedra. Estava vestido tal como anteriormente o tinham visto, mas as suas roupas, sujas de barro e cal, já não pareciam novas.

— O que o traz até aqui, se é que lhe posso perguntar? — exigiu saber a Sra. Wilson.

— Julgo que mandou chamar-me, minha senhora — respondeu ele. — O padeiro disse-me isso quando passou p'la minha humilda casa esta manhã. Achei qu'ele não m'estava a enganar.

— É verdade; de facto, mandei chamá-lo. Mas porque não veio pela entrada de serviço?

— Estava mesmo à procura dela, minha senhora. Estava à procura dela quando esta bola m'atingiu aqui — (tocando no olho). — É um golpe cruel num olho, pois nat'ralmente afecta a visão e a expressão e faz com qu'um homem honesto pareça um ladrão.

— Agatha, vem cá — disse a Sra. Wilson.

— Muito prazer, menina — disse Smilash, levantando a mão até à madeixa de cabelo.

— É este o homem que me entregou os cinco xelins e que me disse que lhos tinhas dado. Foi assim?

— Certamente que não. Eu só lhe dei três dinheiros.

— Mas eu mostrei o dinheiro a Vossa Senhoria — disse Smilash, torcendo agitadamente o chapéu. — Eu dei-lhe o dinheiro. Com'é que eu arranjava cinco xelins se nã me tivessem sido dados por alguém rico e nobre? Se a menina pensa qu'eu nã devia ficar com mais do que meia croa, não m'importo que seja tirado do meu salário se me derem trabalho aqui. Mas...

— Mas é um disparate — disse Agatha. — Eu nunca lhe dei três meias coroas.

— Tálvez tenha feito um erro. Um dinheiro é parecido com as meias croas, e o dia já 'tava escuro.

— Não podia ser — disse Agatha. — A Jane viu a minha bolsa durante a primeira parte da semana, Sra. Wilson, e ela pode dizer-lhe que eu só tinha três dinheiros. Sabe que recebo o meu dinheiro no princípio do mês. Nunca dura mais do que uma semana. A simples ideia de ter sete xelins e seis dinheiros ao dia dezasseis é ridícula.

— Mas, menina, nã é 'inda mais ridículo qu'eu, um pobre trabalhador, pudesse dar dinheiro que nunca tive?

Uma sensação vaga de alarme instalou-se em Agatha, à medida que aumentava uma prova de contradição dos seus sentidos.

— Tudo o que sei é que não lhe dei esse dinheiro; pelo que os meus três dinheiros devem ter-se transformado em meias coroas no interior do seu bolso — protestou ela.

— Tálvez seja assim — disse Smilash seriamente. — Já ouvi, e sei qu'é verdade, que o dinheiro cresce nos bolsos dos ricos. Então porque tam'ém nã pode crescer nos bolsos dos pobres? Porquê ficar surpreendido com o qu'acontece todos os dias?

— Tinha consigo já algum dinheiro naquele dia?

— Com'é qu'alguém como eu arranjaria aquele dinheiro?... Peço perdão por inquirir Vossa Senhoria.

— Não sei como é que o poderia ter arranjado — disse a Sra. Wilson irritadamente. — Pergunto-lhe, tinha algum dinheiro consigo?

— Bem, minha senhora, nã me lembro. Não vou discordar de si. Nã me lembro.

— Então cometeu um erro — disse a Sra. Wilson, entregando-lhe de volta o dinheiro. — Aqui está. Se não é seu, também não é nosso. Portanto, será melhor guardá-lo.

— Guardá-lo! Oh, minha senhora, mas isso é o ponto mais alto da nobreza! E o que devo fazer pra o merecer, minha senhora?

— Não tem de fazer nada: dou-lho porque não me pertence e, suponho, deve pertencer-lhe a si. Parece ser um homem muito simples.

— Agradeço a Vossa Senhoria. Tenho a esp'rança que sim. No que respeita ao dia de trabalho, agora, minha senhora, estava a pensar em empregar um pobre coitado?

— Não, obrigado, não tenho qualquer uso para os seus serviços. Além disso, também tenho de lhe dar o xelim que lhe prometi por ter ido buscar as carruagens. Aqui está.

— Mais um xelim! — gritou Smilash, estupefacto.

— Sim — disse a Sra. Wilson, começando a sentir-se extremamente zangada. — Por favor, não quero ouvir nem mais uma palavra sobre o assunto. Não percebe que fez por o merecer?

— Sou um homem comum, e não percebo quase nada — respondeu ele reverentemente. — Mas se Vossa Senhoria me permitisse um dia de trabalho em qu'eu fizesse por o merecer, eu podia pôr todo este dinheiro num pequeno mealheiro de madeira que tenho em casa, e guardá-lo pra quando a doença ou a velhice, por assim dizer, chegarem. Eu podia alisar muito bem aquela relva; pois as meninas cansam-se a empurrar aquele rolo pesado. Se vão jogar ténis, posso pôr tão bem as redes qu'até apanham aves do paraíso. Se os campos tiverem de ser marcados com cal, posso marcar uma linha tão d'reita que Vossa Senhoria até pode pôr em cima da linha um triângulo equilátero. Sou honesto e posso servir a qualquer mesa da mesma maneira que um mordomo do *Mayor* de Londres.

— Não posso empregá-lo sem ter referências — disse a Sra. Wilson, divertida com a menção a Euclides de Alexandria e perguntando-se onde teria ele ido buscar aquela ideia.

— Tenho a melhor das referências, minha senhora. O reverendíssimo reitor conhece-me desde pequeno.

— Estive ontem a falar com ele sobre si — disse a Sra. Wilson, olhando duramente para Smilash —, e ele afirma que o considera um perfeito estranho.

— Os cavalheiros esquecem-se com facilidade — disse tristemente Smilash. — Mas eu aludia ao meu reitor de origem... ou seja, o reitor da aldeia onde nasci, Auburn. «Doce Auburn, a aldeia mais linda da planície», como lhe chamavam os cavalheiros.

— Não foi esse o nome que referiu ao Sr. Fairholme. Não me lembro do nome que deu, mas não era Auburn. Além disso, jamais ouvi falar de tal sítio.

— Nunca leu nada sobre a doce Auburn!

— Nem na geografia, nem em nenhuma revista. Lembra-se de me ter dito que esteve na prisão?

— Apenas seis vezes — defendeu-se Smilash, cujos traços do rosto se alteraram convulsivamente. — Não seja demasiado dura pra um homem comum. Apenas seis vezes, e todas elas por causa da bebida. Mas fiz um juramento e mantenho-me fiel desde há dezoito meses.

A Sra. Wilson considerava agora o indivíduo como um daqueles campónios entusiastas e ligeiramente idiotas, de estilo insolentemente peculiar, que sem fazerem de propósito se tornam populares pois lisonjeiam a noção de sanidade daqueles cujas faculdades estão mais bem adaptadas às circunstâncias.

— Tem uma fraca memória, Sr. Smilash — disse ela com bom humor. — Nunca apresenta duas vezes o mesmo relato sobre si próprio.

— Tenho a noção que não me exprimo com 'xactidão. As senhoras e os cavalheiros têm esse poder sobr'as palavras, e conseguem sempre dizer o que querem, mas um homem comum, com'eu, não consegue. As palavras não vêm de maneira natural pra alguém assim. Acaba por ter mais pensamentos do que palavras, e as palavras que tem não se adequam aos pensamentos. Será que posso fazer uma passagem com o rolo e tornar-me útil por aqui até ao anoitecer, por nove dinheiros?

A Sra. Wilson, que esperava mais do que os habituais visitantes de sábado, pensou na proposta e aceitou-a.

— E lembre-se — disse ela — que, como é um estranho por aqui, as suas referências em Lyvern dependem do uso que fizer desta oportunidade.

— Fico muito grato a Vossa Senhoria. Que a bondade de Vossa Senhoria possa servir para coser o buraco que tenho no bolso onde transporto o meu carácter e que tantas vezes me deixou perdê-lo. É um sítio mau onde os homens guardam os caracteres, mas é assim a moda. E, portanto, viva o glorioso século XIX!

Tirou o casaco, pegou no rolo e começou a empurrá-lo com uma energia estranha à habitual atitude de cavalo de carga que era empregue por outros trabalhadores. A Sra. Wilson olhou duvidosamente para ele, mas, como tinha alguma pressa, regressou ao interior da casa sem fazer mais comentários. As meninas, desconfiando da excentricidade do indivíduo, mantiveram-se à distância. Agatha, por seu turno, mantinha-se determinada a observá-lo, desta vez um pouco melhor. De raquete na mão, atravessou lentamente o relvado e aproximou-se dele precisamente no momento em que o indivíduo, sem ter notado a sua aproximação, pronunciava um grunhido de exaustão e se sentava para descansar.

— Já está cansado, Sr. Smilash? — perguntou ela, zombeteiramente.

Ele olhou cautelosamente para cima, retirou uma das luvas de camurça lavável, abanou-a como se fosse um leque, exibindo uma mão branca e delicada, e respondeu finalmente, com o tom e o sotaque de um cavalheiro:

— Muito.

Agatha recuou. Ele abanava-se sem a mínima preocupação.

— O se... O senhor não é um trabalhador — disse ela por fim.

— É evidente que não.

— Bem me parecia que não era.

Ele aquiesceu.

— Suponha que eu o denuncio — disse ela, mostrando-se mais ousada, pois sabia que não estava sozinha com ele.

— Se o fizer, sairei da situação tal como saí da situação das meias coroas, e a Sra. Wilson começará a achar que a menina é louca.

— Então, sempre é verdade que não lhe dei os sete xelins e seis dinheiros — disse ela, aliviada.

— Qual é a sua opinião? — respondeu ele, retirando três dinheiros do bolso, e fazendo-os tinir na palma da mão. — Como se chama?

— Não lhe digo — afirmou Agatha, com dignidade.

Ele encolheu os ombros.

— Talvez tenha razão — disse ele. — Eu também não lhe diria o meu nome, caso mo perguntasse.

— Não tenho a mínima intenção de lho perguntar.

— Não? Então Smilash servirá para si, e Agatha será o suficiente para mim.

— Será melhor tomar cuidado.

— Com quê?

— Com o que diz e... não tem medo de vir a ser descoberto?

— Já fui descoberto... por si, e não estou em pior situação.

— Suponha que a polícia o descobre!

— Eles não. Além disso, não me estou a esconder da polícia. Tenho o direito de usar bombazina se assim quiser, e não tecidos finos. Pense só nas vantagens! Concedeu-me autorização para entrar no Alton Colege e o prazer de a conhecer. Será que me pode desculpar, de maneira que eu possa continuar o meu trabalho com o rolo, só por uma questão de manutenção das aparências? Continuarei a falar enquanto ando com o rolo.

— Pode, se gostar de solilóquios — disse ela, afastando-se assim que ele se levantou.

— A sério, Agatha, não deve dizer nada às outras sobre mim.

— Não me chame Agatha — disse ela, impetuosamente. — Como lhe devo chamar a si, então?

— Não precisa de me chamar nada.

— Preciso e chamarei.

— Não seja má.

— Mas eu não o conheço. Tenho dúvidas em relação ao seu... — Ela hesitou perante a palavra que lhe ocorria, mas, incapaz de pensar numa palavra melhor, usou-a... — ao seu descaramento.

Ele riu-se, e ela observou-o enquanto ele dava mais algumas voltas com o rolo. Por um curto instante, tentou descansar e observou-a, mas reparou que ela olhava para ele, e sorriu. O seu sorriso era comum, em comparação com o olhar que ela lhe devolveu, em que os olhos, os dentes e a sua tez dourada pareciam cintilar em simultâneo. Ele parou imediatamente o rolo e deixou repousar o queixo sobre o punho do rolo.

— Se negligenciar o seu trabalho — disse ela, maliciosamente —, não terá a relva pronta quando chegarem as pessoas.

— Que pessoas? — perguntou ele, surpreendido.

— Oh, muitas pessoas. Muito provavelmente algumas que o conhecem. Haverá visitantes provenientes de Londres: o meu tutor legal, a minha tutora, a filha de ambos, a minha mãe e mais cerca de cem pessoas.

— Quatro no total. Por que motivo vêm cá? Para a ver?

— Para me levarem com eles — respondeu ela, tentando reparar em sinais de desilusão da parte dele.

Rapidamente surgiram.

— Por que razão a vão levar daqui? — perguntou ele. — Já terminou a sua educação?

— Não. Portei-me mal e vou ser expulsa.

Ele riu-se de novo.

— Vá lá! — disse ele. — Começa a inventar coisas ao jeito do Smilash. O que fez?

— Não vejo por que motivo haveria de lhe dizer. O que fez o senhor?

— Eu! Oh, não fiz nada. Sou apenas um cavalheiro nada romântico, que se esconde de uma senhora que está enamorada de mim.

— Pobrezinho — disse Agatha, sarcasticamente. — Como é evidente, ela fez-lhe uma proposta de casamento e o senhor recusou.

— Pelo contrário, eu fiz-lhe uma proposta de casamento, e ela aceitou. É por isso que tenho de me esconder.

— Conta histórias encantadoras — disse Agatha. — Adeus. Está a chegar a menina Carpenter, que ouvirá aquilo de que estamos a falar.

— Adeus. Essa história de vir a ser expulsa é melhor... Será que um homem comum pode cometer a ousadia de preguntar onde 'tá a máquina da cal, menina?

Esta pergunta era dirigida a Jane, que se aproximara de ambos juntamente com algumas das outras meninas. Agatha esperava que Smilash fosse imediatamente descoberto, pois o seu disfarce parecia-lhe agora transparente; perguntava-se como é que as outras podiam ser iludidas por ele. O som das badaladas das duas horas da tarde, que se fez ouvir naquele momento, fê-la recordar-se da entrevista iminente com o seu tutor. Um tremor abalou-a, e ela sentiu o desejo de ter um esconderijo solitário onde pudesse aguardar pela notificação. Mas para ela era um ponto de honra demonstrar a mais perfeita indiferença perante o problema, pelo que se manteve ao lado das meninas, a rir e a conversar enquanto observavam atentamente Smilash fazer a marcação dos campos de ténis e instalar as redes. Agatha provocou ainda o riso das outras, pois o seu entusiasmo secreto, aguçado por impulsos irreprimíveis de pavor, estimulavam-na, e a aventura do disfarce de Smilash dava-lhe uma sensação de sonho. A sua imaginação já estava envolvida num drama, no qual era a heroína e Smilash o herói, ainda que, com o indivíduo real à sua frente, não pudesse dedicar-se a atribuir-lhe a grandeza sombria de uma personagem, tanto quanto seria possível com uma personagem completamente ideal. O enredo era simples e era para ela um velho tema preferido. Uma das personagens amava outra e iria morrer de coração partido porque o ser amado não lhe retribuía a paixão. Pois Agatha, alertada para o sentimentalismo ridículo das suas companheiras, e dotada do espírito contagiante da farsa, empenhava-se secretamente na luxúria da sua imaginação com visões de desespero e morte, e muitas vezes suportava a humilhação do palhaço bem-sucedido que acredita que, apesar de o público se rir às gargalhadas com ele, nasceu para ser um trágico. Para Agatha, havia muitas coisas na sua natureza que não encontravam expressão na representação popular que fazia do soldado na chaminé.

Pelas três horas da tarde já os visitantes locais tinham chegado e os jogos de ténis prosseguiam em quatro campos, preparados por Smilash. Os dois padres estavam presentes, bem como alguns colegas leigos. A Sra. Miller, o vigário e algumas mães e outros acompanhantes observavam os jogos e consumiam bebidas leves, que lhes eram trazidas em bandejas por Smilash, que se tinha apropriado de um grande avental branco e grande, e que se mostrava oficiosamente ocupado.

Às três e um quarto, chegou uma mensagem da Sra. Wilson, solicitando a presença da menina Wylie. Os visitantes estavam demasiado atentos para notarem a súbita distracção das meninas logo após essa chamada. Jane quase explodiu em lágrimas e respondeu rudemente a Josephs quando ele perguntou inocentemente o que se passava. Agatha foi-se embora, aparentemente despreocupada, ainda que a sua mão tremesse quando colocou de lado a raquete.

Numa espaçosa sala de estar, situada no lado norte do colégio, encontrou a mãe, uma mulher pequena vestida de viúva, com cabelos castanhos desbotados e olhos marejados de lágrimas. A seu lado, estavam a Sra. Jansenius e a filha. As duas senhoras mais velhas mantiveram-se severamente em silêncio enquanto Agatha as beijava e a Sra. Wylie soluçava. Henrietta abraçou Agatha efusivamente.

— Onde está o tio John? — perguntou Agatha. — Não veio?

— Está na sala ao lado, com a Sra. Wilson — disse friamente a Sr. Jansenius. — Querem que vás até lá.

— Pensei que tinha morrido alguém — disse Agatha —, vocês parecem tão funéreas. Vá lá, mamã, guarda novamente o lenço. Se chorares, zango-me com a Sra. Wilson por te aborrecer.

— Não, não — disse a Sra. Wylie, alarmada. — Ela tem sido tão simpática!

— Tão boa! — disse Henrietta.

— Ela tem sido extraordinariamente sensata e simpática — disse a Sra. Jansenius.

— Ela é sempre assim — disse Agatha, complacentemente. — Não esperavam encontrá-la histérica, pois não?

— Agatha, não sejas obstinada e pateta — implorou a Sra. Wylie.

— Oh, não. Eu sei que ela não será nada disso — disse Henrietta, aduladoramente. — Pois não, minha querida Agatha?

— Podes fazer o que muito bem entenderes, no que me diz respeito — disse a Sra. Jansenius. — Mas espero que tenhas mais juízo do que deitares a perder a tua educação por nada.

— A tua tia tem toda a razão — disse a Sra. Wylie. — E o teu tio John está muito zangado contigo. Nunca mais falará contigo se discutires com a Sra. Wilson.

— Ele não está zangado — disse Henrietta —, mas antes desejoso de que tudo corra pelo melhor contigo.

— Ele ficará naturalmente muito desiludido contigo se continuares a comportar-te como uma pateta — disse a Sra. Jansenius.

— Tudo o que a Sra. Wilson quer é um pedido de desculpas pelas coisas terríveis que escreveste no livro dela — disse a Sra. Wylie. — Vais pedir-lhe desculpa, minha querida, não vais?

— É claro que vai — disse Henrietta.

— Acho que seria melhor se o fizesses — disse a Sra. Jansenius.

— Talvez venha a fazê-lo — disse Agatha.

— É assim mesmo, minha querida — disse a Sra. Wylie, segurando na mão de Agatha.

— E, por outro lado, talvez não.

— Vais, por favor, minha querida — insistiu a Sra. Wylie, tentando puxar para si Agatha, que resistiu passivamente, apesar de se aproximar dela. — Por mim. Para fazeres a vontade à tua mãe, Agatha. Não me vais recusar isso, pois não, minha querida?

Agatha riu-se com indulgência para a mãe, que há muito esgotara esta forma de apelo. Depois, virou-se para Henrietta e disse:

— Como está o teu querido esposo? Acho que foi mau eu não ter sido dama de honor.

A cor vermelha no rosto de Henrietta acentuou-se ainda mais. A Sra. Jansenius apressou-se a interpor um lembrete seco, dizendo que a Sra. Wilson estava à espera.

— Oh, ela não se importa de esperar — disse Agatha —, porque pensa que vocês estão a esforçar-se para me convencer a ter uma atitude adequada. Foi isso que ela combinou convosco antes de sair da sala. A mamã sabe que eu tenho um passarinho que me conta estas coisas. Devo dizer que não me fizeram sentir mais bondosa até agora. No entanto, como o pobre tio John deve estar terrivelmente assustado e desconfortável, é por simpatia que vou pôr fim a este *suspense*. Adeus! — E saiu com um ar prazenteiro. Mas olhou novamente para o interior da sala e disse em voz baixa: — Preparem-se para algo excitante. Sinto-me disposta a dizer coisas terríveis. — De seguida, desapareceu, e ouviram-na bater de imediato à porta da sala seguinte.

O Sr. Jansenius esperava realmente por ela com algum receio. Tendo descoberto no início da sua carreira que a sua pessoa digna e de voz elegante fazia as pessoas recearem-no e porem-no numa situação de domínio em reuniões públicas, habituara-se de tal modo à deferência que, no caso de o abordarem de maneira familiar ou irreverente, acabava por se desconcertar em excesso. Agatha, por outro lado, tendo desde a infância ouvido as outras pessoas referirem-se ao tio John como a encarnação da sabedoria e da autoridade, começara desde tenra idade a zombar dele como um comerciante citadino pomposo e orgulhoso da sua riqueza, cuja mente sórdida era incapaz de lidar com os assuntos transcendentais de que Agatha se ocupava. Normalmente dedicara-se a aterrorizar a mãe, ridicularizando-a com o desprezo absoluto de que só a infância e a ignorância extrema são capazes. Sentira-se humilhada pela bondade que o tio manifestava para com ela (era um doador generoso de presentes) e, com o instinto de uma anarquista, encarara o descrédito aos conselhos dele e o desafio à sua autoridade como sinais de afirmação pessoal. O resultado era que ele estava um pouco cansado dela sem ter grande consciência disso, e ela não tinha medo nenhum dele, e tinha alguma consciência disso.

Quando ela entrou com o seu sorriso mais brilhante, a Sra. Wilson e o Sr. Jansenius, sentados à mesa, assemelhavam-se a dois réus prestes a serem indiciados. A Sra. Wilson esperava que ele falasse, em deferência para com a sua imponente presença. Mas ele não estava preparado, pelo que convidou Agatha a sentar-se.

— Muito obrigado — disse Agatha, com doçura. — Muito bem, tio John, não me conhece?

— Ouvi com algum pesar a Sra. Wilson dizer-me que tens causado alguns problemas por aqui — disse ele, ignorando a observação de Agatha, ainda que secretamente se sentisse incomodado.

— Sim — disse Agatha, contrita. — Peço imensa desculpa.

O Sr. Jansenius, que fora levado pela Sra. Wilson a esperar a mais absoluta contumácia, olhou para ela com surpresa.

— Agatha, parece pensar — disse a Sra. Wilson, consciente do movimento do Sr. Jansenius e perturbada com isso — que pode transgredir uma e outra vez, e depois compor a situação connosco — (a Sra. Wilson nunca falava das transgressões como sendo contra a sua autoridade individual, mas contra a comunidade escolar) —, dizendo que pede desculpa. Usou um tom muito diferente na nossa última reunião.

— Nessa altura estava zangada, Sra. Wilson. E pensei que tinha razão de queixa... todas as pessoas pensam assim. Além disso, estávamos a discutir... ou pelo menos eu estava, e comporto-me sempre mal quando discuto. Peço muita desculpa.

— O livro foi uma questão séria — disse com seriedade a Sra. Wilson. — Não parece pensar assim.

— Parece-me que a Agatha disse que tem a noção da tolice da sua conduta relativamente ao livro e que pede desculpa por isso — disse o Sr. Jansenius, inclinando-se instintivamente em favor de Agatha, como parte mais forte e menos dependente dele num sentido pecuniário.

— Já viu o livro? — perguntou Agatha ansiosamente.

— Não. A Sra. Wilson descreveu aquilo que sucedeu.

— Oh, então deixe-me ir buscá-lo — gritou ela, levantando-se. — Vai fazer com que o tio John se desate a rir. Posso, Sra. Wilson?

— Aqui está! — disse a Sra. Wilson, indignada. — É esta irreverência incorrigível que me leva a queixar-me. A menina Wylie modifica-se recorrendo apenas à insubordinação total.

O Sr. Jansenius também se mostrava escandalizado. As suas belas cores aumentaram de intensidade perante a ideia de gritar.

— Chut, chut! — disse ele. — Tens de ser séria e mais respeitosa para com a Sra. Wilson. Já tens idade suficiente para te comportares como deve ser, Agatha... já tens idade suficiente.

A alegria de Agatha desvaneceu-se.

— O que foi que eu disse... o que foi que eu fiz? — perguntou, fazendo surgir uma pequena mancha vermelha nas maçãs do rosto.

— Falaste frivolamente de... do volume pelo qual a Sra. Wilson nutre grande simpatia, e muito bem.

— Se falei muito bem, então por que motivo me apontam um erro a mim?

— Então, então — rugiu o Sr. Jansenius, perdendo deliberadamente a serenidade, como último expediente para dominar Agatha. — Não sejas impertinente, minha menina.

Os olhos de Agatha dilataram-se; rubores evanescentes pairavam nas suas maçãs do rosto e no pescoço. Batia com o calcanhar no chão.

— Tio John — gritou —, se se atrever a dirigir-se a mim desse modo, nunca mais vou olhar para si, nunca mais vou falar consigo, nunca mais entrarei em sua casa. O que sabe sobre boas maneiras, para me poder chamar impertinente? Não admito a grosseria intencional, e esse foi o princípio da minha discussão com a Sra. Wilson. Ela disse-me que eu tinha sido impertinente, e eu fui-me embora e disse-lhe que ela estava errada ao escrever isso no *Livro de Erros*. Ela continua a estar errada, e eu tê-lo-ia dito antes, mas queria reconciliar-me com ela e pôr para trás das costas essas coisas. Mas ela insiste em discutir, e eu não posso permitir que isso suceda.

— Já lhe expliquei, Sr. Jansenius — disse a Sra. Wilson, concentrando-se no seu ressentimento, num esforço para suprimir tal sensação —, que a menina Wylie ignorou todas as oportunidades que arranjei para que ela pudesse recuperar a sua posição aqui. A Sra. Miller e eu abdicámos das meras considerações pessoais, e apenas exigi um simples reconhecimento desta ofensa contra o colégio e as suas regras.

— Não dou sequer esta importância à Sra. Miller — disse Agatha, produzindo um estalido com os dedos. — E a Sra. não é sequer metade tão simpática quanto pensa.

— Agatha — disse o Sr. Jansenius —, espero que moderes a tua linguagem.

Agatha inspirou profundamente, sentou-se resignada e disse:

— Muito bem! Já está. Já perdi a serenidade; portanto, agora todos nós perdemos a serenidade.

— Tu não tens qualquer direito de perder a serenidade, minha menina — disse o Sr. Jansenius, tentando aproveitar uma vantagem que imaginava ter adquirido.

— Eu sou a mais nova e, portanto, a que menos pode ser considerada culpada — replicou ela.

— Não há mais nada que possa ser dito, Sr. Jansenius — disse a Sra. Wilson, determinada. — Tenho pena que a menina Wylie tenha optado por se separar de nós.

— Mas eu não optei por me separar de vós, e acho que é muito difícil que me mandem embora. Ninguém aqui tem o mínimo aborrecimento comigo, a não ser a Sra. e a Sra. Miller. A Sra. Miller está aborrecida porque me confundiu com o gato dela, como se isso fosse culpa minha! E, na verdade, Sra. Wilson, não sei porque está tão zangada comigo. Todas as meninas vão pensar que devo ter feito algo de muito infame caso venha a ser expulsa. Deviam deixar-me ficar até ao final do período, e quanto ao An... ao *Livro de Erros*, disse-me particularmente, quando aqui cheguei, que poderia escrever nele ou não, conforme eu entendesse, e que nunca ditaria ou interferiria com aquilo que fosse escrito. Contudo, da primeira vez que escrevo uma palavra que a senhora desaprova, expulsa-me. Ninguém mais poderá acreditar que os registos são voluntários.

A consciência da Sra. Wilson, já atormentada pela grosseria e ausência de força moral no eco da sua própria afirmação «Não sejas impertinente», e que ouvira da boca do Sr. Jansenius, sentiu um novo alerta.

— O *Livro de Erros* — disse ela — é usado apenas com o objectivo de registar a auto-reprovação, e não é um veículo para acusações contra outras pessoas.

— Tenho a certeza de que nem a Jane nem a Gertrude, nem eu própria, nos recriminámos minimamente por termos descido as escadas conforme fizemos, e, contudo, não nos culpou por termos registado isso. Além do mais, o livro representava a força moral... pelo menos foi isso que sempre afirmou, e quando a senhora abdicou da força moral, pensei que deveria registar isso. É evidente que, na altura, eu estava furiosa, mas depois de serenar pensei que tinha feito bem, e continuo a pensar do mesmo modo, ainda que talvez fosse melhor se tivesse deixado passar aquela situação.

— Porque diz que eu abdiquei da força moral?

— Dizer às pessoas para saírem da sala não é força moral. Chamar-lhes impertinentes não é força moral.

— Então, pensa que sou obrigada a ouvir pacientemente o que entender dizer-me, por muito inconveniente que seja, vindo de alguém que está na sua posição e dirigido a alguém que ocupa a minha posição?

— Mas eu não disse nada de inconveniente — afirmou Agatha. De seguida, mudando de atitude e sorrindo novamente, afirmou: — Oh, não vamos discutir. Peço muita desculpa, e tenho muita pena, gosto muito de si e do colégio; e não regressarei no próximo período a não ser que assim o deseje.

— Agatha — disse a Sra. Wilson, abalada —, estas manifestações de consideração custam-lhe muito pouco, e quando são feitas com esse objectivo, rapidamente as esquece, de tal maneira que deixaram de me satisfazer. Sinto-me muito relutante em insistir para que nos abandone de imediato. Mas, conforme já disse o seu tio, a menina tem idade e sensatez suficientes para conhecer bem a diferença entre ordem e desordem. Até este momento tem estado do lado da desordem, um elemento que nem sequer era conhecido aqui antes da sua chegada, conforme poderá dizer-lhe a Sra. Trefusis. Apesar de tudo, se prometer ter mais cuidado no futuro, porei para trás das costas todas as queixas do passado e, no final do período, ponderarei se deverá continuar entre nós.

Agatha levantou-se, radiante.

— Querida Sra. Wilson, é tão boa! Prometo, como é evidente. Vou já dizer à mamã.

Antes de poderem acrescentar uma só palavra, já ela se tinha virado, com uma pirueta, e partira, apresentando-se alguns momentos depois na sala de estar perante as três senhoras, que perscrutou com um sorriso enigmático e em silêncio.

— Então? — perguntou peremptoriamente a Sra. Jansenius.

— Então, minha querida? — perguntou a Sra. Trefusis, carinhosamente.

A Sra. Wylie abafou um suspiro e olhou implorativamente para a filha.

— Tive imensas dificuldades para os trazer à razão — disse Agatha, depois de uma pausa provocadora. — Comportaram-se que nem crianças, e eu comportei-me que nem um anjo. Como é evidente, vou continuar por cá.

— Deus te abençoe, minha querida — balbuciou a Sra. Wylie, tentando dar um beijo a Agatha, ao qual esta se escapou com destreza.

— Prometi que vou ser muito boa e estudiosa e calma e decorosa no futuro. Lembras-te da minha canção das castanholas, Hetty?

— «Trá! lalalá, la! la! lá! Trá! lalalá, la! la! lá! Trá! lalalálalalálalalálalá!»

E dançou na sala, fazendo estalar os dedos, em vez de usar as castanholas.

— Não sejas tão estouvada e má, minha querida — disse a Sra. Wylie. — Vais dar cabo do coração da tua pobre mãe.

A Sra. Wilson e o Sr. Jansenius entraram naquele momento, e Agatha ficou imóvel e olhou distraída para um jarro com flores. A Sra. Wilson convidou os visitantes a juntarem-se aos jogadores de ténis. O Sr. Jansenius olhou severamente e com desapontamento para Agatha, que ergueu a sobrancelha esquerda e fez descer a sobrancelha direita em simultâneo, mas ele, sacudindo a cabeça para indicar que não seria conciliado pelos talentos faciais dela, por muito difícil ou contrário que isso fosse para a sua natureza, saiu com a Sra. Wilson, seguido pela Sra. Jansenius e pela Sra. Wylie.

— Como está o teu Queridinho? — perguntou então Agatha, bruscamente, a Henrietta.

Os olhos da Sra. Trefusis encheram-se de lágrimas tão rapidamente que, enquanto curvava a cabeça para as esconder, elas caíram, molhando a mão de Agatha.

— Este sítio é tão antigo e tão bonito — começou por dizer. — As ligações à minha infância...

— Que se passa entre ti e o Queridinho? — quis saber Agatha, interrompendo-a. — Seria melhor que me dissesses, ou então terei de lhe perguntar quando o encontrar.

— Estava prestes a contar-te, só que não me deste tempo suficiente.

— Que grande mentira — disse Agatha. — Mas não importa. Ora então, conta lá.

Henrietta hesitou. A sua dignidade como mulher casada e a realidade da sua dor revoltavam-se contra a perspicácia superficial de Agatha. Mas não conseguia resistir ao domínio de Agatha, tal como também não o conseguira fazer na infância, e ainda mais quando se sentia tão desejosa de obter a sua compreensão. Além disso, já aprendera a contar ela própria a história, em vez de deixar a narrativa a cargo de outros, cujos relatos, pensava ela, não permitiam que fosse lançada sobre o caso a luz mais adequada. Portanto, contou a Agatha sobre o seu casamento, sobre o amor desvairado que sentia pelo marido, sobre o amor desvairado que ele sentia por ela e sobre o misterioso desaparecimento dele, sem deixar uma só palavra ou sinal. Não mencionou a carta.

— Mandaste alguém procurá-lo? — perguntou Agatha, reprimindo a tendência para se rir.

— Mas onde? Se ao menos fizesse a mais pequena ideia onde possa estar, segui-lo-ia descalça até ao fim do mundo.

— Acho que devias mandar procurar em todos os rios... terias de fazer isso descalça. Ele deve ter caído algures, ou deve ter caído em algum sítio.

— Não, não. Achas que estaria aqui se a vida dele corresse perigo? Tenho motivos... sei que ele se foi simplesmente embora.

— Oh, a sério! Levou com ele a mala de mão, foi? Talvez tenha ido para Paris, para comprar alguma coisa bonita e para te fazer uma bela surpresa.

— Não — disse Henrietta, abatida. — Ele sabia que eu não queria nada.

— Então, suponho que se cansou de ti e fugiu.

O tom rosado peculiar de Henrietta subiu rapidamente às suas maçãs do rosto, enquanto ela abanava o braço de Agatha e exclamava:

— Como te atreves a dizer isso!? Não tens coração. Ele adorava-me.

— Que tolice! — disse Agatha. — As pessoas cansam-se umas das outras. Eu canso-me de mim própria sempre que fico sozinha durante cerca de dez minutos, e tenho a certeza de que gosto mais de mim própria do que uma qualquer pessoa gosta de outra.

— Eu sei que sim — disse Henrietta, desgostosa e rancorosa. — Sempre gostaste muito particularmente de ti própria.

— Muito provavelmente ele assemelha-se a mim nesse aspecto. Nesse caso, acabará por se cansar de si próprio e acabará por regressar, e depois ficam os dois muito juntinhos a arrulhar, que nem pombinhos, até que ele fuja de novo. Aargh! É bem feito para ti, por te teres casado. Pergunto-me como é que as pessoas podem ser tão loucas ao ponto de fazerem isso, depois de verem o exemplo de todos os conhecidos que se casaram e que os advertem para não o fazerem.

— Não sabes o que é amar — disse Henrietta queixosamente e, apesar de tudo, com um certo ar de condescendência. — Além do mais, nós não éramos como os outros casais.

— Assim parece. Mas não te importes, acredita em mim, ele regressará para ti assim que estiver farto da sua própria companhia. Não fique a pensar nele, anda daí e vamos jogar uma partida de ténis.

Durante a conversa, tinham saído da sala de estar e feito um desvio em direcção aos terrenos que rodeavam a casa. Aproximavam-se agora dos campos de ténis por um caminho que serpenteava entre duas sebes de loureiro, no meio dos arbustos. Entretanto, Smilash, que servia os convidados com o avental branco e luvas (que ele se recusara totalmente a retirar, alegando que era um homem comum, de cujas mãos comuns as senhoras e os cavalheiros não poderiam retirar os alimentos e as bebidas), tinha-se comportado irrepreensivelmente até à chegada da Sra. Wilson e dos seus visitantes, o que aconteceu quando ele regressava à mesa com um tabuleiro vazio, movimentando-se tão rapidamente que quase colidiu com a Sra. Jansenius. Em vez de pedir desculpa, mudou de atitude, colocando apressadamente o tabuleiro em frente do rosto, como se fosse um escudo, e começou a recuar, tropeçando na menina Lindsay, que corria para devolver uma bola. Sem prestar atenção ao seu olhar zangado e à sua brusca reprimenda, Smilash virou-se e entrou de lado nos arbustos, fazendo o tabuleiro voar pelos ares, sobre a sebe de loureiro, e cair com o forte estrondo de um trovão sobre os ombros curvados de Josephs. A Sra. Wilson, depois de perguntar à governanta, com alguma aspereza, porque permitira que aquele homem prestasse serviço como criado, explicou aos convidados que ele era um idiota que vivia na vizinhança. O Sr. Jansenius riu-se e disse que não tinha visto o rosto do indivíduo, mas que a sua figura lhe fazia lembrar alguém, embora não conseguisse recordar-se exactamente quem seria.

Smilash, esgueirando-se por entre os arbustos, descobriu que a extremidade do caminho estava bloqueada por Agatha e por uma jovem cuja aparência o alarmou ainda mais do que a Sra. Jansenius. Tentou forçar a passagem do tabuleiro pelo meio dos arbustos, mas em vão. O loureiro era impenetrável e o ruído que fizera atraíra as atenções do par que se aproximava. Não fez qualquer esforço para fugir, mas atirou o avental emprestado sobre a cabeça e manteve-se bem erecto, de costas encostadas aos arbustos.

— O que está aquele homem a fazer acolá? — perguntou Henrietta, parando desconfiada.

Agatha riu-se e afirmou em voz alta, de maneira que ele a ouvisse:

— É apenas um maluco inofensivo que a Sra. Wilson empregou. Ele gosta de se disfarçar de uma forma algo pateta e tentar assustar-nos. Não tenhas medo. Anda.

Henrietta deixou-se ficar ligeiramente para trás, mas o seu braço estava entrelaçado no braço de Agatha, pelo que continuou a ser arrastada, contra a sua vontade. Smilash não se mexeu. Agatha seguia em frente friamente e, no momento em que passou por ele, apanhou agilmente o avental entre o indicador e o polegar e retirou-lho da cara. Henrietta emitiu instantaneamente um grito penetrante, e Smilash apanhou-a nos braços.

— Rápido — disse ele a Agatha —, ela está a desmaiar. Vai a correr buscar um pouco de água. Corre! — E inclinou-se sobre Henrietta, que se agarrava freneticamente a ele. Agatha, surpreendida com o efeito da partida que pregara, hesitou por momentos, mas, de seguida, correu em direcção ao relvado.

— O que se passa? — perguntou Fairholme.

— Nada. Quero um pouco de água... rápido, por favor. A Henrietta desmaiou no meio dos arbustos, e mais nada.

— Por favor, não se mexam — disse a Sra. Wilson, com toda a autoridade. — Vão encher o caminho de gente e fazer atrasar a necessária assistência. Sra. Ward, por favor, vá buscar um pouco de água e traga-ma. Agatha, vem comigo e indica-me onde está a Sra. Trefusis. Também pode vir menina Carpenter, pois é muito forte. O resto das pessoas, por favor, fiquem onde estão.

Seguida pelas duas meninas, apressou-se a entrar no meio dos arbustos, onde o Sr. Jansenius já procurava ansiosamente a filha. Foi ele a única pessoa que encontraram no meio dos arbustos, Smilash e Henrietta tinham desaparecido.

A princípio, as pessoas que procuravam os desaparecidos, simplesmente intrigadas, limitaram-se a questionar Agatha incredulamente quanto ao local exacto onde Henrietta teria caído. Mas o Sr. Jansenius logo lhes fez compreender que a posição de uma mulher nas mãos de um trabalhador meio pateta era perigosa. A sua agitação infectou toda a gente, e quando Agatha tentou tranquilizá-lo declarando que Smilash era um cavalheiro disfarçado, a Sra. Wilson, supondo que era uma mera repetição da sua anterior conjectura, disse-lhe bruscamente para se conter, pois não era ocasião de dizer disparates. A notícia espalhou-se por todo o grupo, e a emoção tornou-se intensa. Fairholme pediu voluntários para formarem um grupo de busca. Todos os homens presentes responderam, e estavam prestes a correr para os portões do colégio em grupo quando ocorreu aos mais serenos de entre eles que seria melhor dividirem-se em vários grupos, a fim de fazerem a busca em simultâneo, em zonas diferentes. Seguiram-se dez minutos de confusão. O Sr. Jansenius deu início várias vezes a uma busca para encontrar Henrietta e, depois de dar alguns passos, voltava e pedia que não desperdiçassem mais tempo. Josephs, cuja fé era simples, retirou-se para orar, e fez bem, tanto quanto era possível perceber, pois retirou uma voz à confusão de planos, objecções e sugestões que os outros faziam, já que cada uma das pessoas tentava ser ouvida acima das outras.

Por fim, a Sra. Wilson reprimiu a anarquia vigente. Foram enviados alguns criados para alertar os vizinhos e chamar a polícia da aldeia. Foram enviados grupos em várias direcções, sob o comando de Fairholme e outros espíritos enérgicos. As meninas formaram grupos, que foram reforçados por desertores do sexo masculino provenientes dos grupos anteriores. De seguida, a Sra. Wilson entrou no interior da casa e fez uma pesquisa dentro do colégio. Apenas duas pessoas foram deixadas nos campos de ténis: Agatha e a Sra. Jansenius, que se mantivera surpreendentemente calma no meio de toda a agitação.

— Não precisa de ficar ansiosa — disse Agatha, que se afastara desde que fora repreendida pela Sra. Wilson. — Tenho a certeza de que não há perigo. É extraordinário que se tenham ido embora, mas aquele homem não é mais louco do que eu, e sei que é um cavalheiro. Ele mesmo me disse isso.

— Vamos esperar que tudo corra pelo melhor — disse a Sra. Jansenius, calmamente. — Acho que vou sentar-me... Sinto-me tão cansada. Obrigado. — (Agatha entregara-lhe uma cadeira.) — O que disse que ele lhe contou... esse homem?

Agatha relatou as circunstâncias da sua familiaridade com Smilash, acrescentando, a pedido da Sra. Jansenius, uma minuciosa descrição da sua aparência pessoal. A Sra. Jansenius observou que era muito singular e que tinha a certeza de que Henrietta estava bastante segura. De seguida, bebeu um pouco de clarete e comeu algumas sanduíches. Agatha, embora contente por encontrar alguém disposto a ouvi-la, ficou intrigada com a frieza da tia, e sentiu-se instigada a indicar que, embora Smilash não fosse um trabalhador, não se poderia concluir que era um homem honesto. Mas a Sra. Jansenius disse apenas:

— Oh, ela está segura, completamente segura! Pelo menos, é claro, só posso esperar que assim seja. Teremos novidades dentro de pouco tempo — e pegou em mais uma sanduíche.

Pouco tempo depois, os elementos dos grupos de busca começaram a regressar, perplexos. Alguns pastores, as únicas pessoas que estavam nas vizinhanças, tinham sido questionados se tinham visto uma jovem e um trabalhador. Alguns deles tinham visto uma jovem com um cesto de roupas, se é que era ela. Alguns pensavam que Phil Martin, o transportador vê-la-ia antes de qualquer outra pessoa. Nenhum deles tinha qualquer informação positiva para dar.

À medida que a tarde avançava e os grupos regressavam cansados e vencidos, a depressão começou a substituir a excitação. As conversas, que já não eram tumultuosas, decorriam em sussurro, e alguns dos visitantes locais tinham-se escapulido para as respectivas casas com a convicção crescente de que acontecera alguma coisa de desagradável e que seria melhor não se misturarem com essa situação. O Sr. Jansenius, embora algumas palavras da esposa o tivessem surpreendido, e de certa forma acalmado ligeiramente, continuava deploravelmente inquieto e pouco à vontade.

A polícia chegou finalmente. Perante a visão dos uniformes o entusiasmo renasceu. Havia a convicção geral de que agora seria feito algo de eficaz. Mas os agentes eram apenas mortais, e, poucos momentos depois, espalhou-se o rumor de que estavam enganados. Duvidavam de tudo o que era dito e manifestaram algum desprezo pelos grupos amadores de busca que tinham entrado numa investigação recente bisbilhotando com todo o cuidado nos sítios mais improváveis. Dois dos polícias partiram em direcção à moradia, em busca de Smilash. Foi nesse momento que Fairholme, queimado pelo sol, a transpirar e empoeirado, mas ainda assim enérgico, trouxe de volta os restos exaustos do seu grupo, juntamente com um garoto mal-humorado, que fez uma careta desafiadora à polícia, acreditando evidentemente que estava prestes a ser entregue à sua custódia.

Fairholme tinha andado por todo o lado e, não tendo visto nenhum dos elementos do par, chegara à conclusão de que não estavam em lado nenhum. Pedira informações a todas as pessoas e fizera-lhes saber que pretendia efectivamente obter tais informações, caso elas existissem. Mas não existiam. O único vestígio dos seus esforços era a prova que o rapaz apresentava e em que ele não acreditava.

— Huumm! — disse o inspector, não muito satisfeito com o zelo de Fairholme e, contudo, subjugado por ele. — És o filho do Wickens, não és?

— Sim, sou o filho do Wickens — disse a testemunha, em parte feroz, em parte lacrimosa. — E digo qu'o vi, e s'alguém disser que não o vi, tá a mentir.

— Vá lá — disse bruscamente o inspector. — Não queremos ouvir bazófias, diz-nos só o que viste, senão depois terás de te haver comigo.

— Não me importa — disse o rapaz, à distância. — Não posso ser preso por'o ver, proque nã há lei contra isso. Eu 'tava no caminho de gravilha no prado do canal...

— Que estavas lá a fazer? — perguntou o inspector, interrompendo-o.

— Tenho premissão pra 'tar lá — disse o rapaz insolentemente, mas ficando ruborizado.

— Quem te deu permissão? — perguntou o inspector, pegando nele pelo colarinho. — Ah — acrescentou, quando o rapaz desatou a chorar —, eu disse-te que terias de te haver comigo. Agora, pára de fazer barulho e lembra-te de onde estás e com quem estás a falar, e talvez eu não te prenda desta vez. Diz-me o que viste quando entraste à socapa no prado.

— Vi uma jovem e um homem. E vi-a beijá-lo, e aquele senhor nã me acredita.

— Queres dizer que o viste a ele a beijá-la, mais provavelmente.

— Nã, nã quero. Sei bem o qu'é ter uma miúda a beijar-nos quando nã queremos. E dei um grito pra os assustar. E ele chamou-me e deu-me dois dinheiros e disse: «Vai pr'ó diabo», disse, «E não digas a ninguém que me viste, senão», disse ele, «Posso ter a tentação de te afogar, e que choque seria para os teus pais!» «Oh, sim, muito provavelmente», disse eu, sem mais nem menos. Depois fui-me embora, proque ele conhece o meu pai, o Sr. Wickens, e eu tinha medo qu'ele contasse onde eu 'tava.

Com o rapaz subjugado, faziam-lhe perguntas de todos os lados. Mas os seus poderes de observação e descrição não iam mais longe. Na medida em que se mostrava ansioso por agradar aos captores, respondia sempre que possível na afirmativa. O Sr. Jansenius perguntou-lhe se a jovem que vira era uma senhora, e ele respondeu que sim. Se o homem era um trabalhador? Sim... após alguns momentos de hesitação. Como é que ela estava vestida?

Ele não reparara. Será que ela tinha flores vermelhas no chapéu. Sim. Será que usava um vestido verde? Sim. Será que as flores no chapéu dela eram amarelas? (Pergunta de Agatha.) Sim. Será que o vestido dela era cor-de-rosa? Sim. De certeza que não era preto? Nenhuma resposta.

— Já lhes disse que era um mentiroso — disse Fairholme desdenhosamente.

— Bem, penso que ele deve ter visto alguma coisa — disse o inspector. — Mas o que era, ou quem era, é mais do que consigo sacar-lhe.

Seguiu-se uma pausa, e todos olharam de soslaio para o filho do Sr. Wickens. O seu relato do beijo fazia com que fosse quase um insulto para os Jansenius a identificação de Henrietta como a jovem que ele vira. Jane sugeriu que dragassem o canal, mas foram silenciados por um «chiu-chiu-chiu» indignado, acompanhado por olhares apreensivos e de simpatia na direcção dos pesarosos pais. Deslocaram o centro das atenções quando surgiram os dois polícias que tinham sido enviados à moradia. Smilash estava entre eles, aparentemente como prisioneiro. À distância, parecia ter sofrido um ferimento terrível na cabeça, mas quando o trouxeram para o meio do grupo parecia ter apenas colocado um lenço vermelho em torno do rosto, como que para apaziguar uma dor de dentes. Tinha uma expressão particularmente envergonhada enquanto se mantinha de pé em frente ao inspector, com a cabeça curvada e o semblante desviado do Sr. Jansenius, que, quando tentou apreciar os seus traços fisionómicos, não conseguiu ver mais do que o emplastro do lenço vermelho.

Um dos polícias descreveu de que modo tinham encontrado Smilash quando ele se preparava para entrar em casa; como se tinha recusado a fornecer-lhes qualquer tipo de informação ou a ir ao colégio, como os tinha desafiado por o levarem contra a sua vontade e como, ao ouvir a última proposta que lhe tinham feito para que fossem chamados o inspector e o Sr. Jansenius ele lhes chamara burros e consentira em acompanhá-los. O polícia concluiu declarando que o indivíduo estava embriagado ou então era manhoso, pois não conseguia ou não falava coisa com coisa.

— Ouça lá, chefe — começou Smilash por dizer ao inspector —, sou um homem comum... nã mais do que qualquer outro, como pode ver por...

— É ele — gritou o filho do Sr. Wickens, repentinamente alertado pela noção da sua própria importância como testemunha. — Foi ele qu'a s'nhora beijou, e que me deu dois dinheiros, e qu'ameaçou afogar-me.

— E com humilde e contrita pena lamento nã te ter afogado, meu sacana — disse Smilash. — Não são maneiras de interromper um homem que, apesar de comum, podia ser teu pai, pois tenho anos e sabedoria pra isso.

— Pára aí — disse o inspector ao rapaz. — Ora vamos lá a ver, Smilash, quer fazer alguma declaração? Tenha cuidado, pois tudo o que disser poderá depois ser usado contra si.

— Nem que me levasse prà forca, chefe, lhe diria mais do que a verdade. Se houver por aí alguém que possa dizer que ouviu Jeff Smilash a dizer uma mentira, que avance.

— Não queremos saber nada disso — afirmou o inspector. — Como é um estranho por estas bandas, ninguém lhe conhece os podres. Mas também não sabem de nada de bom que tenha feito.

— Chefe — disse Smilash, profundamente impressionado —, tem uma mente penetrante, e conhece um mau carácter só d'olhar pra ele. Pra não o enganar, às vezes minto, sou preguiçoso e comodista, p'lo qu'a única desculpa que tenho é qu'é da minha natureza ser assim. Há muitos homens tão maus como eu, e alguns até são piores, pra dizer a verdade, chefe, nã qu'esteja a falar dos honrados cavalheiros aqui reunidos. Mas o senhor, chefe, é um inspector da polícia, que julgo ser mais do que apenas humano, e quanto aos cavalheiros aqui presentes, um cavalheiro não é um homem... e ainda menos um homem comum... pois o homem é nada mais nada menos qu'o escravo que alimenta e veste os cavalheiros, qu'estão acima dos homens comuns.

— Então — disse o inspector, incapaz de seguir as observações que Smilash fizera —, esquiva-se com facilidade, mas não se consegue esquivar a mim. Tem alguma declaração a fazer quanto à senhora que foi vista pela última vez junto a si?

— Fazer uma declaração sobre uma senhora! — disse Smilash, indignado. — Longe de mim tal pensamento!

— O que fez com ela? — perguntou impetuosamente Agatha. — Não seja pateta.

— Não tem de responder a isso, sabe — disse o inspector, um pouco agastado por Agatha ter retirado alguma vantagem de estar numa posição não-oficial e irresponsável para ir tão directa ao assunto. — No entanto, se quiser responder, pode fazê-lo. Se tiver feito algum mal à senhora, será melhor que se contenha. Se não, então é melhor que conte já tudo.

— Vou descansar o espírito da jovem por respeito para com a sua honrada irmã — disse Smilash. — Quando a jovem me viu, desmaiou. Nã sou mais do qu'um jovem e nã estou habituado a estar com senhoras, nã nego, mas fiquei um pouco assustado, e o meu espírito nã estava aberto às considerações mais sensatas. Quando ela abriu os olhos, por assim dizer, agarrou-me pelo pescoço, nã fazendo distinção entre mim e Adão, o pai de todos nós, e disse, «Traga-me um pouco de água e não deixe que as meninas me vejam». Como nã sou lá muit'esperto, pra pensar p'la minha cabeça, fiz o qu'ela me disse. Peguei nela ao colo, pois era leve e magra, e fui prò canal o mais depressa que pude. Quando lá cheguei, pousei-a na margem e fui buscar água. Mas com as fábricas, e as poluições e as grandes civilizações de todo o género, a água dos canais ingleses nã é adequada pra molhar uma senhora, e muito menos pra ela beber. Nesse momento, por sorte, uma barcaça passou e levou-a, e...

— Que coisa — disse o filho do Sr. Wickens teimosamente, encorajado por testemunhar o desaforo de alguém que aparentemente era da sua própria classe. — Eu vi-os aos dois juntos, e ela a beijá-lo. Nã apareceu barcaça nenhuma.

— Será que a modéstia de uma senhora pode ser desacreditada pela palavra de um rapaz comum, que só anda à face da Terra por deferência dos senhores das terras e dos senhores do dinheiro que ele ajuda a alimentar? — gritou indignadamente Smilash. — Porque, seu infiel, uma senhora não é feita da mesma matéria do que tu. Ela não sabe o que um beijo significa e, se o soubesse, será que era provável que me beijasse a mim, quando um belo homem como o inspector ali seria muito mais agradável para ela? Que vergonha! A barcaça era vermelha e amarela, tinha um dragão verde como figura de proa, e era puxada por um cavalo branco. Talvez nem saibas as cores, e não consigas distinguir o vermelho do amarelo. O barqueiro sentiu compaixão ao ver a pobre senhora desmaiada e com a oferta da meia c'roa, e como tinha mãe, agiu como qualquer mãe agiria. Havia uma cabina naquela barcaça quase tão grande quanto o armário onde Vossa Senhoria guarda a geleia e os pickles, e o barqueiro vive nesse armário, muito doméstico, com a esposa e mãe dos cinco filhos. Os barcos do canal são aquilo a que se pode chamar as paredes de madeira da Inglaterra.

— Vá lá, continua com a tua história — disse o inspector. — Sabemos tão bem como tu o que são as barcaças.

— Quem me dera que mais pessoas as conhecessem — retorquiu Smilash. — Talvez isso servisse para aliviar um pouco o vosso trabalho. Contudo, com'eu dizia, seguimos pelo canal até Lyvern, onde saímos da barcaça, e a senhora apanhou o comboio e seguiu nele. Com a nobre gratidão da sua classe, deu-me seis dinheiros. Aqui estão, como prova de que as minhas palavras são verdadeiras. E eu desejei-lhe que chegasse bem a casa, e, se tivesse seguido com ela, mais não poderia dizer, excepto que quando regressei fui apanhado por estes polícias, contra o que diz a constitução inglesa, e se Vossa Senhoria ler essa constitução e descobrir o que lá diz sobre os meus direitos e liberdades... proque me disseram que um trabalhador tem liberdades e eu próprio até já me concedi algumas... fará um favor muito maior a um sujeito comum do que a sua instrução lhe permite dizer.

— Meu caro senhor — gritou subitamente o Sr. Jansenius —, quer fazer o favor de levantar a cabeça e olhar directamente para mim?

Smilash assim fez, e começou imediatamente a exclamar teatralmente:

— Quem vejo? Dificilmente poderia acreditar — continuou, dirigindo-se a todo o grupo. — Mas sou bem conhecido destes honrados cavalheiros. Vejo nos seus lábios, chefe, que quer saber da minha senhora, e agradeço-lhe pelo seu interesse condescendente. Ela está bem, meu caro senhor, e a minha residência aqui foi completamente combinada entre nós. As ligeiras nuvens que possam ter pairado sobre o nosso horizonte doméstico já passaram. E, chefe — e naquele momento a voz de Smilash fez-se ouvir com um ênfase mais sério —, aquele que interferir entre homem e mulher incorrerá numa responsabilidade maior. Aqui estou eu, conforme me vê, e aqui tenciono ficar, tal como me vê. Isto é, aquilo que se pode afirmar se o destino assim o permitir. Porque o destino é algo esquisito, chefe. Vim para aqui a pensar que era o último lugar do mundo onde poderia pôr os olhos em cima de si, e diabos me levem se não é praticamente a primeira pessoa com quem me deparo.

— Não quero fazer parte desta pantomima de...

— Com a sua permissão, e retirando-lhe as palavras da boca, chefe, eu não quero que faça parte de nada. Respeitando a minha conduta passada, poderá revelar ou guardar isso para si próprio. Tudo o que digo é que, se revelar uma parte eu revelo o resto. Tudo ou nada. Tem a liberdade de dizer aqui ao inspector que eu sou má rês. O espírito penetrante dele já tinha descoberto isso. Mas se começar a revelar nomes e pormenores, não estará apenas a ir contra os desejos da minha senhora, como fará com que eu conte toda a história, aqui, a toda a gente, e que depois me vá embora para onde nunca mais ninguém me encontrará.

— Acho que quanto menos for dito, melhor será — afirmou a Sra. Jansenius, observadora desconfortável da curiosidade e surpresa que este diálogo estava a provocar. — Mas fique a saber, Sr....

— Smilash, minha senhora; Jeff Smilash.

— Sr. Smilash, seja qual for o arranjo que fez com a sua esposa, não tem nada que ver comigo. O senhor teve um comportamento infame, e, no futuro, pretendo falar consigo o menos possível! Aliás, não pretendo falar consigo absolutamente mais nada... nada — disse o Sr. Jansenius. — Encaro a sua conduta como um insulto para mim, pessoalmente. Pode viver da forma que muito bem entender, e onde quiser. Toda a Inglaterra está aberta para si, excepto um sítio... a minha casa. Vamos, Ruth. — Ofereceu o braço à esposa, ela pousou a mão sobre ele e afastaram-se ambos, olhando em volta à procura de Agatha, que, aborrecida com a curiosidade boquiaberta das restantes pessoas, se tinha afastado marcadamente para um sítio onde não podia ouvir a conversa. A Sra. Wilson olhava ora para Smilash... que observara a explosão de ira do Sr. Jansenius com um interesse amigável, como se apenas o incomodasse enquanto espectador curioso... ora para os dois visitantes que se retiravam.

— Por favor, consideram satisfatória a declaração deste homem? — perguntou-lhes. — Eu não acho que assim seja.

— Sou um indivíduo demasiado comum para fazer uma declaração que pudesse satisfazer uma mente tão instruída quanto a vossa — disse Smilash. — Mas gostaria de salientar humildemente que está ali um rapaz com um telegrama e que tenta passar p'lo meio das pessoas.

— Sra. Wilson! — gritou agudamente o rapaz.

Ela pegou no telegrama, leu-o e franziu o sobrolho.

— Passámos por grande perturbação afinal sem motivo, minhas senhoras e meus senhores — disse ela, com um vexame suprimido. — A Sra. Trefusis diz aqui que regressou a Londres. Não considerou necessário acrescentar mais nenhuma explicação.

Ouviu-se um murmúrio geral de desilusão.

— Não percam a esperança, minhas senhoras — disse Smilash. — Ela pode ter-se afogado ou pode ter sido assassinada. Qualquer pessoa pode mandar um telegrama com um nome falso. Talvez seja um plano. Vamos esperar que, para vosso bem, tenha acontecido algum acidente... na linha de caminho-de-ferro, por exemplo... ou ainda possa acontecer.

A Sra. Wilson virou-se para ele, contente por encontrar alguém com quem podia zangar-se legitimamente.

— Será melhor que se vá embora — disse ela. — E que eu nunca mais o veja por aqui.

— Essa foi dura — disse Smilash, queixosamente. — As minhas intenções não eram senão as melhores. Mas já sei o que se passa. É por causa daquele jovem verme dizer qu'a jovem me beijou.

— Inspector — disse a Sra. Wilson —, será que pode satisfazer-me a vontade e levar este homem para fora do colégio o mais rápido possível?

— Onde está o meu dinheiro? — retorquiu ele reprovadoramente. — Onde está o meu dinheiro legalmente ganho? Tou supreendido qu'uma senhora assim, tã cheia de ciência moral e economia política, queira mandar embora um pobre. Onde tá o seu fundo para pagamentos? Onde tá o seu capital remuneratório?

— Não lhe dê nada, minha senhora — disse o inspector. — O dinheiro que ele já recebeu da outra senhora é suficiente. Vá-se embora daqui, ou teremos de o pôr já a andar.

— Muito bem — resmungou Smilash. — Combinei que recebia nove dinheiros, e depois de usar o rolo, de abrir os refrescos e de mudar aquelas mesas pesadas de um lado pra o outro, houve em mim uma decomposição de tecidos no valor de dois xelins. Mas tudo o que peço são nove dinheiros, e que a senhora possa ficar com um xelim e três dinheiros como recompensa pela abstinência. É uma exploração do trabalho à taxa de cento e vinte e cinco por cento, é o que é. Vá lá, dê-me nove dinheiros e vou-me já embora.

— Aqui está um xelim — disse a Sra. Wilson. — Agora, ponha-se a andar.

— Aqui está o troco de três dinheiros! — gritou Smilash. — A honestidade sempre foi...

— Pode ficar com o troco.

— A senhora é muito nobre, mas esquece-se da lei da oferta e da procura. Se continuar a pagar desta maneira, virão muitos trabalhadores aqui prò colégio, e a competição rapidamente a obrigará a descer do xelim para os seis dinheiros, e não pra os nove dinheiros. É assim que os salários descem e as taxas de mortalidade aumentam, com pior sorte para alguns de nós, que temos de nos vender que nem porcos no mercado.

Estava prestes a continuar, quando o polícia pegou nele pelo braço, encaminhou-o na direcção do portão e apontou expressivamente nessa direcção. Smilash olhou de forma vaga para o polícia por alguns instantes. Depois, com um piscar de olho a Fairholme, afastou-se com ar grave, por entre os olhares e o silêncio de todos.

Capítulo V

O que se passara entre Smilash e Henrietta permaneceu desconhecido para todas as pessoas, excepto para ambos. Agatha vira Henrietta apertar o pescoço de Smilash nos seus braços, mas não esperara para ouvir a exclamação de «Sidney, Sidney» que se seguira, nem para ver que ele pressionara o rosto dela contra o seu peito, na ansiedade de abafar a voz dela enquanto lhe dizia:

— Minha querida, não grites, imploro-te. Não faças barulho, senão teremos toda a gente aqui dentro de momentos. Chiu!

— Não me deixes novamente, Sidney — suplicou ela, agarrando-se mais fortemente a ele, enquanto o olhar perplexo dele, que vagueava na direcção da entrada dos arbustos, parecia renunciar a ela. Um ruído de vozes proveniente daquela direcção precipitou a sua indecisão.

— Temos de fugir, Hetty — disse ele. — Segura-te bem ao meu pescoço e não me estrangules. Vamos, agora. — Ergueu-a sobre os ombros e correu rapidamente pelo meio dos terrenos. Quando tiveram de parar por causa do muro, ele colocou-a sobre o muro, esforçou-se para subir, e depois fê-la saltar para os seus braços. De seguida, avançou com ela aos tropeções pelo meio dos campos, ofegando em resposta aos protestos inarticulados que ela pronunciava, enquanto ele tropeçava e vacilava em cada elevação. — O teu peso está a aumentar à taxa de cinco quilos por segundo, meu amor. Se inclinares o corpo para a frente, vais dar cabo das minhas costas. Oh, meu Deus, está aqui uma vala!

— Deixa-me descer — gritou Henrietta, num êxtase de alegria e apreensão. — Vais magoar-te, e... Oh, por favor, TEM...

Ele esforçava-se por atravessar uma vala seca enquanto ela falava, acabando por sair para uma zona relvada que bordejava o caminho do canal e que era usado pelos cavalos para puxarem as barcaças. Aqui, na margem de uma concavidade, onde o musgo estava seco e macio, ele fê-la sentar-se, colocou-se de bruços sobre os cotovelos na frente dela e disse, ofegante:

— Nem Nesso ao transportar Dejanira poderia comparar-se a isto! Ufa! Bem, minha querida, estás contente por me ver?

— Mas...

— Mas nada de mas, a menos que queiras que eu desapareça outra vez e para sempre. Desgraçado que sou, são muitas mais vezes do que as que posso dizer em que anseio por ti desde que fugi da tua beira. Não ficaste nada preocupada, pois não?

— Fiquei. Na verdade, fiquei até muito preocupada. Porque me deixaste, Sidney?

— Antes que acontecesse uma coisa pior. Anda, não vamos perder em explicações os poucos minutos que nos restam. Dá-me um beijo.

— Então, vais deixar-me de novo. Oh, Sidney...

— Não importa o amanhã, Hetty. Que seja como o sol e as pastagens, que não estão minimamente preocupados com o Inverno que se aproxima. Porque olhas para aquele maldito canal, que cegamente arrasta a sua carga de sujidade de um lugar para outro, até chegar ao mar... exactamente do mesmo modo que uma rua movimentada arremessa a sua carga para o cemitério? Olha para MIM, e dá-me um beijo.

Ela deu-lhe vários beijos, e disse aduladoramente, ainda com o braço sobre os ombros dele:

— Só falas desse modo para me assustar, Sidney. Eu sei que é assim.

— Tu és o sol radiante dos meus sentidos — disse ele, abraçando-a. — Sinto que o meu coração e o meu cérebro murcham perante o teu sorriso, e arremesso-os na tua direcção para que sintas exultação. Como estou feliz por ter uma esposa que não me despreza por fazer isso... mas que me ama ainda mais!

— Não sejas pateta — disse Henrietta, sorrindo vagamente. De seguida, picada por uma intuição sobre o que ele queria dizer, repeliu-o e disse com raiva:

— DESPREZAS-ME.

— Não mais do que me desprezo a mim mesmo. Na verdade, não tanto, pois muitas emoções que parecem viver dentro de mim parecem adoráveis se vistas a partir de fora.

— Tens a intenção de me deixar novamente. Sinto-o. Sei-o.

— Achas que sabes porque o sentes. Também não é um motivo mau.

— Então, VAIS deixar-me?

— Não sentes isso e sabes isso? Sim, minha querida Hetty, com certeza que vou.

Ela rompeu em exclamações de terrível dor, e ele empurrou ligeiramente a cabeça dela para baixo e beijou-a com uma ternura a que ela não conseguiu resistir e uma careta que ela não viu.

— Minha pobre Hetty, não me compreendes.

— Eu apenas sei que me odeias e que te queres afastar de mim.

— Isso seria demasiado fácil. Mas o estranho é que EU AMO-TE e quero estar longe de ti. Não é para sempre. Só durante algum tempo.

— Mas eu não quero que te vás embora. Não te deixarei ir embora — disse ela, demonstrando vestígios de ferocidade misturados com súplica. — Porque queres deixar-me se me amas?

— Como é que posso saber? Não te posso dizer os meus porquês e os meus motivos, da mesma maneira que também não consigo pegar em mim pela cintura e carregar comigo até ao condado mais próximo, como alguém desafiou um especulador a fazer em movimento perpétuo. Sou demasiado pessimista em relação aos meus próprios afectos. Sabes o que é um pessimista?

— Um homem que pensa que todas as pessoas são tão más como ele, e que as odeia por isso.

— Isso, ou algo parecido. A sociedade instruída moderna em Inglaterra, a minha esfera nativa, parece-me tão corrupta quanto é possível devido à consciência da cultura e à ausência de honestidade. Uma multidão hipócrita, adoradora de mentiras, que odeia os factos, que escreve, fala, persegue a riqueza, persegue o prazer, persegue as celebridades, e que, tendo perdido o medo do inferno e não o tendo substituído pelo amor à justiça, não se preocupa com mais nada senão com a parte de leão da riqueza que é gerada pela ameaça da fome nas classes que a produzem. Se me interromperes com um discurso pateta, Hetty, atiro-te para o canal, e depois morrerei de tristeza por ter perdido o meu amor. Sabes o que sou, de acordo com a descrição convencional: um cavalheiro com muito dinheiro. Sabes qual é a origem ímpia desse dinheiro e nobreza?

— Oh, Sidney, tens andado a fazer alguma coisa?

— Não, minha querida. Eu sou um cavalheiro, e não tenho andado a fazer nada. Que um homem possa fazer isso e não morrer à fome nem sequer é hoje em dia um paradoxo. Cada moeda que possuo é dinheiro roubado, mas foi roubado legalmente e, o que poderá ter alguma importância prática para ti, não tenho maneira de o devolver aos seus legítimos proprietários, mesmo que me sentisse inclinado a fazê-lo. Sabes o que era o meu pai?

— Que diferença pode fazer isso agora? Não sejas desagradável e não te deixes encher por manias tão ridículas, meu querido Sidney. Não me casei com o teu pai.

— Não, mas casaste-te... só por acaso, como é evidente... com a fortuna do meu pai. Esse colar que usas foi comprado com o dinheiro dele, e quase posso imaginar manchas de sangue.

— Pára, Sidney. Não gosto desse tipo de invenções. É tudo um disparate. POR FAVOR, tens de ser bom para mim.

— Há manchas de transpiração nesse colar, eu sei.

— Seu pobre desgraçado!

— Estou a pensar não em ti, minha querida, mas no povo infeliz que vive como um escravo para que nós possamos viver de uma forma ociosa. Deixa-me explicar-te porque somos tão ricos. O meu pai era um astuto, enérgico e ambicioso homem de Manchester, que entendia um intercâmbio de qualquer género como uma transacção através da qual um homem perde e outro ganha. O seu objectivo na vida consistia em fazer tantos intercâmbios quanto possível, e ser sempre ele a ganhar com tais transacções. Não sei exactamente o que ele era, pois sentia vergonha tanto dos seus antecedentes como dos seus parentes, pelo que apenas posso deduzir que eram honestos e, portanto, pessoas malsucedidas. No entanto, ele adquiriu algum conhecimento sobre o comércio do algodão, poupou algum dinheiro, pediu emprestado um pouco mais com base na segurança da sua reputação para extrair o melhor das outras pessoas nos negócios e, conforme me disse depois com toda a exactidão, começou SOZINHO. Comprou uma fábrica e um pouco de algodão em bruto. Já deves saber que um homem, se trabalhar algum tempo num pedaço de algodão em bruto, pode transformá-lo numa peça de algodão pronta a fazer lençóis, cobertores e outras coisas do género. O algodão produzido é mais valioso do que o algodão em bruto, porque o fabrico comporta os custos de desgaste das máquinas, de desgaste da fábrica, do aluguer do terreno sobre o qual a fábrica é construída e da mão-de-obra humana, ou seja, do desgaste dos homens vivos, que tem de ser compensado por alimentos, abrigo e descanso. Entendes isto?

— Costumávamos aprender sobre isso no colégio. Não percebo o que tem que ver connosco, já que não estamos no comércio do algodão.

— Aprendeste o que acharam seguro ensinar-te, sem dúvida, mas não tudo, penso eu. Quando o meu pai começou sozinho, havia muitos homens em Manchester que estavam dispostos a trabalhar desta maneira, mas não tinham nenhuma fábrica onde trabalhar, nem máquinas para trabalhar, e também não tinham algodão em bruto para trabalhar, simplesmente porque toda essa indispensável planta, e os materiais para a produção de um novo fornecimento de algodão, já eram propriedade de quem chegara em primeiro lugar. Portanto, deram consigo com os estômagos vazios, membros a tremer e esposas e crianças esfomeadas, num sítio a que chamavam o seu país, e no qual, no entanto, cada pedaço de terra e possível fonte de subsistência estava já nas mãos de outros, e guardado por soldados e polícias armados. Nesta condição de desamparo, os pobres diabos estavam prontos a implorar para terem acesso a uma fábrica de algodão em bruto e a qualquer tipo de condições compatíveis com a vida. O meu pai ofereceu-lhes o uso da sua fábrica, das suas máquinas e do seu algodão em bruto, nas seguintes condições: eles deveriam trabalhar muito e duramente, desde bem cedo e até muito tarde, para acrescentarem novo valor ao algodão em bruto, fabricando-o. A partir do valor assim criado por eles, tinham de recuperar para ele o que ele lhes fornecia: renda, abrigo, água, gás, máquinas, algodão em bruto... tudo, e pagar pelos serviços dele como superintendente, gerente e vendedor. Até então ele não pedira nada mais do que uma remuneração justa. Mas depois de isso ter sido pago, restava apenas um saldo que era devido exclusivamente por causa do trabalho deles. «Além disto», disse o meu pai, «devem guardar apenas o suficiente que vos impeça de morrerem à fome, e o restante deverão entregar-me para me recompensar pela minha virtude em saber poupar dinheiro. Esse é o negócio que proponho. Na minha opinião, é justo e calculado de maneira a incentivar hábitos frugais. Se acharem que não é assim, podem arranjar uma fábrica e algodão em bruto vocês mesmos, não devem usar o meu.» Por outras palavras, eles podiam ir para o diabo e morrer à fome... a escolha de Hobson!... Pois todas as outras fábricas eram propriedade de homens que não ofereciam melhores condições. Os habitantes de Manchester não podiam suportar a morte pela fome ou ver os próprios filhos passar fome e, portanto, aceitaram as condições dele e foram trabalhar para a fábrica. As condições, como estás a ver, não lhes permitiam desde o início fazer algum tipo de poupança, como ele tinha feito. Bem, eles criavam grande riqueza com o seu trabalho, e viviam com muito pouco, de maneira que o saldo que davam em troca de nada ao meu pai era grande. Ele comprou mais algodão, e mais máquinas, e mais fábricas graças a ele; empregou mais homens para criar riqueza para ele, e viu a sua fortuna aumentar como uma bola de neve. Prosperou enormemente, mas os trabalhadores não viviam melhor do que no princípio, e não se atreviam a revoltar-se e a exigir mais a partir do dinheiro que tinham gerado, pois havia sempre uma grande quantidade de miseráveis famintos no exterior das fábricas dispostos a assumir as suas posições e a aceitarem as condições do antigamente. Por vezes, ele deparava-se com um problema, como, por exemplo, quando, no afã de aumentar o seu pecúlio, fez os homens fabricarem mais algodão do que o público necessitava, ou quando não conseguiu arranjar algodão em bruto suficiente, como sucedeu durante a Guerra Civil na América. Nesses casos, adaptava-se às circunstâncias despedindo o maior número de operários possível, pois não tinha clientes ou algodão, e os operários, naturalmente, passavam fome ou subsistiam à custa da caridade. Durante o período de guerra, foi lançado um grande peditório para aqueles pobres infelizes, e o meu pai contribuiu com cem libras, apesar de, conforme afirmou, ter sofrido grandes perdas. Depois, comprou novas máquinas e, como as mulheres e as crianças podiam trabalhar com essas máquinas tão bem como os homens e eram mais baratas e mais dóceis, despediu cerca de setenta dos seus cem MÃOS (era assim que ele chamava aos homens), e substituiu-os pelas respectivas esposas e filhos, que geravam dinheiro para ele mais rápido do que nunca. Por esta altura, há muito que tinha abdicado da gestão das fábricas e pagava a indivíduos inteligentes que não tinham fundos próprios algumas centenas de libras por ano para fazerem a gestão em seu nome. Além disso, comprou acções em outras empresas conduzidas ao abrigo do mesmo princípio, embolsou dividendos gerados em países que nunca tinha visitado e por homens que nunca tinha visto, comprou assento no Parlamento numa zona eleitoral pobre e corrupta, e ajudou a preservar as leis graças às quais tinha prosperado. Depois disso, quando a sua riqueza se tornou conhecida, tinha menos necessidade de subornar, pois os homens modernos adoram os ricos como deuses, e elegem alguém para seu governante por nenhuma outra razão senão por esse homem ser milionário. Imitou a nobreza, passou a viver num palácio em Kensington e comprou uma parte da Escócia, onde reservou terrenos para a caça aos veados. É bastante fácil tratar de tais terrenos, pois as árvores não são necessárias. É preciso simplesmente expulsar os camponeses, destruir as suas casas e tornar a terra deserta. No entanto, o meu pai não caçava muito, geralmente alugava os terrenos por uma temporada para aqueles que caçavam. Comprou ainda uma esposa de sangue nobre, que produziu o resultado insatisfatório que tens agora à tua frente. Foi assim que Jesse Trefusis, um caixeiro-viajante pobre de Manchester conseguiu tornar-se plutocrata e latifundiário. E também foi assim que eu, que nunca trabalhei na vida, fiquei sobrecarregado de riqueza, enquanto os filhos dos homens que geraram essa riqueza estão escravizados, da mesma maneira que os seus antepassados foram escravizados, ou passaram fome, ou foram parar a um asilo, ou ficaram nas ruas, ou vá-se lá saber para onde diabo foram. O que achas disto, meu amor?

— Qual é a utilidade de te preocupares com isso, Sidney? Já não podes fazer nada. Além disso, se o teu pai economizou dinheiro, e os outros foram imprevidentes, ele mereceu ganhar a sua fortuna.

— É certo, mas não foi ele que produziu uma fortuna. Ele apoderou-se de uma fortuna que outros produziram. Em Cambridge, ensinaram-me que os seus lucros eram a recompensa pela abstinência... a abstinência que lhe permitira poupar. Isso acalmou a minha consciência até ter começado a perguntar-me por que motivo um homem deve obrigar um outro a pagar-lhe para exercitar uma virtude. Então, surgiu a pergunta: de que se absteve o meu pai? Os operários abstiveram-se da carne, da bebida, do ar puro, das boas roupas, de um alojamento digno, de férias, de dinheiro, da companhia das respectivas famílias, e praticamente de tudo aquilo pelo qual vale a pena viver, e por isso normalmente faleceram cerca de vinte anos mais cedo do que as pessoas que vivem nas nossas circunstâncias. Contudo, ninguém os recompensou pela sua abstinência. A recompensa foi antes para o meu pai, que não se absteve de nenhuma destas coisas, antes se dedicando a elas com toda a devoção. Além disso, se o dinheiro era a recompensa pela abstinência, parece lógico deduzir que ele deveria abster-se dez vezes mais quando ganhava cinquenta mil libras por ano do que quando ganhava apenas cinco mil. Ali estava um problema para minha jovem mente. A necessidade era algo de que o meu pai se abstinha e em que se excediam os seus operários, e de que ele se abstinha cada vez mais à medida que se tornava ainda mais rico. A única coisa que poderia responder a esta descrição era o trabalho árduo, e como nunca conheci um homem saudável disposto a pagar a outro homem para praticar a ociosidade, comecei a ver que esses pagamentos prodigiosos ao meu pai eram extorquidos pela força. Para lhe fazer justiça, ele nunca se vangloriou da abstinência. Considerava-se um homem duro e trabalhador, e alegava que a sua fortuna era a recompensa pelos riscos, cálculos e angústias que sofrera, e pelas viagens que tinha de fazer sempre e a todas as horas. Isso confortou-me um pouco até me aperceber de que se ele tivesse vivido um século antes, e tivesse investido o seu dinheiro num cavalo e num par de pistolas, e partido para a estrada, o seu objectivo... de extrair dos outros os frutos do seu trabalho sem lhes dar em troca o equivalente... teria sido exactamente o mesmo, e o seu risco teria sido muito maior, pois teria incluído o risco de ir parar à forca. As viagens constantes com os polícias no seu encalço e os cálculos sobre as hipóteses de roubar o correio de Dover teriam servido para lhe conceder o seu quinhão de actividade e ansiedade. No geral, se Jesse Trefusis, deputado, que faleceu milionário no seu palácio em Kensington, tivesse sido um salteador de estrada, eu não detestaria com mais sinceridade os arranjos sociais que não só tornaram possível uma carreira como a dele, como a tornaram eminentemente meritória aos olhos dos seus concidadãos. A maioria dos homens faz todos os possíveis para o imitar, na esperança de se tornarem ricos e ociosos, nas mesmas condições. Portanto, viro as costas a esses homens. Não me posso sentar nas suas festas sabendo quanto custam em miséria humana e vendo quão pouco produzem em termos de felicidade humana. Qual é a tua opinião, meu tesouro?

Henrietta parecia ligeiramente perturbada. Sorriu um pouco e disse descuidadamente:

— Sidney, não foi culpa tua. *Eu* não te atribuo culpas.

— Poderes imortais! — exclamou ele, sentando-se de costas direitas e lançando um apelo aos céus. — Aqui está uma mulher que acredita que a única preocupação que esta situação provoca em mim é saber se ela pensa mais mal de mim por causa disso!

— Não, não, Sidney. Não sou apenas eu. Ninguém pensa mais mal de ti por causa disso.

— É bem verdade — retorquiu ele, num frenesim educado. — Ninguém vê qualquer mal nisso. É precisamente esse o problema.

— Além do mais — prosseguiu ela —, a tua mãe pertencia a uma das mais antigas famílias de Inglaterra.

— E que mais pode o homem desejar do que a riqueza somada à ascendência de uma família nobre! Poderia um homem ser mais feliz do que eu, descendente como sou de monopolistas de todos os géneros e de todos os instrumentos de produção (da terra, por um lado, e das máquinas, por outro)? Este terreno onde estamos a descansar era propriedade do pai da minha mãe. Pelo menos, a lei permitiu-lhe usá-lo como tal. Quando ele era rapaz, havia uma raça bastante próspera de camponeses que se instalaram aqui, cultivando o solo, pagando-lhe uma renda pela autorização para fazerem isso, e retirando da terra o suficiente para satisfazer os grandiosos desejos dele e as suas próprias reduzidas necessidades, sem terem de trabalhar até à morte. Mas o meu avô era um homem astuto. Percebeu que as vacas e as ovelhas produziam mais dinheiro com a respectiva carne e lã do que os camponeses a trabalharem a terra. Portanto, limpou a propriedade. Ou seja, mandou embora os camponeses das suas casas, tal como o meu pai faria depois nos seus terrenos de caça na Escócia. Ou, conforme está escrito na sua pedra tumular, desenvolveu os recursos do seu país. Não sei o que aconteceu aos camponeses; ELE não sabia e, presumo, também não se importou nada. Suponho que os mais antigos entraram para algum asilo, e os jovens amontoaram-se nas cidades e trabalharam para homens como o meu pai nas fábricas. Os seus lugares foram ocupados pelo gado, que permitia pagar tão bem a sua alimentação que o meu avô, fazendo com que o meu pai comprasse acções da empresa, contratou trabalhadores nas mesmas condições de Manchester para abrirem esse canal que aí está. Quando terminaram o trabalho, ele passou a exigir o pagamento de uma comissão pelo uso do canal, e os seus herdeiros continuam a receber essa comissão, e os filhos dos trabalhadores braçais que o escavaram e do engenheiro que o projectou pagam a comissão quando viajam por ele, ou quando têm de adquirir produtos que foram transportados ao longo do canal. Lembro-me muito bem do meu avô. Era um homem bem-educado, e um perfeito cavalheiro, mas, no geral, penso que era mais ruim do que o meu pai, que, afinal de contas, foi apanhado nas rodas de um círculo vicioso, e que tinha de fazer mal aos outros ou sofrer as consequências do que os outros lhe fizessem de mal. Mas o meu avô, aquele velho safado, não sentia tal dilema. Senhor como era da sua parte da Inglaterra, nenhum homem o poderia escravizar e ao menos podia ter vivido como queria deixando os outros viver em paz. O meu pai seguiu o seu exemplo na questão dos terrenos de caça, mas foi esse o clímax da sua maldade, ao passo que para o meu avô isso era apenas o princípio. Todavia, seja qual for o vencedor, lá estão eles, os indivíduos que todos nós tentamos ser.

— Nem todos, Sidney. Nós os dois não somos assim. Odeio os comerciantes e os senhores de terras. Nós pertencemos à classe artística e instruída e podemos manter-nos afastados dos lojistas.

— Vivendo, entretanto, dos rendimentos de vários milhares de libras por ano em rendas e juros. Não, minha querida, esse é o caminho das pessoas que insistem que quando chegarem ao céu deverão ser poupadas à lembrança de que existe um lugar como o inferno, mas que ficam muito satisfeitas por saber que tal sítio deve existir fora da sua consciência. Respeito mais o meu pai... ou antes, desprezo-o menos... pelo seu próprio suor e capacidade de roubo do que aos preguiçosos e cobardes sensíveis que lhe emprestaram dinheiro para suar e roubar, e não fizeram quaisquer perguntas, desde que os juros fossem pagos pontualmente. E quanto aos teus amigos artistas, eles são os piores de todos.

— Oh, Sidney, estás determinado a não te mostrares satisfeito com nada. Os artistas não sustentam as fábricas.

— Não, mas a fábrica é apenas uma parte das máquinas do sistema. A sua base é a tirania da força cerebral, que, entre os homens civilizados, pode servir para fazer o mesmo que a força muscular entre os rapazes da escola e os selvagens. A proposição do rapaz na escola é: «Eu sou mais forte do que tu e, portanto, tu trabalharás para mim.» Na sua forma adulta é: «Eu sou mais inteligente do que tu e, portanto, tu trabalharás para mim.» O estado de coisas que produzimos ao submeter-nos a este pressuposto, por muito mau que seja a princípio, torna-se intolerável quando os descendentes medíocres ou imbecis dos indivíduos inteligentes afirmam ter herdado os seus privilégios. Ora, não há maiores adeptos do domínio arbitrário do génio e do talento do que os teus artistas. O grande pintor não se contenta em ser procurado e admirado porque as suas mãos conseguem fazer mais do que as mãos comuns, e efectivamente conseguem. Ele quer ser alimentado como se o seu estômago precisasse de mais comida do que os estômagos normais, o que não é verdade. Um dia de trabalho é um dia de trabalho, nem mais nem menos, e o homem que o executa precisa do sustento de um dia, do repouso de uma noite e do lazer devido, quer seja pintor ou lavrador. Mas o sacana do pintor, poeta, romancista, ou outro qualquer sibarita que se dedique a esse tipo de trabalho, não se contenta com a vantagem que alcança na estima popular sobre o lavrador, também quer uma vantagem em dinheiro, como se houvesse mais horas num dia passado num estúdio ou biblioteca do que no campo, ou como se precisasse de mais comida para poder fazer o seu trabalho do que o lavrador. Fala da maior qualidade do seu trabalho, como se a sua maior qualidade fosse da sua autoria. Como se isso lhe concedesse o direito de trabalhar menos em prol do seu vizinho do que o seu vizinho trabalha em prol dele. Como se o lavrador não tivesse uma vida melhor sem ele do que ele sem o lavrador. Como se o valor dos quadros mais célebres não tivesse sido questionado mais do que qualquer sulco em linha recta no mundo da terra arável. Como se não fosse necessária a aprendizagem de muitos anos para treinar a mão e o olho de um pedreiro ou ferreiro como os de um artista. Como se, em suma, o indivíduo fosse um deus, conforme os adoradores hipócritas do cérebro lhe asseguram há anos. Os artistas são os altos sacerdotes do Moloch moderno. Nove em cada dez são criaturas doentes, saudáveis apenas o suficiente para viverem à custa das suas próprias neuroses. A única qualidade que têm e pela qual consigo sentir algum respeito é um certo egoísmo sublime que os leva a mostrarem-se dispostos a morrer de fome e a deixarem as respectivas famílias morrer de fome antes de executarem qualquer tipo de trabalho de que não gostam.

— NA REALIDADE, estás completamente errado, Sidney. Havia uma rapariga na escola de Slade que sustentava a mãe e duas irmãs com os seus desenhos. Além disso, o que podes tu fazer? As pessoas já nasceram nessa situação.

— Sim, já nasci senhor de terras e capitalista graças à loucura das pessoas, mas elas podem destituir-me dessa condição se quiserem. Entretanto, não tenho absolutamente forma nenhuma de escapar à minha posição a não ser que abdique dos meus escravos em favor de indivíduos que não os usarão melhor do que eu, e tornar-me eu próprio um escravo, posição em que, se quiseres, não me apanharás tão depressa. Não, minha querida, tenho de manter o pé sobre os pescoços deles para teu bem e para meu próprio bem. Mas não te preocupes com todas estas prosaicas coisas. Sinto-me consumido pelos remorsos por te ter aborrecido, minha querida.

Queres saber por que motivo estou a viver aqui como um eremita, num casebre vulgar de dois quartos, em vez de saborear as delícias da sociedade londrina com a minha bela e dedicada jovem esposa.

— Mas, não tencionas continuar aqui, pois não, Sidney?

— Sim, tenciono, e digo-te porquê. Estou a ajudar a libertar aqueles trabalhadores de Manchester que eram escravos do meu pai. Para conseguir isso, os seus companheiros escravos de todo o mundo têm de se unir numa vasta associação internacional de indivíduos empenhados em partilhar com justiça o trabalho do mundo, em partilhar com justiça o produto do trabalho, em não produzir nada, com excepção de obras de beneficência, para qualquer indivíduo adulto e capaz, que seja ocioso ou um simples golpista, e em tratar como vermes da comunidade as pessoas que tentarem obter mais do que a sua quota-parte de riqueza ou em oferecerem menos do que a sua quota-parte de trabalho. É algo muito difícil de concretizar, porque os trabalhadores, tal como as pessoas que se dizem superiores a eles, nem sempre compreendem os seus próprios interesses, e muitas vezes ajudam efectivamente os que os oprimem a exterminarem os salvadores ao som de «Rule Britannia», ou algum outro conjunto de versos burlescos e mentirosos. Temos de os instruir de maneira a saírem dessa situação e, entretanto, fazer avançar com diligência a associação internacional de trabalhadores. Neste momento, estou ocupado com a propagação dos seus princípios. O capitalismo, organizado para fins repressivos sob o pretexto de governar a nação, rapidamente faria parar a associação caso compreendesse o nosso objectivo, mas pensa que estamos empenhados em atentados e conspirações para assassinar as cabeças coroadas e, assim, enquanto a polícia anda de um lado para o outro à procura de provas desse género, o nosso trabalho real prossegue sem ser molestado. Se estou efectivamente a fazer avançar a causa é algo que não sei muito bem. Uso pilhas de selos de correio, pago as despesas de muitos palestrantes indiferentes, custeio as despesas de impressão de resmas de panfletos e folhetos que elogiam o trabalhador como sendo o sal da terra, escrevo e edito um pequeno jornal socialista, e faço tudo o que está, em geral, ao meu alcance. Prefiro gastar desta forma a riqueza que tenho e que se funda em situações incorrectas a gastar numa casa dispendiosa e num séquito de criados. E prefiro a minha bombazina e o meu casebre de dois quartos que aqui tenho à nossa casa bonita, às tuas boas maneiras e à minha negligência aos esforços do coração. Algum dia, quem sabe, conseguirei fazer umas férias, e então teremos uma nova lua-de-mel.

Por momentos, Henrietta parecia prestes a chorar. De repente, exclamou com entusiasmo:

— Vou ficar contigo, Sidney. Vou compartilhar o teu trabalho, seja ele qual for. Vou vestir-me como uma leiteira e arranjo um balde pequeno para transportar o leite. O mundo não significa nada para mim, a não ser quando estás comigo, e adoraria viver aqui e fazer desenhos da natureza.

Ele empalideceu e ergueu-se parcialmente, incapaz de esconder a sua decepção. Ela, decidida a não ser posta de lado, agarrou-se a ele. Fora este movimento que dera origem ao animado escárnio do filho do Sr. Wickens na vala de cascalho adjacente. Trefusis ficou contente com a interrupção e, quando deu ao rapaz dois dinheiros e o mandou embora, esperava em parte que ele insistisse em continuar por ali. Contudo, apesar de a maioria das vezes ser obstinado, o rapaz mostrara-se complacente naquela ocasião e afastara-se na direcção da rua principal, onde perdera um dinheiro com um apostador, e continuara a jogar até ser recordado de toda a situação pelo surgimento do grupo de Fairholme.

Entretanto, Henrietta regressara com alguma urgência à proposta que fizera.

— Seríamos tão felizes — disse ela. — Eu trataria da casa para ti e tu poderias trabalhar à vontade. A nossa vida seria um longo idílio.

— Meu amor — disse ele, abanando a cabeça enquanto ela olhava implorativamente para ele —, tenho demasiado algodão de Manchester na minha constituição para longos idílios. E a verdade é que a primeira condição do trabalho para mim é a tua ausência. Quando estás ao meu lado, não faço mais nada senão dedicar-me a manifestar-te o meu amor. Tu enfeitiças-me. Quando consigo fugir para longe de ti por um momento é apenas para lamentar com remorsos as horas em que foste para mim uma tentação, fazendo-me desperdiçar esse tempo, e em que tornei fúteis as minhas energias.

— Se não querias viver comigo, não te devias ter casado comigo.

— É verdade. Mas isso não é culpa tua, nem minha. Descobrimos que nos amamos um ao outro demasiado, que as nossas relações são um obstáculo à nossa utilidade e, portanto, temos de nos separar. Não para sempre, minha querida, apenas até que tenhas preocupações e interesses próprios, que possam preencher a tua vida e evitar que me faças desperdiçar a minha.

— Creio que estás louco — disse ela, petulantemente.

— Hoje em dia, o mundo está louco, e está a galopar em direcção ao diabo tão rápido quanto a ganância o consegue atrair. Limito-me a afastar-me dessa confusão, pois não gosto do seu destino. Vem aí uma barcaça, cujo comandante me é dedicado porque acredita que estou a organizar uma revolução para a abolição das comissões das comportas e do canal. Vamos subir a bordo e navegar até Lyvern, de onde poderás regressar a Londres. Será melhor que envies um telegrama a partir do telégrafo situado no cruzamento para o colégio, pois, por esta altura, já deve estar a acontecer uma grande confusão por nossa causa. Tens o meu endereço e poderemos escrever-nos ou encontrar-nos sempre que quisermos. Ou podes divorciar-te de mim por te ter abandonado.

— Sei muito bem que era isso que gostarias que eu fizesse — disse Henrietta, soluçando.

— Morreria de desespero, minha querida — disse ele, complacentemente. — Ó do barco! Pára de chorar, Hetty, pelo amor de Deus. Dilaceras a minha alma.

— Ah... olá, chefe! — bradou o barqueiro.

— Boa tarde, meu senhor — disse um homem que, com um chicote curto na mão, marchava ao lado do cavalo branco que rebocava o barco. — Sobe! — acrescentou maldosamente para o cavalo.

— Gostaria de subir a bordo e seguir até Lyvern consigo — disse Trefusis. — Ele parece estar bem alimentado.

— Está melhor alimentado do qu'eu — disse o homem. — Não se consegue pôr a trabalhar um cavalo mal alimentado, da mesma maneira que um homem ou uma mulher. Já 'tive em partes d'Inglaterra onde eram as mulheres que puxavam as barcaças. São mais baratas do qu'os cavalos, porque não custa nada arranjar novas quando as velhas estão gastas.

— Então, porque não empregá-las? — perguntou Trefusis, com uma seriedade irónica. — O princípio da contratação da mão-de-obra no mercado mais barato e de vender o respectivo produto pelo preço mais caro tem servido muito bem para tornar os ingleses... aquilo que são.

— A companhia de caminho-de-ferro tem hospitais para outros como «ele» — disse o indivíduo com uma gargalhada matreira, indicando o cavalo e batendo-lhe na barriga com o punho do chicote. — Se alguma vez quiser tentar ser um trabalhador a sério, chefe, tente fazê-lo sobre quatro patas. Vai ver qu'é muito melhor do que tentar trabalhar apenas sobre duas.

— Este indivíduo é um dos meus convertidos — disse Trefusis, num aparte para Henrietta. — Ainda outro dia me disse que desde que o pus a pensar, nunca mais olhou para um cavalheiro sem se sentir inclinado a atirar-lhe um tijolo. Acho que o socialismo muitas vezes é mal compreendido pelos seus apoiantes e adversários menos inteligentes como sendo algo que significa simplesmente uma indulgência ilimitada para com a nossa propensão natural para atirar tijolos a pessoas respeitáveis. Agora vou fazer-te passar por cima desta prancha. Se te mantiveres quieta, poderemos chegar até à barcaça. Se não, vamos parar ao fundo do canal.

Transportou-a com toda a segurança até à barcaça e trocou algumas palavras amáveis com o barqueiro. Depois disso, levou Henrietta para a parte da frente e manteve-se a olhar para a água enquanto eram transportados sem qualquer ruído por entre as pastagens ondulantes daquela zona de campo.

— Seria uma viagem prazenteira — disse ele —, se nos pudéssemos esquecer da mulher que vai lá em baixo, a cozinhar o jantar para o marido num buraco abafado, que tem quase o tamanho do teu guarda-vestidos e...

— Oh, não fales mais comigo sobre essas coisas — disse ela zangada. — Não posso evitar que aconteçam. Além disso, tenho mais em que pensar. O marido DELA vive com ela.

— Ela troca de lugar contigo, minha querida, basta fazeres-lhe uma oferta.

Henrietta não tinha qualquer resposta pronta. Após uma pausa, começou a falar poeticamente sobre o cenário e a expressar as suas ideias e cumprimentos amorosos. Mas parecia-lhe que ele se queria ver livre dela, e ele sabia que era inútil tentar esconder dela essa intenção. Ela afastou-se e sentou-se sobre um monte de tijolos, estremecendo furiosamente quando ele a pressionou para que dissesse uma palavra. À medida que se aproximavam do fim da viagem para ela e os seus intensos protestos contra a deserção continuavam apenas semiexpressos, conforme era opinião dela, a sua sensação de dor tornou-se quase insuportável.

Acostaram junto a um molhe e percorreram uma ruela suja e cheia de profundos sulcos até à rua principal de Lyvern. Ali chegados, ele tornou-se novamente Smilash, caminhando com deferência ligeiramente à frente dela, como se ela o tivesse contratado para lhe indicar o caminho. Nesse instante, ela apercebeu-se de que perdera a última oportunidade para lhe fazer um apelo, e quase desatou a chorar quando pensou nisso. Ocorreu-lhe que poderia ainda manter uma posição de predomínio se fizesse uma cena em público. Mas a rua era muito movimentada, e ela sentia algum receio dele. Nenhuma consideração a teria impedido se estivesse num dos seus estados de espírito ingovernáveis, mas agora sentia-se apenas num estado de espírito abjecto. Os seus estados de espírito pareciam surgir apenas quando eram prejudiciais para ela. Sentia-se em sofrimento por ser levada até à carruagem, que estava no respectivo ponto de partida no pátio interior quando lá chegaram, e apesar de ele ter dado um ligeiro toque no chapéu, de lhe ter perguntado se ela tinha uma mensagem para lhe transmitir, e de, num terno sussurro, lhe ter desejado boa viagem, ela não olhou para ele, nem falou com ele. Separaram-se, portanto, e ele regressou sozinho à moradia, onde foi recebido pelos dois polícias que, posteriormente, o levaram até ao colégio.

Capítulo VI

O ano foi-se passando, e as longas noites de Inverno instalaram-se. As jovens estudiosas do Alton College, com os cotovelos sobre a mesa e as mãos sobre as orelhas, estremeciam de frio e usavam estolas de peles enquanto carregavam as memórias com as declarações de autores sobre ciência moral ou, tal como os homens que nadam com bóias, raciocinavam sobre problemas matemáticos a partir de postulados. Daí que, por vezes, sucedesse que quanto mais sensata era uma aluna a matemática, mais insensata era nas questões da vida real, em relação às quais poucos postulados dignos de confiança foram até agora determinados.

Agatha, pouco estudiosa e atreita a tremer de frio no Inverno, começou a quebrar a Regra n.º 17 com uma frequência crescente. A Regra n.º 17 proibia as alunas de entrarem na cozinha, ou de perturbarem de alguma maneira as criadas no exercício das suas funções. Agatha quebrava essa regra porque gostava de fazer caramelo e de o comer, de uma boa lareira, de fazer tudo o que fosse proibido e da admiração com que as criadas ouviam as suas proezas musicais e como ventríloqua. Gertrude acompanhava-a porque também gostava de caramelo e porque se vangloriava da condescendência que exibia perante as suas inferiores. Jane ia porque as suas amigas iam e o espírito de aventura, a força do exemplo e o amor ao caramelo muitas vezes levavam mais voluntárias nestas expedições do que Agatha achava ser seguro estarem presentes. Certa noite, a Sra. Wilson, quando descia sozinha para a sua adega particular, ficou presa nas proximidades da cozinha por sons de folia e, parando para ouvir, escutou a dança de castanholas (que a fez recordar a ênfase com que Agatha estalara os dedos em frente da Sra. Miller), a abelha na vidraça da janela, «Robin Adair» (que teve direito a uma repetição solicitada pelas criadas), e uma imitação de si própria enquanto apelava à melhor natureza de Jane Carpenter para a induzir a estudar para «Os Terrenos de Cambridge». Esperou até que o frio e o medo de ser descoberta num acto de espionagem a forçaram a subir ao piso superior, envergonhada por ter apreciado um entretenimento tolo, e de ser conivente com a violação das regras em vez de entrar numa nova disputa com Agatha.

Havia um pormenor em que as questões entre Agatha e a disciplina do colégio não corriam exactamente da mesma forma do que antes. Embora anteriormente tivesse escrito um número desproporcionalmente elevado de confissões no *Livro de Erros*, a entrada que quase a levara à expulsão fora a última que ela escrevera. Não que a sua conduta fosse melhor do que era antes, pelo contrário. A Sra. Wilson nunca mencionou o assunto, sendo o *Livro de Erros* isentado de toda e qualquer alusão da sua parte. Mas notou que, apesar de Agatha não confessar os seus próprios pecados, continuava a ajudar as outras a descarregarem as suas consciências. As frases com que Jane insuspeitamente animava as páginas do Anjo de Registo eram conclusivas em relação a esta questão.

Smilash adoptara uma profissão. Nos últimos dias de Outono, tinha pintado a moradia de branco, pintara as portas, janelas e varanda, reparara o telhado e o interior da casa, e melhorara o lugar de tal maneira que o proprietário o avisara que a renda seria aumentada quando terminasse o período de aluguer por doze meses, fazendo notar que um inquilino não poderia esperar ter uma casa bonita, impermeável à chuva pelo mesmo dinheiro que pagava por uma ruína onde seria difícil morar. Smilash prometera dilapidar imediatamente a casa, fazendo-a regressar ao seu estado anterior no final do ano. Além disso, colocara uma placa no portão com uma inscrição copiada de cartões impressos que apresentava às pessoas que por acaso conversavam com ele.

*****

Jefferson Smilash

Pintor, Decorador, Vidraceiro, Canalizador e Jardineiro. Afinação de pianos. Obras domésticas de todos os géneros. Serviço de empregado de mesa ou outro.

Villa Chamounix, Lyvern. (N. B. Orçamentos Grátis. Não se recusa nenhuma oferta razoável.)

*****

A actividade assim anunciada, por muito abrangente que fosse, não prosperou. Quando questionado pelos curiosos sobre as referências à sua competência e respeitabilidade, ele imprudentemente encaminhava-os para Fairholme, para Josephs e, em particular, para a Sra. Wilson, que, segundo ele, o conheciam desde a infância. Fairholme, satisfeito pela oportunidade de mostrar que não era um pároco de falinhas mansas, declarou, quando lhe solicitaram informações, que Smilash era a pessoa mais desonesta do país. Josephs, em parte por benevolência e em parte devido a um vago receio de que Smilash pudesse, a qualquer momento, agir contra ele por difamação, disse que não tinha dúvidas de que era um operário muito barato, e que seria uma obra de caridade se alguém lhe concedesse a oportunidade de fazer um pequeno trabalho para o incentivar. A Sra. Wilson confirmou o relato de Fairholme, e o organista da igreja, que afinava todos os pianos das redondezas uma vez por ano, e fazia isso ao longo de quase um quarto de século, denunciou o recém-chegado como um homem de todos os ofícios e mestre em nenhum deles. Posto isto, os radicais de Lyvern, um grupo pequeno e de má reputação, passaram a afirmar que o indivíduo não fazia mal nenhum e que os párocos e a Sra. Wilson, que morava numa bela casa e não fazia mais nada senão acolher as filhas das pessoas ricas como suas pensionistas, poderiam empregar melhor o tempo livre em outras acções em vez de retirarem o pão da boca a um trabalhador pobre. Mas como nenhuma das pessoas deste grupo necessitava dos serviços de um operário doméstico, ele não ficara mais rico com o seu apoio e a única pessoa que o empregou foi uma criada que estava de saída do respectivo cargo numa casa de campo dos arredores e queria que lhe reparassem uma caixa, depois de a tampa ter caído. Smilash pediu meia coroa pelo trabalho, mas, perante as objecções dela, imediatamente pediu desculpas e desceu para um xelim. Por essa soma, pintou a caixa, voltou a desenhar as iniciais dela na tampa, fixou novas dobradiças, colocou uma fechadura Bramah e pegas de bronze, com um custo para ele de dez xelins e o trabalho de várias horas. A criada não gostou da cor da tinta, fê-lo retirar as pegas, que, segundo ela, a faziam lembrar um caixão, queixou-se de que uma fechadura com uma chave tão pequena não poderia ser suficientemente forte para uma caixa tão grande, mas admitiu que a culpa era sua por não ter contratado um bom empregado. Ficou assim a saber-se que ele tinha feito um mau trabalho na caixa, e como ele, quando lhe perguntaram isso mesmo, o confirmou enfaticamente, não recebeu nenhuma outra encomenda de trabalho, pelo que a sua placa servia desde então apenas para divertir os turistas pedestres e os jovens pastores que gostavam de lhe atirar pedras.

Certa noite, uma grande tempestade abateu-se sobre Lyvern e as jovens do Alton College que tinham medo dos relâmpagos disseram as suas orações com alguma seriedade. À meia-noite e meia, a chuva, o vento e um trovão fizeram tal alarido que Agatha e Gertrude se envolveram em xailes, desceram a correr as escadas até à janela do patamar no exterior do gabinete da Sra. Wilson e ficaram a ver os clarões que permitiam vislumbres vívidos da paisagem e a conversar em voz baixa, perguntando se seria perigoso estarem próximas de uma janela e se as hastes em latão das escadas poderiam atrair os raios. Agatha, tão séria e amigável com uma companheira única como era travessa e satírica diante de um público mais alargado, desfrutou da cena em silêncio. Os relâmpagos não a aterrorizavam, pois ela dava muito pouco valor à vida e fantasiava muito relativamente ao heroísmo de se mostrar indiferente a ela. Os tremores que os clarões mais surpreendentes provocavam nela apenas a tornavam mais consciente da sua própria coragem e do seu contraste com a inquietação de Gertrude, que, finalmente, encolhendo-se perante um ziguezague bifurcado de luz azul, disse:

— Vamos voltar para a cama, Agatha. Tenho a certeza de que não estamos seguras aqui.

— Aqui estamos tão seguras quanto na cama, onde não podemos ver nada. Como a casa estremece! Creio que a chuva irá martelar as janelas antes...

— Chiu — sussurrou Gertrude, agarrando aterrorizada no braço de Agatha. — O que foi aquilo?

— O quê?

— Tenho a certeza de que ouvi o sino... o sino da porta. Oh, vamos voltar para a cama, por favor.

— Que disparate! Quem sairia com uma noite destas? Talvez tenha sido o vento.

Aguardaram durante alguns instantes. Gertrude tremia e Agatha, enquanto tentava ouvir alguma coisa no meio da escuridão, passava por uma sensação familiar às pessoas que têm medo de fantasmas. Naquele instante, um clangor velado misturou-se com o vento. Ouviram-se alguns fragmentos agudos e urgentes, seguramente provenientes do sino no portão do colégio. Era um sino barulhento, usado para chamar um empregado do colégio para abrir os portões, porque, apesar de haver uma portaria, não era habitada.

— Quem poderá ser? — perguntou Agatha. — Será que não consegue encontrar a portinhola do lado, grande idiota?

— Oh, espero que não! Anda para cima, Agatha.

— Não, não vou. Vai tu, se quiseres. — Mas Gertrude tinha medo de ir sozinha. — Acho que seria melhor acordar a Sra. Wilson e dizer-lhe — continuou Agatha. — Parece-me terrível deixar ficar alguém fechado do lado de fora numa noite assim.

— Mas nós não sabemos quem é.

— Bem, suponho que não tens medo dessas pessoas, seja quem for — disse Agatha, sabendo que deveria passar-se o contrário, mas reconhecendo a conveniência de envergonhar Gertrude para a fazer calar-se.

Tentaram ouvir com toda a atenção mais uma vez. A tempestade estava no seu auge, pelo que não conseguiam ouvir o sino. De repente, ouviu-se uma forte pancada na porta da casa. Gertrude gritou, e o seu grito encontrou eco nos quartos do piso superior, onde várias meninas também tinham ouvido as pancadas e, como tal, tinham sido levadas a um estado de espírito próximo do clímax de um pesadelo. De seguida, viu-se uma vela tremeluzir nas escadas e a voz da Sra. Wilson, tranquilizadoramente firme, fez-se ouvir.

— Quem está aí?

— Sou eu, Sra. Wilson, e a Gertrude. Estávamos a ver a tempestade, e está alguém a bater à... — Ouviu-se uma série de pancadas da aldraba da porta, seguidas de um som, algo confuso devido ao vendaval e parecido com os gritos de um homem, e que a interromperam.

— Seria melhor que não abrissem a porta — disse a Sra. Wilson, com algum alarme. — É muito imprudente, Agatha, por estar aqui. Ainda vai morrer por... Deus meu! Qual será o problema? — desatou a correr escadas abaixo, seguida de Agatha, Gertrude e algumas das estudantes mais corajosas, até ao salão, onde encontraram algumas criadas cheias de calafrios e que observavam a governanta, que olhava pelo buraco da fechadura, perguntando queixosamente quem estava do lado de fora. Não era, evidentemente, ouvida pelas pessoas que estavam no exterior, pois as pancadas recomeçaram enquanto ela falava, e ela recuou como se tivesse recebido um golpe na boca. Nesse instante, a Sra. Wilson sacudiu a corrente para atrair as atenções, e exigiu mais uma vez saber quem estava do lado de fora da casa.

— Deixem-nos entrar — ouviu-se, num grito surdo que passou pelo buraco da fechadura. — Está aqui uma mulher moribunda e os seus três filhos. Abram a porta.

A Sra. Wilson perdeu a presença de espírito. Para ganhar tempo, respondeu:

— Eu... eu não consigo ouvir. O que disse?

— Maldição! — disse a voz, falando desta vez para alguém a seu lado e que deveria estar no exterior. — Elas não conseguem ouvir. — E ouviram-se de novo as pancadas, com uma urgência acrescida. Agatha, excitada, agarrou o roupão da Sra. Wilson e repetiu-lhe o que a voz dissera. A Sra. Wilson tinha ouvido de uma maneira suficientemente clara e sentia, sem saber muito bem porquê, que a porta deveria ser aberta, mas já estava quase dominada por um vago receio do que poderia acontecer. Começou a retirar a corrente da porta, e Agatha ajudou-a com os pinos. Duas das criadas exclamaram que estavam prestes a ser assassinadas nas suas camas e fugiram. Algumas das alunas pareciam inclinadas a seguir-lhes o exemplo. Finalmente, a porta, solta, foi completamente aberta por uma rajada de vento, atirando a Sra. Wilson e Agatha para trás e deixando entrar um furacão que destruiu tudo o que estava na zona de entrada, arrebatou os roupões das mulheres e apagou as luzes. Agatha, por entre o clarão de um relâmpago, viu por instantes dois homens que se esforçavam junto à porta como se fossem dois marinheiros em redor de um eixo. De seguida, devido à cessação do turbilhão, apercebeu-se de que tinham conseguido fechá-la. Alguém acendeu um fósforo, as velas reacenderam-se, e os recém-chegados foram finalmente vistos com toda a clareza.

Smilash, sem chapéu, sem um casaco, com o colete e as calças de bombazina pesados, devido à chuva. Um outro homem, de aparência rude, de meia-idade, mal vestido como um pastor, tão molhado como Smilash, com a expressão comovente, paciente e desesperada de alguém duramente atingido pela má sorte, e no final dos seus recursos. Duas crianças, um rapaz e uma rapariga, quase nus, encolhidos debaixo de um saco velho que servira a ambos de guarda-chuva e, pousada sobre o sofá, onde os dois homens a tinham colocado, uma pilha de artigos de vestuário miseráveis, sacos e esteiras podres, com o casaco e o oleado de Smilash a cobrirem um monte que se revelou como sendo afinal uma mulher esgotada, com um bebezinho ao peito. A expressão de Smilash, enquanto olhava para ela, era feroz.

— Peço 'esculpa por'a incomodar, m'nha senhora — disse o homem, depois de olhar ansiosamente para Smilash, como se esperasse que este servisse de porta-voz. — Mas o meu telhado e a parte de lado da minha casa foram-se na tempestade, e a minha patroa 'tava a ter mais um pequeno, e peço 'esculpa p'la inconveniência, m'nha senhora, mas... mas...

— Pela inconveniência! — exclamou Smilash. — É um privilégio para a senhora ajudá-lo... um enorme privilégio!

Nesse momento, o rapazinho começou a chorar de simples infelicidade e a mulher levantou-se dizendo:

— Que vergonha, Tom! Diante da senhora... — E, de seguida, caiu ao chão, fraca de mais para se preocupar com o que poderia acontecer de seguida.

Smilash olhou impaciente para a menina Wilson, que hesitava, e que lhe perguntou:

— O que espera que eu faça?

— Que nos ajude — respondeu ele. De seguida, com uma explosão de energia nervosa, acrescentou: — Faça o que o seu coração lhe disser para fazer. Ofereça a sua cama e as suas roupas a esta mulher, e deixe as suas meninas atirarem os livros para o diabo por alguns dias e fazerem alguma coisa para estas pobres criaturas terem o que vestir. Os pobres têm trabalhado bem duro para *as* vestir. Deixe que sejam elas agora a fazer alguma coisa e a vestir os pobres.

— Nã, nã. Calma, meu s'nhor — disse o homem, dando um passo em frente para apaziguar a Sra. Wilson, e evidentemente muito oprimido pela sensação de não ser bem-vindo. — A s'nhora não tem culpa. Permita-me a ousadia de pedir pra pôr a minha mulher aonde seja conveniente até de manhã. Qualquer lugar serve, pois ela 'tá habituada à dureza. Só pra termos um tecto até eu encontrar um quarto na vila, aonde possamos ficar. — Nesta altura, guiado pelas suas próprias palavras no sentido de contemplar o futuro, olhou desoladamente em redor para a cornija da sala, como se fosse uma prateleira onde alguém pudesse ter deixado um alojamento adequado para ele.

A Sra. Wilson virou as costas decidida e desdenhosamente a Smilash. Recuperara a compostura.

— A sua esposa poderá ficar aqui — disse ela ao indivíduo. — Tomaremos todos os cuidados necessários para tratar dela. As crianças também podem ficar.

— Três vivas à ciência moral! — gritou Smilash, voltando extasiadamente ao hediondo dialecto que tinha esquecido durante os momentos de ira. — Q'ais foram as minhas palavras pra ti, vizinho, quando disse que devíamos trazer a tua s'nhora ao colégio, e tu dissestes, quase ironicamente, «Sim, e qu'alegres que vão ficar por nos receber lá». Nã te disse q'ua s'nhora é nobre, e que mostraria isso numa calamidade com'esta?

— Proque fala nas minhas palavras apressadas agora, meu s'nhor, quando a s'nhora foi tão simpática? — disse o indivíduo com alguma emoção. — 'Tou-lhe profundamente agradecido, m'nha s'nhora, e a Bess tam'ém. Sabemos da inconveniência, nós...

A Sra. Wilson, que estivera a conversar com a governanta, cortou-lhe o discurso, ordenando-lhe que levasse a esposa para a cama, o que ele fez com a ajuda de Smilash, agora rejubilante. Enquanto se afastavam ambos, uma das criadas, quando lhe solicitaram que levasse alguns cobertores ao quarto onde a mulher iria ficar, recusou-se, afirmando que não iria servir aquele género de pessoas. A Sra. Wilson advertiu-a quase ferozmente de que, no dia seguinte, deveria abandonar o colégio. Com excepção desta situação, ninguém demonstrou qualquer má vontade em relação aos refugiados. De seguida, foi solicitado às jovens que regressassem às respectivas camas.

Entretanto, o indivíduo, depois de ter deitado a esposa num quarto palaciano, em comparação com o que a tempestade fizera voar pelos ares, felicitava-a pela sorte que tivera e ameaçava as crianças com os castigos mais severos se não se comportassem como devia ser enquanto permanecessem dentro daquela casa. Antes de os deixar, deu um beijo à esposa, e ela, reanimada, pediu-lhe que olhasse para o bebé. Ele assim fez, e pensativamente apostrofou-o com um epíteto chocante, numa antecipação do tempo em que o seu apetite teria de ser satisfeito na loja em vez de ser feito no peito da mãe. Ela riu-se e disse-lhe para ter vergonha, e assim se despediram alegremente. Quando regressou à entrada juntamente com Smilash, encontraram duas canecas de cerveja à espera de ambos. As meninas tinham-se retirado e apenas permaneciam a Sra. Wilson e a governanta.

— À sua saúde, m'nha s'nhora — disse o indivíduo, antes de beber. — E que possa encontrar alguém com'a s'nhora pra a ajudar s'algum dia tiver problemas, e qu'o Senhor não o permita!

— A sua casa está muito destruída? — perguntou a Sra. Wilson. — Onde vai passar a noite?

— Nã se preocupe comigo, m'nha s'nhora. O s'nhor Smilash dá-me abrigo até de manhã.

— À sua saúde! — disse Smilash, tocando na caneca com os lábios.

— O telhado e a parede sul foram levados — prosseguiu o indivíduo, depois de fazer uma pausa por alguns instantes para se interrogar sobre o significado das palavras de Smilash. — Duvido qu'inda 'teja uma só pedra de pé.

— Mas *Sir* John construirá novamente a casa para si. É um dos pastores dele, não é?

— Sou, m'nha s'nhora. Mas ele nã fará isso. Vai ficar contente por ter caído. Ele nã gosta qu'as pessoas morem nas terras. Já lhe disse mais duma vez que'a casa 'tava quase a cair, mas ele disse qu'eu nã podia esperar qu'ele gastasse dinheiro numa casa p'la qual nã recebia renda. Tá a ver, m'nha s'nhora, eu nã pagava renda. Recebia pouco, e aquela cabana pequena era uma 'spécie de compensação pra eu receber menos qu'os outros. Eu nã tinha dinheiro prà reparar, embora tenha feito tudo prà remendar e arranjar. E agora é provável que me deitem as culpas por'o vento a ter deitado abaixo, e vou ter de viver em meio quarto na cidade e pagar dois ou três xelins por semana, além de ter de andar cinco quilómetros pra trás e pra fente pra ir trabalhar todos os dias. Um cavalheiro como *Sir* John nem deve saber o valor dum dinheiro pra nós que trabalhamos, nem como são duras as regras das terras e outras coisas assim.

— À saúde de *Sir* John! — disse Smilash, tocando na caneca como fizera anteriormente. O outro indivíduo bebeu humildemente um gole, e Smilash prosseguiu: — Aos gloriosos proprietários da velha Inglaterra: Deus os 'bençoe!

— O senhor Smilash está só a brincar — disse o indivíduo apologeticamente. — É assim qu'ele é.

— Não devia trazer uma família ao mundo se é assim tão pobre — disse a Sra. Wilson severamente. — Não vê que fica ainda mais pobre ao fazer isso... para não dizer mais.

— À saúde do reverendo Malthus! — disse Smilash, repetindo a pantomima.

— Algumas pessoas dizem que são as crianças, e algumas dizem que é a bebida, m'nha s'nhora — afirmou o indivíduo submissamente. — Mas p'lo que vejo, com família ou sem família, bêbado ou sóbrio, os pobres ficam cada vez mais pobres e os ricos cada vez mais ricos.

— Nã é terrível ouvir um homem tão ignorante sobre a melhoria da condição da sua classe? — afirmou Smilash, num apelo à Sra. Wilson.

— Se tenciona levar este homem para sua casa — disse ela, virando-se rispidamente na direcção dele —, será melhor fazê-lo de imediato.

— Acho qu'é muita gentileza da sua parte pedir-me para fazer alguma coisa, depois de dizer ao Sr. Wickens que sou a última pessoa em Lyvern a quem confiava um trabalho.

— E é... a última. Porque não bebe a sua cerveja?

— Nã é por nã gostar da sua cerveja, minha s'nhora, mas proque, sendo um homem comum, a água é suficiente pra mim.

— Desejo-lhe uma boa noite, m'nha s'nhora — disse o indivíduo. — E muito obrigado por cuidar da Bess e das crianças.

— Boa noite — respondeu ela, afastando-se para o lado de maneira a evitar qualquer saudação de Smilash.

Contudo, ele dirigiu-se a ela e disse-lhe em voz baixa, com a atitude e o sotaque de Trefusis:

— Boa noite, Sra. Wilson. Se alguma vez necessitar dos serviços de um cão, de um homem ou de um técnico doméstico, recorde-se do Smilash da Bess e das crianças, e estarei pronto a ajudá-la em qualquer dessas capacidades.

Abriram cautelosamente a porta e descobriram que o vento, vencido pela chuva, diminuíra. A vela da Sra. Wilson, ainda que tremeluzisse devido à corrente de ar, não se apagou desta vez, e ela acabou por ficar com a governanta a fechar a porta com os pinos e com a corrente e a ouvir as passadas sobre a gravilha à medida que os dois homens se afastavam por entre o tamborilar constante da chuva.

Capítulo VII

Por esta altura, Agatha tinha dezassete anos. Tinha uma percepção animada das fraquezas dos outros, e nenhuma reverência para com os mais idosos, que ela considerava aborrecidos, cautelosos e ridiculamente atreitos a lugares-comuns. Mas estava subjugada à ilusão que incapacita a juventude, apesar da sua superioridade em relação à idade. Julgava-se uma excepção. Não admitindo ao Sr. Jansenius e à humanidade em geral mais do que a consciência servil de alguns factos materiais, sentia dentro de si uma sensação requintada e uma concepção abrangente da natureza, compartilhada apenas pelos seus poetas e heróis favoritos nos romances e na história. Daí que estivesse na situação comum à juventude de ser uma juíza muito melhor dos assuntos dos outros do que dos assuntos que a afectavam directamente. Perante uma colega que adorasse algum Henry ou Augustus, não por causa do sentimentalismo babado a que o mundo chama amor, mas porque esse Henry ou Augustus em particular era uma Fénix para quem as leis que regem as relações entre rapazes e moças normais não se aplicavam, Agatha ria-se. Quanto mais ela se apercebia desta fraqueza nas suas companheiras, mais satisfeita se sentia por, estando prevenida, poder evitar o ataque de uma tal fraqueza sobre si mesma, tal como se um médico concluísse que não podia apanhar a varíola porque tinha observado muitos casos dessa doença, ou como se o comandante de algum navio, sabendo que muitos navios são destruídos no canal da Mancha, se aventurasse nessa zona sem um piloto, pensando conhecer demasiado bem os perigos para poder correr algum tipo de risco. No entanto, tal como o médico poderia emitir um parecer se acreditasse ter uma constituição diferente da dos homens comuns, ou o comandante seguir tal percurso debaixo da impressão de que o seu navio era uma estrela, Agatha encontrava uma segurança falsa na diferença subjectiva entre as suas companheiras vistas a partir do exterior e ela própria, que conhecia tão bem por dentro. Quando, por exemplo, se enamorou pelo Sr. Jefferson Smilash (um passo que decidiu tomar um dia depois da tempestade), a sua imaginação revestiu essa emoção agradável com uma sacralidade que, para ela, a colocava bem distante e distinta das frívolas fantasias de que Henry e Augustus tinham sido objecto e de que ela fora a confidente.

— Posso olhar para ele fria e desapaixonadamente — disse para si própria. — Ainda que o seu rosto tenha uma influência estranha, que deverá, conforme julgo, corresponder a algum poder inexplicável dentro de mim, não é um rosto perfeito. Já vi muitos homens que são, rigorosamente falando, muito mais bonitos. Embora a luz que nunca existiu no mar ou em terra esteja nos seus olhos, não são olhos bonitos... nem sequer tão claros como os meus. Embora ele vista as suas roupas vulgares com uma graça indizível que denuncia os seus verdadeiros antepassados a cada momento, não é alto, moreno e melancólico como seria o meu herói ideal caso eu fosse tão idiota quanto as raparigas da minha idade. Se estou enamorada, tenho o senso suficiente para não deixar que o meu amor cegue a minha capacidade de avaliação.

Agatha não revelou a ninguém este novo interesse na sua vida. Sendo a mais forte daquela comunidade estudantil, tinha usado o seu poder com boas intenções de maneira a conquistar a popularidade de uma líder da escola, e por vezes sem os escrúpulos suficientes para garantir os privilégios de uma mandona da escola. A popularidade e o privilégio, no entanto, apenas a satisfaziam quando estava com disposição para isso. As raparigas, tal como os homens, querem ser acarinhadas, lastimadas e tidas em grande conta quando se sentem hesitantes, em baixo, ou quando o seu amor não é correspondido. São serviços que os fracos não podem proporcionar aos fortes e que os fortes não proporcionam aos fracos, excepto quando existe também uma diferença de sexo. Agatha sabia por experiência que, apesar de uma mulher fraca não conseguir entender por que motivo a sua irmã mais forte poderá querer apoiar-se nela, pode exultar com esse facto sem saber porquê, e oferecer zombaria em vez de consolo. Agatha queria ser compreendida, e não ser objecto de zombaria. Estando numa posição em que não conseguia satisfazer as duas condições, resolveu passar sem a compreensão e manter-se calada. Já anteriormente tivera de o fazer muitas vezes, e nesta ocasião era ajudada pela sensação de ridículo que o aspecto da sua paixão poderia ter aos olhos das outras pessoas. O seu segredo manteve-se, pois no colégio, supostamente, deveriam mostrar-se insensíveis às emoções mais suaves. O amor não promoveu nenhuma mudança externa nela. Fê-la acreditar que tinha deixado a infância para trás e que era agora uma mulher com uma capacidade de coração recém-desenvolvida, situação que teria ironizado infantilmente algum tempo antes. Sentia-se envergonhada da abelha na vidraça da janela, ainda que de alguma forma se fizesse ouvir com tanta frequência quanto anteriormente, apesar da sua atitude. O seu calendário, anteriormente um ciclo monótono de períodos de aulas, períodos de refeições, períodos de brincadeira e períodos para dormir, estava agora irregularmente dividido por passeios pela moradia e vislumbres acidentais do inquilino que ali vivia.

No início de Dezembro, caiu uma geada negra e a navegação no canal foi suspensa. O filho do Sr. Wickens foi enviado ao colégio com a notícia de que a lagoa do Sr. Wickens se iria manter gelada e que as raparigas seriam bem-vindas a qualquer momento. A lagoa tinha apenas um metro e vinte de profundidade, e como a Sra. Wilson dava grande importância à educação física das suas alunas, concedeu-lhes autorização para irem patinar no gelo. Agatha, que era uma especialista em patinagem no gelo, propôs imediatamente que um grupo seleccionado deveria sair antes do pequeno-almoço na manhã seguinte. As acções não virtuosas, por si só, muitas vezes parecem sê-lo apenas quando realizadas em horários que obrigam a madrugar, e algumas das candidatas aos Terrenos de Cambridge, que não sacrificariam uma tarde para se divertirem, aceitaram de imediato a sugestão. Mas, se não fossem elas, isso poderia nunca ter sido concretizado, pois quando chamaram Agatha, às seis e meia da manhã seguinte, para que abandonasse a cama quente e enfrentasse o ar cortante, ela teria recusado sem hesitação se não tivesse sido envergonhada e forçada a cumprir o que dissera por parte daquelas laboriosas colegas que estavam ao lado da sua cama, com o nariz azul e esfomeadas, mas prontas para patinarem no gelo. Depois de Agatha se ter vestido com grandes estremecimentos e muita tagarelice dissiparam o desconforto interno com uma magra refeição de biscoitos, foram buscar os patins e atravessaram os prados cobertos de geada, passaram por vacas pacientes, que expiravam nuvens de vapor, e chegaram à lagoa do Sr. Wickens. Ali, para sua surpresa, estava Smilash, com patins altos cromados, a praticar figuras complicadas com intensa diligência. Rapidamente se tornou evidente que a sua habilidade não se equiparava à sua ambição, porque, depois de várias escapadelas por muito pouco e alguns cambaleios frenéticos, as suas barrigas das pernas, cotovelos e região occipital feriram o gelo quase em simultâneo. Quando se levantou pesarosamente, assumindo a postura de sentado, tomou consciência de que oito jovens assistiam aos seus movimentos com interesse.

— Isto acontece quando um homem comum se tenta elevar acima da sua posição usando os patins dos cavalheiros — disse ele. — Se ficasse satisfeito com um humilde deslize, como acontecia com o meu pai, seria um homem mais feliz neste momento. — Suspirou, levantou-se, tocou no chapéu na direcção da Sra. Ward e tirou os patins, acrescentando: — Bom dia, minha senhora. A Sra. Wilson mandou dizerem-me para estar aqui às seis em ponto, para ajudar a calçar os patins das meninas, e eu tomei a liberdade de tentar fazer uma figura ou duas para me proteger do frio.

— A Sra. Wilson não me disse que lhe tinha pedido para vir até aqui — disse a Sra. Ward.

— É mesmo dela, mostrar-se ponderada e, apesar de tudo, não o deixar perceber! É uma senhora gentil e instruída... tal como a senhora. Sente-se no banquinho e dê-me o seu calcanhar, se me permitir que a ajude a calçar os patins.

A sua ajuda era bem-vinda, e a Sra. Ward permitiu que ele afivelasse e enroscasse os patins. Ela era canadiana e patinava muito bem. Jane, a primeira a segui-la, sentia alguma ansiedade relativamente à resistência do gelo, mas, logo que se sentiu segura patinou admiravelmente, porque era exímia em exercícios ao ar livre, e tinha a satisfação de poder rir-se durante o exercício daquelas que se riam dela nos estudos. Agatha, ao contrário do que era seu hábito, cedeu o lugar às companheiras, e as suas botas foram as últimas que Smilash preparou.

— Como está, menina Wylie? — perguntou ele, abandonando a atitude de Smilash agora que as restantes não o podiam ouvir.

— Estou muito bem, obrigada — disse Agatha, tímida e reservada. A atitude dela era nova para ele, pelo que parou, segurando-lhe o calcanhar com a mão e olhando para ela com curiosidade. Ela recompôs-se, retribuiu-lhe o olhar com firmeza e disse: — Como é que a Sra. Wilson mandou dizerem-lhe para vir? Ela só soube que vínhamos às nove e meia da noite de ontem.

— A Sra. Wilson não mandou ninguém me chamar.

— Mas acabou de dizer isso à Sra. Ward.

— Sim. Parece-me necessário dizer quase tantas mentiras agora que sou um simples trabalhador quantas dizia quando era um cavalheiro. Na verdade, até me parece necessário dizer mais.

— Saberei em que acreditar dependendo do que disser no futuro.

— A verdade é esta. Provavelmente sou o pior patinador do mundo e, portanto, de acordo com uma lei natural, cobiço a mais pequena distinção sobre o gelo muito mais do que a fama imortal por coisas em que a natureza me concedeu aptidões para ser excelente. Sinto inveja daquela sua grande amiga... Jane é o nome dela, penso eu... mais do que invejo Platão. Vim até aqui esta manhã a pensar que o mundo da patinagem estava todo a dormir, para praticar em segredo.

— Ainda bem que o apanhámos a fazer isso — disse Agatha maliciosamente, pois ele decepcionava-a. Ela queria que ele fosse heróico na conversa, e ele não era.

— Suponho que sim — respondeu ele. — Já vi que o maior prazer da Mulher é ferir a vaidade do Homem, embora o maior prazer do Homem seja proporcionar satisfação à Mulher. Há pelo menos uma criatura inferior ao Homem. Agora já pode ir. Quer que a segure até sentir os tornozelos bem firmes?

— Obrigado — disse ela, revoltada. — *Eu* sei patinar muito bem e não me parece que a sua ajuda pudesse ser-me útil — e saiu com cautela, sentindo que um acidente seria vergonhoso, especialmente depois de tal discurso.

Ele manteve-se de pé junto à margem, ouvindo o som afiado e ondulante dos patins e observando a crescente complexidade das curvas que elas gravavam sobre o gelo. À medida que as meninas aqueciam e se habituavam ao exercício, começaram a rir-se, a brincar, a gritar imprudentemente quando colidiam entre si e a navegar contra o vento ao longo de toda a lagoa, a uma velocidade perigosa. Quanto mais animadas ficavam, mais sombrio parecia Smilash.

— Não há qualquer diferença entre elas e uma ninhada de cachorrinhos — disse ele. — A não ser pelo facto de algumas delas terem a consciência de qu'está um homem a olhar para elas, ainda que seja apenas um canalha dum trabalhador. Fazem-me lembrar Henrietta em muitos aspectos. Será que me riria, agora, se todo o gelo se quebrasse em pedaços sob os seus pés?

Precisamente nesse instante, ouviu-se o gelo a rachar com um som alarmante e as patinadoras, com excepção de Jane, desataram a fugir em todas as direcções.

— Estás a partir o gelo em pedaços, Jane — disse Agatha, dirigindo-lhe a palavra a uma distância segura. — Como podes esperar que o gelo suporte o teu peso?

— São um bando de patetas! — retorquiu Jane indignada. — O ruído apenas demonstra que o gelo é forte.

O choque que o som provocou em Smilash respondeu à sua pergunta.

— Tenho de registar que os desejos de destruição da raça humana, por mais racionais e sinceros que sejam, são contrários à natureza — disse ele, recuperando o ânimo. — Além disso, que pateta eu seria se trabalhasse numa associação internacional de criaturas aptas apenas para a destruição! Ei, senhora! Uma palavra, minha senhora! — Estas palavras dirigiam-se à Sra. Ward, que patinara até próximo dele. — Com'está uma manhã fria, e com'eu tenho uma circulação deficiente e comum, seria muita liberdade se eu pudesse deslizar aqui ou dar uma volta num canto só para mim?

— Pode patinar acolá, se quiser — disse ela, depois de uma pausa para pensar, apontando para um lugar ermo na extremidade do lago mais a sotavento, onde o gelo era demasiado áspero para uma patinagem confortável.

— Muito bem! — exclamou ele com um sorriso, apressando-se a ir para o local indicado, onde, como não era possível patinar, fez alguns deslizes e se exercitou com seriedade até o rosto brilhar e sentir formigueiro nos dedos devido ao ar gelado. O tempo passou rapidamente. Quando a Sra. Ward o chamou para tirar os patins, ouviu-se um lamento geral e todas disseram que não podiam ser já oito e meia. Smilash ajoelhou-se diante do banquinho e ocupou-se a desafivelar e desenroscar os patins. Assim que chegou a vez de Jane, o banquinho rangeu debaixo do seu peso. Agatha protestou novamente com ela, mas censurou-se imediatamente com desenvoltura diante de Smilash, a quem desejava transmitir uma sensação de profunda seriedade de carácter.

— Tem o pé mais pequeno de todas — disse ele gravemente, segurando o pé de Jane entre o indicador e o polegar, como se fosse um tesouro artístico que o tivessem convidado a analisar. — E pertence à senhora mais elegante.

Jane afastou rapidamente o pé, corou e disse:

— De facto! O que dirá de seguida, pergunto-me?

— Vamos lá ao outro! — disse ele, dedicando-se a trabalhar no outro patim. Assim que o retirou, olhou para ela, e ela lançou-lhe um olhar dardejante, enquanto se levantava, mostrando que o elogio dele fora apreciado (os seus pés eram, de facto, pequenos e bonitos).

— Permita-me, menina — disse ele a Gertrude, que estava de pé e se apoiava apenas numa perna, encostada a Agatha, e procurava tirar os seus próprios patins.

— Não, obrigado — disse ela friamente. — Não preciso da sua ajuda.

— Estou ciente de que a oferta foi demasiado ousada — respondeu ele, com uma autocomplacência que fez parecer exasperante a sua profissão de humildade. — Se todos os patins já foram tirados, eu vou, conforme as ordens da Sra. Wilson, levá-las, bem como ao banquinho, de volta para o colégio.

A Sra. Ward entregou-lhe os patins e afastou-se. Gertrude colocou os seus patins sobre o banquinho e seguiu com a Sra. Ward. As restantes seguiram atrás delas, deixando-o a olhar para o monte de patins e a pensar em como os poderia transportar. Não conseguiu pensar num plano melhor do que entrelaçar as fitas e pendurá-los em cadeia por cima do ombro. Quando terminou de fazer isso, já as jovens estavam fora de vista, e a sua intenção de apreciar a companhia delas durante o regresso ao colégio saiu frustrado. Elas já tinham entrado no edifício muito antes de ele o avistar.

Algo aborrecido com a sua loucura, dirigiu-se para a entrada dos empregados e tocou à campainha. Quando a porta se abriu, viu a Sra. Ward de pé, atrás da empregada que lhe permitira entrar.

— Oh — disse ela, olhando para a cadeia de patins, como se não esperasse vê-lo novamente. — Então, trouxe as nossas coisas?

— Eram essas as instruções que eu tinha recebido — disse ele, surpreendido pela atitude dela.

— Ninguém lhe tinha dado quaisquer instruções nesse sentido. O que pretendia fazer ao ficar com os nossos patins a seu cargo sob falsos pretextos? Estava prestes a chamar a polícia para os ir buscar. Como se atreveu a dizer-me que tinha sido enviado para nos ajudar, quando sabia muito bem que ninguém o tinha mandado fazer isso?

— Não pude deixar de o fazer, minha senhora — respondeu ele submissamente. — Sou um mentiroso nato... sempre fui. Sei que lhe parece terrível, pois nunca teve de dizer uma mentira, e nem sequer sabe o que é uma mentira, pertencendo como pertence a uma classe em que nunca se dizem mentiras. Mas as pessoas comuns, como eu, dizem mentiras com a mesma facilidade com que um pato nada. Peço-lhe desculpa, minha senhora, muito humildemente, e espero que as jovens sejam capazes de distinguir cada um dos conjuntos de patins, pois eu cá nã consigo.

— Pouse-os. A Sra. Wilson quer falar consigo antes de se ir embora. Susan, mostre-lhe o caminho.

— Espero que não tenha metido este pobre em sarilhos, minha senhora?

— A Sra. Wilson sabe como se comportou.

Ele sorriu com benevolência para ela e seguiu Susan até ao piso superior. No caminho encontraram-se com Jane, que lançou um olhar sobre ele e estava prestes a passar, quando ele disse:

— Não vai dizer uma palavra à Sra. Wilson em favor deste pobre homem comum, menina? Meti-me em sarilhos terríveis por ter tido a ousadia de as ajudar esta manhã.

— Não precisa de se dar ao trabalho de falar assim — respondeu Jane, num sussurro impetuoso. — Todas nós sabemos que está apenas a fingir.

— Bem, pode facilmente adivinhar os motivos que tenho para isso — sussurrou ele, olhando com ternura para ela.

— Essas coisas são um absurdo! Nunca tinha ouvido tal coisa na minha vida — disse Jane, e fugiu, compreendendo claramente que ele se disfarçara para poder entrar no colégio e usufruir da felicidade de olhar para ela.

— Sou um pobre idiota! — disse ele para si mesmo. — Não consigo agir como uma criatura racional durante cinco minutos seguidos.

A criada levou-o até ao gabinete e anunciou:

— Aqui está o homem, minha senhora.

— Jeff Smilash — acrescentou ele, à laia de explicação.

— Entre — disse a Sra. Wilson severamente.

Ele entrou e enfrentou o olhar severo e determinado que ela lançava sobre ele sentada atrás da secretária, dizendo gentilmente:

— Bom dia, Sra. Wilson.

Ela inclinou-se involuntariamente, como se estivesse a receber um cavalheiro. Depois, recompôs-se e assumiu um ar implacável.

— Tenho de lhe pedir desculpa — disse ele. — Por fazer uso do seu nome injustamente esta manhã... na verdade, por dizer uma mentira. Aconteceu que eu estava a patinar quando as meninas chegaram ao lago e como precisavam de ajuda que dificilmente teriam aceitado de um homem comum (desculpe o meu uso dessa expressão cansativa do nosso conhecido Smilash), pu-las à vontade dizendo que a senhora me tinha enviado para tratar daquele assunto. Caso contrário, como me atribuiu um mau carácter, embora não seja pior do que mereço, elas provavelmente teriam recusado a minha ajuda, ou pelo menos teria sido obrigado a aceitar um pagamento, que, como é evidente, não preciso.

A Sra. Wilson demonstrou alguma surpresa.

— Não o compreendo — disse ela.

— Não completamente — disse ele, sorrindo. — Mas compreende que eu sou aquilo a que se chama um cavalheiro.

— Não. Os cavalheiros com quem estou familiarizada não se vestem como o senhor se veste, nem falam como o senhor fala, nem agem como o senhor age.

Ele olhou para ela, e o seu semblante confirmou a hostilidade do tom dela. Voltou a cair instantaneamente numa fase agravada de Smilash.

— Não vou mais tentar afirmar-me como um cavalheiro — disse ele. — Sou um homem comum e Vossa Senhoria reconhece-me como tal e não será enganada. Mas não diga que não sou sincero quando eu sou o mais sincero possível. Que culpa (se é que haverá alguma) poderá haver em colocar os patins às meninas e em trazer o banquinho delas?

— Se é um cavalheiro — disse a Sra. Wilson, enrubescendo —, a sua conduta, ao persistir nessas palhaçadas na minha presença, é um insulto para mim. E grave.

— Sra. Wilson — respondeu ele, sereno —, se continuar a insistir em Smilash, terá o Smilash. Sinto um prazer insano em assumir essa personagem. Se quiser que seja Sidney, o meu verdadeiro nome cristão, poderá ordenar que assim seja. Mas permita-me dizer que deverá usar um ou o outro. Se quiser ser franca comigo, compreenderei que use Sidney. Se quiser ser distante e severa, poderá usar Smilash.

— Não importa qual possa ser o seu nome — disse a Sra. Wilson, muito irritada. — Proíbo-o de vir até aqui ou de estabelecer qualquer tipo de comunicação com as jovens que estão a meu cargo.

— Porquê?

— Porque eu assim quero.

— Há muita força nessa razão, Sra. Wilson, mas não é a força moral, no sentido transmitido pelo prospecto do seu colégio, e que li com grande interesse.

A Sra. Wilson, desde a sua querela com Agatha, tinha ficado ferida em relação ao tema da força moral.

— Ninguém é admitido aqui — disse ela — sem uma referência ou recomendação de confiança. Um disfarce não serve de substituto satisfatório a qualquer dessas duas coisas.

— Os disfarces geralmente são assumidos com o objectivo de encobrir o crime — observou ele sentenciosamente.

— É precisamente isso — disse ela enfaticamente.

— Portanto, eu tenho, no mínimo, um carácter duvidoso. Apesar de tudo, estabeleci com algumas das suas alunas um conhecimento ligeiro, que, ao que parece, a senhora não aprova. Não me deu qualquer motivo para interromper esse conhecimento, e a senhora não me pode controlar, excepto se assim desejar, o que é uma espécie de influência que não costuma ser eficaz com personagens duvidosas. Suponha que eu desrespeito o seu desejo e que uma ou duas das suas alunas vão ter consigo e dizem: «Sra. Wilson, na nossa opinião, o Smilash é um excelente companheiro, achamos que a sua conversa é muito instrutiva. Como os seus princípios nos permitem pensar por nós próprias, pretendemos cultivar esse conhecimento com Smilash.» Como é que actuará nesse caso?

— Mando-as de imediato para a casa dos respectivos pais.

— Vejo que os seus princípios são os da Igreja de Inglaterra. Permite às alunas o direito de pensarem por si próprias, desde que elas cheguem às mesmas conclusões que a senhora. Desculpe-me se disser que os princípios da Igreja de Inglaterra, ainda que excelentes, não são os que o seu prospecto me levou a esperar. O seu plano é a coerção, austera e simples.

— Não admito isso — disse a Sra. Wilson, pronta para argumentar, até mesmo com Smilash, em defesa do seu sistema. — As meninas são completamente livres de agirem como entenderem, mas reservo igualmente a minha liberdade para as excluir do meu colégio se não aprovar o seu comportamento.

— Muito bem. Na maioria das escolas, as crianças estão perfeitamente à vontade para aprenderem ou não as lições, conforme lhes apetecer, mas os directores reservam-se igualmente a liberdade de lhes bater com um chicote se não repetirem as suas tarefas.

— Eu não uso um chicote sobre as minhas alunas — disse a Sra. Wilson, indignada. — Essa comparação é um absurdo.

— Mas expulsa-as e como elas lhe são dedicadas, bem como a toda a escola, a expulsão é um castigo temido. O seu sistema é afinal o sistema antigo de fazer leis e aplicá-las através de sanções, e a superioridade do Alton College em relação a outros colégios deve-se não a qualquer diferença de sistema, mas à razoabilidade comparativa das suas leis e à suavidade e discernimento com que são aplicadas.

— O meu sistema é radicalmente diferente do antigo. No entanto, não vou discutir este assunto consigo. Uma mente ocupada com os preconceitos do antigo despotismo coercivo só consegue ver, naturalmente, no novo uma modificação do antigo, em vez de, conforme é o meu sistema, uma reversão completa ou abandono do sistema antigo.

Ele abanou a cabeça com tristeza e afirmou:

— A senhora tenta impor as suas ideias aos outros, ostracizando aqueles que as rejeitam. Acredite em mim, a humanidade não tem feito mais nada desde que começou a prestar alguma atenção às ideias. Tem-se dito que um despotismo benevolente é a melhor forma possível de governo. Não acredito nessa afirmação, porque acredito antes que o inferno está repleto de benevolência, que a maioria das pessoas, na medida em que tal afirmação é demasiado profunda para elas, interpretam erradamente como sendo intenções não concretizadas. Como se um déspota benevolente não pudesse por um qualquer erro de discernimento destruir o seu reino, e depois dizer, tal como afirmou Romeu quando provocou a morte do seu amigo: «Julguei que fazia bem!» Desculpe-me a divagação. Eu queria dizer, em suma, que, apesar de ser benevolente e criteriosa a senhora é, apesar de tudo, uma déspota.

A Sra. Wilson, sem capacidade de resposta, lamentou não o ter mandado embora sumariamente antes de o deixar conquistar tanto terreno sobre ela, em vez de tolerar uma discussão que não sabia como terminar com dignidade. Ele aliviou-a desse fardo acrescentando inesperadamente:

— O seu sistema foi a causa do meu casamento absurdo. A minha esposa adquiriu um grau de cultura e sensatez graças à formação que obteve aqui, que a fez parecer um ser superior entre as tagarelas que compõem o ambiente feminino da sociedade comum. Admirei os seus olhos escuros e senti-me extremamente feliz por aproveitar a desculpa que a sua educação me ofereceu para acreditar que ela estava à minha altura, tanto mentalmente como fisicamente.

A Sra. Wilson ficou atónita, determinada a dizer-lhe friamente que o seu tempo era valioso. Mas a curiosidade apossou-se dela naquele instante, e as palavras que pronunciou foram:

— Quem era ela?

— Henrietta Jansenius. Ela é Henrietta Trefusis, e eu sou Sidney Trefusis, à sua mercê. Vejo que despertei a sua compaixão, finalmente.

— Que disparate! — disse a Sra. Wilson apressadamente, pois a sua surpresa fora efectivamente marcada pela sensação de que ele era um desperdício para Henrietta.

— Fugi para bem longe dela e adoptei este retiro e este disfarce a fim de a evitar. Seguiu-se a habitual repreensão da premeditação humana. Atirei-me para os seus braços, ou melhor, ela atirou-se para os meus braços. Lembra-se dessa cena e provavelmente sentiu-se confundida com ela.

— Parece encarar o seu contrato de casamento como sendo uma questão muito ligeira, Sr. Trefusis. Posso perguntar de quem foi a culpa da separação? Dela, é claro.

— Não tenho nada a censurar nela. Esperava encontrar nela um temperamento impetuoso, mas não foi assim, o seu comportamento foi irrepreensível. Tal como o meu. A nossa felicidade era perfeita, mas infelizmente eu não fui feito para a felicidade doméstica, ou, pelo menos, não a conseguia suportar, pelo que fugi, e quando ela me apanhou novamente, não lhe consegui fornecer nenhuma desculpa para a minha fuga, embora tenha deixado bem claro que não era ainda a altura de retomar as nossas relações conjugais. Separámo-nos em desavença. Eu tinha a intenção de lhe escrever uma carta amigável para que ela me perdoasse, apesar de ser como é, mas de alguma forma as semanas foram-se passando e ainda não concretizei essa intenção. Ela nunca escreveu, e eu também nunca escrevi. É um belo estado de coisas, não é, Sra. Wilson, depois de todas as suas vantagens sob a influência da força moral e do movimento para a educação superior das mulheres?

— Conforme admite, a culpa parece recair sobre a sua formação moral e não sobre a formação moral dela.

— A culpa foi das condições da nossa associação. Porque me atraíram tão fortemente no início e me afastaram tão terrivelmente depois é um daqueles enigmas do diabo que não obterá resposta até seguirmos todas as reacções insuspeitas da nossa inveterada desonestidade. Mas receio estar a fazê-la perder o seu tempo. Mandou chamar o Smilash, e eu respondi aniquilando-o quase completamente. Em público, porém, terá ainda de suportar as suas travessuras. Só mais um momento. Tinha-me esquecido de lhe perguntar se está interessada em saber alguma coisa sobre o pastor cuja esposa abrigou na noite da tempestade?

— Ele garantiu-me, antes de ter levado daqui a esposa, que estava confortavelmente instalado num alojamento em Lyvern.

— Sim. Muito confortavelmente instalado, de facto. Por meia coroa por semana, obteve permissão para compartilhar uma sala de estar espaçosa com duas outras famílias, numa casa de dez quartos que não está em melhores condições do que o casebre que ele tinha e que fora derrubado pela tempestade. Esta casa rende ao respectivo proprietário mais de duas centenas de libras por ano, ou seja, bastante mais do que a renda de uma cómoda mansão em South Kensington. É uma renda algo incómoda de receber, mas, por outro lado, não tem despesas com reparações ou saneamento, que não são consideradas necessárias nestas casas de aposentos alugados. O nosso amigo tem de caminhar cinco quilómetros até ao trabalho e cinco quilómetros no regresso. O exercício é fundamental para um estudante ou para um escrivão da cidade, mas para um pastor que passa todo o dia no campo, uma longa caminhada no final do dia de trabalho é um pouco de mais. Ele implorou um aumento de salários para compensar a perda da cabana, mas *Sir* John salientou que, se não estivesse satisfeito, o seu lugar poderia ser facilmente preenchido por pastores menos exorbitantes. *Sir* John dignou-se mesmo a explicar que as leis da economia política vinculam as entidades patronais a comprar a mão-de-obra no mercado mais barato, e o nosso pobre amigo, tão ignorante da economia como *Sir* John, é evidente que não sabia que isso não era verdadeiro. No entanto, como a mão-de-obra é efectivamente adquirida em qualquer sítio, excepto em Downing Street e em alguns outros sítios privilegiados, sugeri ao nosso amigo que deveria ir para algum sítio onde o seu preço de mercado fosse mais elevado do que em Inglaterra. Ele estava disposto a fazer isso, mas não o conseguia concretizar por falta de meios. Portanto, emprestei-lhe algum dinheiro e agora ele está a caminho da Austrália. Os trabalhadores são as galinhas que põem os ovos de ouro, mas às vezes voam para longe. Ouço o som de um gongo, para me lembrar da luta pelo tempo e do valor que ele representa para si. Passe um bom dia!

A Sra. Wilson sentiu-se repentinamente decidida a não o deixar partir sem lançar um apelo à sua melhor natureza.

— Sr. Trefusis, desculpe-me, mas não está, na sua generosidade para com os outros, a esquecer-se um pouco dos seus deveres para consigo próprio, e...

— O primeiro e mais difícil de todos os deveres! — exclamou ele. — Peço-lhe desculpa por a interromper. Foi apenas para me acusar como culpado.

— Não posso admitir que seja o primeiro de todos os deveres, mas, por vezes, é o mais difícil, conforme afirma. Ainda assim, poderia certamente fazer alguma justiça a si próprio sem grande esforço. Se deseja viver humildemente, pode fazê-lo sem fazer de conta que é um homem sem instrução e sem assumir um nome irritante e absurdo. Por que motivo se chama a si próprio Smilash?

— Confesso que o nome tem sido um fracasso. Desenvolvi um grande esforço para o construir de maneira a assegurar uma impressão agradável. Não é uma simples invenção, mas um composto com as palavras *smile* (sorriso) e *eyelash* (pestana). Um sorriso sugere bom humor, as pestanas suavizam a expressão e são as únicas características que nunca mancham um rosto. Daí que Smilash seja um som que deveria causar alegria e conquistar as boas graças das pessoas. Contudo, provoca exasperação. É realmente muito estranho que produza esse efeito, a não ser que seja porque suscita expectativas que eu não consigo satisfazer.

A Sra. Wilson olhou para ele desconfiada. Ele mantinha-se perfeitamente sério. Seguiu-se uma pausa. De seguida, como se ela tivesse decidido que deveria mostrar-se ofendida, disse:

— Passe um bom dia — afirmou bruscamente.

— Passe um bom dia, Sra. Wilson. O filho de um milionário, tal como o filho de um rei, raramente estará livre de uma doença mental. Eu sou apenas louco o suficiente para ser um charlatão. Se fosse um pouco mais louco, talvez acreditasse realmente em mim como Smilash, em vez de fazer de conta que sou Smilash. Se me pedir para me esquecer de mim próprio por momentos, ou para me lembrar de mim próprio por momentos, eu respondo que sou o filho do meu pai e que não consigo fazê-lo. Com o meu egoísmo, a minha charlatanice, a minha língua e o meu hábito de seguir o meu próprio caminho, não sirvo para mais nada senão para salvador da humanidade, precisamente daquele género que as pessoas gostam. — Depois de uma pausa impressiva, virou-se lentamente e saiu do gabinete.

— Pergunto-me — disse ele, enquanto atravessava o patamar — se, perdendo-me judiciosamente no caminho até à saída, conseguirei vislumbrar aquela menina que é como um ídolo dourado?

No piso inferior, a caminho da porta, viu que Agatha se encaminhava na sua direcção, ocupada com um livro que atirava até ao tecto e voltava a segurar na mão. A sua expressão melancólica, habitual nos momentos em que estava sozinha, demonstrava que não se estava a divertir, dando antes vazão à sua inquietude. Quando o seu olhar viajou para cima, tentando seguir o voo do livro, ficou preso em Smilash. O livro caiu ao chão. Ele apanhou-o e entregou-lho, dizendo:

— E, em boa hora, aqui está o ídolo dourado!

— O quê? — perguntou Agatha, confusa.

— Eu chamo-lhe o ídolo dourado — disse ele. — Quando estamos separados, imagino sempre o seu rosto como um rosto de ouro, com os olhos e os dentes de bdélio, ou calcedónia, ou ágata, ou quaisquer outras pedras maravilhosas e desconhecidas, de cores adequadas.

Agatha, néscia e muda, apenas conseguia olhar para baixo depreciativamente.

— Acha que devia estar zangada comigo e não sabe exactamente como me fazer sentir assim. É isso?

— Não. Muito pelo contrário. Pelo menos, quero dizer que está errado. Sou a pessoa mais banal que é possível imaginar... se ao menos soubesse. O que quero dizer é que não importa qual é a minha aparência.

— Como é que sabe que é banal?

— Claro que sei — disse Agatha, olhando em volta, inquieta.

— É claro que não sabe, não se consegue ver a si própria como os outros a vêem. Por exemplo, nunca pensou em si própria como um ídolo dourado.

— Mas isso é um absurdo. Está muito enganado a meu respeito.

— Talvez sim. Eu sei, no entanto, que o seu rosto não é efectivamente feito de ouro e que não tem o mesmo charme para si que tem para os outros... para mim.

— Tenho de ir — disse Agatha, sentindo de repente muita pressa em se afastar.

— Quando poderemos voltar a encontrar-nos?

— Não sei — disse ela, com um sentimento crescente de alarme. — Tenho realmente de ir.

— Acredite em mim, a sua pressa é apenas imaginária. Vou explicar-lhe essa emoção — disse ele, com um ardor discreto que afectou Agatha de uma forma estranha. — Mas, primeiro, diga-me se é novidade para si ou não.

— Não é uma emoção. Eu não disse que era uma emoção.

— Então porque está tão ansiosa por se ir embora?

— Não sei — disse Agatha, esforçando-se por exibir um sorriso, enquanto ele olhava para ela com algum cepticismo, por baixo das pálpebras semicerradas. — Talvez me sinta um pouco assim, mas não tanto como diz.

— Não tenha medo dessa emoção. É só porque está a sós com um homem que enfeitiçou. Seria capaz de dominar completamente a situação se soubesse como lidar com um ser amado. É muito mais fácil do que manobrar um cavalo, ou patinar, ou tocar piano, ou meia dúzia de outros talentos que pensa ter.

O rosto de Agatha ficou muito vermelho, e ela levantou a cabeça.

— Perdoe-me — disse ele, interrompendo a acção. — Estou a tentar ofendê-la, a fim de me impedir de me enamorar por si e não tenho coração capaz de alcançar tal sucesso. Pela sua vida, não me ouça nem acredite em mim. Não tenho o direito de lhe dizer estas coisas. Há um demónio que entra dentro de mim quando estou a seu lado. Devia usar um véu, Agatha.

Ela corou e ali se deixou ficar, sentindo-se consumida por um ardor e um formigueiro, com a presença de espírito perdida e principalmente com uma sensação de alívio por ouvir (porque não se atrevia a ver) que ele partia. A sua consciência vivia uma confusão deliciosa, com o pensamento definido de que conquistara finalmente o seu amado. O tom da voz de Trefusis, rico de verdade e seriedade, a rápida perspicácia e a sua advertência enamorada para que ela não lhe desse ouvidos convenceram-na de que entrara numa relação destinada a influenciar toda a sua vida.

— E, no entanto — disse ela com remorsos —, eu não o posso amar da mesma maneira que ele me ama. Sou egoísta, fria, calculista, mundana e sempre duvidei até hoje se o amor existiria realmente. Se ao menos o pudesse amar imprudentemente e totalmente, como ele me ama!

Smilash também entrara num solilóquio enquanto prosseguia o seu caminho.

— Agora fiz com que a pobre criança, que estava tão ansiosa para que eu não a confundisse com uma mulher sobrenaturalmente talentosa e maravilhosa, se sentisse tão feliz como um anjo. Tal como também fiz àquela menina bonita, a quem chamam Jane Carpenter. Espero que não troquem confidências sobre o assunto.

Capítulo VIII

A Sra. Trefusis descobriu que os seus pais não demonstravam qualquer compreensão relativamente ao tema do seu casamento, pelo que saiu da casa deles logo após a visita a Lyvern e passou a residir em casa de uma amiga hospitaleira. Incapaz de permanecer em silêncio sobre o assunto que ocupava constantemente os seus pensamentos, conversou com esta amiga sobre a fuga do marido e obteve como resposta a opinião de que o comportamento de Trefusis era escandaloso e perverso. Henrietta não conseguiu suportar essa afirmação e procurou abrigo junto de uma parente. Assim que a mesma discussão surgiu, essa parente afirmou:

— Bem, Hetty, se posso falar com franqueza, devo dizer que já conheço Sidney Trefusis há muito tempo e que ele é a pessoa de mais fácil relacionamento que já conheci. Além disso, querida, sabe que, às vezes, a Henrietta é muito difícil.

— E assim — gritou Henrietta, irrompendo em lágrimas —, depois da maneira infame como ele me tratou, está a dizer-me que a culpa é toda minha.

Abandonou aquela casa no dia seguinte, depois de ter recebido o convite de uma senhora discreta que não quis discutir o assunto. Esta situação revelou-se absolutamente intolerável, e Henrietta partiu para a casa do seu tio Daniel Jansenius, um homem alegre e indulgente. Ele opinou que as coisas se endireitariam assim que ambas as partes se tornassem mais sensatas e, quanto a saber qual deles teria a culpa, o seu veredicto foi: seis para um e meia dúzia para o outro. Sempre que via a sobrinha pensativa ou chorosa, ria-se e chamava-lhe uma viúva de marido ausente. Henrietta descobriu que poderia suportar tudo menos isso. Declarando que o mundo era odioso para ela, alugou uma casa mobilada em St. John's Wood, para onde se mudou em Dezembro. Mas, sentindo ali o sofrimento da solidão, rapidamente escreveu uma carta patética a Agatha, pedindo-lhe para que viesse passar as férias de Natal seguintes com ela e prometendo-lhe todo o luxo e diversão que o afecto ilimitado poderia permitir e que os meios ilimitados conseguem adquirir. A resposta de Agatha continha algumas informações inesperadas.

Alton College, Lyvern,

14 de Dezembro.

Minha querida Hetty: Acho que não posso fazer exactamente aquilo que pretendes, pois devo passar o Natal com a mamã em Chiswick, mas não preciso de chegar lá senão na véspera de Natal e as aulas por aqui terminam na semana anterior, a 20. Portanto, irei directamente ter contigo e levo-te comigo para a casa da mamã, onde poderás passar o Natal muito melhor do que se permaneceres melancólica numa casa estranha. Ainda não está completamente resolvido se terei de abandonar o colégio depois deste período. Tens de prometer que não contas a ninguém, mas tenho um novo amigo aqui... uma pessoa amada. Não que esteja enamorada dele, embora o tenha em elevada consideração... pois sabes que não sou uma idiota romântica, mas ele está muito enamorado de mim, e quem me dera poder retribuir-lhe a atenção conforme ele merece. Os franceses dizem que uma pessoa vira o rosto e que a outra o beija. Connosco ainda não chegou tão longe. Na verdade, desde que ele declarou o que sentia por mim, só consegui arrancar-lhe algumas palavras quando fui patinar ou caminhar. Mas disse-me sempre pelo menos uma palavra ou fez um olhar que demonstrou grande significado.

E agora, quem pensas que é ele? Ele diz que te conhece. Será que consegues adivinhar? Ele diz que tu conheces todos os seus segredos. Ele diz que conhece bem o teu marido, que ele te tratou muito mal e que és digna de grande pena. Consegues adivinhar agora? Ele diz que já te beijou... por vergonha, Hetty! Já adivinhaste? Ele ia dizer-me algo mais quando fomos interrompidos e não o tenho visto senão à distância. Ele é o homem com quem

> fugiste naquele dia em que nos pregaste um grande susto: o Sr. Sidney. Eu fui a primeira a descobrir o seu disfarce e, naquela manhã, tinha-o confrontado com isso, e ele confessara. Nessa altura, disse que se estava a esconder de uma mulher que estava enamorada dele e que eu não deveria ficar surpreendida se isso se revelasse verdadeiro, pois ele é maravilhosamente original. Na verdade, o que me faz gostar dele é que ele é, de longe, o homem mais inteligente que já conheci e, no entanto, não se tem a si próprio em grande conta. Não consigo imaginar o que vê em mim para gostar de mim, ainda que esteja evidentemente enfeitiçado pelos meus encantos. Espero que não descubra como sou tonta. Ele chamou-me o seu ídolo dourado...

Henrietta, com um grito de raiva, rasgou a carta, e pisou-a com os pés. Quando o paroxismo acabou, pegou nos pedaços de papel, uniu-os com tanta precisão quanto as mãos trémulas lhe permitiam, e continuou a ler.

> ... mas ele não é todo doçura e consegue dizer coisas muito graves, por vezes, quando acha que o deve fazer. Fez-me sentir tão envergonhada da minha ignorância que estou decidida a ficar aqui mais um período, pelo menos, e estudar o máximo que puder. Ainda não comecei, pois não vale a pena até chegarmos quase ao final do actual período, mas, quando regressar em Janeiro, vou começar a trabalhar a sério. Portanto, podes ver que a influência dele sobre mim é muito boa. Contar-te-ei tudo sobre ele quando nos encontrarmos, porque agora não tenho tempo para contar mais nada já que as meninas estão a incomodar-me para ir patinar com elas. Ele finge ser um trabalhador e ajuda-nos a calçar os patins, e a Jane Carpenter acredita que ele está enamorado dela. A Jane é extremamente bondosa, mas tem um talento para se tornar tão ridícula que ninguém a consegue superar. O gelo está muito bonito, e o tempo está bom. Pelo menos, o frio não nos incomoda. Elas estão a ameaçar que se vão embora sem mim, adeus!
>
> Com afecto
>
> Agatha.

Henrietta olhou em volta à procura de algo afiado. Agarrou numa tesoura e com ela esfaqueou avidamente o ar. De seguida, tomou consciência do seu impulso assassino e estremeceu, mas um momento depois os ciúmes tinham-se apoderado novamente dela. Chorou, como se estivesse a sufocar:

— Não me interessa, gostaria de a matar! — Mas não pegou de novo na tesoura.

Finalmente, tocou a campainha com violência e pediu um horário de comboios. Ao ser informada de que não havia nenhum horário na casa, repreendeu a empregada de uma forma tão insensata que a rapariga respondeu com insolência que se falavam com ela daquela maneira, então, gostaria de sair logo que terminasse o mês. Esta repreensão trouxe Henrietta de volta à terra. Subiu as escadas e vestiu o primeiro casaco que lhe apareceu pela frente, que era, felizmente, um pesado casaco de peles. De seguida, pegou no chapéu e na bolsa, e saiu de casa, chamou um fiacre que passava na rua, e mandou o condutor levá-la até à estação ferroviária de St. Pancras.

Quando chegou a noite, o ar em Lyvern assemelhava-se a ferro devido ao frio intenso. As árvores e o vento pareciam gelados, tal como a água, e o silêncio, a quietude e a luz das estrelas, bastante congelados, pairavam sobre os campos. Na moradia, Smilash, indiferente ao preço do carvão, mantinha uma lareira muito forte, que brilhava através das janelas sem cortinas e seduzia os viajantes com frio que pareciam não saber, tal como os pastores da vizinhança, que seriam bem-vindos caso quisessem entrar e aquecer-se, sem correrem o risco de serem rejeitados por parte do inquilino. Smilash estava muito animado. Tinha-se tornado um patinador proficiente, e o clima gélido era agora um luxo para ele. Envolvia-o e afastava os seus estados de espírito sombrios, ao mesmo tempo que mantinha bem despertas e elevadas as suas simpatias e a sua indignação para com o sofrimento dos pobres, que, incapazes de pagar lareiras acesas ou a patinagem no gelo, se aqueciam no calor sufocante que a sobrelotação produz em todas as estações.

Era habitual Smilash preparar uma bebida quente de papas de aveia e água para si próprio às nove e meia todas as noites e ir para a cama às dez. Abriu a porta para atirar fora um pouco da água que ficara na panela depois de ter sido lavada pela última vez. A água congelou mal caiu sobre o solo. Ele olhou para a noite e sacudiu-se para afastar uma sensação opressiva de ter sido agarrado pelas costelas geladas da atmosfera, pois o mercúrio descera abaixo da região conhecida do frio áspero e crepitante, e assinalava uma temperatura em que o ambiente entorpecido parecia aproximar-se do ponto de congelamento numa solidez negra. Nada se mexia.

— Por S. Jorge! — disse ele. — Esta é uma daquelas noites em que um homem rico não se atreveria a pensar!

Fechou a porta, apressou-se a regressar à lareira e começou a trabalhar na sua refeição, que observava e mexia com uma solicitude que teria divertido um cozinheiro dedicado. Quando terminou, despejou as papas para uma caneca grande, onde permaneceram convidativamente e de onde se via sair o respectivo vapor. Pegou numa colher e soprou sobre ela para arrefecer as papas. Toque, toque, toque, toque! Apressadamente na porta.

— Bela noite para um passeio — disse ele, pousando a colher e gritando logo de seguida: — Entre.

A aldraba subiu de forma instável, e Henrietta, com lágrimas congeladas sobre o rosto e uma expressão ininteligível de miséria e raiva surgiu à porta. Após um instante de perplexidade, ele saltou na direcção dela e apertou-a nos braços. E ela, contra a sua própria vontade, e protestando sem voz, tropeçou de encontro ao abraço dele.

— Estás completamente gelada — exclamou ele, levando-a até à lareira. — Este casaco é como um lençol de gelo. Tal como o teu rosto — (beijando-o): — O que se passa? Porque lutas assim para te afastares?

— Deixa-me — disse ela arquejando, num sussurro veemente. — O... Odeio-te.

— Minha pobre adorada, estás com demasiado frio para odiar alguém... até mesmo o teu marido. Tens de me deixar tirar-te essas botas atrozes. Os teus pés devem estar completamente mortos.

Por esta altura, a voz e as lágrimas dela já descongelavam com o calor da moradia e as carícias dele.

— Não as vais tirar — disse ela, chorando de frio e tristeza. — Deixa-me sozinha. Não toques em mim. Vou-me embora... já de seguida. Não vou falar contigo, nem tirar as minhas coisas aqui, nem tocar em nada nesta casa.

— Não, minha querida — disse ele, colocando-a numa espaçosa poltrona de madeira e desabotoando apressadamente as suas botas —, não deves fazer nada que não queiras fazer. Os teus pés estão que nem pedras. Sim, sim, minha querida, eu sou um miserável, indigno de viver. Eu sei disso.

— Deixa-me sozinha — disse ela. — Não quero as tuas atenções. Para mim, há muito que as coisas acabaram entre nós.

— Vá lá, tens de beber um pouco desta coisa desagradável. Vais precisar de força para dizer ao teu marido todas as coisas desagradáveis que sobrecarregam a tua alma. Toma um pouco.

Ela virou o rosto e não respondeu. Ele trouxe uma outra cadeira e sentou-se ao lado dela.

— Minha querida abandonada, perdida, traída...

— Sou — chorou ela. — Não querias dizer isso, mas sou.

— Também és a minha querida esposa, e a melhor do mundo. Se alguma vez me amaste, Hetty, por favor, minha querida, bebe isto antes que arrefeça.

Ela fez beicinho, soluçou e cedeu perante a ligeira força que ele usou, tal como uma criança que se deixa semiconvencer, semiobrigar, a tomar um remédio.

— Sentes-te melhor e mais confortável, agora? — perguntou ele.

— Não — respondeu ela, irritada consigo mesma por se sentir melhor e mais confortável.

— Então — disse ele alegremente, como se ela tivesse pronunciado uma calorosa afirmativa —, vou pôr mais algumas pedras de carvão na lareira e aconchegamo-nos o mais confortavelmente possível. Fico muito feliz por te ter junto à minha lareira e saber que és a minha esposa.

— Pergunto-me como podes olhar para a minha cara e dizeres-me isso — gritou ela.

— Perguntar-me-ia e duvidaria de mim próprio se olhasse para o teu rosto e dissesse outra coisa qualquer. A aveia é um cereal essencial para a capacidade de recuperação. Toda a tua energia está de volta. Aí está, isto agora vai dar uma chama magnífica.

— Nunca pensei que fosses um mentiroso, Sidney, por muitos outros defeitos que tivesses.

— Exactamente, meu amor. Entendo os teus sentimentos. Assassinato, roubo, intemperança, ou os vícios menores poderias ter suportado, mas a mentira é que não.

— Vou-me embora — disse ela, desesperada, com uma explosão de novas lágrimas. — Não vou ser ridicularizada e traída. Vou-me embora descalça — levantou-se e tentou alcançar a porta, mas ele interceptou-a e disse:

— Meu amor, há algo grave neste assunto. O que é? Não te zangues comigo.

Trouxe-a de volta à cadeira. Retirou a carta de Agatha do bolso do casaco de peles e entregou-lha com uma frágil tentativa de se mostrar trágica.

— Lê isto — disse ela. — E nunca mais fales comigo. Está tudo acabado entre nós.

Ele pegou na carta com curiosidade e virou-a para ver a assinatura.

— Ahã! — disse ele —, o meu ídolo dourado tem feito algumas travessuras, não é?

— Ora, aí está! — exclamou Henrietta. — Disseste-o na minha cara! Condenaste-te a ti próprio!

— Espera um momento, minha querida. Eu ainda não li a carta.

Levantou-se e caminhou para trás e para a frente na sala, enquanto lia a carta. Ela observava-o, enraivecida e certa de que o veria efectivamente mudar de semblante. De repente, ele curvou-se como se a sua espinha tivesse cedido parcialmente e nessa atitude deselegante leu o resto da carta. Quando terminou de a ler, atirou-a para cima da mesa, enfiou as mãos profundamente nos bolsos e desatou a rir-se às gargalhadas, comprimindo-se como se pudesse concentrar a piada ao recolher-se e ocupar o menor espaço possível. Henrietta, muda de indignação, apenas conseguia ver os seus próprios sentimentos. Por fim, ele aproximou-se e sentou-se ao lado dela.

— E assim — disse ele —, ao receberes isto, saíste em grande correria de casa, ao frio, e vieste até Lyvern. Nesse caso, parece-me que deves gostar muito de mim, ou então...

— Eu não. Eu odeio-te.

— Ou, então, gostas muito de ti própria.

— Oh! — E Henrietta desatou a chorar de novo. — És um bruto egoísta e fazes o que te apetece, sem pensares nos outros. Ninguém pensa em mim, nunca. E agora nem sequer te dás ao trabalho de negar essa carta vergonhosa.

— Porque deveria eu negar? É verdade. Não vês a ironia de tudo isto? Eu divirto-me a fazer alguns elogios a uma aluna a quem não ligo absolutamente nada, não mais do que a qualquer mulher agradável e sofrivelmente inteligente que encontre. No entanto, por vezes sinto uma pontada de remorso, porque acho que ela pode gostar de mim a sério, embora eu só esteja a brincar com ela. Sinto pena do pobre coração que desenfreadamente ludibriei. E, o tempo todo, ela sente pena de mim exactamente pelo mesmo motivo! Ela está de consciência pesada porque se deixa levar pelo prazer de ser adorada «pelo homem mais inteligente que já conheceu», e é tão sincera quanto eu! Ah, ah! Essa é a base da religião do amor em que os poetas são os altos sacerdotes. Cada adorador sabe que o seu amor é uma paixão passageira ou uma farsa copiada do seu poema favorito, mas acredita sinceramente no amor dos outros em relação a si próprio. Hoho! Não é um mundo idiota, minha querida?

— Não tinhas o direito de namorar com Agatha. Não tens o direito de namorar com ninguém além de mim e não vou aceitar isso.

— Estás enraivecida porque Agatha violou o teu monopólio. Sempre o monopólio! Por que motivo, sua tonta, achas que te pertenço a ti, de corpo e alma? ... Que não posso ser comovido senão pelo teu carinho, nem pensar em mais nada senão na tua beleza?

— Podes chamar-me os nomes que quiseres, mas não tens o direito de namorar com a Agatha.

— Minha querida, não me recordo de te ter chamado quaisquer nomes. Acho que foste tu que disseste alguma coisa sobre um bruto egoísta.

— Não chamei nada. Tu chamaste-me tonta.

— Mas, meu amor, és uma tonta.

— E TU também és. És profundamente egoísta.

— Não nego isso. Mas voltemos ao nosso assunto. Por que motivo começámos a discutir?

— Eu não estou a discutir, Sidney. Tu é que estás.

— Bem, por que motivo comecei a discutir?

— Por causa da Agatha Wylie.

— Oh, perdoa-me, Hetty, eu certamente que não comecei uma discussão sobre ela. Gosto muito dela... mais ainda, ao que parece, do que ela gosta de mim. Um momento, Hetty, antes de recomeçares com as tuas reprimendas. Porque não gostas que eu diga coisas bonitas à Agatha?

Henrietta hesitou, e disse:

— Porque não tens o direito de o fazer. Mostra bem como te importas pouco comigo.

— Não tem nada que ver contigo. Só mostra quanto me importo com ela.

— Não vou ficar aqui para ser insultada — disse Hetty, sentindo-se novamente aflita. — Vou para casa.

— Não à noite. Não há comboios.

— Vou a pé.

— É muito longe.

— Não me importo. Não ficarei aqui, apesar de poder morrer de frio à beira da estrada.

— Minha querida, tenho vindo a irritar-te de propósito, porque demonstras através da tua raiva que não deixaste de gostar de mim. Estou errado, como geralmente acontece, e é tudo culpa minha. A Agatha não sabe nada acerca do nosso casamento.

— Não te culpo em demasia — disse Henrietta, deixando-o colocar a cabeça sobre o seu ombro. — Mas nunca mais vou falar com a Agatha. Ela comportou-se vergonhosamente comigo e vou dizer-lhe isso mesmo.

— Não duvido de que ela vai dizer que é tudo culpa sua, minha querida, e que se comportou de forma admirável. Entre ambas, eu ficarei isento de culpas. E agora, uma vez que está demasiado frio para caminhadas, uma vez que já é tarde, uma vez que estamos longe de Lyvern, e ainda mais longe de Londres, tenho de improvisar um espaço para ti aqui.

— Mas...

— Mas não há mais nada a dizer. Tens de ficar.

Capítulo IX

No dia seguinte, Smilash obteve da esposa a promessa de que ela iria comportar-se em relação a Agatha como se a carta não lhe tivesse provocado qualquer ofensa. Henrietta implorou, tão comoventemente quanto lhe foi possível, que deveriam regressar imediatamente ao estado doméstico em que tinham vivido, mas ele rejeitou essa ideia com discursos cativantes, e não prometeu nada a não ser afeição eterna, mandando-a de regresso a Londres no expresso do meio-dia. Depois disso, o seu semblante mudou. Regressou a pé a Lyvern e daí à moradia, como um homem perseguido pelo desgosto e pelos remorsos. Posteriormente, ao final da tarde, para levantar o ânimo, pegou nos patins e encaminhou-se até à lagoa do Sr. Wickens, onde, por ser sábado, encontrou o gelo repleto de alunas do Alton College, juntamente com as pessoas que as visitavam durante aquele meio dia. Fairholme descrevia círculos com o seu habitual ar de ousadia comprimido, parou e olhou com uma surpresa indignada quando Smilash passou por ele rapidamente.

— Aquele indivíduo está aqui com a sua permissão? — perguntou ele ao Sr. Wickens, que andava por ali como se superintendesse a uma colheita.

— Ele está aqui porque gosta, penso eu — disse Wickens teimosamente. — É meu vizinho e amigo. Será que tem alguma objecção por eu ter um amigo na minha própria lagoa, tendo em conta que há quase duas ou três toneladas de amigos de outras pessoas aqui e que nenhuma dessas pessoas pediu permissão para aqui estar ou daqui sair?

— Oh, não — disse Fairholme, ligeiramente frustrado. — Se o senhor está satisfeito, não pode haver objecções.

— Estou contente. Acho que tenho esse direito.

— Deixe-me dizer-lhe — disse Fairholme irritado — que o proprietário das terras não ficaria satisfeito por ver aquele indivíduo aqui. Ele mandou um dos melhores pastores de *Sir* John para fora do país, depois de lhe encher a cabeça com ideias acima da sua posição. Ouvi *Sir* John falar calorosamente sobre esse assunto no último domingo.

— Talvez tenha ouvido, sinhor Fairholme. Eu tenho um contrato de arrendamento desta terra ... e infelizmente, pois é pobre... e não estou de maneira ninhuma obrigado ao que *Sir* John gosta ou não gosta. Tamém é uma coisa muito boa para *Sir* John eu ter um contrato de arrendamento, pois não há homem nenhum por aí qu'aceitasse de presente esta terra caso ela ficasse livre amanhã. E mais, embora aquele jovem diga tolices sobre os direitos dos trabalhadores agrícolas e outras coisas assim, se *Sir* John calhasse d'o ouvir a falar sobre rendas e melhorias, e da forma como nós rendeiros estamos, talvez falasse ainda mais calorosamente do que nunca no próximo Domingo.

E Wickens, com um sorriso revelador do que sentia por ter respondido ao pároco como devia ser, abanou a cabeça e afastou-se.

Precisamente nesse instante, Agatha, enquanto patinava de mãos dadas com Jane Carpenter, ouviu estas palavras ao ouvido:

— Tenho uma coisa muito engraçada para lhe contar. Não olhe em volta.

Ela reconheceu a voz de Smilash e obedeceu.

— Não tenho bem a certeza de que irá apreciar isto tal como merece — acrescentou ele, e partiu novamente apressado depois de lançar um olhar eloquente na direcção da menina Carpenter.

Agatha desenvencilhou-se da sua companheira, fez um circuito e passou próximo de Smilash, dizendo:

— O que é?

Smilash afastou-se para longe como se fosse uma andorinha, fez vários círculos em redor de Fairholme e depois regressou para junto de Agatha, seguindo lado a lado com ela.

— Li a carta que escreveu a Hetty — disse ele.

O rosto de Agatha começou a ficar vermelho. Esqueceu-se de manter o equilíbrio e quase caiu.

— Tenha cuidado. Então não gosta de mim... no sentido romântico?

Nenhuma resposta. Agatha mantinha-se calada e com receio de levantar as pálpebras.

— Isso é uma sorte — continuou ele —, porque... boa noite, Sra. Ward, eu não fiz mais nada senão admirá-la enquanto patinava ao longo da última hora... porque os homens sempre foram enganadores, e eu não sou excepção, como admite.

Agatha murmurou algo, mas era ininteligível no meio do ruído dos patins.

— Acha que não? Bem, talvez tenha razão. Eu não lhe disse nada que não seja de certa forma verdadeiro. Sempre teve um encanto especial para mim. Mas não quis que contasse nada à Hetty. Consegue adivinhar porquê?

Agatha abanou a cabeça.

— Porque ela é a minha esposa.

Os tornozelos de Agatha cederam. Com esforço, manteve-se de pé até se aproximar de Jane, a quem se agarrou como forma de apoio.

— Não — gritou Jane. — Vais-me deitar ao chão.

— Preciso de me sentar — disse Agatha. — Estou cansada. Deixa-me apoiar em ti até chegarmos às cadeiras.

— Que disparate! Eu consigo patinar durante uma hora sem ter de me sentar — disse Jane. No entanto, ajudou Agatha a aproximar-se de uma cadeira e deixou-a. Depois disso, Smilash, como se também quisesse descansar, sentou-se perto dela, na margem da lagoa.

— Bem — disse ele, sem se preocupar se a conversa atrairia ou não as atenções —, o que acha de mim agora?

— Porque não me disse nada antes, Sr. Trefusis?

— Esse é o ponto alto da piada — respondeu ele, equilibrando os calcanhares sobre o gelo, de tal maneira que os patins ficaram na vertical em relação às suas pernas, e olhando para eles com um ar cínico. — Pensei que estava enamorada de mim e que a verdade seria um golpe demasiado forte para si. Ah, ah! E, pela mesma razão, a menina conteve-se generosamente e absteve-se de me dizer que estava enamorada de mim. Cada um de nós desempenhou uma farsa e impingiu-a ao outro como se fosse uma tragédia.

— Existem algumas coisas tão indignas de um homem, tão duras e tão cruéis — disse Agatha —, que não consigo aceitar que um cavalheiro as possa dizer a uma menina. Por favor, não volte a falar comigo. Sra. Ward! Venha aqui por um momento. Eu... eu não me estou a sentir bem.

A Sra. Ward aproximou-se rapidamente de Agatha. Smilash, depois de olhar para ela com surpresa e alguma preocupação afastou-se para longe, no meio da multidão. Quando chegou à margem oposta, tirou os patins e pediu a Jane, que se desviou intencionalmente na sua direcção, que dissesse à menina Wylie que ele se fora embora e não iria patinar mais. Sem acrescentar qualquer outra explicação, deixou-a e encaminhou-se na direcção da sua moradia. Enquanto descia para o vale onde a estrada passava pelo meio da plantação do lado do colégio, da sua moradia divisou um rapaz que vestia o uniforme dos correios e que deslizava ao longo da vala congelada. Um pressentimento de más notícias caiu sobre ele da mesma maneira que um escurecimento do céu. Acelerou o passo.

— É alguma coisa para mim? — perguntou.

O rapaz, que o conhecia, remexeu numa mala de cartas e apresentou-lhe um envelope amarelado. Continha um telegrama.

De Jansenius, Londres.

PARA J. Smilash, Chamoounix Villa, Lyvern.

Henrietta perigosamente doente depois da viagem quer vê-lo médicos dizem que deve vir imediatamente

Seguiu-se uma pausa. De seguida, ele dobrou o papel metodicamente e colocou-o no bolso, como se já tivesse acabado.

— E assim — disse ele —, talvez a tragédia se siga à farsa, afinal de contas.

Olhou para o rapaz, que se retirava, não gostando da expressão dele.

— Vieste a deslizar ao longo de todo o caminho desde Lyvern?

— Só para conseguir vir mais rápido — disse o mensageiro, vacilante. — Vim o mais rápido que pude.

— Transportaste notícias pesadas o suficiente para quebrar o gelo mais espesso jamais congelado. Tenho mais vontade de te atirar por cima daquela árvore do que de te dar esta meia coroa.

— Deixe-me em paz — choramingou o rapaz, afastando-se mais um passo.

— Regressa a Lyvern tão rápido quanto puderes correr ou deslizar e diz ao Sr. Marsh para me enviar a carruagem mais rápida que tiver, para me levar à estação de comboios. Aqui está a tua meia coroa. Vai-te embora, e ai de ti se eu não encontrar a carruagem pronta quando lá chegar.

O rapaz aproximou-se para receber o dinheiro com alguma desconfiança e fugiu tão rápido quanto pôde. Smilash entrou na moradia e não voltou a aparecer. Em vez dele, saiu Trefusis, um cavalheiro com um sobretudo comprido, que carregava uma manta de viagem, trancou a porta e apressou-se a percorrer a estrada até Lyvern, onde entrou na carruagem e foi rapidamente transportado à estação ferroviária, mesmo a tempo de apanhar o comboio para Londres.

— Jornal da tarde, senhor? — disse uma voz à janela, enquanto ele se acomodava no canto de uma carruagem de primeira classe.

— Não, obrigado.

— Aquecedor para os pés, senhor? — perguntou um carregador, aparecendo no lugar do vendedor de jornais.

— Ah, isso é uma boa ideia. Sim, dê-me um aquecedor para os pés.

Trouxeram-lhe o aquecedor para os pés, e Trefusis preparou-se com todo o conforto para a viagem. Pareceu-lhe extremamente curta. Assim que chegou a Londres, mal conseguia acreditar que se tinham passado quase três horas de viagem.

Sentia-se uma atmosfera natalícia entre os viajantes e as pessoas que estavam no terminal para os receber. O carregador que se aproximou da porta da carruagem de Trefusis fê-lo lembrar-se, através da sua atitude e voz, de que era uma época em que seria adequado a um cavalheiro mostrar-se festivo e liberal.

— Que bagagem tem, senhor? Fiacre ou carr'agem, senhor?

Por momentos, Trefusis sentiu um impulso para regressar à linguagem de vagabundo de Smilash e fantasiar com aquele indivíduo acerca de cestas com peru e pudim de ameixas na carruagem. Mas reprimiu esse impulso, entrou num fiacre e foi transportado até à casa do sogro, na Belsize Avenue, analisando, numa atitude sombriamente crítica, a ansiedade que se apoderava dele e que fazia o seu coração bater como o de um rapazinho à medida que se aproximava do destino. Havia duas carruagens à porta quando ele desceu. A expressão reticente dos cocheiros provocou-lhe um brusco estremecimento.

A porta abriu-se ainda antes de ele tocar à campainha.

— Se faz favor, senhor — disse a criada, em voz baixa. — Faça o favor de vir até à biblioteca, que o médico falará já consigo.

No primeiro patamar da escadaria, dois cavalheiros falavam com o Sr. Jansenius, que saiu rapidamente, não sem que um vislumbre do seu ar pesaroso e desconcertado provocasse em Trefusis uma dor aguda, súbita e algo estranha, seguida da sensação de ser viúvo há vinte anos. Sorriu despreocupadamente enquanto seguia a criada até à biblioteca e perguntou-lhe como estava. Ela murmurou uma resposta e apressou-se a sair, pensando que o desgraçado jovem iria mudar rapidamente de tom.

Pouco depois, juntou-se a Trefusis um cavalheiro de suíças cinzentas, escrupulosamente vestido e de boas maneiras. Trefusis apresentou-se, e o médico olhou para ele com algum interesse. Depois disso, afirmou:

— Chegou demasiado tarde, Sr. Trefusis. Já acabou tudo, peço desculpa por ter de lho dizer.

— Foi a longa viagem de comboio que ela fez com este tempo frio que provocou a sua morte?

Algumas palavras amargas que o médico ouvira no piso superior tinham-no feito tomar consciência de que era uma questão sensível. Mas afirmou calmamente:

— A causa próxima, sem dúvida. A causa próxima.

— Ela tinha recebido algumas informações não muito bem-vindas e totalmente despropositadas antes da sua partida. Acha que isso terá tido alguma coisa que ver com a morte?

— Poderá ter servido para provocar um efeito desfavorável — disse o médico, mostrando-se mais impaciente e agarrando nas luvas. — Mas, regra geral, o hábito de associar tais acontecimentos a essas causas vai demasiado longe.

— Sem dúvida. Estou curioso porque este acontecimento é novo na minha experiência. Suponho que seja comum para si. Perdoe-me. A perda de uma senhora tão jovem e que tinha uma vida tão favorecida não é comum na minha experiência, nem na minha opinião. — O médico ergueu a cabeça enquanto Trefusis falava, em protesto contra qualquer pressuposto de que a sua capacidade de compaixão teria sido embotada pela profissão que exercia. — Ela sofreu?

— Durante algumas horas, sim. Conseguimos aliviar um pouco as suas dores... coitada! — Quase se esqueceu de Trefusis enquanto acrescentava a última parte.

— Horas de dores? Será que consegue imaginar algum tipo de objectivo adequado para o qual essas horas possam ter servido?

O médico abanou a cabeça, deixando pairar a dúvida se queria com isso significar uma resposta negativa ou antes deplorar considerações dessa natureza. Além disso, fez um movimento no sentido de se ir embora, por se sentir desconfortável na conversa com Trefusis, que seguramente iria, conforme ele acreditava, fazer perguntas ou observações com as quais ele dificilmente poderia lidar sem se comprometer de alguma forma. A sua consciência não estava completamente tranquila. As dores de Henrietta não tinham, segundo ele pensava, servido qualquer objectivo adequado, mas ele não o queria afirmar desse modo, com receio de poder adquirir a reputação de ser pouco piedoso e perder a possibilidade de exercer a sua profissão. Ele acreditava que o clínico geral que prestava assistência à família, e que o chamara quando o caso se tornara sério, tratara Henrietta com pouca perícia, mas o código de honra profissional impunha-lhe obrigações de tal maneira fortes que, antes de trair a ineficiência do seu colega, teria permitido que ele dizimasse completamente Londres.

— Uma palavra mais — disse Trefusis. — Ela sabia que estava a morrer?

— Não. Achei melhor que não fosse informada do perigo que corria. Faleceu sem qualquer apreensão.

— Então, poderemos pensar nessa atitude com equanimidade. Ela temia a morte, pobre criança. O que é de admirar é não ter havido loucura suficiente nesta casa que conseguisse enfrentar o seu bom senso.

O médico fez uma vénia e despediu-se, pensando que tivera alguma sorte em escapar sem ser censurado pela sua humanidade, depois de ter permitido que Henrietta acabasse por falecer inconsciente do que lhe acontecera.

Alguns momentos depois, entrou o clínico geral. Trefusis, depois de ter acompanhado o médico especialista até à porta, detectou o médico de família no momento em que ele se mostrava algo desanimado à porta. Contendo o desejo de o agarrar pela garganta, sentou-se na borda da mesa e disse alegremente:

— Bem, doutor, como é que o mundo se tem servido de si desde o nosso último encontro?

O médico ficou surpreendido, mas a disposição solene dos seus traços não se descontraiu enquanto quase salmodiava:

— Será que *Sir* Francis já lhe contou a triste notícia, Sr. Trefusis?

— Sim. Terrível, não é? Que o Senhor me abençoe, estamos aqui hoje e amanhã deixamos de estar.

— É verdade, uma grande verdade!

— *Sir* Francis tem-no em grande conta.

O médico pareceu ficar um pouco tonto.

— Foi feito tudo aquilo que podia ser feito, Sr. Trefusis, e a senhora Jansenius mostrou-se muito ansiosa para que nada deixasse de ser feito. Teve até a bondade de afirmar que o único motivo para eu pedir a intervenção de *Sir* Francis neste caso era para que o senhor não tivesse quaisquer motivos de reclamação.

— Muito bem!

— Uma excelente mãe! Um triste acontecimento para ela! Ah, sim, sim! Pobre de mim! Um acontecimento muito triste!

— Muito desagradável. Além disso, está um dia tão frio. Provavelmente é mais agradável estar no céu do que aqui, com o tempo que está.

— Ah! — disse o médico, como se houvesse grande conforto nisso. — Espero que sim, espero que sim. Não tenho dúvidas que sim. *Sir* Francis não permitiu que lhe disséssemos, e eu, naturalmente, fiz-lhe a vontade. Talvez tenha sido melhor.

— Quer isso dizer que lhe teria contado, se *Sir* Francis não tivesse levantado objecções?

— Bem, conforme certamente percebe, há considerações que não devemos ignorar na nossa profissão. A morte é uma coisa séria, como estou certo não precisar de lho recordar, Sr. Trefusis. Por vezes, temos deveres mais elevados do que a indulgência para com os sentimentos naturais dos nossos pacientes.

— É isso mesmo. A possibilidade da eterna bem-aventurança e a probabilidade do tormento eterno são consolos que não devem ser escondidos com ligeireza a uma jovem moribunda, não é? No entanto, o que se passou já não tem emenda. Afinal de contas, tenho muito a agradecer. Sou um jovem e não fico mal como viúvo. E agora diga-me, doutor, a minha reputação lá em cima, está muito mal?

— Sr. Trefusis! Meu caro senhor! Não posso interferir em assuntos de família. Conheço os meus deveres e nunca os ultrapasso. — O médico, finalmente chocado, manifestou-se o mais arrogantemente possível.

— Então vou ver o Sr. Jansenius — disse Trefusis, saindo de cima da mesa.

— Fique aqui, senhor! Um momento. Ainda não terminei. A Sra. Jansenius pediu-me para falar consigo... diria que não como conselheiro médico desta família, apesar de ser um velho amigo e... hã! A Sra. Jansenius pediu-me para lhe pedir... para lhe pedir que desculpe o Sr. Jansenius, pois ele está prostrado pela dor, e não está, posso assegurar-lhe como médico, capaz de ver ninguém. Ela falará consigo logo que se sinta capaz de o fazer, em algum momento ainda esta noite. Entretanto, naturalmente, todas as ordens que entenda dar... deve estar cansado da viagem, e eu recomendo sempre às pessoas que não fiquem em jejum tempo de mais, pois essa situação produz uma forma aguda de indigestão... todas as ordens que entenda dar serão, como é evidente, respeitadas de imediato.

— Penso que — disse Trefusis, após um momento de reflexão —, penso que vou mandar vir um fiacre.

— Não há nenhum mal-estar — disse o médico, que, sendo um indivíduo de atitudes lentas, geralmente sentia-se alarmado pelas decisões rápidas, mesmo quando lhe pareciam sábias como esta. — Espero que não tenha depreendido a partir do que eu disse...

— De maneira nenhuma, o senhor demonstrou o maior tacto. Mas penso que será melhor ir-me embora. O Sr. Jansenius consegue suportar a morte e a miséria com uma firmeza perfeita quando acontecem em grande escala e se mantêm escondidas numa qualquer barraca. Mas quando se verificam dentro da sua própria casa e atacam a sua propriedade, pois a filha era sua propriedade até muito recentemente... é um indivíduo capaz de perder a cabeça e discutir comigo por querer salvaguardar os meus.

O médico não se sentia capaz de lidar com este discurso, que transmitia ideias vagamente monstruosas para ele. Vendo que Trefusis estava prestes a sair, perguntou em voz baixa:

— Vai lá acima?

— Lá acima! Porquê?

— Eu, eu pensei que desejaria ver... — Não terminou a frase, mas Trefusis vacilou, pois o que ficara por dizer revelava o significado.

— Para ver algo que era a Henrietta, e isso é uma coisa que devemos pôr de lado e esconder, com uma máscara um pouco supersticiosa, de maneira a salvar as aparências. Porque me lembrou disso?

— Mas, senhor, quaisquer que sejam as suas opiniões, será que não entende, por uma questão formal, por respeito para com os sentimentos da família...

— Deixe-os poupar os sentimentos para com os vivos, em cujo nome tenho muitas vezes apelado, em vão — gritou Trefusis, perdendo a paciência. — Malditos sejam os sentimentos deles! — E, voltando-se para a porta, notou que estava aberta e que a Sra. Jansenius estava ali, de pé, a ouvi-lo.

Trefusis sentiu-se confundido. Sabia qual deveria ser o efeito do seu discurso e pensou que seria uma loucura tentar apresentar qualquer tipo de desculpa ou explicação. Colocou as mãos nos bolsos, encostou-se à mesa e olhou para a Sra. Jansenius, perguntando-se interiormente o que diria ela de seguida.

O médico rompeu o silêncio, dizendo tremulamente:

— Comuniquei as informações melancólicas ao Sr. Trefusis.

— Espero que também lhe tenha dito — disse ela com firmeza — que, por muito insuficientes que possam ser os nossos sentimentos, fizemos tudo o que estava ao nosso alcance pela nossa filha.

— Estou totalmente satisfeito — disse Trefusis.

— Sem dúvida que sim... com o resultado — disse a Sra. Jansenius, severamente. — Gostaria de saber se o senhor tem alguma coisa de que se queixar.

— Nada.

— Por favor, não dê a entender que aconteceu alguma coisa devido à nossa negligência.

— De que me poderei queixar? Ela tinha um quarto quente e uma cama de luxo, tinha o melhor aconselhamento médico do mundo. Há muitas pessoas que estão famintas e a morrer de frio hoje e que não têm meios para morrer em tão boas condições. Pergunte a essas pessoas se ELAS têm alguma razão de queixa. Acha que vou discutir, depois de ela ter morrido, por causa da quantidade de dinheiro que foi gasto com a sua doença? Que medida é essa sobre a causa que ela tinha para reclamar? Eu nunca lhe neguei o dinheiro necessário... como poderia fazê-lo, já que recebo mais do que preciso para gastar em troca de nada? Ou como poderia a senhora? No entanto, ela tinha grandes motivos para se queixar de mim. Permita-me que assim o diga.

— É inteiramente verdade.

— Bem, quando estiver para aí virado, recriminar-me-ei e não a recriminarei a si — fez uma pausa e, de repente, virou-se violentamente sobre ela, dizendo: — Porque escolheu esta ocasião, entre tantas outras, para falar tão amargamente comigo?

— Não estou ciente de ter dito nada que implicasse tal observação. E o SENHOR — (apelando ao médico): —, ouviu-me dizer alguma coisa?

— O Sr. Trefusis não quer dizer que a senhora tenha feito algo, tenho a certeza. Oh, não. Os sentimentos do Sr. Trefusis estão naturalmente... estão atormentados. É tudo.

— Os meus sentimentos! — gritou Trefusis impacientemente. — Acha que os meus sentimentos são uma pacotilha de regras sociais, que devem ser despedaçados à vontade e exibidos num funeral? Ela partiu, tal como nós os três deveremos partir em breve. Se fôssemos imortais, poderíamos sensatamente sentir piedade dos mortos. Como não somos, o melhor é guardarmos as nossas energias de maneira a minimizar os danos que podemos causar antes de a seguirmos.

O médico sentia-se profundamente ofendido por este discurso, pois a afirmação de que um dia deveria morrer parecia-lhe uma reflexão sobre o domínio profissional que exercia sobre a morte. A Sra. Jansenius sentia-se satisfeita por ver que Trefusis confirmava a má opinião que tinha dele e por poder relatar sobre a sua conduta e linguagem na presença do médico. Seguiu-se uma breve pausa e, de seguida, Trefusis, demasiado longe de qualquer tipo de compaixão por eles para poder conduzir a conversa de uma forma mais gentil, saiu do aposento. Enquanto vestia o casaco no átrio de entrada, hesitou e pendurou-o de novo no bengaleiro, irresolutamente. De repente, correu escadas acima. Devido ao som dos seus passos, surgiu uma mulher de um dos quartos e olhou interrogativamente para ele.

— É aqui? — perguntou ele.

— É sim, senhor — sussurrou ela.

Uma sensação dolorosa de constrição subiu-lhe ao peito, ficou pálido e parou com a mão sobre a fechadura.

— Não tenha medo, senhor — disse a mulher, com um sorriso encorajador. — Ela está linda.

Ele olhou para ela com um sorriso estranho, como se ela tivesse dito uma piada medonha, mas irresistível. De seguida, entrou no quarto e, assim que se aproximou da cama, desejou ter ficado no exterior. Ele não era uma daquelas pessoas que, como vêem pouco nos rostos dos vivos, sentem a falta de pouco nos rostos dos mortos. O arranjo dos cabelos negros sobre o travesseiro, as cortinas suaves e as flores ali colocadas pela enfermeira para completar o efeito artístico, a que ela se tinha referido com tanta confiança, não serviam de nada para ele. Ele via apenas uma máscara sem vida, que tinha sido o rosto da sua esposa e, ao vê-la, os seus joelhos fraquejaram, e teve de se inclinar para se apoiar na armação da cama, junto aos pés.

Quando olhou de novo, o rosto parecia ter mudado. Já não era uma máscara semelhante a cera, mas Henrietta, com um ar juvenil e pateticamente em repouso. A morte parecia ter cancelado o seu casamento e a sua feminilidade. Ele nunca a tinha visto com uma aparência tão jovem. Passou-se um minuto e, de seguida, uma lágrima caiu sobre a colcha. Ele começou a chorar, afastou outra lágrima da mão e olhou para ela, incredulamente.

— Isto é uma fraude com a qual nunca sonhei — disse ele. — Lágrimas e nenhuma tristeza! Aqui estou eu a chorar! Cada vez mais piegas! Apesar de estar contente por ela ter partido e eu estar livre. Tenho o mecanismo da dor algures dentro de mim, começa a funcionar logo que a vejo, apesar de não sentir qualquer tristeza, da mesma maneira que ela iniciava o mecanismo da paixão quando eu não sentia qualquer amor. E isso não fazia diferença nenhuma para ela. Enquanto as rodas continuassem a rodar, ela sentia-se satisfeita. Espero que o mecanismo da dor faça sinal e pare de rodar tal como aconteceu com o outro. Já está a parar, penso eu. Que ironia! Enquanto dura parece-me que estou realmente arrependido. E, no entanto, será que voltaria a conceder-lhe a vida, caso o pudesse fazer? Talvez sim, pelo que ainda bem que não o posso fazer. — Cruzou os braços sobre a armação da cama e dirigiu-se seriamente à figura morta, que continuava a afectá-lo de uma tal maneira que ele tinha de exercer uma forte vontade para a enfrentar com serenidade. — Se realmente me amavas, ainda bem que estás morta... que idiota fui por acreditar que a paixão que poderias inspirar, tu, pobre criança, poderia durar. Temos ambos sorte, eu por ter escapado de ti, e tu porque escapaste de ti mesma.

Naquele momento, respirou mais livremente e olhou em volta do quarto para se sentir capaz de tomar uma atitude prática através de uma acção menos embaraçada, e com a ajuda do aspecto comum da mobília do quarto. Dirigiu-se para a almofada e inclinou-se sobre ela, analisando o rosto de perto.

— Pobre criança! — disse ele novamente, com ternura. De repente, com uma reacção repentina, invectivando-se a si próprio, e não à esposa, disse: — Pobre asno! Pobre idiota! Pobre parvo! Aqui está o corpo de uma mulher que era quase tão velha como eu, e talvez mais sábia, e aqui estou eu a moralizar sobre ela como se fosse Deus Todo-Poderoso e ela uma bebé! Quanto mais um homem se lembra do que é, mais vaidoso se torna. Monstruoso! Daqui a pouco, vou sentir-me imortal.

Tocou na maçã do rosto de Henrietta com uma ligeira brutalidade, para sentir se estaria frio. De seguida, tocou no seu próprio rosto e comentou:

— É para isto que me estou a apressar, à velocidade de sessenta minutos por hora! — continuou a olhar para o rosto de Henrietta, sentindo esta reflexão sombria durante muito tempo. Quando se sentiu enfastiado, levantou-se e exclamou mais alegremente:

— Afinal, ela não está morta. Cada palavra que pronunciou... cada ideia que formou e expressou foi um impulso inesgotável e indestrutível. — Fez uma pausa, pensou um pouco mais e voltou a cair na escuridão, acrescentando: — E as dúzias de outras pessoas, cujos nomes estarão ao lado do nome dela no *Times*, amanhã? As suas palavras também estão ainda no ar e aí ficarão para toda a eternidade. Huum! Como o ar deve estar repleto de disparates! Dois sons muitas vezes produzem um silêncio, talvez as ideias se neutralizem umas às outras de alguma forma análoga. Não, minha querida, estás morta e acabada, e eu estarei morto e acabado demasiado cedo para poder ter algum tempo disponível para me enganar a mim próprio com a esperança da imortalidade. Pobre Hetty! Bem, adeus, minha querida. Vamos imaginar por um momento que consegues ouvir isso. Sei que te agradará.

Tudo isto foi dito num semi-sussurro. Quando parou, continuou inclinado sobre o corpo, olhando fixamente para ele. Mesmo depois de ter esgotado o assunto e de se ter virado para partir, mudou de ideias, e olhou novamente para o corpo durante algum tempo. De seguida, permaneceu em pé, aparentemente revigorado e fortalecido, e saiu do quarto com uma passada firme. A mulher estava à espera fora do quarto. Vendo que ele estava menos perturbado do que quando entrara, disse:

— Espero que esteja satisfeito, senhor!

— Encantado! Deliciado! Os arranjos são extremamente bonitos e de bom gosto. Muito consoladores. — E deu-lhe meio soberano.

— Agradeço-lhe, senhor — disse ela, fazendo uma vénia. — A pobre senhora! Ela estava ansiosa para o ver, senhor. Ouvi-a dizer que o senhor era o único que se preocupava com ela! Além disso, estava aborrecida com a mãe. «Digam-lhe que estou gravemente doente», dizia ela, «e ele virá». Ela não sabia como eram verdadeiras as suas palavras, coitada. E partiu sem se dar conta disso.

— Lisonjeira para ela própria e lisonjeira para mim. Que menina feliz!

— Que Deus o abençoe, pois eu sei quais eram os sentimentos dela, senhor. Já passei por essa experiência. — Nesse instante, aproximou-se de forma confidencial dele e sussurrou: — A família estava contra si, senhor, e ela sabia disso. Mas não lhes dava qualquer atenção. Ela não pensava em mais nada, quando se dedicava a pensar, senão na sua vinda. E... silêncio! Aqui está o velho cavalheiro.

Trefusis olhou em volta e viu o Sr. Jansenius, cujo belo rosto estava branco e vincado de rugas de tristeza e aborrecimento. Afastou-se da mão estendida do genro, da mesma maneira que uma criança demasiado preocupada se afasta da tentativa inadequada de alguém para lhe fazer uma carícia. Trefusis sentiu pena dele. A enfermeira tossiu e saiu.

— Já falou com a Sra. Jansenius? — perguntou Trefusis.

— Sim — disse Jansenius ofensivamente.

— Também eu, infelizmente. Peço-lhe que lhe apresente as minhas desculpas. Fui rude. As circunstâncias perturbam-me.

— O senhor não está perturbado — disse Jansenius em voz alta. — O senhor não se preocupa absolutamente com nada.

Trefusis recuou.

— O senhor amaldiçoou os meus sentimentos, e eu amaldiçoo os seus — continuou Jansenius no mesmo tom. Trefusis olhou involuntariamente para a porta através da qual passara pouco tempo antes. De seguida, recuperando a compostura, disse baixinho:

— Isso não importa. Ela não nos pode ouvir.

Antes que Jansenius pudesse responder, a esposa correu escada acima, pegou nele pelo braço e disse-lhe:

— Não fale com ele, John. E o senhor — acrescentou, dirigindo--se a Trefusis —, será que se pode IR EMBORA daqui?

— O quê! — disse ele, olhando cinicamente para ela. — Sem a minha morta! Sem a minha propriedade! Bem, assim seja.

— O que sabe o senhor sobre os sentimentos de um homem respeitável? — persistiu Jansenius, falando novamente, apesar da advertência da esposa. — Nada é sagrado para si. Isso mostra o que são os socialistas!

— E o que são os pais, e o que são as mães — retorquiu Trefusis, cedendo ao seu temperamento. — Eu pensava que vocês amavam Hetty, mas vejo que apenas amam os vossos sentimentos e a vossa respeitabilidade. O diabo que os carregue! Ela tinha razão. O meu amor por ela, ainda que incompleto, era maior do que o vosso. — E saiu da casa indignado.

Mas deixou-se ficar um pouco na avenida, para se rir de si próprio e do sogro. De seguida, apanhou um fiacre e foi transportado até à casa do seu solicitador, a quem queria fazer algumas perguntas sobre a resolução dos assuntos da falecida esposa.

Capítulo X

Os restos mortais de Henrietta Trefusis foram a enterrar no cemitério de Highgate no dia anterior à véspera de Natal. Três nobres enviaram as respectivas carruagens ao funeral, e os amigos e clientes do Sr. Jansenius, em grande número, compareceram pessoalmente. O caixão estava coberto por uma profusão de dispendiosas coroas de flores. O agente funerário, com instruções para não se poupar a quaisquer despesas, providenciou cavalos pretos com longas caudas, longos panos mortuários sobre as costas dos animais e plumas negras nas suas testas. Os cocheiros usavam lenços e botas altas, tinham panos pretos sobre os respectivos bancos, vestiam casacos e luvas, e havia muitas pessoas contratadas para fazerem o luto, que, no entanto, seriam imediatamente despedidas caso traíssem as emoções, ou, de alguma forma, ultrapassassem a sua função de caminharem ao lado do carro funerário levando nas mãos bastões com a ponta em bronze.

Entre os verdadeiros enlutados estavam o Sr. Jansenius, que desatou a chorar durante a cerimónia de lançamento de um punhado de terra sobre o caixão, um rapaz chamado Arthur, que, preocupado com a novidade de ter de aparecer com um longo capuz na cabeça numa procissão pública, achou que não estava tão triste quanto deveria estar assim que viu o pai a chorar, e um primo que pedira em tempos a Henrietta para se casar com ele, e que, agora, repleto de reflexões trágicas, estava a desfrutar intensamente do desespero.

O resto das pessoas sussurrava, sempre que o podiam fazer decentemente, sobre uma estranha omissão nos preparativos. O marido da falecida estava ausente. Os membros da família e amigos íntimos foram informados por Daniel Jansenius de que o viúvo actuara de uma maneira terrível, e que os Jansenius não se importavam minimamente se ele viria ou se ficaria antes em casa e que, a não ser pela indecência da situação, se sentiam satisfeitos por ele se manter à distância. Outras pessoas, que não tinham a pretensão de estar secretamente informadas, questionaram o responsável do agente funerário, que afirmou que o cavalheiro em causa se opunha a funerais de grande porte. Quando lhe perguntaram porquê, ele disse que imaginava ser por causa das despesas. Aos que lhe respondiam que o Sr. Trefusis era muito rico, ele acrescentava que assim lho tinham dito, mas que acreditava que o dinheiro não era proveniente da senhora, que as pessoas raramente gostavam de entrar em grandes despesas por causa de um funeral, a menos que recebessem algo de importante por causa da morte, e que algumas pessoas quanto mais tinham mais se queixavam. Antes de os convidados do funeral se dispersarem, espalhou-se a notícia de que o irmão do Sr. Jansenius ficara confundido com as opiniões do responsável pelo funeral, e dera origem a uma história em que Trefusis manifestava alegria pela morte da esposa com imprecações terríveis em casa do pai dela enquanto ela ali aguardava, já morta, e recusando-se a pagar um cêntimo pelas dívidas ou despesas de funeral.

Alguns dias depois, quando as bisbilhotices sobre o assunto começavam a desaparecer, um novo escândalo fê-las renascer. Um amigo literário do Sr. Jansenius ajudou-o a compor um epitáfio e acrescentou-lhe um par de estrofes bonitas e comoventes, declarando que o carácter de Henrietta fora de rara doçura e virtude, e que os seus amigos nunca deixariam de lamentar a sua perda. Um comerciante, que se autodescrevia como um «pedreiro de monumentos», forneceu um livro com desenhos tumulares e o Sr. Jansenius seleccionou um túmulo altamente ornamental e propôs-se custear metade da sua construção. Trefusis objectou que o epitáfio era falso e disse que não via por que motivo as lápides deveriam usufruir do privilégio de ter inscritas falsas declarações. Nessa ocasião, disse-se que ele prosseguira com a conduta anterior, chamando mentiroso ao sogro, e que encomendara uma lápide comum num qualquer pedreiro barato do East End. Ele tinha, de facto, falado com desdém acerca do comerciante de monumentos, qualificando-o como um «explorador» de mão-de-obra, e solicitara a um jovem pedreiro, membro da Associação Internacional, para criar um monumento de homenagem aos Jansenius.

O pedreiro, com muita dificuldade e desconfiança, produziu um desenho original. Trefusis aprovou-o e resolveu que deveria ser executado pelas mãos do criador. Contratou um gabinete de escultor, comprou blocos de mármore com as dimensões e a qualidade descrita pelo pedreiro, e convidou-o a começar o trabalho imediatamente.

De seguida, Trefusis deparou-se com uma dificuldade. Pretendia pagar ao pedreiro apenas o valor justo pelo seu trabalho, nem mais nem menos. Mas não sabia qual era esse valor. O único padrão disponível era o preço de mercado que ele rejeitava por ser fixado pela concorrência entre os capitalistas, que apenas podiam garantir o lucro através da obtenção junto dos respectivos trabalhadores de mais produtos do que aqueles que lhes pagavam para produzir, e apenas conseguiam tentar os clientes oferecendo uma parte não paga dos produtos, como, por exemplo, uma redução no preço. Deste modo, concluiu que o sistema de subtracção dos materiais indispensáveis para a produção e subsistência dos trabalhadores, excepto na condição de sustentarem uma classe ociosa, ao mesmo tempo que aceitam um menor nível de conforto para si próprios do que para essa classe ociosa, tinha como resultado que a determinação de rácios justos de intercâmbio e, consequentemente, a prática de negócios honestos, era impossível. Trefusis viu-se, finalmente, obrigado a solicitar ao pedreiro que lhe dissesse o que considerava ser um pagamento justo para a execução do projecto, embora soubesse que o homem não poderia resolver o problema melhor do que ele próprio, e que, apesar de certamente pedir o que achava poder obter, o seu pedido deveria ser limitado pela pobreza e pela concorrência do comerciante de monumentos. Trefusis resolveu a questão pagando o dobro do que lhe era solicitado, impondo apenas as condições que considerou necessárias para obrigar o pedreiro a executar ele mesmo o trabalho, e não a lucrar com a contratação de outros homens à taxa de mercado dos salários para fazerem o trabalho por ele.

Mas o projecto deveria ser, para espanto do seu autor, pago separadamente. O pedreiro, depois de hesitar durante muito tempo entre o valor de duas libras e dez xelins e cinco libras, foi incentivado por um colega operário, que lhe deu um pouco de uísque quente e água, a indicar o maior montante. Trefusis pagou de imediato o dinheiro solicitado e tentou depois descobrir quanto custaria um desenho semelhante feito por um eminente membro da Academia Real. Conhecendo por acaso um cavalheiro nessa condição, consultou-o e foi informado de que o custo provável ascenderia a um valor entre as cinco e as cem libras. Trefusis manifestou a sua opinião de que o custo do pedreiro era mais sensato, provocando uma ligeira indignação do seu amigo artista, que lhe recordou os anos que um membro da Academia Real teria de passar até dominar aquela aptidão. Trefusis mencionou que a aprendizagem de um pedreiro era igualmente longa, duas vezes mais trabalhosa e não chegava sequer a ser metade tão agradável. O artista começou então a considerar que os pontos de vista socialistas de Trefusis, pelos quais sentira anteriormente alguma simpatia, eram simultaneamente odiosos e perigosos. Perguntou se nada era concedido ao génio. Trefusis respondeu calorosamente que o génio não custava nada a quem o possuía, que era a herança de toda uma raça e que, por acaso, era atribuída a um único indivíduo, e que se esse indivíduo empregasse o seu monopólio de tal capacidade para extorquir o dinheiro dos outros não merecia nada melhor do que a forca. O artista perdeu a paciência e sugeriu que se Trefusis não achava que a prerrogativa da arte era divina talvez pudesse compreender que um pintor não seria tão tolo que concebesse um túmulo por cinco libras quando podia estar a pintar um retrato por mil libras. Trefusis respondeu que o facto de um homem pagar mil libras por um retrato era a prova de que não tinha ganhado tal dinheiro e, portanto, era um ladrão ou um mendigo. O trabalhador comum, que sacrificava seis dinheiros do respectivo salário semanal para pagar uma fotografia barata para oferecer à respectiva namorada, ou um xelim por um par de imagens cromolitográficas ou figuras de Delft para colocar sobre a lareira, passava por mais privações para ser proprietário de uma obra de arte do que o grande proprietário ou accionista que pagava mil libras, e que, como era muito rico, não lhe faziam qualquer falta, por um retrato que, tal como o Jack Sheppard de Hogarth, apenas era interessante para os alunos da fisionomia criminal. Seguiu-se uma animada discussão, em que Trefusis denunciou a loucura dos artistas que se imaginavam uma casta sacerdotal quando eram, obviamente, apenas os parasitas e os escravos favorecidos das classes abastadas, e o seu amigo (temporariamente seu inimigo) que escarnecia amargamente dos niveladores que nivelavam por baixo, em vez de nivelarem por cima. Finalmente, cansados da discussão, e com remorsos por causa do azedume manifestado, jantaram juntos amigavelmente.

O monumento foi colocado no cemitério de Highgate por um pequeno grupo de trabalhadores que Trefusis encontrou no desemprego. No monumento era possível ler a seguinte inscrição:

> ESTE É O MONUMENTO A HENRIETTA JANSENIUS,
> QUE NASCEU A 26 DE JULHO DE 1856, CASADA
> COM SIDNEY TREFUSIS A 23 DE AGOSTO DE 1875,
> E QUE MORREU NO DIA 21 DE DEZEMBRO
> DO MESMO ANO.

O Sr. Jansenius encarou isso como um insulto à memória da sua filha e, como o túmulo era muito mais pequeno do que muitos outros túmulos que tinham sido erguidos no cemitério por famílias em relação às quais Jansenius se sentia superior, citou-o como um exemplo da mesquinhez do viúvo. Mas outras pessoas admiraram-no de tal modo que Trefusis esperava que viesse a assegurar a prosperidade do seu criador. Aconteceu precisamente o contrário. Quando o pedreiro tentou regressar ao seu trabalho habitual, foi informado de que violara a prática do seu ofício e que os seus antigos empregadores já não queriam saber dele para nada. Ao solicitar aconselhamento e assistência ao sindicato de que era membro recebeu a mesma resposta, e foi posteriormente repreendido por traição pelos seus companheiros operários. Voltou a falar com Trefusis para lhe dizer que o trabalho com a lápide o arruinara. Trefusis, enfurecido, escreveu uma carta argumentativa ao jornal *Times*, que não foi publicada, uma carta sarcástica ao sindicato, que não serviu de nada, e uma carta feroz aos empregadores, que o ameaçaram com uma acção por difamação. Teve de contentar-se em pôr o indivíduo a trabalhar novamente em lareiras e outros trabalhos decorativos em pedra para serem usados na propriedade da casa Trefusis. Num ano ou dois, os seus pagamentos liberais permitiram ao pedreiro poupar o suficiente para começar a ser um empregador, condição que lhe permitiu começar a ficar rico, pois sabia por experiência própria exactamente quanto é que os seus trabalhadores podiam ser obrigados a fazer e o pouco que podiam ser forçados a aceitar. Pouco depois dessa mudança na sua situação, tornou-se um defensor da poupança, da temperança e da indústria estável, e abandonou a Associação Internacional, da qual tinha sido um apoiante entusiástico enquanto dependia da sua própria capacidade e gosto como pedreiro.

Durante estas ocorrências, a vida de Agatha na escola terminou. A sua resolução de estudar com afinco por mais um período no colégio fora tomada não para ser instruída, mas para se tornar mais digna de Smilash, e quando tomou conhecimento da verdade sobre ele pelos seus próprios lábios, a ideia de voltar ao cenário da sua humilhação tornou-se insuportável para ela. Partiu com a impressão de que o seu coração estava partido, pois a sua intensa vaidade, devido à lei da sua própria existência, não lhe permitia perceber que era ela o cerne do ferimento. Daí que tenha dito adeus à Sra. Wilson, e nunca mais se ouviu a abelha na vidraça da janela do Alton College.

As informações sobre a morte de Henrietta chocaram-na ainda mais porque não podia deixar de se sentir satisfeita por saber que a única pessoa que conhecia a sua insensatez no que dizia respeito a Smilash (excepto ele mesmo) estava agora silenciada para sempre. Este facto pareceu-lhe uma terrível descoberta da sua própria depravação. Debaixo dessa influência, tornou-se quase religiosa e provocou uma certa ansiedade na saúde da mãe, que ficou intrigada com a sua gravidade inusitada e, em particular, com a sua determinação em não falar sobre a conduta inadequada de Trefusis, que era agora o tema predominante das conversas na família. Ouviu em silêncio as bisbilhotices sobre o modo como ele abandonara a esposa, sobre a cruel indiferença que manifestara em relação à morte dela, a violência e os palavrões que usara junto ao leito de morte dela, sobre a sua parcimónia, sobre a sua oposição maliciosa à vontade dos Jansenius, sobre a sua lápide barata e insultuoso epitáfio, sobre a sua associação aos trabalhadores comuns e aos demagogos mais baixos, sobre a sua ligação suspeita a uma sociedade secreta que planeava o assassinato da família real e a destruição do exército, sobre a sua negação ateísta de um panfleto dirigido ao clero, com uma declaração do arcebispo de Cantuária que afirmava que só a ajuda espiritual poderia melhorar a condição dos pobres no East End de Londres, e sobre a suprema desgraça do seu julgamento por difamação sediciosa no Old Bailey, onde foi condenado a seis meses de prisão, uma pena da qual foi salvo pelo engenho do seu advogado, que descobriu uma falha na acusação e conseguiu, com grande custo para Trefusis, que a condenação fosse anulada. Agatha cansou-se finalmente de ouvir notícias sobre os actos condenáveis de Trefusis. Acreditava que ele era insensível, egoísta e que tinha ideias mal orientadas, mas sabia que não era o zaragateiro de voz alta, grosseiro, sensual e ignorante que a maior parte das bisbilhotices da mãe davam a entender. Agatha sentia mesmo, contrariando as suas próprias ideias, uma certa gratidão relativamente às poucas pessoas que se atreviam a defendê-lo.

A preparação para a sua primeira temporada em sociedade ajudou-a a esquecer a sua desventura. «Debutou» na altura em que devia debutar e descobriu uma temporada extremamente maçadora. De tal maneira que, por vezes, se perguntava se alguma vez voltaria a ser feliz. No colégio, vivera no meio de uma boa camaradagem, momentos de diversão, com regras e direitos que eram uma fonte de poder quando eram respeitados e uma fonte de excitação deliciosa quando eram violados. Liberta de cerimónias, podia preparar caramelo, voar sobre os corrimões e tinha um público apreciador para o soldado na chaminé.

Em sociedade, havia conversas patetas que duravam meio minuto, conhecimentos frios que se alicerçavam sobre esse meio minuto, uma reciprocidade geral de suspeição, sobrelotação, ventilação insuficiente, músicas más e que eram mal executadas, horas tardias, alimentos prejudiciais, bebidas alcoólicas, concorrência invejosa em despesas inúteis, caça de maridos, namoricos, bailes, teatros e concertos. As três últimas saídas, de que Agatha gostara, ajudaram-na a pensar que o contraste entre Alton e Londres era tolerável para ela, mas tinham tido alguns inconvenientes, já que os bons parceiros nos bailes e os bons desempenhos em espectáculos desinteressantes de ópera e concertos eram lamentavelmente escassos. Não suportava os namoricos. Afastava os homens quando eles se mostravam carinhosos, vendo neles a falsidade de Smilash, mas sem a sua sagacidade. Era considerada rude pelos cavalheiros mais jovens do seu círculo. Eles conversavam entre si sobre os maus modos dela e decidiram puni-la não a convidando para dançar. Deste modo, ela livrou-se, sem saber porquê, das atenções daqueles que menos lhe interessavam (mantinha um desprezo cruel de estudante pelos «rapazes»), e divertia-se da melhor maneira possível com os homens mais velhos ou mais sensíveis que não eram intolerantes às meninas.

No mínimo, foi o seu ano menos feliz. Alarmou repetidamente a mãe quando mencionou diversos projectos em que pretendia envolver-se: enfermeira no hospital, cantora ou actriz. Estes projectos levaram-na a desenvolver alguns estudos desconexos. De maneira a obter as habilitações necessárias para ser enfermeira, leu um manual de fisiologia, que a Sra. Wylie considerou de tal maneira impróprio para uma jovem que pediu em lágrimas à Sra. Jansenius que admoestasse a sua filha rebelde. A Sra. Jansenius, mais sábia, era de opinião de que quanto mais uma mulher soubesse, mais sensatamente poderia agir, e que Agatha deixaria a fisiologia de lado por sua própria iniciativa. Esta consideração viria a mostrar-se verdadeira. Agatha, depois de ter terminado o livro graças a um grande salto na leitura, passou a estudar a patologia num volume de palestras clínicas. Ao descobrir que as suas próprias sensações eram exactamente iguais às que eram descritas no livro como sintomas das piores doenças, pô-lo de lado alarmada, e pegou num romance, que não tinha os defeitos que ela vira nas palestras, na medida em que nenhuma das emoções que descrevia era minimamente semelhante às emoções que jamais sentira.

Após um breve intervalo, consultou um professor de canto que estava na moda para saber se a sua voz era suficientemente forte para cantar nos palcos de ópera. Ele recomendou-lhe que estudasse com ele durante seis anos, assegurando-lhe de que, no final desse período (se ela seguisse as suas instruções), seria a maior cantora do mundo. Em relação a isso, havia, na sua mente, a objecção concludente de que em seis anos seria uma velha. Portanto, resolveu experimentar em privado se poderia avançar mais rapidamente por si só. Entretanto, tendo em vista a parte dramática, no caso de o seu esquema da ópera falhar, tinha aulas de dicção e ginástica. A prática destas disciplinas melhorou bastante a sua saúde e ânimo, de tal modo que as suas aspirações anteriores lhe pareceram demasiado limitadas. Tentou uma experiência em todas as artes, sucessivamente, mas sentiu-se extremamente desanimada com a fraqueza das suas primeiras tentativas, pelo que não perseverou. Sabia que, regra geral, há começos frágeis e ridículos para todas as situações de excelência, mas ela nunca aplicava as regras gerais ao seu próprio caso, pensando ainda em si mesma como uma excepção, tal como tinha feito quando romanceara a situação com Smilash. As ilusões da adolescência mantinham-se bem vivas em Agatha.

Enquanto isso, os seus progressos criavam ansiedades nas quais ela não tinha qualquer tipo de participação. Os seus paroxismos de euforia, seguidos de uma corrosiva sensação de fracasso e inutilidade, eram conhecidos da mãe apenas como «selvajaria» e «desânimo», e tinham de ser combatidos pelo trabalho de costura como calmante, ou pela carne de vaca como estimulante. A Sra. Wylie aprendera que todos os deveres de uma senhora consistem em ser graciosa, caridosa, útil, modesta e desinteressada, enquanto aguarda passivamente aquilo que muitas destas virtudes possam vir a provocar. Mas aprendera através da experiência que o dever de uma senhora na sociedade é casar-se, e que as virtudes e as realizações são igualmente importantes apenas como atractivos para os solteiros disponíveis. Como esta verdade é vergonhosa, as jovens têm um ou dois anos para as descobrir por si mesmas, mas raramente isso lhes é transmitido explicitamente no momento de debutarem na sociedade. Daí que muitas vezes desperdicem oportunidades sérias durante a sua primeira temporada em sociedade e sejam obrigadas a oferecer-se a preços muito reduzidos posteriormente, quando os seus atractivos começam a ser obsoletos. Era este destino que a Sra. Wylie, advertida pela Sra. Jansenius, temia para Agatha, que, vez após vez, quando um cavalheiro imberbe, rico e de boa posição lhe era apresentado, o afastava bruscamente assim que ele se aventurava a insinuar que os seus afectos estavam empenhados numa convivência mútua. A mãe ansiosa tinha de se consolar com o facto de a filha expulsar os candidatos inadequados tão cruelmente quanto os adequados, não estabelecer ligações impensáveis, ser ainda muito jovem e mostrar-se cada vez menos tímida à medida que ia crescendo em idade e naquilo a que senhora Jansenius chamava senso.

Mas, à medida que as temporadas passavam, continuava a ser questionável se estaria mais de parabéns Agatha por ter iniciado a vida depois de sair da escola ou Henrietta por a ter terminado.

Capítulo XI

Brandon Beeches, no vale do Tamisa, era o centro da vida de *Sir* Charles Brandon, sétimo baronete com o mesmo nome. Perdera o pai antes de atingir a maioridade e casara-se pouco tempo depois, de tal modo que, aos vinte e cinco anos, era pai de três filhos. Estava um pouco desgastado, apesar da sua juventude, mas era alto e agradável, assumia uma atitude positiva que lhe permitia encarar de forma simpática e tranquilizante as desgraças dos outros, conseguia contar bem uma história, gostava de música e sabia tocar e cantar um pouco, adorava as artes do desenho e sabia desenhar um pouco a aguarela, lia todas as revistas de Londres a Paris que faziam críticas de quadros, tinha viajado um pouco, pescava um pouco, caçava um pouco, praticava um pouco de botânica, vagueava sem descanso atrás de mulheres e dissipava as suas energias em todos os pequenos canais que a riqueza lhe abria e os talentos lhe facilitavam. Não tinha grandes conhecimentos sobre nenhum assunto em particular, embora tivesse observado muitas matérias apenas o suficiente para substituir a inconsciência absoluta sobre qualquer delas por uma ignorância mensurável. Nunca tendo apreciado a sensação de conquista, sentia-se preocupado com as aspirações insatisfeitas que o enchiam de melancolia e convenciam de que era um artista nato. A sua esposa considerava-o egoísta, rabugento, ansioso de mudança e propenso a acreditar que estava a ser atacado por uma doença perigosa quando se preparava apenas para apanhar uma constipação.

Lady Brandon, que acreditava que ele compreendia todas as matérias de que falava, só porque ela própria não as entendia, era uma das decepções na vida dele. Pessoalmente, ela não se assemelhava a nenhum dos tipos de beleza que os pintores da época se esforçavam por alcançar, mas tinha encantos aos quais poucos homens são insensíveis. Era alta, suave e corpulenta, com braços, ombros e quadris amplos e bem torneados. Com a sua cabeça pequena, orelhas pequenas, lábios bonitos e olhar malandro, ela, sendo uma criatura muito grande, apresentava uma imensidão de beleza metade feminina, metade infantil, que atacava até mesmo os homens mais sérios com o desejo de a agarrar nos seus braços e beijá-la. Esse desejo dispersara a cultura intelectual e sem método de *Sir* Charles à primeira vista. A imaginação dele revestira-a com o gosto pelas artes plásticas, que ele exigia de uma esposa, e casara--se com ela na primeira temporada em que fora apresentada à sociedade, apenas para descobrir que a amatividade do temperamento dela era tão pequena e lânguida que tornava ridículas todas as tentativas dele para demonstrar carinho, e retirava o êxtase previsto às carícias pelas quais ansiara. Intelectualmente, estava ainda mais longe das esperanças que ele acalentara. Ela olhava para a sua arte favorita da pintura como um passatempo para amadores e um ramo do comércio de mobiliário caseiro para os artistas profissionais. Quando ele discutia essa arte entre os seus amigos, ela apresentava o seu parecer com uma presunção que era ainda mais penosa porque tropeçava muitas vezes numa conclusão sólida, enquanto ele raciocinava de maneira a chegar a uma conclusão oca, com a maior subtileza e seriedade. Nessas ocasiões, o desgosto dele não a perturbava minimamente, pois ela sentia triunfo nesse desgosto. Ela chegara à conclusão de que o casamento era uma loucura maior do que havia imaginado, e os homens uns patetas ainda maiores, mas tais ideias atenuavam bastante o seu sentido de responsabilidade, mais do que a desiludiam e, como tinha muito dinheiro, muitos criados, muitas visitas e fazia muito exercício físico a cavalo, pelo qual era excessivamente apaixonada, o seu tempo passava de uma maneira suficientemente agradável. O conforto parecia-lhe ser a ordem natural da vida, os problemas surpreendiam-na sempre. Os amigos do marido, que desconfiavam de cada hora futura, e que encontravam matéria para amarga reflexão em muitas das horas anteriores, eram para ela apenas exemplos do poder com que os hábitos sedentários e o excesso de leitura tornavam os homens trôpegos e maçadores.

Numa bela manhã de Maio, enquanto galopava ao longo da avenida em Brandon Beeches, num poderoso cavalo baio, os portões abriram-se e entrou rapidamente um jovem que montava uma bicicleta. Tinha uma constituição delgada, belos olhos escuros e um nariz delicado. Assim que reconheceu *Lady* Brandon acenou com o boné e, quando se encontraram, ele saltou do seu corcel inanimado, perante o qual o cavalo baio recuou.

— Não faças isso, sua besta pateta! — gritou ela, golpeando o animal com a coronha do chicote. — Embora seja bastante natural, graças a Deus! Como está? Só de pensar que alguém rico o suficiente para comprar um cavalo anda a passear assim sobre rodas!

— Mas eu não sou rico o suficiente para comprar um cavalo — disse ele, aproximando-se dela para fazer uma carícia ao cavalo, depois de encostar a bicicleta a uma árvore. — Além disso, tenho medo de cavalos, por não estar habituado a eles, e não sei nada sobre a sua alimentação. O meu cavalo não precisa de comida. Não morde nem dá coices. Nunca coxeia, nem adoece, nem morre, nem precisa de ser tratado, nem...

— Isso é tudo uma tolice — disse *Lady* Brandon impetuosamente. — Tropeça e atira-o ao chão, e coxeia por causa dos pedais e das coisas que dele saltam, e desgasta-se, e é duas vezes mais difícil de manter limpo e de raspar a lama do que um cavalo, e muitas outras coisas. Acho que a coisa mais ridícula do mundo é um homem andar de bicicleta, ser obrigado a dar aos pedais tão depressa quanto puder e acreditar que o seu cavalo é que o transporta em vez de, como qualquer pessoa pode ver, ser afinal ele que transporta o cavalo. Não precisa de me dizer que não é mais fácil caminhar da maneira habitual do que arrastar uma coisa tão grande em ferro juntamente consigo. Não é bom senso.

— No entanto, posso levar a bicicleta uma centena de quilómetros mais longe num dia do que me posso transportar a mim próprio sozinho. São essas as maravilhas da máquina. Mas sei que fazemos muito má figura ao seu lado e ao lado dessa magnífica criatura, e que ninguém olhará para mim enquanto a senhora estiver por perto e atrair as atenções de uma forma tão digna.

Ela lançou-lhe um olhar que ensombrou a visão dele e fez o seu coração bater mais forte. Era um hábito antigo dela. Mantinha-o por diversão, sem ter a noção do efeito que produzia em temperamentos mais ardentes do que o seu. Ele continuou apressadamente:

— Será que *Sir* Charles está dentro de casa?

— Oh, isso é a coisa mais ridícula que já ouvi na minha vida — exclamou ela. — Um homem que vive sozinho um pouco mais abaixo, na Riverside Road, numa casa parecida com um banco de brincar... sabe o que quero dizer?... numa casa chamada Sallust's House, diz que tem direito de passagem pelo nosso terreno novo. Como se alguém pudesse ter o direito de passar por aquele sítio depois de todo o dinheiro que gastámos com a colocação da cerca em três lados e com a construção do muro ao lado da estrada e com o nivelamento, o plantio e a drenagem e sabe Deus mais o quê! E agora o homem diz que todas as pessoas comuns e os vagabundos desta área têm o direito de passar pelo terreno, porque são demasiado preguiçosos para dar a volta pela estrada. *Sir* Charles foi encontrar-se com esse homem por causa disso. Como é evidente, não fez o que lhe pedi.

— O que lhe pediu para fazer?

— Que escrevesse ao homem para lhe dizer que não tinha nada de se envolver nesta situação e para lhe dizer que a primeira pessoa que encontrássemos a tentar invadir a nossa propriedade seria entregue à polícia.

— Então, não vou encontrar ninguém em casa. Peço perdão por a chamar assim, mas é o único lugar que, para mim, se parece com uma casa.

— Sim, é tão confortável desde que construímos a sala de bilhar e tirámos todas aquelas cortinas desagradáveis da entrada. Já há muito tempo que estava a tentar...

Foi interrompida por um velho trabalhador, que mancava e tentava avançar tão rapidamente quanto o reumatismo lhe permitia, e que começou a falar sem mais cerimónia depois de tirar o boné.

— Vem gente pròs tirrenos novos, 'nha senhora, multidões de gente. E o pastor com eles, e uma bandeira! *Sir* Charles nã sabe que dizer, nunca vi coisa assim.

Lady Brandon empalideceu e puxou o cavalo, como que para o afastar de algum tipo de perigo. O visitante, intrigado, perguntou ao velho o que pretendia ele dizer.

— Vai haver uma processão p'los t'rrenos novos — respondeu ele —, e o s'nhor nã os consegue parar. 'Eitaram abaixo o muro. Três metros estão na Riverside Road. E trazem um pároco co' eles, e uma bandeira. Aquel'omem que vive em Sallust 'tá lá, à frente deles.

— Derrubaram o muro! — exclamou *Lady* Brandon, vermelha de indignação e, simultaneamente, pálida com a apreensão. — Que vergonha! Onde está a polícia? Chester vem comigo ver o que estão a fazer? *Sir* Charles não serve de nada. Acha que haverá algum perigo?

— 'Tão lá dois polícias — disse o velho. — Um é aquele que vive em Sallust's, que nã s'atreveu a mandá-los parar. Eles 'tão só a ver. E, no meio das pessoas, 'tá um pastor. Vi-o a puxar pra baixo o muro co'as mãos.

— Vou ver a diversão — disse Chester.

Lady Brandon hesitou. Mas a raiva e a curiosidade venceram os seus medos. Ultrapassou a bicicleta e atravessaram juntos os portões, seguindo pela estrada até ao cenário que o velho descrevera. Um amontoado de tijolos e argamassa estava na estrada de ambos os lados de uma brecha aberta no muro recém-construído, sobre a qual *Lady* Brandon, a partir do alto, montada no cavalo, podia ver, vindo na sua direcção e atravessando os terrenos, uma coluna formada por cerca de trinta pessoas. Marchavam em fileiras de três, lado a lado, em boa ordem e em silêncio. A expressão de todos, com excepção de um ou outro rosto alegre, era semelhante à de um grupo de devotos que cumpriam um ritual. A seriedade da procissão era aprofundada ainda mais pelo surgimento de um clérigo no meio das suas fileiras, que eram compostas por homens da classe média e alguns trabalhadores que exibiam uma faixa onde estava escrito O SOLO ou A INGLATERRA É DE TODOS. Havia também quatro mulheres, para as quais *Lady* Brandon olhava com intensa indignação e desprezo. Nenhum dos homens das propriedades vizinhas se atrevera a juntar-se àquele grupo. Permaneciam na estrada a sussurrar e, ocasionalmente, aventuravam-se a rir dos gracejos de um casal de mendigos que tinham parado para ver a diversão, e que não se preocupavam nada com a presença de *Sir* Charles.

Este, permanecendo de pé, um pouco dentro do campo, protestava enraivecido com um homem da sua própria classe, que estava de costas para a zona caída do muro, com as mãos nos bolsos das roupas castanhas e contemplando a procissão com uma satisfação extasiada. *Lady* Brandon, suspeitando de imediato de que era o homem da Sallust's House, e incentivada pela lealdade da multidão, cuja maioria das pessoas abriam caminho na sua direcção e tocavam ao de leve nos chapéus, bateu no cavalo baio rapidamente com o chicote e encaminhou-o, com um ruído de cascos e a dispersão de torrões de terra por todo o lado, na direcção do inimigo de roupas acastanhadas, que teve de saltar apressadamente para o lado de maneira a evitá-la. Ouviu-se uma gargalhada na estrada, e o indivíduo virou-se bruscamente para ela. Mas, de repente, sorriu afavelmente, voltou a colocar as mãos nos bolsos depois de erguer o chapéu e disse:

— Como está, menina Carpenter? Pensei que fosse uma carga de cavalaria.

— Eu não sou a menina Carpenter, sou *Lady* Brandon, e o senhor deveria ter vergonha, Sr. Smilash, especialmente se foi o senhor que trouxe estas desgraçadas pessoas para aqui.

Os olhos dele eram eloquentes na repreensão que lhe dirigiu por já não ser a menina Carpenter.

— Eu já não sou Smilash — disse ele —, sou Sidney Trefusis. Acabei de ter o prazer de me encontrar com *Sir* Charles pela primeira vez e seremos os melhores amigos possíveis quando o convencer de que não é lá muito justo aproveitar-se de um caminho que pertence ao povo e obrigar as pessoas a caminhar dois quilómetros em redor da sua propriedade, em vez de quatrocentos metros entre duas extremidades.

— Já lhe disse, senhor — afirmou *Sir* Charles —, que pretendo abrir um caminho ainda mais curto e permitir que todos os trabalhadores bem orientados passem por lá duas vezes ao dia. Isso permitir-lhes-á irem trabalhar e voltar por esse caminho, e caber-me-á o custo de manter o caminho reparado.

— Obrigado — disse Trefusis secamente. — Mas porque deveríamos incomodá-lo quando temos um caminho próprio para usar cinquenta vezes por dia se nos apetecer, sem que nenhum homem nos impeça a passagem até ao momento em que a nossa conduta lhe desagradar? Além disso, o seu próximo herdeiro provavelmente fechará o caminho no momento em que este entrar na sua posse.

— Oferecer-lhes um caminho é exactamente aquilo que os torna insolentes — disse *Lady* Brandon ao marido. — Por que motivo lhes prometeste alguma coisa? Eles não pensariam na dificuldade de caminhar dois quilómetros, ou trinta quilómetros, até um *pub*, mas quando vão para o trabalho pensam que é terrível terem de caminhar um só metro. Talvez preferissem que lhes emprestássemos o fiacre?

— Sim, não tenho dúvidas — disse Trefusis, sorrindo para ela.

— Peço-te o favor de me deixares gerir esta situação, Jane. Este não é um lugar para ti. Leva o Erskine para casa. Ele deve estar...

— Por que motivo a polícia não os manda embora? — perguntou *Lady* Brandon, demasiado entusiasmada para prestar atenção ao marido.

— Cala-te, Jane, por favor. O que podem fazer três homens contra trinta ou quarenta?

— Eles deviam prender alguém como exemplo para os restantes.

— Eles ofereceram-se, com as melhores maneiras, para me prender se *Sir* Charles me considerar o responsável por tudo isto — disse Trefusis.

— Aí está! — disse *Lady* Jane, virando-se para o marido. — Porque não o entregas a ele... ou a alguém... responsável?

— Não sabes tratar de nada disto — disse *Sir* Charles, atormentado pela sensação de que ela o estava a sujeitar publicamente a fazer uma figura ridícula.

— Se não fizeres isso, faço eu — persistiu ela. — Só de pensar que os nossos terrenos foram invadidos e o novo muro derrubado! Seria um lindo estado de coisas se as pessoas pudessem fazer tudo o que lhes apetecesse com a propriedade dos outros. Entregarei cada um deles como sendo o responsável.

— Mandar-me-ia para uma masmorra? — perguntou Trefusis, em tom melancólico.

— Não quero dizer que seja exactamente o senhor — disse ela, cedendo. — Mas entregarei esse clérigo como o responsável, até porque ele já deveria saber o que fazer. Ele é o líder de toda esta coisa.

— Ele ficará encantado, *Lady* Brandon, pois anseia pelo martírio. Mas será que o vai realmente mandar para a prisão?

— Vou — disse ela, com veemência, enfatizando a garantia com um mergulho na sela, de tal modo que fez cambalear o cavalo.

— Sob que acusação? — perguntou ele, dando algumas palmadinhas no cavalo e olhando para ela.

— Não quero saber quais serão as acusações — respondeu ela, consciente de que estava a ser admirada, e nada desgostosa dessa situação. — Que o prendam, é tudo.

Os sêres humanos a cavalo são de tal modo centauros que as liberdades tomadas com os respectivos cavalos se tornam quase tão pessoais quanto as liberdades tomadas com eles mesmos. Quando *Sir* Charles viu Trefusis a dar palmadinhas no cavalo, sentiu-se tão indignado quanto se fosse a própria *Lady* Brandon o objecto dessas palmadinhas, e sentiu amargamente a atitude dela por permitir tal familiaridade. Ficou aliviado com a chegada da procissão. As pessoas pararam à medida que o líder se aproximava de Trefusis, que afirmou com seriedade:

— Meus senhores, felicito-vos pela firmeza com que afirmam hoje os direitos das pessoas deste local a usar um dos poucos pedaços da mãe terra de que não foram espoliados.

— Meus senhores — gritou um membro mais entusiasmado da procissão —, três vivas para a retoma das terras de Inglaterra pelo povo de Inglaterra! Hip, hip, hurra!

Os gritos foram pronunciados com grande animação, e as maçãs do rosto de *Sir* Charles tornaram-se mais vermelhas a cada repetição. Olhou enraivecido para o clérigo, agora distraído com os encantos de *Lady* Brandon, cujo desprezo, enquanto perscrutava a multidão, se manifestava através de um amuo que tornava extremamente bonitos os seus lábios.

De seguida, um trabalhador de meia-idade saiu da estrada e entrou no campo, de chapéu na mão, fez respeitosamente uma vénia e disse:

— Ouça, *Sir* Charles. Não s'importe com eles. Nã há n'nhum homem daqui entr'eles, nem um que trabalhe pra si ou nas suas terras. O nosso dever é pra consigo e pra com a sua senhora, e confiamos em si pra fazer o qu'é justo pra nós. Nã queremos intrusos de Lunnon pra nos trazer problemas com voss'elência e...

— Seu cão miserável — exclamou Trefusis com ferocidade —, que direito tem de oferecer aos filhos dele, que ainda estão por nascer, a liberdade dos seus próprios filhos?

— Eles não estão por nascer — disse *Lady* Brandon indignada. — Isso só mostra que sabe muito pouco sobre o assunto.

— Não, e os meus também não — disse o homem, animado pelo apoio da sua senhora. — E quem é você pra me chamar cão?

— Quem sou eu!? Sou um homem rico, um dos seus senhores e com privilégios suficientes para lhe chamar o que muito bem entender. Você é um escravo submisso e dominado pela fome. Agora tente obter uma reparação contra mim através da lei. Posso comprar leis suficientes para o arruinar por menos dinheiro do que me custaria caçar veados na Escócia ou vermes aqui. Que tal? Hã?

O homem foi apanhado de surpresa.

— *Sir* Charles defender-me-á — disse ele, após uma pausa, com uma confiança presumida, mas com um olhar ansioso na direcção do baronete.

— Se o fizer, depois de testemunhar a resposta que me deu, pondo-se do seu lado, é mais idiota do que julgo.

— Calma, calma — disse o clérigo. — Há muito que desculpar a este pobre homem.

— Tanto quanto a qualquer homem que seja livre no seu coração — disse Trefusis. — Mas os escravos têm de ser orientados, e este homem é um escravo até à medula.

— Ainda assim temos de ter paciência. Ele não sabe...

— Ele sabe muito melhor do que o senhor — disse *Lady* Brandon, interrompendo-o. — E a vergonha é ainda maior para si, porque o senhor deveria saber bem mais. Suponho que o senhor recebeu a sua educação em algum sítio. Não ficará lá muito satisfeito consigo mesmo quando o seu bispo ouvir falar disto. Sim — acrescentou ela, voltando-se para Trefusis, que exibia o ar infantil de alguém que queria chorar, mas que era obrigado a rir-se contra a sua própria vontade —, pode rir-se tanto quanto quiser... não se incomode a fingir que é tosse... mas vamos escrever ao bispo dele, conforme ele virá a descobrir à sua própria custa.

— Cala-te, Jane, pelo amor de Deus — disse *Sir* Charles, pegando no cavalo pela rédea e afastando-o de Trefusis.

— Não me vou embora. Se optares por ficar aqui e permitires que eles se vão embora, e continuares com as mãos nos bolsos, eu não o permito e não o permitirei. Porque não podes obrigar a polícia a fazer alguma coisa?

— Eles não podem fazer nada — disse *Sir* Charles, quase fora de si devido à humilhação. — Não posso fazer nada até falar com o meu advogado. Como podes continuar aqui a discutir com estes indivíduos? É TÃO ridículo!

— É muito bom falar de dignidade, mas não vejo onde está a dignidade que permite às pessoas pisarem as nossas terras sem licença. Sr. Smilash, vai mandá-los a todos embora e dizer-lhes que todos eles serão julgados e mandados para a prisão?

— Eles vão para o cruzamento, para realizar uma reunião pública e... como é evidente... fazer discursos. Gostaria de dizer que eles lamentam profundamente que a sua manifestação a tenha incomodado pessoalmente, *Lady* Brandon.

— Pois deviam lamentar — respondeu ela. — Mas não parecem lamentar muito. Estão a ficar com medo do que fizeram e certamente ficariam felizes se pudessem escapar às consequências pedindo desculpa, muito provavelmente. Mas não o farão. Não sou tão idiota quanto eles julgam.

— Eles não julgam isso. A senhora demonstrou o contrário.

— Jane — disse *Sir* Charles de mau humor —, conheces este senhor?

— Devo dizer que pensava que sim — disse *Lady* Brandon enfaticamente.

Trefusis fez uma vénia, como se tivesse acabado de ser formalmente apresentado ao baronete, que, contra a sua vontade, retribuiu rigidamente a saudação, incapaz de ignorar um homem mais velho, mais firme e mais rápido naquelas circunstâncias.

— Isto parece ser um assunto impróprio de um bom vizinho, *Sir* Charles — disse Trefusis, completamente à vontade. — Mas como é uma questão pública não necessita de prejudicar as nossas relações particulares. Ou, pelo menos, espero que não as prejudique.

Sir Charles fez novamente uma vénia, ainda mais rígida do que anteriormente.

— Eu sou como o senhor, um capitalista e um proprietário de terras.

— Que me parece não ter o direito de ser, se está a falar a sério — intrometeu-se Chester, que estivera a observar a cena em silêncio, ao lado de *Sir* Charles.

— Que, como o senhor afirma, eu não tenho indubitavelmente qualquer direito de ser — disse Trefusis, examinando-o com interesse. — Mas que, no entanto, não posso deixar de ser. Tenho o prazer de estar a falar com o Sr. Chichester Erskine, autor de uma tragédia intitulada *Os Mártires Patriotas*, dedicada com devoção entusiástica ao Espírito da Liberdade e a uma meia dúzia de defensores famosos desse princípio, e que denuncia numa linguagem enérgica a tirania do falecido czar da Rússia, do *Rei Bomba* de Nápoles e de Napoleão III?

— Sim, senhor — disse Erskine, ruborizado, pois pensava que essa descrição poderia fazer parecer ridículo o seu drama perante as pessoas presentes, que não o tinham lido.

— Então — disse Trefusis, estendendo a mão, e Erskine a princípio pensou que seria para um caloroso aperto de mão —, dê-me uma meia coroa pelo custo da sua expedição até aqui, hoje, para fazer valer o direito do povo a pisar o solo que está a pisar.

— Não deve fazer nada disso, Chester — exclamou *Lady* Brandon. — Nunca tinha ouvido tal coisa na minha vida! Paga-nos o muro e a cerca que as pessoas destruíram, Sr. Smilash? Isso seria muito mais adequado.

— Se eu pudesse arranjar um milhar de homens tão práticos quanto a senhora, *Lady* Brandon, conseguiria concretizar a próxima grande revolução antes do final desta temporada. — Olhou para ela por alguns momentos com curiosidade, como se estivesse a tentar recordar-se de algo, e depois acrescentou de forma inconsequente: — Como estão as suas amigas? Havia uma menina... uma menina... Receio ter-me esquecido de todos os nomes, excepto do seu.

— A Gertrude Lindsay está de visita a nossa casa. Lembra-se dela?

— Eu acho que... não, receio não me lembrar. Deixe-me ver. Ela era uma jovem arrogante?

— Sim — disse *Lady* Brandon ansiosamente, esquecendo-se do muro e da cerca. — Mas quem acha que vai chegar na próxima quinta-feira? Encontrei-a por acaso na última vez que fui à cidade. Ela não mudou nadinha. Não se pode ter esquecido dela, por isso não faça de conta que está confundido.

— Ainda não me disse quem era. E, provavelmente, não me lembrarei dela. Não pode esperar que eu reconheça instantaneamente todas as pessoas como a reconheci a si.

— Que coisa! Reconhecerá imediatamente a Agatha.

— Agatha Wylie! — disse ele com uma súbita seriedade.

— Sim. Ela chega na quinta-feira. Está contente?

— Receio não ter a oportunidade de a ver.

— Oh, é claro que terá de vê-la. Vai ser tão agradável para nós reunirmo-nos novamente como era habitual. Porque não pode vir almoçar na quinta-feira?

— Ficarei encantado, se realmente mo permitir depois da minha conduta aqui.

— Os advogados resolverão isso. Agora que já descobriu quem somos vai certamente deixar de derrubar os nossos muros, como é evidente.

— Claro — disse Trefusis, sorrindo, enquanto tirava uma agenda de bolso e anotava o compromisso. — Tenho de me apressar para chegar ao cruzamento. Provavelmente já me elegeram para a presidência e estão à minha espera para dar início à reunião. Adeus. Transformou este sítio, do qual eu já estava a ficar cansado, num sítio inesperadamente interessante para mim.

Trocaram olhares seguindo o antigo padrão do colégio. De seguida, ele curvou a cabeça na direcção de *Sir* Charles, acenou com a mão familiarmente a Erskine e seguiu a procissão, que, por esta altura, já desaparecera de vista.

Sir Charles, que, enquanto esperava para falar, fora várias vezes frustrado pelos discursos apressados da esposa e pelas respostas sem hesitação de Trefusis, virou-se enraivecidamente contra ela dizendo:

— O que queres dizer ao convidar aquele indivíduo para a minha casa?

— Para a tua casa, na verdade, convido quem eu quiser! Estás a começar a ter um dos teus acessos de mau génio.

Sir Charles olhou em volta. Erskine afastara-se discretamente e estava na estrada, entretido a apertar um parafuso da bicicleta. As poucas pessoas que ali permaneciam estavam fora do alcance da sua voz.

— Quem é ele e que diabo é, e como é que o conheces? — perguntou ele. Nunca dizia palavrões na presença de mulher nenhuma, excepto perante a sua esposa, e só quando estavam sozinhos.

— Ele é um cavalheiro, o que já é muito mais do que tu és — respondeu ela e, com um toque do chicote, que por pouco não atingiu o ombro do marido, ordenou ao cavalo que passasse por entre a abertura do muro.

— Vamos — disse ela a Erskine. — Vamos chegar atrasados ao almoço.

— Não seria melhor esperarmos por *Sir* Charles? — perguntou ele imprudentemente.

— Não se preocupe com *Sir* Charles, ele está de mau humor — disse ela, sem baixar o tom de voz. — Vamos. — E partiu a galope, com Erskine atrás dela e com o pressentimento de que a sua visita fora infelizmente marcada para o momento errado.

Capítulo XII

Na quinta-feira seguinte, Gertrude, Agatha e Jane encontraram-se pela primeira vez desde que se tinham separado no Alton College. Agatha era a mais tímida das três e, exteriormente, a que menos mudara. Imaginava-se muito diferente da Agatha de Alton, mas era a opinião dela sobre si mesma que se tinha alterado, não a sua pessoa. Esperando encontrar uma alteração correspondente nas suas amigas, aguardara com expectativa a reunião, com muitas dúvidas e poucas esperanças de que viesse a ser agradável.

Estava mais ansiosa em relação a Gertrude do que em relação a Jane, sobre quem, numa breve conversa em Londres, já descobrira que a atitude, o espírito e o discurso de *Lady* Brandon eram exactamente os mesmos que tinham sido os da menina Carpenter. Contudo, até mesmo em relação a Agatha, Jane inspirava mais respeito do que anteriormente, tendo passado de uma menina demasiado crescida para uma bela mulher, e conseguira casar-se com um par brilhante na sua primeira temporada em sociedade, enquanto muitas das suas contemporâneas bonitas, orgulhosas e inteligentes, a quem ela invejara na escola, continuavam solteiras, e passavam por alguns incómodos nas respectivas casas por causa de pais que se mostravam ansiosos para se livrarem do fardo de terem de as apoiar financeiramente e lucrarem no bolso ou na posição com os respectivos casamentos.

Era precisamente esse o caso de Gertrude. Tal como Agatha, desperdiçara as oportunidades matrimoniais. Orgulhosa da sua categoria e exclusividade, tomara a resolução de manter o mínimo contacto possível com pessoas que não compartilhassem do seu estatuto. Começou por repelir os conhecidos apresentados por muitas famílias de grande riqueza e na moda, que não conheciam os respectivos avós ou tinham vergonha deles. Tendo-se isolado desse círculo, foi apresentada na corte, e, desde então, aceitava apenas os convites daqueles que tinham, na sua opinião, o direito à mesma honra. E era muito mais rigorosa nesse ponto do que o Lorde Camareiro, que, segundo ela, traíra a sua confiança porque se tornara praticamente um Nivelador. Era bem-educada, refinada nos modos e hábitos, competente na etiqueta, a tal ponto que chegava a ser irritante para os ignorantes, e era dotada de uma aparência delicada, com dentes de pérola e um rosto que poderia ter sido grego, se não fosse por uma ligeira inclinação para cima do nariz e vestígios de um tipo de maxilar quadrado e forte. O seu pai era um almirante aposentado, com influência suficiente para ter recebido uma sinecura preparada por um governo conservador expressamente para a manutenção da aliança pendente do seu filho com alguma herdeira. No entanto, Gertrude continuava solteira, e o almirante, que anteriormente havia gastado mais dinheiro do que aquele que confortavelmente poderia pagar para a sua educação, e que continuava a gastá-lo para manter o seu estado e adornos pessoais, reclamava de um modo tão desagradável com o fracasso dela em ser retirada das suas mãos que Gertrude mal conseguia suportar viver em casa e estava disposta a casar-se com qualquer cavalheiro de sangue puro, por muito inadequada que fosse a sua idade ou personalidade, desde que a aliviasse daquela humilhante dependência. Estava disposta a sacrificar o seu desejo natural de juventude, beleza e virtude num marido, caso pudesse escapar aos pais em termos não mais fáceis, mas mostrava-se determinada antes a morrer solteirona do que a casar-se com um novo-rico.

A dificuldade com que se deparava era de ordem pecuniária. O almirante era pobre. Não recebia sequer seis mil libras por ano e, embora praticasse a maior economia a fim de manter os hábitos mais dispendiosos, não se podia dar ao luxo de conceder à respectiva filha um dote. Por seu turno, os solteiros bem-nascidos que partilhavam os círculos dela, tendo mais sangue azul, mas muito menos riqueza do que necessitavam, admiravam-na, faziam-lhe os maiores elogios, dançavam com ela, mas não se podiam dar ao luxo de casar com ela. Alguns deles até lhe diziam isso, desposavam as filhas de ricos comerciantes de chá, de fundadores das empresas de ferro ou de corretores da bolsa bem-sucedidos, e depois tentavam arranjar casamentos entre ela e os respectivos cunhados de origem humilde.

Assim, quando Gertrude se encontrou com *Lady* Brandon, a sua situação estava secretamente desgraçada, e ficou satisfeita por poder aceitar um convite para Brandon Beeches de maneira a escapar um pouco aos sarcasmos diários do almirante sobre a lista de casamentos do *Times*. O convite era ainda mais aceitável porque *Sir* Charles não era um nobre nascido que nem um cogumelo e, no tempo de escola que Gertrude lembrava agora como tendo sido o mais feliz da sua vida, ela reconhecera que a família e as ligações de Jane eram mais aristocráticas do que as de qualquer outra estudante de Alton, com excepção dela própria. Gertrude nunca oferecera a sua intimidade a Agatha, cujo avô acumulara fortuna como proprietário de fábricas de gás (uma novidade no seu tempo). Agatha tomara-a à força, em parte moral, em parte física. Mas as fábricas de gás nunca tinham sido esquecidas, e quando *Lady* Brandon mencionou, como se fosse uma notícia maravilhosa, que encontrara a sua companheira de escola e lhe dissera para se juntar a ambas, Gertrude não ficara lá muito satisfeita. No entanto, no momento em que se encontraram, os seus olhos eram os únicos com lágrimas, pois era a menos feliz das três, e, apesar de não o saber, o seu ânimo estava ligeiramente quebrado. Agatha, pensava ela, tinha perdido a flor da juventude, mas estava mais ousada, mais forte e tornara-se mais inteligente do que anteriormente. Na verdade, Agatha teve de reunir todo o seu autodomínio para esconder a timidez. Detectou a emoção de Gertrude, que, no último momento, não tentou escondê-la. Teria sido derramada livremente em palavras caso a formação social de Gertrude a tivesse ensinado a exprimir os seus sentimentos tanto como a habituara a disfarçá-los.

— Lembram-se da Sra. Wilson? — perguntou Jane, enquanto saíam as três de carro da estação ferroviária de Brandon Beeches. — Lembram-se da Sra. Miller e do seu gato? Lembram-se do Anjo do Registo? Lembram-se de como caí no canal?

Estas reminiscências duraram até chegarem a casa e seguirem juntas para o quarto de Agatha. Ali Jane, tendo algumas ordens para dar em casa, viu-se obrigada a deixá-las, relutantemente, pois sentia ciúmes relativamente à possibilidade de Gertrude poder vencê-la na recuperação do afecto de Agatha. Ainda tentou levar consigo a rival para longe, mas em vão. Gertrude não se mexeu.

— Que bela casa e que local esplêndido! — exclamou Agatha quando Jane se foi embora. — E que bom amigo é *Sir* Charles! Nós costumávamos rir-nos da Jane, mas agora é ela que se pode dar ao luxo de se rir da mais sortuda de nós. Eu sempre disse que ela acabaria por tropeçar no melhor de tudo. É verdade que se casou na sua primeira temporada?

— Sim. E *Sir* Charles é um homem de grande cultura. Não consigo compreender. O tamanho dela ultrapassa tudo o que se pode imaginar e as suas maneiras são tão más.

— Huuum! — disse Agatha com um ar sábio. — Havia sempre alguma coisa na Jane que atraía os homens. E ela é mais velhaca do que pateta. Mas tem certamente um grande rabo.

Gertrude mantinha um ar sério, com a intenção de dizer que perdera o hábito de usar ou ouvir tal linguagem. Agatha, estimulada por essa atitude, continuou:

— Aqui estamos tu e eu, que nos consideramos duas vezes mais apresentáveis e sociáveis do que ela, duas velhas solteironas. — Gertrude estremeceu, e Agatha apressou-se a acrescentar —, mas, quanto a ti, estás bem linda! E ela convidou-nos expressamente para aqui, para nos arranjar um casamento.

— Ela não ousaria...

— Que patetice, minha querida Gertrude. Ela pensa que somos um par de patetas que não conseguimos gerir bem as nossas próprias vidas, e que ela, depois de ter conseguido sair-se tão bem, pode ajudar-nos num instante. Vá lá, ela não te disse, antes de eu chegar, que tinha chegado o momento de me casar?

— Bem, ela disse isso. Mas...

— Ela disse-me exactamente a mesma coisa sobre ti quando me convidou.

— Eu sairia da casa dela neste instante — disse Gertrude —, se achasse que ela ousaria se intrometer nos meus assuntos. Que interesse terá para ela se sou casada ou não?

— Onde tens vivido todos estes anos, se não sabes que a primeira coisa que uma mulher quer fazer depois de ter feito um bom casamento é arranjar bons casamentos para todas as suas amigas solteironas? A Jane não o faz por mal. Ela faz isso por pura benevolência.

— Eu não preciso da benevolência da Jane.

— Eu também não, mas não faz mal nenhum, e ela pode muito bem divertir-se a apresentar-me todos os seus conhecidos para que eu os aprove. Chiu! Aí vem ela.

Gertrude acalmou-se. Não podia entrar em conflito com *Lady* Brandon sem ter de sair da casa, e não podia sair da casa sem regressar a sua casa. Mas decidiu em privado desencorajar as atenções de Erskine, suspeitando que, em vez de estar enamorado por ela conforme fingia, só lhe fora recomendado por Jane que se casasse com ela.

Chichester Erskine fizera alguns esboços na Palestina com *Sir* Charles e percorrera com ele muitas galerias europeias. Era um jovem de ascendência nobre e herdara mil e quinhentas libras por ano da mãe, pertencendo a maior parte dos bens da família ao seu irmão mais velho. Não tendo qualquer profissão e sendo um apaixonado por livros e fotografias, dedicara-se às belas-artes, uma ocupação que lhe oferecia em termos mais baratos uma opinião elevada da beleza e da capacidade da sua própria natureza. Publicara uma tragédia, intitulada *Os Mártires Patriotas*, com um frontispício gravado por *Sir* Charles, e uma edição da obra fora rapidamente distribuída e esgotada em apresentações a amigos do artista e poeta, e para a crítica e jornais. *Sir* Charles pedira a um dramaturgo eminente que era seu conhecido para encenar a obra em palco e para desempenhar o papel de um dos mártires patriotas. Mas o dramaturgo objectara que os outros mártires patriotas tinham papéis com uma importância igual ao que lhe era proposto a ele. Erskine recusara-se com indignação a cortar essas partes ou a diminuí-las e, por isso, o projecto caíra por terra.

Desde então, Erskine empenhara-se em escrever outro drama, sem ter em conta as exigências do palco, mas ainda não o começara, como consequência de a sua inspiração surgir apenas a horas inconvenientes, principalmente à noite, depois de ter bebido, pelo que apenas tinha tempo para sonetos. O ar da manhã e os passeios de bicicleta eram fatais para a veia da poesia que lhe parecia valer a pena escrever. Apesar da bicicleta, no entanto, o drama, que se deveria intitular *Hypatia*, estava agora bem encaminhado, pois o poeta conhecera e enamorara-se de Gertrude Lindsay, cujos traços quase gregos, e algum conhecimento dos diferentes cálculos que ela adquirira em Alton, o ajudavam a acreditar que ela era um modelo adequado para ser a sua heroína.

Quando as senhoras desceram, encontraram-se com o anfitrião e Erskine na galeria de quadros, famosa na vizinhança pela soma que custara a *Sir* Charles. Havia uma nova gravura para ser admirada, pelo que foram chamados a observar o que o Baronete chamava os seus tons, e que Agatha teria designado por os seus graus de borrões. A atenção de *Sir* Charles desviava-se muitas vezes desta obra de arte. Olhou para o relógio duas vezes e disse à esposa:

— Ordenei que fossem pontuais com o almoço.

— Oh, sim, está bem — disse *Lady* Brandon, que dera ordens para que o almoço não fosse servido até à chegada de um outro cavalheiro. — Mostra a Agatha o quadro do homem na...

— O Sr. Trefusis — disse um criado.

O Sr. Trefusis, ainda vestido em tons acastanhados, entrou, com o casaco desabotoado e sem grandes cuidados no trajo, exasperantemente inconsciente da ocasião de cerimónia.

— Aqui está, finalmente — disse *Lady* Brandon. — Já conhece toda a gente, não é verdade?

— Como está? — perguntou *Sir* Charles, apresentando a mão como expressão severa do seu dever para com o visitante convidado pela esposa, que a aceitou cordialmente, acenou para Erskine, olhou sem reconhecimento para Gertrude, cujo gélido silêncio repudiava a insinuação de *Lady* Brandon de que o estranho estava familiarizado com ela, e virou-se para Agatha, perante a qual fez uma vénia. Agatha não fez qualquer sinal, mantendo-se paralisada. *Lady* Brandon ficou vermelha de raiva. *Sir* Charles observou a recepção do hóspede com uma satisfação secreta, mas partilhou do constrangimento que oprimia todas as pessoas presentes, excepto Trefusis, que parecia completamente indiferente e seguro, e inconscientemente produzia a impressão de que as restantes pessoas não tinham estado à altura da ocasião, como, de facto, acontecera.

— Estávamos a ver algumas gravuras a água-forte quando chegou — disse *Sir* Charles, apressando-se a quebrar o silêncio. — Interessa-se por esse tipo de coisas? — E entregou-lhe um exemplar.

Trefusis olhou para a gravura como se nunca antes tivesse visto tal coisa e não soubesse bem o que fazer com ela.

— Todos estes riscos não parecem ter qualquer significado — disse ele com um ar de dúvida.

Sir Charles captou um sorriso de desprezo e um olhar significativo de Erskine. Este, sentindo já uma antipatia instintiva para com Trefusis, disse enfaticamente:

— Não existe um único desses riscos que não tenha um significado.

— Aquele, por exemplo, semelhante ao membro de uma melga. O que significa?

Erskine hesitou por um momento, recuperou a compostura e disse:

— Obviamente... pelo menos para mim... indica suficientemente a marcação da estrada.

— Nem um pouco — disse Trefusis. — Nunca vi uma marca como essa numa estrada. Pode ser uma tentativa muito má de se assemelhar a um espinheiro, mas os espinheiros não nascem no meio de estradas muito frequentadas, como aquela parece ser... a julgar por esses sulcos exagerados. — Afastou a gravura, não demonstrando qualquer disposição para observar melhor o conjunto, e comentou: — A única arte que me interessa é a fotografia.

Erskine e *Sir* Charles trocaram novamente olhares e Erskine afirmou:

— A fotografia não é uma arte no sentido em que entendemos o termo. É um processo.

— E um processo muito menos problemático e mais perfeito do que isso — disse Trefusis, apontando para a gravura. — Os artistas aderem aos processos antigos, bárbaros, difíceis e imperfeitos da gravura e da pintura de retratos apenas para manterem em alta o valor do seu monopólio sobre a perícia necessária para executarem tais processos. Deixaram o novo, mais complexamente organizado e mais perfeito, ainda que simples e bonito, método da fotografia nas mãos dos comerciantes, desdenhando-o publicamente e recorrendo à sua ajuda sub-repticiamente. O resultado é que os comerciantes estão a tornar-se artistas melhores do que eles, e muito naturalmente, pois, tal como acontece na fotografia, o desenho não conta para nada, e é essencialmente importante o pensamento e a capacidade de discernimento. Ao passo que nos processos de gravura e reboco, onde é necessária grande habilidade manual para produzir qualquer coisa que o olho possa suportar, a execução é mais importante do que o pensamento, e se um indivíduo que sirva apenas para carregar tijolos por uma escada acima, ou algo parecido, tiver ambição e perseverança suficientes para treinar a mão e fazer força para o interior de um molde, ninguém se pode dar ao luxo de o voltar a pôr no seu lugar, pois as mãos bem treinadas são extremamente escassas. Pensem na prova disso mesmo na literatura. Os nossos livros são o resultado manual do trabalho de impressores e fabricantes de papel. Podem cortar a mão de um autor, e ele continuará a ser tão bom autor como anteriormente. Qual é o resultado? Há mais imaginação numa qualquer revista que custe um cêntimo do que em meia dúzia de aposentos da Academia Real em cada temporada. Nenhum autor pode viver do seu trabalho e ter uma cabeça tão oca como a de um pintor de sucesso mediano. Mais uma vez, pensem nos instrumentos musicais, nos pianos por exemplo. Ninguém, senão um acrobata, passaria voluntariamente anos a aprender um enigma mecânico tão difícil como o teclado e, por causa disso, temos de retirar as nossas impressões sobre as sonatas de Beethoven a partir de acrobatas que competem entre si na rapidez dos seus *prestos*, ou no poder de permanência dos respectivos pulsos esquerdos. Os indivíduos ponderados não passam a vida a adquirir ligeireza de mãos. Inventem um piano que responda tão delicadamente à mudança de uma peça quanto os actuais pianos à pressão dos dedos e os acrobatas terão de regressar aos seus tapetes e trapézios, porque a única capacidade necessária para o executante da música será a capacidade musical e nenhuma outra lhe permitirá ser ouvido.

As pessoas presentes sentiram-se de algum modo subjugadas por esta palestra inesperada. *Sir* Charles, sentindo que tais pontos de vista tinham reflexos negativos sobre ele e eram de alguma forma iconoclastas e baixos, estava prestes a replicar de uma forma rabugenta, quando Erskine se antecipou perguntando a Trefusis que ideia tinha ele para o futuro das artes. Trefusis respondeu prontamente.

— A fotografia aperfeiçoada no seu poder recém-descoberto de reprodução das cores, assim como das formas! Fotos históricas substituídas por fotografias de quadros vivos compostas e organizadas por actores e artistas formados, e utilizada principalmente para a instrução das crianças. Nove décimos da pintura, tal como a entendemos actualmente, extinta pela concorrência dessas fotografias, e o décimo restante aguentando-se por sua própria conta, graças a uma excelência extraordinária! Os nossos órgãos e pianos mal afinados e impossíveis de tocar substituídos por instrumentos harmoniosos, tão fáceis de manejar como os realejos! Obras de ficção substituídas pela companhia das outras pessoas e por conversas interessantes, e tornadas obsoletas por mentes humanas capazes de superarem a infantilidade encantadora das histórias contadas por crianças adultas, como, por exemplo, os romancistas e os seus semelhantes! Um fim para essa confusão pateta, sob o nome de Arte, da tolice e do fingimento nas nossas horas de diversão, com métodos de ensino mais elevados de ensino para os homens se conhecerem a si mesmos! Todos os artistas passarão a ser amadores e, como consequência, regressaremos à antiga disposição saudável de considerar cada homem que faça da arte um meio de obtenção de dinheiro um vagabundo, sem que seja tratado como igual pelos homens honestos!

— Nesse caso, os artistas vão passar fome, e não haverá mais arte.

— Meu caro senhor — disse Trefusis, entusiasmado pela retórica —, eu, enquanto socialista, posso dizer-lhe que morrer à fome hoje em dia é impossível, excepto em sítios onde, como acontece em Inglaterra, os homens que não têm dono sejam obrigatoriamente impedidos de produzirem os alimentos de que necessitam. E o senhor, como artista, poderá dizer-me que, hoje em dia, os grandes artistas invariavelmente morrem, de facto, à fome, excepto quando são mantidos vivos graças à caridade, a alguma fortuna privada, ou a algum tipo de trabalho excessivo que os impede de prosseguirem com a sua vocação.

— Oh! — exclamou Erskine. — Então, os socialistas, afinal de contas, têm um pouco de simpatia pelos artistas.

— Receio — disse Trefusis, reprimindo-se e falando calmamente de novo —, que quando um socialista ouve dizer que foram pagas cem libras a Andrea del Sarto por um desenho que ele ficaria satisfeito por vender por dez dinheiros, o seu coração não se sinta tão torturado de piedade pela perda imaginária do artista quanto um capitalista moderno. Contudo, essa é a única forma, hoje em dia, de se conseguir angariar simpatia pelos velhos mestres. É uma deficiência terrível, estar fora do mercado dos quadros mais caros, quando se quer vender as próprias pinturas! Mas — acrescentou, agitando-se e virando-se em redor com alegria — não vim aqui para falar de compras. Portanto... antes que chegue o dilúvio... vamos divertir-nos à nossa maneira.

— Não — disse Jane. — Por favor, continue a falar sobre arte. É um alívio enorme ouvir alguém falar com sensatez sobre isso. Eu detesto as gravuras. Fazem doer os olhos ... pelo menos a água-forte nas gravuras de *Sir* Charles, e a diferença entre o primeiro e o segundo estado não é mais do que imaginação, excepto que o último estado é pior do que... aqui está o almoço!

Nesse momento, desceram para o piso inferior. Trefusis sentou-se entre Agatha e *Lady* Brandon, a quem dirigia todas as conversas. Conversaram sem grande interrupção sobre as questões da mesa, pois Jane, apesar da sua amplitude, tinha pouco apetite e tinha receio de engordar, ao passo que Trefusis era sistematicamente abstémio. *Sir* Charles mantinha-se estranhamente silencioso. Tinha receio de falar sobre arte, para não ser contestado por Trefusis, que, conforme pressentira, se preocupava menos e talvez soubesse mais sobre arte do que ele próprio. Tendo anteriormente comentado com Agatha sobre a beleza da Primavera em flor e perguntado se a viagem a fatigara, já dissera tudo aquilo que lhe poderia dizer num primeiro encontro. Quanto a ela, estava concentrada em Trefusis. Ela acreditava que, embora ele devesse saber que todos lhe eram hostis, excepto Jane, parecia tão confiante agora quanto na época em que a tinha enganado, muitos anos antes. Esse pensamento fê-la cerrar os dentes. Não duvidava da sinceridade da sua antipatia para com ele, mesmo quando detectou que protestava interiormente por não se sentir contente ao encontrá-lo novamente, e que não iria falar com ele. Gertrude, entretanto, dava respostas curtas a Erskine e ouvia Trefusis. Tinha-se apercebido, a partir das discussões domésticas dos últimos dias, que *Lady* Brandon, contra a vontade do marido, convidara um demagogo notório, o filho rico de um bem-sucedido produtor têxtil, para visitar The Beeches. Na sua mente, decidira que iria desdenhar tal indivíduo. Mas, ao reconhecer o Smilash há muito esquecido, ficara surpreendida e não soubera o que fazer. Assim, para evitar algum acto inadequado, mantivera-se completamente em silêncio e não fizera nada, como é costume nas senhoras inglesas que se vêem em tais situações. Posteriormente, a auto-afirmação inconsciente dele tinha mexido com ela, tal como sucedera aos restantes, e a sua intenção de o desprezar desaparecera no limbo dos projectos abandonados, sem sequer ser experimentada. Só Erskine estava livre da influência do intruso. Desejava estar num outro sítio, mas, ao lado de Gertrude, a presença ou ausência de qualquer outra pessoa perturbavam-no muito pouco.

— Como estão os Jansenius? — perguntou Trefusis de repente, virando-se para Agatha.

— Estão muito bem, obrigado — disse ela em tom comedido.

— Encontrei-me com John Jansenius na cidade há pouco tempo. Conhece o Sr. Jansenius? — acrescentou, entretanto, na direcção de *Sir* Charles. — O Banco Cotman... o último dos Cotman saiu da empresa ainda antes de nascermos. O presidente da Transcanadian Railway Company.

— Conheço o nome. Raramente vou à cidade.

— Naturalmente — assentiu Trefusis. — Para quê entristecermo-nos, forçando o caminho por entre uma multidão de escravos, caso o possamos evitar? Quero dizer, os escravos de Mamona, é claro. Sujeitar-se ao desafio de ver os seus rostos em Cornhill é suficiente para desencorajar um homem ponderado durante horas. Bem, Jansenius, como é uma pessoa que ocupa uma elevada posição no tribunal de Mamona, anda à procura de um bom lugar no banco para o seu filho. A propósito, Jansenius é o tutor da menina Wylie e pai da minha falecida esposa.

Agatha sentia-se inclinada a negar isso, mas, como era verdade, teve de permitir que assim ficasse. Determinada a mostrar que as relações entre a sua família e Trefusis não eram cordiais, perguntou deliberadamente:

— Por acaso, o Sr. Jansenius falou consigo?

Gertrude olhou para cima, como se achasse que a pergunta dificilmente poderia ser conveniente para uma senhora.

— Sim — disse Trefusis. — Somos os melhores amigos do mundo... ou, pelo menos, tão bons amigos quanto é possível. Ele queria que eu subscrevesse um fundo de socorro aos pobres no extremo oriental de Londres, ajudando-os a emigrar.

— Presumo que subscreveu liberalmente tal fundo — disse Erskine. — Era uma oportunidade de praticar algumas boas acções.

— Não subscrevi — disse Trefusis, sorrindo perante o sarcasmo. — Esta Transcanadian Railway Company, depois de ter conseguido uma grande quantidade de terras do governo canadiano em troca de nada, pensou que seria uma boa ideia instalar operários britânicos nesses terrenos e extrair-lhes uma renda. Muitos trabalhadores britânicos, suplantados nos respectivos empregos por máquinas, ou por mão-de-obra barata, ou por uma coisa ou outra, estavam dispostos a partir, mas como não podiam pagar as passagens para o Canadá, a Companhia recorreu à beneficência para pagar as viagens em vez deles, através da subscrição de um fundo, pois a mudança serviria para melhorar a sua condição miserável. Eu não percebi por que motivo deveria eu pagar para oferecer a uma empresa rica os agricultores que iriam arrendar as terras dessa empresa, e disse isso mesmo ao Sr. Jansenius. Ele fez notar que quando era necessário dinheiro e não conversa, os operários de Inglaterra rapidamente descobriram quem eram os seus verdadeiros amigos.

— Não sei nada sobre essas questões — disse *Sir* Charles, com um ar conclusivo. — Mas não coloco nenhuma objecção à emigração.

— O facto é que — disse Trefusis — a ideia da emigração é perigosa para nós. Se familiarizarmos os trabalhadores com essa ideia, algum dia eles poderão acabar por se aperceber de que o melhor seria meter-me num pacote, juntamente consigo, e algumas outras pessoas iguais a nós, bem como toda a tribo dos proprietários não rentáveis como nós, e mandarem-nos para Santa Helena, transformando-nos num belo presente para a ilha como forma de indemnização! Nós somos um grupo de tal modo inquieto e infeliz que me pergunto se também não seria bom para nós. Os trabalhadores não perderiam nada, senão a contemplação das nossas elegantes pessoas, dos nossos modos e gostos refinados. Poderiam compensar essa perda escolhendo alguns de nós que deixariam ficar para enfeite. Nenhuma nação com um certo sentido de beleza seria capaz de banir *Lady* Brandon, ou a menina Lindsay, ou a menina Wylie.

— Que patetice! — disse Jane.

— Dificilmente conseguiria acreditar se soubesse quanto já gastei a enviar trabalhadores para fora do país, contra o meu próprio ponto de vista sobre os interesses do país — prosseguiu Trefusis, dirigindo-se a Erskine. — Quando consigo fazer um convertido entre as classes trabalhadoras, a primeira coisa que esse homem faz é um discurso num sítio qualquer para declarar as suas novas convicções. O patrão dispensa-o de imediato («manda-o para o olho da rua» é a expressão técnica). O despedimento é a espada do capitalista, e a fome mantém essa espada afiada. O seu escudo é a lei, feita para esse efeito pela sua própria classe. Assim equipado, ele oferece o pior ao meu pobre convertido, que vem arruinado ter comigo em busca de ajuda. Como não lhe posso pagar uma pensão para o resto da vida, livro-me dele ajudando-o a emigrar. Por vezes, ele prospera e retribui-me, outras vezes, nunca mais ouço falar dele, outras vezes ainda, regressa com hábitos instáveis. Um indivíduo que mandei para a América fez fortuna, mas não era um social-democrata, era um funcionário que se apropriara indevidamente de certos fundos, e que se dirigiu a mim para obter ajuda sob a impressão de que eu considerava bastante meritório roubar a caixa de um capitalista.

— Na verdade, era um socialista prático — disse Erskine.

— Pelo contrário, era de certo modo um individualista algo exagerado. Todavia, permiti-lhe que reparasse o desfalque que cometera (na cidade consideram que um desfalque é reparado quando o dinheiro é reposto) e que partisse para Nova Iorque.

Recomendei-lhe que não fosse para lá, mas ele entendeu que seria melhor assim, e fez uma fortuna a especular com o dinheiro que existia apenas na imaginação das pessoas com quem fazia negócios. Nunca me devolveu o dinheiro. Provavelmente, é um homem de negócios demasiado bom para pagar o dinheiro que não lhe poderá ser retirado através de um apelo à lei ou ao seu crédito comercial. Sr. Erskine — acrescentou Trefusis, baixando a voz e virando-se para o poeta —, o senhor está errado em colocar-se ao lado dos mercenários e caçadores de dinheiro contra a sua própria natureza, mesmo que o ataque contra eles seja dirigido por um homem que prefere a fotografia à gravura.

— Mas eu asseguro-lhe... Confundiu-me... — disse Erskine, surpreso. — Eu...

Parou, olhou para *Sir* Charles em busca de apoio e depois disse alegremente:

— Eu não tenho qualquer dúvida de que tem toda a razão. Odeio as empresas e os homens de negócios, e quanto às questões sociais, só tenho um artigo de fé, que defende que o único refinador da natureza humana são as belas-artes.

— Quanto a mim, acredito que o único refinador da arte é a natureza humana. A arte eleva-se quando os homens se elevam, e rasteja quando os homens rastejam. Qual é a sua opinião?

— Concordo consigo em muitos aspectos — respondeu *Sir* Charles nervosamente, pois a falta de interesse nos seus semelhantes, e um excesso de interesse em si mesmo, tinham-no impedido de conquistar o poder de lidar com as questões sociais que, na sua opinião, um baronete deveria ter e, portanto, sentia algum receio em divergir de quem fizesse alusão a esses assuntos com alguma confiança. — Se se interessa por arte, creio que lhe posso mostrar algumas coisas que valem a pena ser vistas.

— Obrigado. Em troca, um dia, mostrar-lhe-ei uma notável colecção de fotografias que possuo, muitas delas feitas por mim. Atrevo-me a pensar que lhe irão ensinar alguma coisa.

— Sem dúvida — disse *Sir* Charles. — Vamos regressar à galeria? Tenho alguns tesouros lá que a fotografia não conseguirá superar durante algum tempo ainda.

— Vamos pela estufa — disse Jane. — O senhor não gosta de flores, Sr. Smi.... Nunca me consigo lembrar do seu nome.

— Muito — respondeu Trefusis.

Levantaram-se e saíram, atravessando uma longa estufa. Aqui, *Lady* Brandon, vendo que Erskine estava a seu lado e *Sir* Charles à sua frente com Gertrude, olhou em volta tentando descobrir Trefusis, com quem pretendia namoriscar um pouco ao abrigo da desculpa de lhe mostrar as flores. Não o conseguiu ver em lado nenhum, mas ouviu os seus passos no corredor do lado oposto da estufa. Agatha também não estava visível. Jane, não se atrevendo a reorganizar a procissão com receio de que os seus planos se tornassem evidentes, teve de prosseguir ao lado de Erskine.

Agatha virara acidentalmente para o corredor oposto ao que os outros tinham escolhido. Assim que viu o que fizera e reparou que estava praticamente sozinha com Trefusis, que a seguira, culpou-o por isso, e estava prestes a refazer os seus passos quando ele disse friamente:

— Ficou chocada quando soube da morte súbita de Henrietta?

Agatha lutou consigo mesma durante alguns momentos e, de seguida, disse em voz baixa:

— Como se atreve a falar comigo?

— Porque não o deveria fazer? — perguntou ele, surpreendido.

— Não vou entrar numa discussão consigo. Sabe muito bem o que quero dizer.

— Quer dizer que está ofendida comigo. Isso é bastante claro. Mas quando me despeço de uma jovem em bons termos, e após alguns anos, durante os quais não nos encontrámos nem nos correspondemos, ela me pergunta como me atrevo a falar com ela, fico naturalmente surpreendido.

— Nós não nos despedimos em bons termos.

Trefusis alongou as sobrancelhas, como se tentasse também alongar a sua memória.

— Se isso não aconteceu — disse ele —, esqueci-me, pela minha honra. Quando nos despedimos, e o que aconteceu? Não pode ter sido nada de muito sério, ou eu deveria lembrar-me.

O seu esquecimento magoou Agatha.

— Não há dúvida de que está muito habituado a... — conteve-se, e regressou com sucesso à sua forma habitual de tratar os cavalheiros. — Mal me lembro do que aconteceu, agora que começo a pensar no assunto. Alguma ninharia, suponho. Gosta de orquídeas?

— Elas não têm nada que ver com os assuntos presentes. Não está a falar a sério sobre as orquídeas e está a tentar fugir de um erro em vez de o esclarecer. Essa é uma política míope, sempre.

Agatha ficou alarmada, pois sentia que estava de regresso a antiga influência dele sobre ela.

— Não quero falar sobre isso — disse ela com firmeza.

A sua firmeza desaparecia perante ele.

— Eu nem sequer sei o que isso significa ainda — disse ele —, e quero saber, porque acredito que existe algum mal-entendido entre nós, e o truque que o seu género usa para perpetuar os equívocos consiste em proibir todas as alusões a eles. Talvez, ao deixar Lyvern tão apressadamente, me tenha esquecido de cumprir alguma promessa, ou de dizer adeus, ou alguma coisa desse tipo. Mas sabe que, de repente, fui chamado para longe? Recebi um telegrama a dizer que Henrietta estava a morrer e apenas tive tempo para trocar de roupa... lembra-se do meu disfarce... e apanhar o comboio expresso. E, afinal, ela estava morta quando lá cheguei.

— Eu sei disso — disse Agatha, inquieta. — Por favor, não diga mais nada sobre o assunto.

— Não, se isso a aflige. Deixe-me apenas manifestar a esperança de que não pense que a culpei pela sua participação no assunto ou que contei aos Jansenius sobre isso. Não o fiz. Sim, gosto de orquídeas. Uma planta que consegue subsistir sobre um pedaço de madeira é um exemplo de economia natu...

— O SENHOR culpa-me, A MIM — gritou Agatha. — *Eu* nunca contei nada aos Jansenius. O que teriam eles pensado de si caso eu o tivesse feito?

— Muito pior de si do que de mim, ainda que injustamente. A menina foi a causa imediata da tragédia. Eu fui apenas uma causa remota. O Sr. Jansenius não é capaz de ver ao longe quando há sentimentos envolvidos. Poucos homens são capazes de o fazer.

— Não o compreendo minimamente. A que tragédia se refere?

— À morte de Henrietta. Chamo-lhe uma tragédia convencionalmente. Na verdade, como é evidente, foi algo de bastante comum.

Agatha parou e olhou de frente para ele.

— O que quer dizer com o que acabou de afirmar? Disse que eu era a causa imediata da tragédia e diz que estava a falar da mo... da Henrietta. Eu não tive nada que ver com a doença dela.

Trefusis olhou para ela como se estivesse a ponderar se ela iria mais longe. Então, olhando-a com a curiosidade de um dissecador, disse:

— É estranho dizer isso, Agatha — (ela encolheu-se com orgulho ao ouvir a palavra). — A Henrietta poderia estar viva agora se não fosse por sua causa. Estou muito contente por ela não estar viva, por isso não precisa de se censurar por minha causa. Ela morreu devido à viagem que fez a Lyvern numa situação de grande excitação e aflição, e debaixo de intenso frio. Foi por sua causa que ela fez essa viagem, quando a Agatha lhe escreveu uma carta, que a fez ficar com ciúmes.

— Quer dizer que me acusa...

— Não, pare! — disse ele apressadamente, com o espírito de dissecador exorcizado pela voz trémula dela. — Eu não a acuso de nada. Porque não fala honestamente comigo quando está à vontade? Se confessar os seus verdadeiros pensamentos apenas sob tortura, quem poderá resistir à tentação de a torturar? Será preciso acusá-la de homicídio para a fazer falar de qualquer outra coisa que não das orquídeas?

Mas Agatha chegara à nova dedução a partir dos antigos factos e não se deixava convencer a repudiá-la.

— Não foi culpa minha — disse ela. — A culpa foi sua, totalmente sua.

— Completamente — concordou ele, aliviado por a ver indignada e não cheia de remorsos.

Mas ela não se sentia mais aliviada com aquela aquiescência verbal.

— O seu comportamento foi muito pouco cavalheiresco, e eu disse-lhe isso, e não o negou. Fingiu que... fingiu que tinha sentimentos... Tentou fazer-me acreditar que... Oh, sou uma idiota por falar consigo. Sabe muito bem o que quero dizer.

— Muito bem. Tentei fazê-la acreditar que estava enamorado de si. Como sabe se eu não estava mesmo enamorado?

Ela preferiu não responder, mas, enquanto ele aguardava calmamente, disse:

— Não tinha qualquer direito de estar.

— Isso não prova que não estivesse. Vá lá, Agatha, fingiu gostar de mim quando não me ligava o mínimo. Confessou isso mesmo naquela carta fatal, que tenho algures em minha casa. A carta tem um enorme rasgão e a marca do salto dela. Ela deve tê-la pisado com toda a raiva, coitada! Para lhe poder mostrar com a sua própria caligrafia o engano de que me acusou... sem provas... de a ter enganado.

— É inteligente e consegue virar as coisas do avesso. Que prazer lhe dá fazer-me sentir infeliz?

— Hã! — exclamou ele, com um riso abrupto, sardónico. — Não sei, acho que me enfeitiça.

Agatha não respondeu, mas caminhou rapidamente até à extremidade da estufa, onde os outros os aguardavam.

— Onde estiveram e o que estiveram a fazer todo este tempo? — perguntou Jane, assim que Trefusis surgiu apressado atrás de Agatha. — Não sei que nome lhe dão, mas acho que é perfeitamente vergonhoso!

Sir Charles ficou ruborizado perante o mau gosto da esposa, e Trefusis respondeu gravemente:

— Temos estado a admirar as orquídeas e a falar sobre elas. A menina Wylie interessa-se muito por elas.

Capítulo XIII

Certa manhã, Gertrude recebeu uma carta do pai:

Minha Querida Gerty: Acabei de receber uma conta no valor de 110 libras da *Madame* Smith para pagar os teus vestidos. Será que posso perguntar-te durante quanto tempo mais irá continuar este estado de coisas? Não será necessário dizer-te que não possuo os meios necessários para financiar tais extravagâncias. Tenho, como sabes, sempre grandes desejos de que te possas arranjar num estilo digno da tua posição, mas a não ser que consigas arranjar-te sem teres de me pedir para pagar centenas de libras todas as temporadas à *Madame* Smith, seria melhor desistires da sociedade e ficar em casa. Não tenho maneira nenhuma de poder pagar esta importância. Tanto quanto posso ver, debutares na sociedade não te serviu de muito. Fui obrigado a levantar 500 libras no mês passado do Franklands e será muito mau se precisar de levantar mais para pagar à tua costureira. Podias, ao menos, empregar uma pessoa educada, ou alguém cujos encargos sejam moderados. A *Madame* Smith diz-me que não vai esperar mais e cobra 50 libras por um único vestido. Espero que compreendas que esta situação tem de terminar.

Ouvi a tua mãe dizer que o jovem Erskine está contigo em casa dos Brandon. Não o tenho em grande conta. Ele não tem grandes posses, nem é provável que venha a ter, pois dedicou-se à poesia e a coisas dessas. Disseram-me também que um homem chamado Trefusis está frequentemente de visita aos Beeches. Deve ser um pateta, pois concorreu às últimas eleições em Birmingham e acabou em último lugar, com trinta e dois votos, autodesignando-se social-democrata ou uma dessas patetices estrangeiras, em vez de afirmar, como um verdadeiro homem, que era um radical. Suponho que se acha muito importante, pois a mãe era dos Howard de Breconcastle, pelo que ele é de bom sangue, embora o pai fosse um zé-ninguém. Quem me dera que ele tivesse as tuas contas para pagar, pois poderia substituir-me com uma grande vantagem, após os meus vinte e cinco anos de serviço.

Como estou a pensar em fazer algumas obras na casa, preferia que não regressasses este mês, caso possas ficar com os Brandon. Dá lembranças minhas ao Sr. Brandon e os nossos melhores cumprimentos à sua esposa. Agradeço-te se puderes colher algumas folhas de cicuta e enviá-las para mim. Preciso delas para o meu bálsamo, já que os químicos que os farmacêuticos vendem não são bons. Os olhos da tua mãe estão novamente em mau estado, e o teu irmão Berkeley tem andado metido no jogo, e parece pensar que eu tenho de pagar as suas dívidas. Estou muito preocupado com tudo isto e espero que, até resolveres assentar, sejas mais sensata e não mandes estas contas para mim. Estás a divertir-te longe de todos os dissabores, mas eles caem duramente sobre

O teu querido pai,

C. B. LINDSAY.

Um esboço ténue das linhas que o Tempo tencionava vir a gravar sobre a testa de Gertrude surgiu enquanto lia a carta, mas ela apressou-se a dar os melhores cumprimentos do almirante ao seu anfitrião e anfitriã, e conversou com emoção sobre a saúde da mãe com ambos. Depois do almoço, dirigiu-se à biblioteca e escreveu a sua resposta:

BRANDON BEECHES

Terça-feira.

Querido Papá: Tendo em conta que já lá vão mais de três anos desde que pagou pela última vez à *Madame* Smith, e que, nessa altura, a conta dela, que incluía o meu vestido para a corte, foi apenas de 150 libras, não vejo como poderia eu ter sido mais económica, a menos que julgue que tenho de andar vestida com farrapos. Lamento que a *Madame* Smith lhe tenha pedido o dinheiro numa altura tão inconveniente, mas quando lhe implorei que pagasse alguma coisa em Março do ano passado disse-me para a manter calada fazendo-lhe uma grande encomenda. Não estou surpreendida por ela não ser muito educada, pois tem muitas filhas de comerciantes entre as suas clientes, e essas pagam-lhe mais de 300 libras por ano pelos seus vestidos. Neste momento, estou a usar uma saia que foi mandada fazer há dois anos.

Sir Charles vai à cidade na quinta-feira e levar-lhe-á a cicuta. Diga à mamã que existe aqui uma velha que conhece uma cura maravilhosa para a vista cansada. Ela não diz quais são os ingredientes, mas cura toda a gente e não vale a pena dar a um oculista dois guinéus para ele dizer que ler na cama faz mal aos olhos, quando sabemos muito bem que a mamã não vai deixar de fazer isso. Se pagar as dívidas do Berkeley, não se esqueça de que ele me deve 3 libras.

Está aqui uma outra colega dos meus tempos de escola a passar uma temporada, e acho que o Sr. Trefusis terá o prazer de pagar as contas dela um dia destes. Ele é um animal de estimação de *Lady* Brandon. A princípio, *Sir* Charles ficou furioso porque ela o convidou para vir até cá, e todos nós ficámos surpreendidos com isso. O indivíduo tem má reputação e liderou uma multidão que derrubou o muro do parque, e nós pensávamos que ele não teria a coragem de aparecer aqui depois disso. Mas ele não se parece importar com o facto de desejarmos a sua presença ou não e aparece por aqui quando lhe apetece. Como fala com inteligência, achamo-lo uma dádiva de Deus neste lugar aborrecido. Não é realmente um paraíso como parece pensar, mas não precisa de recear o meu regresso mais cedo.

A sua querida filha,

Gertrude Lindsay.

Depois de Gertrude fechar a carta e rasgar a do pai, não pensou mais em nenhuma delas. Poderiam tê-la feito infeliz caso a tivessem encontrado feliz, mas como o descontentamento sem esperança era o seu estado normal, e a alegria nada mais era do que um acidente raro, os excertos recriminatórios do pai apenas serviam para a pôr de mau humor, e não para a decepcionar ou humilhar minimamente.

Sentindo vontade de praticar algum exercício, resolveu levar a carta ao posto de correios da aldeia e regressar pela Riverside Road, onde vira alguns arbustos de cicuta. Teve o cuidado de sair sem que dessem por isso, para que Agatha não se voluntariasse a ir com ela, ou para que Jane não declarasse a sua intenção de a levar ao posto de correios à tarde, e ficar de mau humor durante o resto do dia, a menos que a viagem até à aldeia fosse adiada até essa altura. Levou consigo, como protecção contra os vagabundos, um grande são-bernardo chamado *Max*. O animal, que era jovem e entusiasta, gostava muito dela e expressara isso mesmo com franqueza e alarido. E ela, cujos afectos eram escassos tanto em casa como na companhia de outras pessoas, encorajara-o com mais carinho do que jamais demonstrara por qualquer ser humano.

Na aldeia, depois de ter enviado a carta, seguiu por uma rua que levava à Riverside Road. *Max*, sem saber por que razão ela escolhia o caminho mais longo para chegar a casa, protestou parando no meio da rua, abanando rapidamente a cauda e produzindo latidos roucos.

— Não sejas estúpido — disse Gertrude impacientemente. — Vou por este caminho.

Max, aparentemente compreendendo-a, correu atrás dela, passou-a e desapareceu no meio de uma nuvem de poeira levantada pelo seu esforço para se certificar de que a deixara bem para trás. Quando regressou, ela deu-lhe um beijo no nariz e fez uma corrida com ele até também ela ficar ofegante e ter de parar para recuperar o fôlego, enquanto ele saltava de um lado para o outro e latia ferozmente. Há muitos anos que ela não brincava daquele modo e, só de pensar nisso, chegaram-lhe as lágrimas aos olhos. De forma muito rabugenta, mandou *Max* calar-se, caminhou lentamente para se acalmar e abriu a sombrinha para evitar que o sol lhe provocasse sardas.

O Sol atingira o meridiano. Num declive à direita de Gertrude, a Sallust's House, com as suas paredes cor de canela e orlas amarelas, dava um ar estranho à paisagem, que no restante era extremamente inglesa. Passou pela casa sem se lembrar sequer de quem lá vivia. Mais abaixo, nuns terrenos baldios separados da estrada por uma vala seca e por um muro baixo de barro, havia um arbusto de cicuta, quase com seis metros de altura, que envenenava o ar com o seu odor. Atravessou a vala, retirou um par de luvas de jardinagem da cesta de palha entrançada à mão e manteve-se ocupada com as folhas de cicuta, puxando as mais tenras, separando-as do caule e enchendo o cesto com o emaranhado. Esqueceu-se de *Max* até que a impressão de um silêncio de morte, como se a terra tivesse parado, a levou a olhar em volta com um vago terror. Trefusis, com a mão abandonada sobre o cão, que tentava enfiá-la o mais possível na sua boca, estava a poucos metros dela e observava-a atentamente. Gertrude empalideceu e saiu apressadamente do meio dos arbustos. Nesse momento, teve uma sensação estranha, como se algo tivesse acontecido muito acima da sua cabeça. Ouviu-se um rosnido ameaçador, uma exclamação de comando e seguiu-se uma pausa inexplicável, após o que deu consigo deitada sobre a relva, com a sombrinha entre os seus olhos e o sol. Uma lambidela repentina da língua molhada e quente de *Max* na orelha direita fizeram-na mexer-se. Sentou-se e viu Trefusis de joelhos a seu lado, segurando a sombrinha com uma expressão despreocupada, enquanto *Max* fungava em frente dela com uma ansiedade inquieta.

— Tenho de ir para casa — disse ela. — Tenho de ir para casa imediatamente.

— De maneira nenhuma — disse Trefusis, tentando acalmá-la. — Acabaram de mandar dizer que está tudo resolvido satisfatoriamente e que não precisa de ir.

— Ai, sim? — perguntou ela desanimadamente. Nesse instante, deitou-se de novo e pareceu-lhe que decorrera muito tempo. De repente, lembrando-se que Trefusis a apoiara suavemente com a mão para a impedir de cair para trás muito bruscamente, levantou-se de novo e, desta vez, manteve-se de pé com a ajuda dele.

— Preciso de ir para casa — disse ela novamente. — É uma questão de vida ou de morte.

— Não, não — disse ele suavemente. — Está tudo bem. Pode confiar em mim.

Ela olhou para ele com toda a seriedade. Ele pegara-lhe na mão para a segurar, pois ela balançava ligeiramente.

— Tem a certeza? — perguntou ela, segurando no braço dele. — Tem mesmo a certeza?

— Tenho a certeza absoluta. Sabe que tenho sempre razão, não sabe?

— Sim, oh, sim. Sempre me disse a verdade... — Nesse instante, os seus sentidos recuperaram repentinamente. Soltando a mão dele, como se esta escaldasse, disse bruscamente: — Do que está a falar?

— Não sei — disse ele, retomando a atitude indiferente com uma risada. — Está melhor? Deixe-me levá-la de carruagem até Beeches. O meu estábulo fica aqui muito perto. Consigo preparar uma carruagem em dez minutos.

— Não, obrigado — disse Gertrude com altivez. — Não quero ir de carruagem. — Fez uma pausa e acrescentou com alguma perplexidade: — O que aconteceu?

— Desmaiou e...

— Eu não desmaiei — disse Gertrude, indignada. — Eu nunca desmaiei na minha vida.

— Sim, desmaiou.

— Perdoe-me, Sr. Trefusis. Eu não desmaiei.

— Ora pense um pouco. Eu estava a passar por este campo quando a vi a colher cicuta. A cicuta é interessante por causa de Sócrates, e a menina era interessante por ser uma jovem que estava a colher veneno. Portanto, parei para a observar. De repente, saiu dos arbustos como se tivesse visto uma cobra. Depois, caiu nos meus braços, o que me levou a supor que teria desmaiado, e o *Max*, concluindo que deveria ser culpa minha, quase se atirou à minha garganta. A menina foi fortemente afectada pelo odor da cicuta aquática, que já deveria estar a inalar há dez minutos, ou mais.

— Eu não sabia que havia algum tipo de perigo — disse Gertrude, cabisbaixa. — Senti-me muito cansada quando saí. Foi por causa disso que fiquei tanto tempo caída da segunda vez. Na verdade, não o consegui evitar.

— Não ficou muito tempo caída.

— Não quando caí pela primeira vez. Foi apenas por alguns segundos, eu sei. Mas devo ter ficado caída durante quase dez minutos, depois de ter recuperado.

— Ficou quase durante um minuto insensível quando caiu da primeira vez, e quando recuperou, descansou apenas cerca de um segundo. Depois disso, delirou, e eu inventei respostas adequadas até que, de repente, me fez perguntas sobre o que estava eu a dizer.

Gertrude enrubesceu um pouco perante a possibilidade de ter delirado de forma indiscreta.

— Foi extremamente pateta da minha parte ter desmaiado — disse ela.

— Não o poderia ter evitado, é apenas humana. Acompanho-a até Beeches.

— Obrigada, mas não o vou incomodar — disse ela rapidamente.

Ele abanou a cabeça.

— Não sei quanto tempo poderá durar o efeito dessa abominável cicuta aquática — disse ele —, e não me atrevo a deixá-la ir-se embora sozinha. Se quiser, posso deixá-la ir na carruagem com o meu jardineiro, mas preferia ser eu a acompanhá-la.

— Está a preocupar-se desnecessariamente. Vou a pé. Estou muito bem outra vez e não preciso de qualquer ajuda.

Começaram a andar sem trocar mais palavras. Gertrude tinha de concentrar todas as suas energias para esconder dele que se sentia tonta. A dormência e a lassidão apoderavam-se dela e começava a desejar que tudo aquilo fosse apenas um sonho quando ele a despertou, dizendo:

— Segure-se no meu braço.

— Não, obrigado.

— Não seja tão absurdamente obstinada. Terá de se apoiar na cerca se recusar a minha ajuda. Lamento não ter insistido em ir buscar a carruagem.

Desde a infância que ninguém falava naquele tom a Gertrude.

— Estou muito bem — disse ela bruscamente. — O senhor é realmente muito intrometido.

— A menina não está bem e sabe disso. No entanto, se fizer um esforço corajoso, provavelmente será capaz de caminhar até casa sem a minha ajuda e o esforço até poderá fazer-lhe bem.

— O senhor é muito rude — disse ela peremptoriamente.

— Eu sei — respondeu ele calmamente. — Vai encontrar três classes de homens que serão educados para si: os escravos, os homens que têm em elevada consideração os seus próprios modos e que não terão consideração por si, e os seus amantes. Eu não sou nenhum deles e, portanto, retribuo os seus maus modos com juros. Por que motivo resiste ao seu anjo bom suprimindo os impulsos naturais e sinceros que a afectam com bastante frequência, e que, por vezes, trazem um olhar ao seu rosto que seria capaz de domesticar um urso, um olhar que se apressa a extinguir da mesma maneira que um ladrão apaga a lanterna ao ouvir o som de passos?

— Sr. Trefusis, não estou habituada a que me dêem lições.

— É por isso que lhas dou. Senti-me curioso em ver como a sua boa educação, na qual me parece que sente algum orgulho, lhe poderia servir em circunstâncias totalmente novas, como, por exemplo, as de um homem que fala francamente consigo. Qual é o resultado da minha experiência? Em vez de me repreender com a doçura e a dignidade que eu não poderia esperar de si, apesar da minha observação passada, grosseiramente repeliu a minha oferta de um apoio que necessita, diz-me que sou muito rude, muito intrometido e, em suma, faz tudo o que lhe é possível para tornar a minha posição desagradável e humilhante.

Ela olhou para ele com altivez, mas a expressão dele não demonstrava qualquer ofensa ou receio, e ele continuou, sem resposta.

— Eu poderia suportar tudo isso de uma mulher trabalhadora sem manifestar qualquer protesto, pois ela não me deveria quaisquer favores de modos ou de moral. Mas a menina é uma senhora. Isso significa que muitas pessoas morreram à fome e trabalharam que nem escravas em indecoroso desconforto para que a menina possa ter mãos brancas e intactas, roupas requintadas e modos refinados, para que a menina possa ser uma fonte viva das influências que suavizam as nossas naturezas e vidas. Quando um objecto tão dispendioso quanto uma senhora se deixa quebrar ao primeiro toque de uma mão firme, parece-me que tenho todos os motivos para reclamar.

Gertrude continuou rapidamente em frente e disse entredentes:

— Não quero ouvir nenhum dos seus absurdos pontos de vista, Sr. Trefusis.

Ele riu-se.

— Dos meus absurdos pontos de vista! — disse ele. — Sempre que faço uma observação inconveniente é desdenhada como sendo a expressão de certas manias perigosas, pelas quais supostamente sou afectado. Quando indico a *Sir* Charles que um dos seus artistas favoritos não observou rigorosamente um objecto antes de o tentar desenhar, ele responde: «Sabe que nossos pontos de vista são diferentes em relação a estes assuntos, Trefusis.» Quando disse ao tutor da menina Wylie que o seu esquema de emigração era pouco mais do que uma fraude, ele disse: «Tem de me desculpar, mas não posso partilhar dos seus pontos de vista peculiares.» Um dos meus pontos de vista neste momento é que a menina Lindsay é mais amável sob a influência da cicuta do que sob a influência do sistema social que a tornou tão infeliz.

— Bem! — exclamou Gertrude, indignada. De seguida, depois de uma pausa: — Eu tinha a impressão de que tinha aceitado a companhia de um cavalheiro. — Depois, após outra pausa, vendo que Trefusis continuava bastante tranquilo: — Como sabe que estou infeliz?

— Por causa de um certo defeito no seu semblante, que não tem a beleza suprema da felicidade. E por causa de um certo defeito na sua voz, que nunca desaparecerá até que aprenda a amar ou a sentir piedade daqueles com quem fala.

— Está enganado — disse Gertrude, com um calmo desdém. — Não me compreende minimamente. Estou particularmente ligada às minhas amigas.

— Então nunca a vi na companhia delas.

— Continua a estar enganado.

— Então, como pode falar como fala, olhar como olha, agir como age?

— O que quer dizer? COMO é que olho e ajo?

— Como se fosse uma das grades de Belgrave Square, amaldiçoada com a consciência de si mesma, com medo do julgamento das outras grades e dúvidas sobre a sua aptidão para estar na mesma fila que elas. É fria, desconfiada, cruel com as pessoas nervosas ou desajeitadas, e tem mais medo das críticas das pessoas com quem dança e janta do que da sua consciência. Tudo isso impede-a de ter a aparência de um anjo.

— Obrigada. Acha que fazer elogios é a atitude perfeita do comportamento cavalheiresco?

— Tenho vindo a fazer-lhe muitos elogios? A última observação que lhe fiz não tinha essa intenção. Pela minha honra, os anjos não me decepcionarão se não forem mais belos do que a menina seria se tivesse no rosto o olhar e na voz o tom que mencionei há pouco. Dificilmente a poderá desagradar ouvir isso. Se eu fosse particularmente bonito, gostaria que mo dissessem.

— Sinto muito não lho poder dizer.

— Oh! Ah, ah! Que resposta, menina Lindsay! Não tem pena nenhuma de não mo dizer, até fica bastante contente com isso.

Gertrude sabia disso, e indignou-se consigo mesma, não porque a sua resposta era falsa, mas porque a considerava muito pouco adequada para ser pronunciada por uma senhora.

— Não tem o direito de me irritar — exclamou ela, sentindo-se precisamente assim.

— Nenhum — disse ele, humildemente. — Se o fiz, perdoe-me antes de nos separarmos. Não a acompanharei mais. O *Max* dará o alarme caso desmaie na avenida, o que não me parece provável acontecer, pois já esqueceu tudo o que se passou com a cicuta.

— Oh, que loucura! — gritou ela. — Deixei lá a minha cesta.

— Não se preocupe, vou encontrá-la, enchê-la e mando-lha.

— Obrigado. Peço desculpa por o incomodar.

— Por nada. Espero que não queira a cicuta para se ver livre do fardo da vida.

— Que patetice. Quero-a para o meu pai, que a usa como medicamento.

— Trarei eu próprio o cesto amanhã. Não será demasiado tarde?

— Não. Não tenho pressa. Obrigado, Sr. Trefusis. Adeus.

Ela estendeu-lhe a mão e até sorriu um pouco, e, de seguida, partiu rapidamente. Ele ficou a olhar para ela enquanto percorria a avenida debaixo das faias. Em certo momento, quando ela passou por uma faixa de luz do Sol proveniente de uma abertura entre as árvores, revelou-se uma figura tão linda com o seu vestido de Primavera, violeta e branco, que os olhos dele faiscaram. Retirou do bolso o bloco de notas e escreveu o nome dela e a data, com uma breve nota.

— Descongelei-a — disse para si próprio, enquanto guardava o bloco de notas. — Deverá aprender uma lição ou duas para contar aos filhos antes de eu acabar de lhe dar alguns ensinamentos. Além disso, é uma frívola sem grande educação, ou não insistiria tanto na sua educação. A Henrietta costumava usar um vestido como aquele. Ainda bem que não há qualquer perigo de se sentir insultada por mim.

Virou-se e viu passar uma velhota, dobrada sob o peso de um molho de paus. Olhou para ela com curiosidade, e ela retribuiu-lhe o olhar com uma careta, apressando-se a seguir em frente.

— Olá — disse ele.

Ela deu mais alguns passos, mas não teve coragem para continuar e parou.

— É a Sra. Hickling, não é?

— Sim, meu senhor.

— É a mulher que levou um velho portão de madeira que estava nas terras de *Sir* Charles Brandon no Inverno passado e que utilizou para lenha. Esteve presa durante sete dias por causa disso.

— Pode mandar-me para a prisão outra vez, se quiser — respondeu ela, com uma voz trémula, enquanto se preparava para se afastar. — Mas o Senhor far-me-á justiça um dia. Malditos sejam os que oprimem os pobres e necessitados. É um dos sete pecados mortais.

— Essas ripas verdes em cima das suas costas são os restos do portão do meu jardim — disse ele. — Levou a primeira metade no último sábado. Da próxima vez que precisar de combustível, venha a minha casa e peça carvão, e deixe os meus portões em paz. Acho que pode desfrutar da lareira sem ter de roubar o combustível. Em troca do meu portão, diga-me uma coisa que preciso de saber.

— Além do mais é um cavalheiro amável, senhor. Abençoado seja.

— Para que serve a cicuta?

— A cicuta, gentil cavalheiro? Para o mal, senhor, com toda a certeza.

— Úlceras escrofulosas — exclamou ele, recuando. — O pai daquela bela menina! — Virou costas e seguiu em direcção a casa, avançando com a cabeça inclinada e murmurando: — Tudo está podre até aos ossos. Oh, civilização! Civilização! Civilização!

Capítulo XIV

— O que aconteceu à Gertrude? — perguntou Agatha certo dia a *Lady* Brandon.

— Porquê? Aconteceu alguma coisa com ela?

— Não sei, nunca mais foi a mesma desde que se envenenou. E por que motivo não contou nada sobre o assunto? Se não fosse o Trefusis, nunca teríamos sabido de nada.

— A Gertrude sempre guardou segredo de todas as coisas.

— Depois de aquilo ter sucedido, ficou terrivelmente maldisposta durante dois dias e agora está completamente mudada. Entra em grandes devaneios e não ouve uma única palavra do que acontece à sua volta. Depois, recomeça a vida e pede perdão com a maior das doçuras por não ter ouvido o que lhe dissemos.

— Detesto quando ela se mostra educada, pois não é nada natural nela. Quanto a ir dormir, isso é o efeito da cicuta. Conhecemos um indivíduo que tomou uma colherada de estricnina no banho e nunca mais foi o mesmo.

— Acho que ela está a preparar-se para incentivar o Erskine a avançar — disse Agatha. — Quando aqui cheguei, ele nem sequer ousava falar com ela, ou, pelo menos, ela desdenhava-o em todas as ocasiões. Agora deixa-o dizer tudo o que lhe apetece e, na verdade, manda-o fazer alguns recados e até permite que ele carregue as coisas dela.

— Sim. Nunca vi ninguém como a Gertrude na minha vida. Em Londres, se os homens lhe prestavam algum tipo de atenção, ela criticava-os por serem intrometidos, e se a deixavam sozinha, ficava enraivecida por ter sido negligenciada. O Erskine é suficientemente bom para ela, acho eu.

Nesse instante, Erskine apareceu à porta e olhou em volta da sala.

— Ela não está aqui — disse Jane.

— Estou à procura de *Sir* Charles — disse ele, retirando-se de uma forma um pouco rígida.

— Que mentira! — disse Jane, desconcertada pela reacção dele à brincadeira que ela tentara fazer. — Há dez minutos, ele estava a conversar com *Sir* Charles na sala de bilhar. Os homens são uns tontos vaidosos!

Agatha encaminhara-se para a janela e olhava descontente para o exterior, como fizera muitas vezes na escola quando estava sozinha, e como também fazia agora por vezes em sociedade. A porta abriu-se novamente e apareceu *Sir* Charles. Também ele olhou em volta, mas, quando o seu olhar errante recaiu sobre Agatha, lançou âncora, e ele entrou.

— Está ocupada neste momento, menina Wylie? — perguntou ele.

— Sim — disse Jane apressadamente. — Ela vai escrever uma carta para mim.

— Realmente, Jane — disse ele —, acho que já tens idade suficiente para escrever as tuas próprias cartas sem incomodar a menina Wylie.

— Quando escrevo as minhas próprias cartas, descobres sempre erros nelas — retorquiu Jane.

— Pensei que talvez pudesse divertir-se tentando fazer um dueto comigo — disse ele, voltando-se para Agatha.

— Sem dúvida — respondeu ela, na esperança de apaziguar a situação ao mostrar-se disponível para satisfazer a vontade dele. — A carta poderá ser escrita a qualquer hora antes da chegada do carteiro.

Jane enrubesceu e disse imediatamente:

— Vou escrevê-la eu mesma se não a queres escrever.

Sir Charles perdeu completamente a cabeça.

— Como podes ser tão grosseira? — disse ele, voltando-se para a esposa. — Que objecção tens ao facto de eu cantar duetos com a menina Wylie?

— Que bela linguagem essa! — disse Jane. — Eu nunca disse que me opunha e não tens o direito de a arrastar para o piano precisamente quando ela ia escrever uma carta para mim.

— Eu não quero que a menina Wylie faça nada, a não ser o que lhe apetecer. Parece-me que escrever cartas para os teus comerciantes não deverá ser uma ocupação lá muito agradável.

— Peço-lhes que não se incomodem comigo — disse Agatha. — Não é nenhum problema. Eu costumava escrever todas as cartas da Jane na escola. Se calhar, posso escrever primeiro a carta e depois fazemos o dueto. Não se importa de aguardar cinco minutos?

— Posso aguardar o tempo que a menina entender, como é evidente. Mas parece-me um abuso absurdo em relação à sua bondade e perante o qual não posso deixar de protestar!

— Ah, deixa-o ficar à espera — exclamou Jane. — Que confusão tão ridícula só porque pedi à Agatha que me escrevesse uma carta, e apenas porque ele quer que ela toque consigo os seus duetos! Estou certa de que ela está mais do que farta desses duetos.

Para escapar à altercação, Agatha encaminhou-se para a biblioteca e escreveu a carta. Quando voltou à sala de estar, não encontrou ali ninguém, mas *Sir* Charles entrou naquele momento.

— Sinto muito, menina Wylie — disse ele, enquanto abria o piano para ela —, que tenha de se incomodar porque a minha esposa é pateta o suficiente para sentir ciúmes.

— Ciúmes!

— Claro que sim. Que idiotice!

— Oh, está enganado — disse Agatha, incrédula. — Como poderia ela sentir ciúmes de mim?

— Ela sente ciúmes de tudo e de todos — respondeu ele amargamente. — E não se preocupa com ninguém, nem com nada. Não imagina o que, por vezes, tenho de aturar.

Agatha pensou que a atitude mais discreta seria sentar-se imediatamente e começar a tocar «I Would that My Love». Enquanto tocava e cantava, pensou no que *Sir* Charles acabara de deixar escapar. Ela encontrara nele uma companhia agradável, alegre, que gostava de música e divertimento, era educado e atencioso, apreciador dos seus talentos, de raciocínio rápido sem ser opressivamente inteligente e, sendo um homem casado, mostrava-se desinteressado nas suas atenções. Mas agora ocorria-lhe que talvez tivessem passado demasiado tempo juntos nos últimos tempos.

Nessa altura, já *Sir* Charles se tinha desviado da sua parte para a dela, e voltava a chamá-la para a música, parando para lhe perguntar se estava a tocar correctamente. Sabendo por experiência própria qual deveria ser a dificuldade que ele estava a sentir, Agatha tocou a nota pretendida e continuou. Já não cantavam há muito tempo quando Jane regressou e se sentou, na esperança de que a sua presença não os perturbasse. Mas perturbou-os. Agatha suspeitava de que Jane estava ali apenas para os observar, e *Sir* Charles sabia isso. Além disso, *Lady* Brandon, mesmo quando a sua mente estava tranquila, era habitualmente irrequieta. Não podia falar por causa da música e, apesar de ter um livro aberto nas mãos, não conseguia ler e observar em simultâneo. Bocejou e inclinou-se sobre uma das extremidades do sofá até que, prestes a debruçar-se em demasia, recuperou a posição inicial com um salto prodigioso. O chão vibrava devido a cada um dos seus movimentos. Por fim, não se conseguiu manter durante mais tempo em silêncio.

— Oh, meu Deus! — disse ela, bocejando de forma bem audível. — Devem ser cinco horas, no mínimo.

Agatha virou-se sobre a banqueta do piano, com a sensação de que a música e *Lady* Brandon eram incompatíveis. *Sir* Charles tentou conter a irritação por causa da presença da hóspede.

— Provavelmente, o relógio poderá informar-te — disse ele.

— Obrigado, por nada — disse Jane. — Agatha, onde está a Gertrude?

— Como poderá a menina Wylie dizer-te onde está ela, Jane? Acho que hoje enlouqueceste.

— É provável que esteja a jogar bilhar com o Sr. Erskine — disse Agatha, interpondo-se rapidamente para evitar uma resposta de Jane e a sequela habitual de uma disputa doméstica.

— Acho que é muito estranho que a Gertrude passe o dia inteiro com o Chester na sala de bilhar — disse Jane, descontente.

— Não vejo a mais pequena inconveniência nisso — disse *Sir* Charles. — Se a nossa hospitalidade não coloca a menina Lindsay acima de qualquer suspeita, seria uma vergonha para nós. Como te sentirias se alguma outra pessoa fizesse essa observação?

— Oh, que coisa! — disse Jane irritada. — Estás sempre a pregar longos sermões por causa de tudo e de nada. Eu não disse que havia algum tipo de inconveniência em relação à Gertrude. Na minha opinião, ela é demasiado educada para ser agradável.

Sir Charles, incapaz de se conter por mais tempo, franziu a testa e saiu da sala, sendo ainda apressado por uma risada desdenhosa de Jane.

— Nunca sejas tão pateta ao ponto de te casares — disse ela, assim que ele saiu. Olhou para cima enquanto falava e ficou assustada ao ver Agatha sentada ao piano, com os tornozelos a balançar ao estilo da velha escola.

— Jane — disse ela, olhando friamente para a sua anfitriã —, sabes o que eu faria se fosse *Sir* Charles?

Jane não sabia.

— Arranjava um grande pau, espancava-te até ficares toda negra e, de seguida, trancava-te num sítio qualquer a pão e água, durante uma semana.

Jane semiergueu-se, vermelha e irritada.

— Por... porquê? — perguntou ela, voltando a cair sobre o sofá.

— Se eu fosse um homem, não iria, por simples cavalheirismo, deixar que uma mulher me tratasse como se fosse um cão problemático. Estás a precisar de levar uma bela surra.

— Gostava de ver alguém dar-me uma surra — disse Jane, erguendo-se novamente e exibindo a sua formidável figura. Nesse instante, começou a chorar e disse: — Não aceito que me digam essas coisas em minha própria casa. Como te atreves?

— Mereces isso por sentires ciúmes de mim — disse Agatha.

Os olhos de Jane dilataram-se com raiva.

— Eu...! Eu...! Ciúmes de ti! — Olhou em volta, como se procurasse um míssil. Não encontrando tal arma, sentou-se novamente e disse numa voz abafada pelas lágrimas: — Ci... Ciúmes de TI, de facto!

— Tens boas razões para isso, pois ele gosta mais de mim do que de ti.

Jane abriu a boca e os olhos convulsivamente, mas soltou apenas um suspiro, e Agatha prosseguiu calmamente:

— Eu sou educada com ele, coisa que tu nunca és. Quando ele fala comigo, permito que ele termine a frase, sem expressar, como tu fazes, uma conclusão antecipada que não vale a pena. Não bocejo, nem converso enquanto ele está a cantar. Quando ele conversa comigo sobre arte ou literatura, sobre as quais ele sabe o dobro de mim, e pelo menos dez vezes mais do que tu — (Jane ofegou outra vez): —, não dou uma resposta pateta, nem me viro para o vizinho do lado com uma observação sobre as mesas ou o tempo. Quando ele está disposto a que sejam agradáveis com ele, como sempre acontece, eu manifesto a disposição de ser agradável. E é por isso que ele gosta de mim.

— Ele NÃO gosta de ti. Ele é assim com todas as pessoas.

— Excepto para com a sua esposa. Ele gosta tanto de mim que tu, sendo uma grande pateta, vieste até aqui para assistir aos nossos duetos e foste o mais desagradável possível, enquanto eu procurava ser o mais encantadora possível. O pobre homem ficou com vergonha de ti.

— Não ficou nada — disse Jane, a soluçar. — Eu não fiz nada. Eu não disse nada. Não vou suportar isto. Vou pedir o divórcio. Vou...

— Vais emendar as tuas atitudes, se ainda tiveres algum bom senso — disse Agatha impiedosamente. — Não faças tanto barulho, ou alguém virá ver o que se está a passar, e eu terei de sair do piano, onde estou muito confortável.

— És tu quem está com ciúmes.

— Oh, será isso, Jane? Eu ainda não permiti a *Sir* Charles que se enamorasse de mim, mas posso fazê-lo muito facilmente. Quanto apostas que se eu quisesse ele me dava um beijo antes de amanhã à noite?

— Seria muito mesquinho e sórdido da tua parte se ele fizesse isso. Pareces pensar que posso ser tratada como se fosse uma criança.

— Mas és uma criança — disse Agatha, descendo do banco e preparando-se para sair. — De vez em quando, uns estalos faziam-te bem.

— Não tens nada que ver com o facto de eu concordar com o meu marido ou não — disse Jane, com um furor repentino.

— Não, se discutires com ele em particular, como fazem os casais bem-educados. Mas, quando isso ocorre na minha presença, deixa-me desconfortável, e não gosto de me sentir desconfortável.

— Nem sequer estarias aqui se não te tivesse convidado.

— Ora pensa como seria maçadora esta casa sem a minha presença, Jane!

— De facto! Não era maçadora antes de aqui chegares. Pelo menos, a Gertrude sempre se comportou como uma senhora.

— Lamento que o exemplo não tenha servido de absolutamente nada para ti.

— Não suporto mais isto — disse Jane, com um soluço e mergulhando no sofá, de tal maneira que os lustres do candeeiro ficaram a abanar. — Não te teria convidado se pensasse que podias ser tão odiosa. Nunca mais te convido para cá vires.

— Vou fazer com que *Sir* Charles se divorcie de ti por incompatibilidade de temperamentos e se case comigo. Nessa altura, ficarei com esta casa só para mim.

— Ele não se pode divorciar de mim por causa disso, graças a Deus. Não sabes do que estás a falar.

Agatha riu-se.

— Vá lá — disse ela, bem-humorada —, não sejas uma burra velha, Jane. Limpa o rosto antes que alguém te veja, e lembra-te do que te disse acerca de *Sir* Charles.

— É muito difícil aceitar que me chames burra em minha própria casa.

— É mais difícil ser tratado como tal, como acontece com o teu marido. Vou ter com ele à sala de bilhar.

Jane correu atrás dela e agarrou-a pela manga.

— Agatha — implorou —, promete-me que não vais ser má. Diz-me que não vais apaixonar-te por ele.

— Vou pensar nisso — respondeu Agatha com seriedade.

Jane soltou um gemido e afundou-se numa cadeira, que rangeu com o choque. Agatha virou-se para a porta e, vendo-a abanar a cabeça, pressionar os olhos e bater com o calcanhar num frenesim contido, disse rapidamente:

— Aqui estão os Walton, os Fitzgeorge e o Sr. Trefusis, que vão subir as escadas. Como está Sra. Walton? *Lady* Brandon ficará muito satisfeita quando a vir. Boa noite, Sr. Fitzgeorge.

Jane levantou-se, limpou os olhos e, com as mãos sobre os cabelos, para os alisar, correu para um espelho. Ao ver que nenhum visitante aparecia, percebeu que fora, talvez pela centésima vez na sua vida, vítima de um embuste inventado por Agatha. Esta, satisfeita com o sucesso da sua tentativa para reconquistar a antiga ascendência que tinha sobre Jane, pois tinha feito isso com algum receio, apesar da sua aparente confiança, desceu para a biblioteca, onde encontrou *Sir* Charles que tentava esquecer melancolicamente os problemas domésticos dedicando-se à crítica de arte.

— Pensei que estava na sala de bilhar — disse Agatha.

— Apenas espreitei lá para dentro — respondeu ele. — Mas, como vi que algo de especial estava a acontecer, achei melhor escapulir-me, e, desde esse momento, tenho estado para aqui, sozinho.

O algo de especial que *Sir* Charles não quisera interromper era apenas um jogo de bilhar.

Era a primeira oportunidade de Erskine para falar com Gertrude à vontade e sozinho. No entanto, a conversa entre ambos nunca fora tão banal. Ela, porque gostava de bilhar, jogava muito bem e conversava com indiferença. Ele jogava mal e abordava temas triviais, contra a sua própria vontade. Depois de jogarem durante uma hora e meia, Gertrude anunciara que aquele jogo seria o último. Ele pensou desesperadamente que se continuasse a falhar tantas jogadas o jogo terminaria rapidamente e nunca mais voltaria a ter uma oportunidade como aquela. Estava determinado a dizer-lhe sem mais delongas que a adorava, mas, quando abriu os lábios, surgiu uma pergunta descabida relativa à maneira persa de jogar bilhar. Gertrude nunca estivera na Pérsia, mas já tinha visto alguns tacos de bilhar orientais no museu da Índia. O povo hindu não era maravilhoso no trabalho de filigrana, de tapetes e de coisas como essas? Será que ele não achava que o intrincado dos padrões de tapetes deles era um defeito? Algumas pessoas fingiam admirá-los, mas será que não era um absurdo? Será que o chão moderno polido, com um tapete no meio, não era muito superior aos velhos tapetes que se ajustavam nos cantos da sala? Sim. Muito superior. Muito...

— Ora, em que está o senhor a pensar hoje, Sr. Erskine? Jogou com a minha bola.

— Estou a pensar em si.

— O que disse? — perguntou Gertrude, não se apercebendo do tom sério que ele dera à conversa e preparando o taco para dar mais uma tacada. — Oh! Estou a jogar tão mal como o senhor. Essa foi a pior tacada que já dei, acho eu. Peço desculpa. Acabou de dizer alguma coisa.

— Já me esqueci. Nada de importante — e Erskine gemeu perante a sua própria cobardia.

— Acho que será melhor pararmos — disse ela. — Não serve de nada terminar o jogo se as nossas mãos estão cansadas. Estou um pouco cansada disto...

— Certamente, se assim deseja.

— Posso terminar, se quiser.

— De maneira nenhuma. Conforme lhe apetecer. Para mim, é igual.

Gertrude fez uma pequena reverência e bateu à toa nas bolas com o taco. Os olhos de Erskine vaguearam de um lado para o outro, e movimentou irresolutamente os lábios. Tomara a decisão de fazer uma declaração franca, de coração aberto. Tinha-se imaginado no acto de pegar na mão de Gertrude com toda a delicadeza e dizer: «Gertrude, amo-a. Posso dizer-lho?» Mas este esquema parecia-lhe agora impossível.

— Menina Lindsay.

Gertrude, inclinando-se sobre a mesa, olhou para cima alarmada.

— O momento presente é uma oportunidade para eu... para eu... para eu terei...

— Ter — disse Gertrude.

— Desculpe?

— TER — repetiu Gertrude. — Alguma vez estudou a doutrina da necessidade?

— A doutrina da necessidade? — perguntou ele, confuso.

Gertrude passou para o outro lado da mesa para apanhar uma bola. Adivinhava o que estava para acontecer e estava disposta a permitir que acontecesse, não porque tencionasse aceitar, mas porque, tal como outras jovens com experiência em cenas deste género, contava as propostas de casamento que recebia da mesma maneira que um índio americano conta os escalpes de que se apodera.

— Temos passado uns dias muito agradáveis aqui — disse ele, admitindo como inexplicável a relevância da doutrina da necessidade. — Pelo menos, eu tenho passado uns dias agradáveis.

— Bem — disse Gertrude, ressentindo-se rapidamente de uma alusão imaginada ao seu descontentamento privado —, também eu tenho passado alguns dias agradáveis.

— Sinto-me satisfeito com isso, mais do que consigo expressar por palavras.

— Passa-se alguma coisa consigo? — perguntou ela, seguindo o percurso desagradável que ele inconscientemente abordara e suspeitando de alguma piedade nos seus esforços para ser simpático.

— Quem me dera que assim fosse. A felicidade da minha visita deve-se inteiramente a si.

— Sem dúvida — disse Gertrude, estremecendo à medida que se recordava de todas as coisas duras que Trefusis lhe dissera sobre si mesma à custa da alusão infeliz de Erskine ao poder que ela tinha para se divertir.

— Espero não estar a fazê-la sofrer — disse ele seriamente.

— Não sei do que está a falar — disse ela, mantendo-se em pé, com uma súbita impaciência. — Parece pensar que é muito fácil fazer-me sofrer.

— Não — disse ele timidamente, intrigado com o efeito que produzira. — Receio que me entenda mal. Estou muito estranho. Talvez seja melhor não dizer mais nada. — Gertrude afastou-se para arrumar o taco, dando a entender que isso era algo em que ele deveria ponderar bem, pois ela não pretendia ralar-se com o assunto. Quando o enfrentou de novo, reparou que ele ficara parado e estava desanimado, com uma expressão melancólica, como se fosse um cão que tivesse oferecido uma carícia e tivesse recebido antes um pontapé. Os remorsos e uma vaga sensação de que havia algo de vil na sua atitude para com ele apoderaram-se de Gertude. Olhou para ele por um instante e abandonou a sala.

O olhar dela entusiasmou-o. Não o compreendia, nem tentou compreendê-lo, mas era um olhar que nunca antes vira na cara dela ou na de qualquer outra mulher. Parecia-lhe uma revelação momentânea do que ele tinha escrito em *Os Mártires Patriotas*, como «O mistério glorioso do coração de uma mulher», e isso fazia-o sentir inadequado para as relações sociais normais. Apressou-se a sair da casa, caminhou rapidamente pela avenida até à casa do guarda da propriedade, onde deixara a bicicleta, disse ali que ia fazer um passeio e que provavelmente não regressaria a tempo do jantar, montou na bicicleta e seguiu de forma imprudente ao longo da Riverside Road. Em menos de dois minutos, passou pelo portão da Sallust's House, onde quase atropelou uma velhota carregada com um cesto de carvão e que largou o cesto para gritar imprecações na sua direcção. Advertido por esta atitude de que o ritmo a que seguia era perigoso, diminuiu um pouco a velocidade e pouco depois avistou Trefusis deitado na margem do rio, com o rosto apoiado nos cotovelos e entretido a ler com toda a atenção. Erskine, que o presenteara alguns dias antes com uma cópia de *Os Mártires Patriotas e Outros Poemas*, tentou vislumbrar o livro sobre o qual Trefusis se detinha com tal seriedade. Era um Almanaque, cheio de figuras. Erskine seguiu em frente, com repugnância, consolando-se com a recordação do rosto de Gertrude.

A estrada desviava-se depois em direcção ao interior, afastando-se do rio e subindo um declive acentuado, no cimo do qual Erskine se virou e olhou para trás. A luz começava a ficar avermelhada, e as sombras alongavam-se. Trefusis continuava prostrado no prado, e a velha estava no meio dos campos, a recolher cicuta.

Erskine desceu o declive a grande velocidade e não olhou para trás novamente até chegar, ao cair da noite, aos arredores de uma cidade, onde comprou uma cerveja e uma sanduíche, que comeu com pouco apetite. Gertrude provocara nele uma tal perturbação que se sentia impaciente para comer.

A escuridão instalara-se. Erskine estava a muitos quilómetros de Brandon Beeches e não conhecia bem o caminho de volta. De repente, decidiu terminar a declaração inacabada daquela noite. Não podia regressar com rapidez suficiente para satisfazer a sua impaciência. Tentou seguir por um atalho, perdeu-se, perdeu quase uma hora a tentar encontrar a estrada principal e, finalmente, chegou a uma estação de comboios a tempo de apanhar um comboio que o levou até chegar a um quilómetro do destino.

Quando se levantou das almofadas da carruagem, reparou que estava um pouco cansado e montou rigidamente na bicicleta. Mas a sua resolução era tão ardente como sempre fora, e o seu coração batia forte quando, depois de deixar a bicicleta na casa do guarda da propriedade, subiu a avenida no meio da maior escuridão por entre as faias. Ao aproximar-se da casa, ouviu as primeiras notas de «Grudel perche Finora» e pisou suavemente sobre a relva para que as suas passadas no cascalho não despertassem os cães e os fizessem estragar a harmonia com latidos. Um ruído fê-lo parar e ficar à escuta. Foi então que ouviu a voz de Gertrude sussurrar no meio da escuridão:

— O que pretendia dizer com o que me disse lá dentro?

Uma sensação extraordinária abalou Erskine. Ideias confusas de uma terra de fantasia inundaram a sua imaginação. Seguiu-se uma amarga decepção, como aquela que resulta do acordar de um sonho feliz, quando ouviu a resposta através da voz de Trefusis, mais harmoniosa do que nunca:

— Apenas que o firmamento de estrelas que estão acima de nós não é mais ilimitado do que o meu desprezo pela menina Lindsay, nem mais brilhante do que as minhas esperanças em Gertrude.

— Serei sempre a menina Lindsay para si, se faz favor, Sr. Trefusis.

— Nunca será a menina Lindsay para mim, mas somente para aqueles que não podem ver através dela até à sua alma, que é a Gertrude. Há milhares de meninas Lindsay no mundo, formais e falsas. Há apenas uma Gertrude.

— Eu sou uma menina desprotegida, Sr. Trefusis, e o senhor pode chamar-me o que lhe apetecer.

Ocorreu a Erskine que era uma ocasião adequada para avançar e dar a Trefusis, cuja figura conseguia agora discernir vagamente, um murro. Mas hesitou e a oportunidade passou.

— Desprotegida! — disse Trefusis. — Ora essa, está cercada e rodeada de convenções, leis e mentiras que afastariam a verdade dos lábios de qualquer homem cuja fé em Gertrude fosse menos forte do que a minha. Vá ter com *Sir* Charles e diga-lhe o que eu disse à menina Lindsay, e, dentro de dez minutos, passarei por aqueles portões com um aviso para nunca mais voltar a aproximar-me deles. Estou nas suas mãos, e se estivesse unicamente nas mãos da menina Lindsay, o meu castigo seria rápido. Felizmente, a Gertrude, apesar de continuar a ver como até este momento, mas mais obscuramente, acha que a menina Lindsay é o seu inimigo mais complicado.

— Isso é ridículo. Eu não sou duas pessoas. Sou apenas uma pessoa. Que me importa se o seu desprezo por mim é tão ilimitado quanto as estrelas?

— Ah, então lembra-se disso, não é? Sempre que ouve um homem falar sobre as estrelas conclui que é um astrónomo ou um pateta. Mas a menina e uma bela noite estrelada fariam de qualquer homem um pateta.

— Não o compreendo. Tento, mas não consigo. Ou então, se me ponho a tentar adivinhar, não consigo dizer se está a falar a sério ou não.

— Estou a falar muito a sério. Abandone de vez e para sempre todas as dúvidas de que estou a brincar consigo, ou apenas a passar algumas horas de prazer, como fazem os homens quando estão na companhia das mulheres bonitas. Quero dizer o que digo literalmente, e no sentido mais profundo. Duvida de mim. Chegámos a tal ponto na sociedade que todas as pessoas suspeitam umas das outras. Mas seja qual for a verdade, mais cedo ou mais tarde, quem tiver a sagacidade suficiente para compreender a verdade ditará as regras. Agora permita-me que traga de volta a menina Lindsay, fazendo-lhe notar que estamos cá fora há dez minutos e que a nossa anfitriã não é mulher para permitir que a nossa ausência passe sem qualquer comentário.

— Vamos voltar lá para dentro. Obrigada por me lembrar disso.

— Muito obrigado por se ter esquecido.

Erskine ouviu os passos de ambos que se afastavam e pouco depois viu-os sob a luz que saía da portada aberta na sala de bilhar, através da qual entraram na casa. Trefusis, um homem que ele tinha visto naquele dia no meio de uma bela paisagem, cego a tudo, excepto a uma série de figuras num Almanaque, era o seu rival bem-sucedido, embora fosse evidente pelo som da sua voz que ele não amava (não podia amar) Gertrude. Só um poeta poderia amá-la. Trefusis não era poeta, mas um sórdido bruto, que só muito dificilmente poderia suscitar interesse em algo mais humano do que uma reunião pública, e não numa mulher, menos ainda numa mulher tão etérea como Gertrude. Apesar de ser muito orgulhosa, ela permitira que o indivíduo a insultasse e depois perdoara-lhe por causa de alguns elogios. Erskine sentia-se cada vez mais irritado e cínico. A situação não se coadunava com a sua poesia. Em vez de se sentir atingido no coração por uma tristeza solene, como aconteceria a um Mártir Patriota em circunstâncias semelhantes, sentia-se menosprezado e ridículo. Não estava convencido do que a princípio lhe parecera a característica mais evidente do caso, a inferioridade de Trefusis perante si próprio.

Manteve-se debaixo das árvores até Trefusis reaparecer no caminho de regresso a sua própria casa, fazendo, conforme pensava Erskine, tanto barulho com os calcanhares sobre o cascalho quanto um regimento de homens bem-educados. Parou por alguns momentos para fazer uma pergunta na casa do guarda da propriedade enquanto saía, e depois os seus passos morreram na distância.

Erskine, cheio de frio, com alguma dificuldade para se movimentar e com a sensação de que se aproximava uma forte constipação, entrou em casa e sentiu-se aliviado ao saber que Gertrude se ausentara, e que *Lady* Brandon, apesar de ter a certeza de que ele entrara de bicicleta no meio do rio, no escuro, tinha, ainda assim, mandado preparar uma ceia quente para ele.

Capítulo XV

Erskine rapidamente descobriu uma grande abundância de temas para o cinismo que acabara de nascer dentro de si. Os modos de Gertrude suavizaram-se de tal maneira que ele, acreditando que o coração dela pertencia ao rival, concluiu que ela procurava tentá-lo de maneira que ele fizesse uma proposta que ela não tinha qualquer intenção de aceitar. *Sir* Charles, a quem Erskine contou o que ouvira na avenida, manifestou a sua compreensão, mas ficou evidentemente satisfeito por saber que não havia nada de sério nas atenções que Trefusis dedicava a Agatha. Erskine escreveu três sonetos amargos sobre a amizade oca e mostrou-os a *Sir* Charles, que, não se apercebendo de que os deveria aplicar a si mesmo, elogiou-os muito e mostrou-os a Trefusis sem pedir permissão ao autor. Trefusis comentou que, numa sociedade corrupta, as expressões de insatisfação eram sempre atribuíveis à sensibilidade de um escritor, mas não pronunciou grandes louvores aos versos.

— Por que motivo se dedicou ele a escrever deste modo? — perguntou. — Sentiu-se desiludido de alguma forma nos últimos tempos? Já apresentou a proposta de namoro à menina Lindsay e foi rejeitado?

— Não — disse *Sir* Charles, surpreendido pela referência grosseira a um assunto que nunca antes tinham discutido. — Ele não tem qualquer intenção de apresentar uma proposta de namoro à menina Lindsay.

— Mas tinha a intenção de o fazer.

— Certamente que sim, mas desistiu da ideia.

— Porquê? — perguntou Trefusis, aparentemente desaprovando com toda a veemência tal renúncia.

Sir Charles encolheu os ombros e não respondeu.

— Lamento muito ouvir isso. Quem me dera que conseguisse fazê-lo mudar de ideias. É um indivíduo simpático e tem o suficiente para viver confortavelmente, apesar de ainda ser o que se chama um homem pobre, de tal modo que ela até poderia não se sentir minimamente interessada em casar com ele. Será muito bom para ela se se casar sem obter lucros pecuniários através do casamento. Mais tarde, acabará por ter mais respeito por si mesma e não desejará o que não pode ter, nem se sentirá envergonhada com a origem do marido, apesar de se casar apenas por amor. Faça com que se casem, caso consiga. Sinto alguma simpatia pela menina, pois ela tem bons instintos.

A suspeita de *Sir* Charles de que Trefusis estava efectivamente a fazer a corte a Agatha regressou depois desta conversa, que ele repetiu a Erskine, o qual, muito aborrecido porque os seus poemas tinham sido mostrados a um leitor do Almanaque, julgou que era apenas uma cortina de fumo no estratagema de Trefusis para conquistar Gertrude. *Sir* Charles ridicularizou essa perspectiva, e os dois amigos discutiram-na muito vivamente. Após o jantar, depois de as senhoras terem saído da sala, *Sir* Charles, arrependido e cordial, insistiu com Erskine para que falasse com Gertrude sem se preocupar quanto à sinceridade de Trefusis. Mas Erskine, sabendo-se incapaz de enfrentar uma recusa, mostrava-se relutante em se expor dessa maneira.

— Se tivesse ouvido o tom de voz dela quando perguntou se ele estava a falar a sério, não falaria comigo deste modo — disse ele desanimadamente. — Quem me dera que ele nunca tivesse vindo até aqui.

— Bem, isso, pelo menos, não foi culpa minha, meu caro amigo — disse *Sir* Charles. — Ele juntou-se a nós contra a minha vontade. E agora que parece ter razão, legalmente, em relação aos terrenos, pareceria despeito da minha parte se o mandasse embora. Além disso, ele realmente não é mau homem, se ao menos deixasse as mulheres sozinhas.

— Se ele se meter com a menina Lindsay, pedir-lhe-ei para atravessar o canal e dar-lhe-ei um tiro.

— Não me parece que ele atravessasse o canal — disse *Sir* Charles, com alguma hesitação. — Se estivesse no seu lugar, tentaria a sorte com Gertrude de imediato. Apesar do que ouviu, não acredito que ela se casasse com um homem da origem dele. É indubitável que o dinheiro que ele tem lhe confere alguma vantagem, mas a Gertrude já mandou homens mais ricos darem uma volta.

— Deixe lá a honestidade do homem — disse Erskine. — Posso estar errado, como é evidente, pois todos os homens são passíveis de errar quando se julgam a si próprios, mas acho que poderia fazê-la mais feliz do que ele.

Sir Charles não estava tão certo disso, mas respondeu alegremente:

— Certamente. Ele não é homem para ela, e o meu caro amigo é. Ele também sabe disso.

— Huuummpf! — murmurou Erskine, erguendo-se desanimadamente. — Vamos para cima. Adeus, amanhã vamos fazer-lhe uma visita. Passaremos pela casa dele e daremos uma vista de olhos à sua colecção de fotografias. Fotografias! Ah, ah. Maldita seja a sua casa! — disse ainda.

No dia seguinte, seguiram juntos até à Sallust's House. A casa ficava no meio de um terreno baldio, sem qualquer tipo de plantação em redor, excepto uma pequena horta nas traseiras. A casa do guarda à entrada estava desabitada, e os portões mantinham-se abertos, com poeira e folhas secas amontoadas atrás deles. Deste modo, fora concedida entrada livre a dois póneis vadios, a uma cabra e a um mendigo, que dormia na relva. A esposa do indivíduo estava sentada ao lado dele, observando-o.

— Apetece-me voltar para trás — disse *Sir* Charles, olhando em volta com um certo nojo. — Este lugar está escandalosamente negligenciado. Olhe só para aquele malandro a dormir à vista das janelas.

— Admiro o seu descaramento — disse Erskine. — Que belo par de póneis, também.

A Sallust's House era quadrada e tinha sido pintada em tom de canela. Por baixo da cornija, havia um friso amarelo com figuras de crianças a dançar, numa imitação das obras de Donatello, e muito mal executadas. Havia um pórtico descarnado de quatro colunas, pintadas de vermelho e um frontão simples, pintado de amarelo. As cores, que tentavam corresponder às das paredes, contrastavam desagradavelmente com elas, tendo sido aplicadas mais recentemente, aparentemente por um artista daltónico. A porta, sob o pórtico, estava aberta. *Sir* Charles tocou à campainha e uma mulher idosa respondeu, mas antes que pudessem dizer alguma coisa, apareceu Trefusis, vestido com uma jaqueta de pintor, em ganga branca. Seguindo-o, descobriram que a casa formava um quadrado oco, em redor de um pátio com um tanque afundado no meio e com um chafariz no centro do tanque. O pátio, outrora a céu aberto, estava agora coberto por um vidro empoeirado. A ninfa, que em tempos derramara a água para o chafariz, não deitava agora nada e estava mutilada, e o tanque estava parcialmente coberto por tábuas soltas, tendo, na parte exposta, um amontoado de carvão a um canto, um monte de batatas no outro, um barril de cerveja, alguns tapetes antigos, uma lona e uma canoa quebrada. O pavimento em mármore estendia-se até às paredes exteriores da casa e era coberto lateralmente pelos pisos superiores, que eram suportados por colunas caneladas de pedra, bastante manchadas e lascadas. A escadaria, em direcção à qual Trefusis conduziu os visitantes, era larga e situava-se na extremidade contrária à porta, dando acesso a uma galeria que conduzia aos aposentos superiores.

— Esta casa foi construída em 1780 por um antepassado da minha mãe — disse Trefusis. — Fazia-se passar por um homem de gosto requintado. Queria que este local fosse conservado para sempre... na verdade, usou essa expressão no testamento... como se fosse o quartel-general da família, e guardou aqui uma excelente biblioteca, que vim a considerar extremamente útil, pois todos os livros chegaram às minhas mãos em boas condições, a maior parte dos quais com as folhas ainda por cortar. Algumas pessoas apreciam bastante os exemplares das antigas edições com as folhas por cortar. Um negociante ofereceu-me trezentas e cinquenta libras por muitos desses livros. Acabei por ficar na posse de muitos fetiches da família: heranças, conforme são designados. Havia uma espada que um dos meus antepassados empunhou em Edgehill e em outras batalhas no tempo de Carlos I. Combatemos do lado errado, como é evidente, mas ainda assim a espada valeu trinta e cinco xelins. Se calhar, não acreditam que me ofereceram cento e cinquenta libras por uma taça em ouro que valia aproximadamente vinte e cinco libras, simplesmente porque, um dia, a rainha Isabel bebeu por ela. Este é o meu estúdio. Foi concebido para ser um salão de banquetes.

Entraram num compartimento que se estendia a todo o comprimento de uma das paredes da casa, perfurado num dos lados por quatro janelas altas, entre as quais havia quatro colunas, com capitéis coríntios que suportavam a cornija e que estavam semiafundadas na parede. Havia colunas semelhantes no lado oposto, mas entre elas, em vez de janelas, havia nichos em forma de arco, nos quais tinham sido colocadas estátuas de gesso em tamanho real, lascadas, partidas e cujo rosto fora apagado de uma forma extraordinária. O chão, com tábuas estreitas dispostas diagonalmente, não tinha tapete e não estava polido. O tecto estava adornado com frescos, que, de imediato, suscitaram o interesse de *Sir* Charles, e ele reparou, com indignação, que uma grande parte da pintura na extremidade norte tinha sido destruída e fora instalado um tecto em vidro. Num outro ponto, tinham sido inseridos parafusos para suportar as cordas de um trapézio e algumas outras peças de um aparelho de ginástica. As paredes estavam caiadas de branco e, a aproximadamente um metro e meio do chão, surgia uma faixa negra, resultante de memorandos escritos a lápis e alguns pequenos esboços escrevinhados sobre a tinta branca. Uma das extremidades do compartimento não estava mobilada, não tendo mais do que o aparelho de ginástica, uma câmara fotográfica, uma escada ao canto e uma mesa comum em cima da qual havia latas de óleo e frascos de tinta. Na outra extremidade, era possível ver um conjunto relativamente luxuoso constituído por uma grande estante, uma combinação elaborada de gabinete e secretária, uma prateleira na qual estava uma espingarda, um conjunto de folhas e um guarda-chuva, vários álbuns in-fólio sobre uma mesa, algumas cadeiras e sofás confortáveis, e um espesso tapete no chão. Ali perto, e aparentemente deslocado, havia um banco de carpinteiro, com as habituais ferramentas e uma série de tábuas de diferentes espessuras.

— Esta espécie de conforto está muito para além do que qualquer pessoa pode alcançar, a não ser que seja rica — disse Trefusis, voltando-se e surpreendendo os seus visitantes numa troca de olhares de espanto perante o seu gosto. — Tenho uma sala de estar ao estilo habitual para receber estranhos com os quais é necessário ser convencional, mas nunca entro nela, a não ser nessas ocasiões. O que acham disto para estúdio?

— Pela minha alma, Trefusis, acho que é louco — disse *Sir* Charles. — Este sítio parece ter sido objecto de um cerco. Como conseguiu quebrar as estátuas e lascar as paredes tão escandalosamente?

Trefusis retirou um jornal da mesa e disse:

— Ouçam isto: «Apesar da natureza desfavorável do tempo, o desporto do imperador e dos seus convidados na Estíria tem sido bem-sucedido. Em três dias, 52 camurças e 79 veados e cervos caíram perante 19 espingardas de um só cano, não permitindo o imperador que fossem abatidos mais nesta ocasião.» Partilho do prazer do imperador pelo tiro, mas não sou um carniceiro e não preciso da atracção real pelo sangue no meu desporto. Além disso, não partilho do gosto dos meus antepassados pela estatuária. Daí que... — Nesse instante, Trefusis abriu uma gaveta, retirou uma pistola e disparou sobre a deusa Hebe, situada no nicho mais distante.

— Muito bem! — disse Erskine friamente, enquanto o último fragmento da cabeça de Hebe se esmigalhava depois de ter sido atingido pela bala.

— Extremamente inútil — disse Trefusis. — Sou um bom atirador, mas de que me serve? De nada. Certa vez, encontrei um guarda de caça que era metodista. Era um orador muito eloquente, mas mau atirador. Se pudesse ter trocado de talentos comigo, ter-lhe-ia oferecido dez mil libras para que fizéssemos a troca de boa vontade, embora ele tivesse lucrado tanto como eu com essa troca. Não tenho mais desejo ou necessidade de ser um bom atirador do que de ser rei de Inglaterra, ou proprietário de um cavalo vencedor no Derby, ou de qualquer outra coisa igualmente ridícula, e ainda assim nunca falhei um objectivo na vida... muito obrigado, cega fortuna, por nada!

— Rei de Inglaterra! — disse Erskine, com uma risada desdenhosa, para mostrar a Trefusis que as outras pessoas eram tão amantes da liberdade quanto ele. — Não é absurdo ouvir uma nação vangloriar-se da sua liberdade e tolerar um rei?

— Oh, deixa lá o teu republicanismo, Chester! — disse *Sir* Charles, que, em privado, tinha uma opinião desfavorável do ponto de vista político de *Os Mártires Patriotas*.

— Não deixarei que me obrigues a manter-me calado em relação a esse ponto — disse Erskine. — Eu admiro um homem que mata um rei. Concorda comigo nesse aspecto, Trefusis, ou não concorda?

— Certamente que não — disse Trefusis. — Um rei, nos dias de hoje, é apenas um boneco que serve para desviar as atenções dos verdadeiros opressores da sociedade e a fracção do salário que um rei pode gastar conforme lhe apetecer é normalmente demasiado pequena para o risco que corre, para os problemas que enfrenta e para a situação de escravidão pessoal a que está reduzido. Que indivíduo em Inglaterra está em pior situação do que o nosso monarca constitucional? Negamos-lhe toda a privacidade. Ele não se pode casar com quem escolher, ligar-se a quem preferir, vestir-se de acordo com os seus gostos, ou viver onde lhe apetecer. Não acredito sequer que possa inclusivamente comer ou beber o que mais gosta. O seu gosto por tripas e cebolas poderia provocar um protesto do Conselho Privado. Impomos-lhe tudo o que deve fazer, excepto os seus pensamentos e sonhos, e até mesmo estes tem de os guardar para si próprio se, na nossa opinião, não forem adequados à condição que ocupa. O trabalho que o obrigamos a fazer implica todas as dificuldades de um trabalho repleto de simples tarefas. É infrutífero, incessante, monótono e tem de ser levado a cabo, na sua maior parte, com grandes aborrecimentos nervosos. Fazemos com que o seu reino seja uma tortura e obrigamo-lo a andar constantemente de um lado para o outro. Finalmente, depois de retirarmos ao rei tudo aquilo que os homens apreciam, atiramo-nos ao seu carácter e ao de todas as pessoas a quem ele se atreve a favorecer. Impomos-lhe despesas enormes, cerceamo-las e depois queixamo-nos da sua parcimónia. Usamo-lo da mesma maneira que eu uso aquelas estátuas: colocamo-lo num lugar de honra para nossa maior comodidade na hora de o desfigurarmos e abusarmos dele. Mandamo-lo passear pelas nossas cidades lotadas, proclamando que ele é a fonte de todo bem e de todo o mal no país, e ele, sabendo que muitas pessoas acreditam nisso, sabendo que isso é uma mentira, e que é impotente para reduzir o dia de trabalho nem que seja numa só hora, que é impotente para elevar os salários um cêntimo que seja, ou para anular a mínima sentença penal, por muito injusta que lhe possa parecer, sabendo que cada mineiro no reino pode fabricar dinamite, e que um revólver pode ser vendido por seis ou sete dinheiros, sabendo que não é à prova de bala e que todos os reis na Europa foram baleados nas ruas, tem de sorrir e curvar-se, e manter uma expressão divertida enquanto os presidentes de câmara e de empresas lhe infligem os discursos disparatados que já ouviu milhares de vezes antes. Não lhe peço que seja leal, Erskine, mas espero que, por simples humanidade, seja compreensivo para com a figura principal deste concurso, que não é mais responsável pelos muitos males e abominações que existem neste seu reino do que o *Lord Mayor* pelos furtos dos carteiristas que seguem a sua procissão no dia 9 de Novembro.

Sir Charles riu-se do incómodo a que Trefusis se dera para demonstrar a sua razão e afirmou, numa tentativa de amenizar a situação:

— Meu caro, os reis estão habituados a isso, esperam isso e gostam disso.

— E provavelmente não se vêem a si próprios da mesma maneira que eu os vejo, tal como as pessoas comuns — assentiu Trefusis.

— Que belo rosto! — exclamou subitamente Erskine, vendo uma fotografia numa esplendorosa moldura de ouro e coral, colocada num cavalete em miniatura e envolvida por veludo cor de rubi. Trefusis virou-se rapidamente, tão evidentemente grato que *Sir* Charles se apressou a dizer:

— Encantadora! — De seguida, olhando para o retrato, acrescentou, como se tivesse ficado ligeiramente surpreendido: — É, sem dúvida, um rosto extraordinariamente atraente.

— Há muitos anos — disse Trefusis —, quando vi esse rosto pela primeira vez, senti-me tal como vocês se sentem agora.

Seguiu-se um silêncio, com os dois visitantes a olharem para o retrato e Trefusis a olhar para eles.

— Curioso estilo de beleza — disse finalmente *Sir* Charles, já não com tanta certeza quanto anteriormente.

Trefusis riu-se de uma maneira desagradável.

— Reconhecem a artista... a amadora entusiástica... nela? — disse ele, abrindo uma outra gaveta e retirando um conjunto de desenhos, que entregou a ambos para que os analisassem.

— Muito bonitos. De facto, muito bonitos — disse *Sir* Charles. — Gostaria de conhecer a senhora.

— Estive muitas vezes prestes a queimá-los — disse Trefusis. — Mas continuam aí, e é provável que venham a continuar. O retrato já foi muitas vezes admirado.

— Pode apresentar-nos à original, meu caro? — perguntou Erskine.

— Não, felizmente. Ela está morta.

Desagradavelmente chocados, olharam ambos para Trefusis durante alguns momentos com aversão. De seguida, Erskine, virando-se com piedade e desilusão para a imagem, disse:

— Pobre rapariga! Era casada?

— Sim. Comigo.

— A Sra. Trefusis! — exclamou *Sir* Charles. — Ah! Pobre de mim!

Erskine, perante a prova de que era possível a uma bela rapariga aceitar Trefusis, não disse nada.

— Tenho sempre o retrato dela à minha frente para corrigir a minha amatividade natural. Enamorei-me e casei com ela. Enamorei-me mais uma ou duas vezes depois disso, mas um simples vislumbre da minha falecida Hetty curou-me de toda e qualquer inclinação para o casamento.

Sir Charles não respondeu. Ocorreu-lhe que o retrato de *Lady* Brandon, ainda que não restasse mais nada dela, podia continuar a ser útil.

— Vá lá, um dia destes voltará a casar-se — disse Erskine, num tom forçado de incentivo.

— É possível. Os homens devem casar-se, especialmente os homens ricos. Mas asseguro-lhes de que nesta altura não tenho qualquer intenção de o fazer.

O rubor de Erskine acentuou-se, e ele afastou-se em direcção à mesa onde estavam pousados os álbuns.

— Esta é a colecção de fotografias de que vos falei — disse Trefusis, seguindo-o e abrindo um dos livros. — Tirei muitas delas com grandes dificuldades no que diz respeito à luz, a única dificuldade que o dinheiro nem sempre pôde remover. Esta é uma perspectiva da casa do meu pai, ou melhor, de uma das suas casas. Custou setenta e cinco mil libras.

— Muito bonita, de facto — disse *Sir* Charles, secretamente revoltado por ser convidado para admirar uma fotografia, em tudo igual à que os agentes imobiliários exibem, de uma casa de campo vulgarmente concebida, simplesmente porque tinha custado setenta e cinco mil libras. Os números estavam efectivamente escritos por baixo da imagem.

— Esta é a sala de estar, e este é um dos melhores quartos. No canto direito da foto, pode ver-se uma nota com o custo do mobiliário, acessórios, bordados, e assim por diante. Eram extremamente luxuosos.

— Muito interessante — disse *Sir* Charles, mal disfarçando a ironia do comentário.

— Aqui está uma perspectiva... esta é a primeira das minhas tentativas... do apartamento de um criado. É confortável e espaçoso, e está solidamente mobilado.

— Vê-se.

— Aqui estão os estábulos. Não são bonitos?

— Palacianos. Muito palacianos.

— Têm todos os luxos que um cavalo poderia desejar, incluindo muitos criados particulares para os servir. Estão a ver os números, espero eu. Estão aqui os custos do edifício e as despesas com cada cavalo, por ano.

— Estou a ver.

— Aqui está o exterior de uma casa. O que acham?

— É um tanto pitoresca na sua dilapidação.

— Pitoresca! Gostaria de viver nela?

— Não — disse Erskine. — Não vejo nada de pitoresco nela. O que o levou a fotografar uma casa tão antiga e deplorável?

— Aqui está uma perspectiva do melhor quarto dessa casa. A fotografia permite termos uma noção adequada do chão partido e das janelas remendadas, mas terão de imaginar a sujidade e o cheiro daquele sítio. Algumas manchas foram provocadas pelo tempo, outras resultaram do fumo e da sujidade. O senhorio da casa trata dela em nome de um par do reino e aluga-a em partes. Três famílias ocupavam aquele quarto quando o fotografei. Vão poder ver pelos números no canto que é mais rentável para o senhorio do que uma casa média em Mayfair. Aqui está a adega, alugada a uma família por uma libra e seis dinheiros por semana, valor que é considerado uma ninharia. Como é evidente, o sol nunca brilha naquele sítio. Tirei a foto com luz artificial. Pode acrescentar-se à renda o custo de uma quantidade suficiente de cerveja má para tornar o inquilino insensível à sujidade daquele sítio. A cerveja é o clorofórmio que permite ao trabalhador suportar a dura provação da vida, é por isso que podemos ter sempre a certeza, enquanto bebemos tranquilamente o nosso vinho, de que a miséria daqueles malandros se fica a dever ao seu hábito de beber. Não encaramos esse hábito com bons olhos, porque, se eles conseguissem suportar a vida sem cerveja, poderíamos poupar o dinheiro que gastam em cerveja... ou seja, contratá-los por um salário mais baixo. Em suma, seríamos mais ricos, e eles viveriam mais sóbrios. Aqui está o pátio, cujos arranjos são indescritíveis. Sete dos habitantes daquela casa tinham trabalhado durante anos na fábrica do meu pai. Ou seja, tinham criado uma parte considerável dos vastos montantes de dinheiro que atraíram as vossas atenções e sobre os quais ficaram tão enojados comigo ainda há poucos instantes.

— De maneira nenhuma — retorquiu tenuemente *Sir* Charles.

— Podem ver como a condição destes homens contrasta com a dos cavalos do meu pai. Os sete homens a que já aludi, juntamente com três centenas de outros, foram mandados para a rua como indigentes por causa disto. — (Nesse instante, Trefusis virou uma folha e mostrou a fotografia de uma máquina elaborada.) — Esta máquina permitiu ao meu pai dispensar os serviços deles e substituí-los por um punhado de mulheres e crianças. Ele comprara a patente da máquina por cinquenta libras ao inventor, que ficou quase arruinado com as despesas em que incorreu por causa do seu engenho e que teria sacrificado tudo por um simples punhado de dinheiro a pronto. Aqui está um retrato do meu pai com as suas insígnias maçónicas. Ele acreditava que os maçons costumam ser bem-sucedidos na vida, e como o objectivo principal da sua vida era conseguir ser bem-sucedido, juntou-se a eles, e queria que eu fizesse o mesmo. Mas oponho-me a sociedades alegadamente secretas e trapaceiras, e não o quis fazer. Podem ver o que ele era: um homem de negócios corpulento, mandão e egoísta. Reparem no homem bem-sucedido, no príncipe dos mercadores com navios em todos os mares, no empregador de milhares de mãos, no contribuinte generoso para a caridade pública, no sacristão, no deputado e no patrono generoso dos seus parentes. Reparem na sua atitude de auto-regozijo que se esforça por combater a noção instintiva de baixeza do açambarcador de dinheiro, do larápio ignorante e ganancioso do trabalho de outros, do vendedor da sua própria mente e natureza em troca de luxos e iguarias, mas cujos costumes eram demasiado grosseiros para conseguir desfrutar deles, e para uma sociedade que lhe fazia sentir a sua inferioridade a cada passo.

— E o homem a quem deve tudo o que possui — disse Erskine, corajosamente.

— Eu tenho muito pouco. Tudo o que ele me deixou, com excepção de algumas fotos, já gastei há muito tempo, e até mesmo isso foi feito pelos seus escravos e não por ele. A minha riqueza advém todos os dias, de forma renovada, do esforço dos miseráveis que vivem nas cavernas que acabei de lhes mostrar, ou de alguns aristocratas do trabalho que estão a dez xelins por semana de ficarem ainda pior. No entanto, há uma certa desculpa para o meu pai. Certa vez, num motim eleitoral, entrei numa luta livre. Sou um homem pacífico, mas como tinha de lutar, caso contrário seria derrubado e espezinhado, troquei alguns golpes com homens que tinham, porventura, uma disposição tão pacífica quanto eu. O meu pai entrou numa competição livre (livre no sentido em que a luta é livre: isto é, sem lei): o meu pai teve de escolher entre ser escravo ou escravizar os outros. Optou por esta última possibilidade, e como foi aplaudido e conseguiu alcançar grandes feitos com o seu sucesso, quem se pode atrever a culpá-lo? Eu não. Além disso, fez alguma coisa para destruir a anarquia, o que lhe permitiu pilhar a sociedade com impunidade. Concedeu-me a mim, o seu inimigo, a arma poderosa de uma grande fortuna. Deste modo, o nosso sistema de organização da indústria por vezes permite chocar os ovos a partir dos quais nascem os seus próprios destruidores. *Lady* Brandon usa muitas rendas?

— Eu... Não. Isto é... Como raio posso saber, Trefusis? Que pergunta extraordinária!

— Aqui está uma fotografia de uma escola de rendas. Isto era uma sala suja, com menos de dois metros quadrados. Pavimentada com tijolos e onde as crianças não tinham autorização para usar as botas, para que as rendas não ficassem enlameadas. No entanto, como estavam vinte crianças a trabalhar lá durante quinze horas por dia (todas elas meninas), não sofriam muito com o frio. Estavam muito bem apertadas umas contra as outras, tanto quanto sei até estavam caladas. Por vezes, levavam três ou quatro xelins por semana para os seus afectuosos pais. Eram pequenas criaturas de dedos muito ágeis, intensamente dedicadas ao seu trabalho, pois a supervisora dava-lhes sempre uma pancada quando olhavam para cima ou para...

— Trefusis — disse *Sir* Charles, afastando-se da mesa —, peço-lhe que me perdoe, mas não tenho qualquer vontade de ficar aqui a ouvir horrores. Na verdade, não precisa de me pedir para ver a sua colecção. É sem dúvida muito interessante, mas não a consigo suportar. Não tem nada de agradável para me entreter?

— Pooh! O senhor é muito susceptível. No entanto, como é um principiante, vamos adiar o resto até estar um pouco mais familiarizado com tudo isto. Nem todas as fotos são horríveis. Cada um destes livros refere-se a um país diferente. Por exemplo, aquele contém fotos sobre a civilização moderna na Alemanha. Aquele é sobre a França, e aquele, sobre a Índia britânica. Aqui tem os Estados Unidos da América, terra da liberdade, palco do sufrágio da humanidade, terra sem rei e sem senhores, terra do Proteccionismo, do Republicanismo e do Programa Radical concretizado, onde todos os escravos pessoais negros foram transformados em escravos assalariados (tal como os sujeitos brancos que trabalhavam para o meu pai), com um custo de oitocentas mil vidas e uma riqueza incalculável. Os senhores e eu somos pobres em comparação com os grandes capitalistas desse país, onde os trabalhadores lutam por ossos com os chineses, como se fossem cães. Alguns desses grandes homens presentearam-me com fotografias dos seus iates e palácios, não prevendo a utilização que eu lhes daria. Aqui estão alguns retratos que não irão atormentar os seus sentimentos. Esta é a minha mãe, uma mulher de boas famílias, toda ela uma dama. Aqui está uma jovem de Lancashire, filha de um mineiro comum. Tem exactamente as mesmas características físicas que a minha bem-nascida mãe: a mesma cabeça pequena, traços delicados, e assim por diante. Podiam ser irmãs. Estes dois com aspecto de vilões poderiam ser irmãos gémeos, só que o da direita tem um traço de bom humor em relação ao outro. O indivíduo bem-humorado é um barqueiro no canal de Lyvern. O outro é um dos nobres mais antigos entre os Pares do Reino da Grã-Bretanha. Os dois ilustram o facto de a natureza, mesmo quando é pervertida por gerações de peste e fome, ignorar as distinções que estabelecemos entre os homens. Este grupo de homens e mulheres, todos eles razoavelmente inteligentes e de ar pensativo, são os chamados inimigos da sociedade: niilistas, anarquistas, comunistas, membros da Internacional, e assim por diante. Estes outros pobres diabos, preocupados, tensos, escrofulosos, estranhos, insípidos e um pouco grosseiros, aqui e ali com uma mulher sofrivelmente bonita, são reis, rainhas e grão-duques europeus, e outros semelhantes. Aqui estão os capitães de navios, os criminosos, os poetas, os homens da ciência, os pares do reino, os agricultores, os economistas políticos e os representantes de dezenas de graus. O objectivo desta colecção é ilustrar a desigualdade natural entre os homens, e o fracasso que a nossa desigualdade artificial tem quando faz tenção de lhe corresponder.

— Parece-me uma espécie de colecção infernal para perturbar as ideias das pessoas — disse Erskine. — Deveria denominá-la «Uma colecção de Paradoxos».

— Num estado racional da sociedade seriam paradoxos, mas agora o tempo dá-lhes razão, tal como ao paradoxo de Hamlet. É, no entanto, uma colecção de factos e não lhe vou atribuir qualquer nome fantasioso. Não gosta de números, pois não?

— A não ser que sejam de Fídias, sim.

— Aqui estão alguns, não de Fídias. Este é o balanço de uma tentativa que fiz há alguns anos para concretizar a ideia de uma Associação Internacional de Trabalhadores, vulgarmente conhecida como A Internacional, ou seja, um sindicato de todos os trabalhadores do mundo com vista à defesa dos interesses dos trabalhadores. Poderão ver os resultados. Despesas, quatro mil e quinhentas libras. Inscrições recebidas de trabalhadores, vinte e duas libras, sete dinheiros e dez meios dinheiros. Os operários britânicos demonstraram a noção de que tinham dos meus esforços para os emancipar acusando-me de ganhar dinheiro com a Associação, e juntando-se e apedrejando-me duas vezes. Agora ajudo-os apenas quando demonstram algum tipo de predisposição para se ajudarem a si mesmos. Ocupo-me, em parte, de elaborar um esquema para a reorganização da indústria e, em parte, atacando a minha própria classe, mulheres e tudo, como os estou a atacar a vocês.

— Receio que seja pouco útil atacar-nos — disse *Sir* Charles.

— É de grande utilidade — disse Trefusis com confiança. — Tem agora uma opinião muito diferente da nossa celebrada civilização da que tinha quando derrubei o muro e convidei aqueles fanáticos da Nacionalização das Terras a marcharem sobre as suas terras. Já viu nos meus álbuns algo que não tinha visto até há uma hora e, como tal, não é o mesmo homem que era há uma hora. As minhas fotos ficam na mente mais tempo do que as suas gravuras a água-forte, ou do que as coisas plúmbeas em que imagina ver ternas harmonias em cinza. O próximo drama de Erskine poderá dedicar-se à liberdade, mas os seus Mártires Patriotas terão algo de melhor para fazer do que pronunciar lengalengas contra reis-marionetas, e que em toda a sua vida nunca planearam secretamente estratagemas tão ignobilmente mesquinhos, gananciosos, cruéis e tiranos quanto os que são abertamente votados em Londres em cada uma das reuniões semestrais de distribuição de dividendos por vermes cujos miseráveis escravos dos salários labutam arduamente dezasseis horas em cada vinte e quatro.

— Qual será o fim de tudo isto? — perguntou *Sir* Charles, um pouco confuso.

— Socialismo ou Ruína. O socialismo se a corrida tiver, afinal, feito evoluir a faculdade de coordenar as funções de uma sociedade demasiado povoada e complexa para funcionar durante mais tempo de acordo com o antigo sistema aleatório da propriedade privada. Se não reorganizarmos a nossa sociedade de uma forma socialista (humanamente, uma iniciativa mais árdua e magnífica; economicamente, uma iniciativa mais simples e sólida), o Comércio Livre por si só arruinará a Inglaterra, e digo-vos exactamente de que modo fará isso. Quando o meu pai fez a sua fortuna, tivemos o impulso de todas as outras nações na organização da nossa indústria e no nosso acesso ao ferro e ao carvão. As outras nações compraram os nossos produtos por menos do que teriam gastado para os produzir internamente, e, apesar de tudo, por muito mais do que nos custam a nós, de tal modo que os lucros rolaram em ondas desde o Atlântico sobre os nossos capitalistas. Quando os trabalhadores, através dos seus sindicatos, exigiram uma parte dos lucros sob a forma de adiantamento dos salários, valeu a pena dar-lhes o pouco que se atreviam a pedir em vez de parar a recolha de ouro, entrar em luta contra eles e esmagá-los. Mas agora os nossos clientes criaram, nos seus próprios países, cópias melhoradas da nossa organização industrial e descobriram sítios onde o ferro e o carvão são ainda mais fáceis de arranjar do que actualmente em Inglaterra. Produzem para si próprios, ou compram num outro sítio, aquilo que anteriormente nos compravam a nós. Os nossos lucros estão a desaparecer, as nossas máquinas começam a ficar ociosas, os nossos operários estão a ficar sem trabalho. Hoje em dia, vale a pena parar as fábricas e combater e esmagar os sindicatos quando os operários fazem greve, não mais para obterem um adiantamento, mas contra uma redução dos salários. Hoje em dia, os sindicatos estão vencidos, impotentes, à deriva e prestes a entrar em falência, à medida que a proporção de homens desempregados nas suas fileiras se torna maior, pelo que estão a ser acarinhados e muito apreciados pela nossa classe, num sinal infalível de que não estão a progredir no seu dever de nos destruir. Os pequenos capitalistas foram deixados para trás pela maré, os grandes capitalistas vão seguir a maré e reconstruirão as suas fábricas em locais onde as máquinas a vapor, a força da água, a mão-de-obra e os transportes forem mais baratos do que são actualmente em Inglaterra, onde costumavam ser mais baratos. Os trabalhadores vão emigrar atrás dessas fábricas, mas multiplicar-se-ão mais rapidamente do que emigram, e ser-lhes-á dito que a sua exigência exorbitante de salários está a levar os capitais para o estrangeiro, e continuará a fazer isso enquanto houver um chinês ou um hindu desempregado capaz de oferecer o seu trabalho por um preço mais baixo. Como as fábricas britânicas estão a fechar, serão substituídas por moradias, as zonas industriais tornar-se-ão áreas da moda para os capitalistas que vivem dos juros dos investimentos estrangeiros, as quintas e explorações de criação das ovelhas serão derrubadas para que sejam criadas zonas de caça. Todos os produtos que puderem, consoante a natureza das coisas, ser fabricados em outros sítios que não os locais onde são consumidos serão importados para pagar as rendas das zonas de caça dos desportistas estrangeiros, ou dos dividendos devidos aos accionistas residentes em Inglaterra, mas que têm participações em empresas no estrangeiro, e essas importações não serão pagas pelas exportações, porque as rendas e os juros não são pagos de maneira nenhuma... um facto que os Comerciantes Livres ainda não vêem, ou, pelo menos, não mencionam, embora seja a chave para todo o mistério dos seus adversários. O apelo ao Proteccionismo tornar-se-á generalizado, mas ninguém se atreverá a recorrer a uma medida manifestamente absurda que deve aumentar os preços antes de fazer aumentar os salários, e que em lado nenhum conseguiu beneficiar os trabalhadores. Não haverá empregos para ninguém, excepto para fazer coisas que têm de ser feitas no próprio local, como desempacotar e distribuir produtos importados, prestar auxílio aos proprietários nas funções de empregados domésticos, ou na representação, pregação, pavimentação, iluminação, construção civil e outras coisas semelhantes; e alguns desses postos de trabalho empregarão cada vez menos pessoas, pois um capitalista acaba por considerar a ostentação como vulgar e dedica-se a uma vida mais simples. Haverá um vasto proletariado, a começar por um núcleo de ex-empregados do comércio de exportação, e que têm descendentes em cada vez maior número, que perderão o emprego para sempre. Irão exigir o acesso à terra e às máquinas de maneira a serem eles próprios a produzir. Isso ser-lhes-á recusado. Vão partir algumas janelas e serão dispersados, sendo lançado um aviso aos respectivos líderes. Vão queimar algumas casas e assassinar um polícia ou dois e, de seguida, alguém fará dos admoestados um exemplo. Vão revoltar-se e ser abatidos com metralhadoras... emigrados... exterminados de alguma forma; pois as classes proprietárias não fazem a mínima ideia de quais poderão ser os outros meios a usar para lidar com as reivindicações dos trabalhadores. Você mesmo, apesar de não dar imediatamente cinquenta libras para financiar o fundo de emigração de Jansenius, chamaria a polícia, os militares e apelaria à Lei Antimotim, se o povo viesse até Brandon Beeches e o expulsasse e mandasse trabalhar para ganhar a vida, tal como fazem as outras pessoas. Bem, depois de o proletariado supérfluo ser destruído, restará ainda uma população de capitalistas que viverá à custa das importações injustificadas e que será servida por um séquito de descontentes. Um dia, as importações injustificadas irão parar, em consequência da revolução e do repúdio no estrangeiro, da queda nas taxas de juros, da compra das indústrias pelos governos por grandes montantes, não reinvestíveis, ou por outro motivo qualquer. A nossa comunidade capitalista atirar-se-á, então, ao resto dos últimos dividendos, que gastará muito antes de conseguir recuperar a maquinaria extinta da produção a fim de se sustentar por si própria. Cavalos, cães, gatos, ratos, amoras, cogumelos e o canibalismo apenas adiam...

— Ah, ah, ah! — gritou *Sir* Charles. — Pela minha honra, a princípio pensei que estava a falar a sério, Trefusis. Vá lá, confesse, meu velho, tudo isto é apenas uma moda de pouca duração da sua parte. Começava a suspeitar de que estava um pouco destrambelhado — e piscou o olho a Erskine.

— O que acabei de lhes descrever é o resultado inevitável da nossa actual política de Comércio Livre sem o socialismo. A teoria do Comércio Livre é aplicável apenas a sistemas de troca, não a sistemas de espoliação. O nosso sistema é de espoliação e, caso não o abandonemos, teremos de regressar ao Proteccionismo, ou entraremos em ruína se continuarmos a seguir o caminho que acabei de descrever. Ora, antes de permitirmos que os proteccionistas triunfem, até os membros do exclusivo Cobden Club denunciarão a situação e salientarão aos proprietários de Inglaterra que têm de empregar escravos residentes em Inglaterra e, portanto, presumivelmente ingleses, ainda que não necessariamente. Isso abrirá finalmente os olhos à nação para o facto de a Inglaterra não ser propriedade dos ingleses. Depois de perceberem isso, rapidamente a transformarão em sua propriedade. Quando a Inglaterra for propriedade dos seus habitantes colectivamente, tornar-se-á socialista. A desigualdade artificial desaparecerá nessa altura, perante a liberdade efectiva de contratação. A liberdade de concorrência, ou uma emulação livre dessa condição, permitir-nos-á seguir em frente, e o Comércio Livre poderá finalmente cumprir as suas promessas.

— E aos preguiçosos e indolentes, o que lhes acontecerá? — perguntou Erskine.

— Que, na verdade, são vocês e eu — disse Trefusis —, morreremos à fome, julgo eu, a não ser que decidamos trabalhar, ou a não ser que nos concedam algum tipo de auxílio extremo por consideração para com a nossa fraca educação anterior.

— Quer dizer que nos irão saquear? — perguntou *Sir* Charles.

— Quero dizer que eles vão fazer com que nós deixemos de os saquear a eles. Se hesitarem no momento de nos deixarem sem nada, ou no momento de nos cortarem a garganta caso apresentemos algum tipo de resistência, demonstrarão mais misericórdia para connosco do que alguma vez demonstrámos para com eles. Pensem no que fizemos para conseguirmos rendimentos na Irlanda e na Escócia, e os nossos dividendos no Egipto, caso já se tenham esquecido das minhas fotografias e da sua lição relativamente às nossas atrocidades internas. Por que motivo assassinamos a grande massa destes trabalhadores com excesso de trabalho e dificuldades; o seu tempo médio de vida não é sequer metade do nosso tempo médio de vida. A natureza humana é a mesma neles e em nós. Se lhes resistirmos e conseguirmos alcançar sucesso na restauração da ordem, conforme lhe chamamos, iremos puni-los impiedosamente pela sua insubordinação, como fizemos em Paris, em 1871, onde, a propósito, lhes ensinámos uma dura lição sobre a loucura de conceder tréguas aos inimigos. Se eles nos vencerem, vamos ter de aceitar essa situação e seguramente servir-nos-á de lição. Será muito melhor se nos tornarmos honestos de imediato e evitarmos o derramamento de sangue. Não é assim, Erskine?

Erskine estava a pensar na resposta que poderia dar quando Trefusis o desconcertou tocando uma campainha. A mulher idosa apareceu de imediato, empurrando à sua frente uma mesa oblonga montada sobre rodas, como se fosse um carrinho de mão.

— Obrigado — disse Trefusis, e mandou-a embora. — Aqui está um pouco de bom vinho, um pouco de boa água, alguns bons frutos e um pouco de bom pão. Sei que preferem o vinho tal como gostam de uma boa criatura familiar. Quanto a mim, não faço qualquer distinção entre o vinho e outros venenos vegetais. Abstenho-me de todos eles. Água para a serenidade, vinho para a excitação. Eu, como tenho molas a ferver de emoção dentro de mim, nunca sinto falta da excitação, e tenho apenas de tentar encontrar a serenidade. No entanto — (nesse momento, retirou a rolha de cortiça da garrafa) —, uma taça generosa deste vinho fá-los-á sentir que nem deuses pelo menos durante meia hora. Que tal bebermos em honra da vossa conversão ao socialismo?

Sir Charles abanou a cabeça.

— Vá lá, o Sr. Donovan Brown, o grande artista, é um socialista e por que motivo não poderá o senhor sê-lo também?

— Donovan Brown — exclamou *Sir* Charles com interesse. — Será possível? Conhece-o pessoalmente?

— Aqui estão algumas cartas dele. Pode lê-las, pois o simples autógrafo desse homem é interessante.

Sir Charles pegou nas cartas e leu-as a sério, com Erskine inclinado por cima do seu ombro, também a tentar ler.

— Eu muito cordialmente concordo com tudo o que ele diz aqui — disse *Sir* Charles. — É bem verdade, bem verdade.

— É claro que concordam connosco. A eminência de Donovan Brown como artista conquistou para mim um recruta, e a sua eminência como baronete servirá para que eu possa conquistar alguns mais.

— Mas...

— Mas o quê? — perguntou Trefusis, abrindo habilmente um dos álbuns numa fotografia de um quarto asqueroso.

— Está contra isto, não está? Donovan Brown está contra isto, e eu estou contra isto. Pode discordar de nós em tudo o resto, mas você, neste caso, está do nosso lado. Não é assim?

— Mas isso pode ser o resultado da embriaguez, da imprevidência, ou...

— Os rendimentos do meu pai eram cinquenta vezes maiores do que os de Donovan Brown. Acredita que Donovan Brown é cinquenta vezes mais bêbado e imprevidente do que o meu pai?

— Certamente que não. Não nego que há muitas coisas importantes no que afirma. Ainda assim, está a pedir-me para dar um passo muito importante.

— Nem um pouco. Não lhe peço que se inscreva, participe ou se comprometa de alguma outra forma com qualquer sociedade ou conspiração. Só quero o seu nome para referir em privado aos cobardes que acham que o socialismo está certo, mas que não o afirmam porque não lhes parece que isso seja respeitável. Não se envergonharão das suas convicções quando descobrirem que um baronete partilha dessas mesmas convicções. O socialismo já lhe está a oferecer alguma coisa, está a ver: uma boa utilização para o seu título, que até agora era inútil.

Sir Charles enrubesceu ligeiramente, consciente de que o exemplo do seu pintor favorito o tinha influenciado mais do que a sua própria convicção ou os argumentos de Trefusis.

— O que acha, Chester? — perguntou. — Vai aderir?

— Erskine já está comprometido com a causa da liberdade devido à sua obra publicada — disse Trefusis. — Três dos panfletos naquela prateleira contêm citações de *Os Mártires Patriotas*.

Erskine corou, lisonjeado por ser citado, uma atenção que tinham demonstrado para com ele apenas uma vez anteriormente, e depois por um crítico que tivera o objectivo de demonstrar que *Os Mártires Patriotas* era uma obra com uma gramática algo desleixada.

— Vá lá! — disse Trefusis. — Posso escrever a Donovan Brown para lhe dizer que as suas cartas conquistaram o parecer cordial e a simpatia de *Sir* Charles Brandon?

— Certamente, certamente. Isto é, se o meu nome desconhecido for do mais pequeno interesse para ele.

— Muito bem — disse Trefusis, enchendo o seu copo com água. — Erskine, vamos brindar ao nosso irmão social-democrata.

Erskine riu-se bem alto, mas não entusiasticamente.

— Que burro que é, Brandon! — disse ele. — Você, com uma grande propriedade e montes de ouro investido nos caminhos-de-ferro, está a denominar-se a si próprio social-democrata! Vai vender tudo e distribuir a sua riqueza... vender tudo o que tem e oferecê-lo aos pobres?

— Nem um cêntimo — respondeu Trefusis em vez dele e imediatamente. — Um homem não pode ser cristão neste país. Já tentei fazer isso e descobri que era impossível, tanto legalmente como *de facto*. Eu sou um capitalista e proprietário de terras. Tenho acções nos caminhos-de-ferro, acções nas minas, acções na construção, acções nos bancos e acções de todos os géneros, e que me causam grandes problemas. Mas essas acções não representam uma riqueza real, pois são uma hipoteca sobre a mão-de-obra das futuras gerações de trabalhadores, que terão de trabalhar para me manter a mim e aos meus no ócio e no luxo. Se as vendesse, a hipoteca seria cancelada e as gerações futuras seriam libertadas da sua escravidão? Não. Passariam apenas para as mãos de um outro capitalista e a classe trabalhadora não ficaria em melhor situação graças ao meu auto-sacrifício. *Sir* Charles não pode obedecer ao mandamento de Cristo. Desafio-o a fazê-lo. Se ele oferecer as suas terras para ser construído um parque público, apenas as classes mais ricas terão momentos de lazer para desfrutar dessas terras. Se instalar esse parque à porta dos pobres, para que eles possam ao menos respirar o seu ar, aumentará o valor das casas vizinhas e obrigará os pobres a fugirem para longe. Se oferecer uma escola aos pobres, como Eton ou o Christ's Hospital, os ricos ficarão com ela para os seus próprios filhos, como fazem nesses dois casos que mencionei. *Sir* Charles não quer contribuir para a pobreza, mas aboli-la. Por muito que se dê aos pobres, tudo lhes será retirado novamente à força, com excepção de um salário de subsistência. Toda essa conversa sobre a prática do cristianismo, ou até mesmo sobre a simples justiça, não é actualmente mais do que um simples desperdício de palavras. Como é possível recompensar justamente um trabalhador quando não é possível determinar o valor do que ele faz, devido ao costume habitual de o roubar? Sei disso por experiência própria. Eu queria pagar um preço justo pelo túmulo da minha esposa, mas não consegui descobrir qual era o seu valor, e nunca conseguirei. O princípio em que assenta a entrega da nossa indústria nacional a saqueadores particulares, que obtêm uma recompensa para si próprios através da chantagem, corrompe-nos e paralisa-nos de tal modo que não podemos ser honestos, até mesmo quando queremos. E a razão por que suportamos isso com tanta calma é que poucas pessoas querem efectivamente ser honestas.

— Tenho de estudar essa questão do valor — disse *Sir* Charles com algumas dúvidas, voltando a encher a sua taça. — Pode recomendar-me um bom livro sobre o assunto?

— Qualquer bom tratado sobre economia política serve — disse Trefusis. — Na economia todos os caminhos levam ao socialismo, ainda que nove em cada dez casos, até agora, o economista não reconheça o seu destino e incorra na maldição pronunciada por Jeremias sobre aqueles que justificam uma acção maldosa com a recompensa obtida. Vou procurar um livro ou dois para si. E, se quiser visitar Donovan Brown da próxima vez que estiver em Londres, sei que ele terá o maior prazer em o receber. Ele encontra-se com muito poucas pessoas que simpatizem com ele em relação aos seus pontos de vista: sociais e artísticos.

Sir Charles sentiu-se bastante mais animado ao ser recordado de Donovan Brown.

— Encararei uma apresentação a Donovan Brown como uma grande honra — disse ele. — Não fazia a mínima ideia de que ele era seu amigo.

— Eu era um jovem socialista muito prático quando o conheci — disse Trefusis. — Quando Brown era ainda um desconhecido e extremamente pobre, a minha mãe, a pedido de um amigo dele, comprou caridosamente um dos seus quadros por trinta libras, que ele ficou extremamente contente por receber. Alguns anos depois, quando a minha mãe faleceu, e Brown já era famoso, ofereceram-me oitocentas libras pelo quadro, que era, a propósito e na minha opinião, muito mau. Contudo, depois de contabilizar os habituais juros injustos sobre as trinta libras, ao longo dos quase doze anos decorridos, a venda do quadro conceder-me-ia um lucro de mais de setecentas e cinquenta libras, um incremento imerecido e ao qual eu não tinha qualquer direito. O meu advogado, a quem mencionei o assunto, era de opinião que eu poderia embolsar justificadamente as setecentas e cinquenta libras como recompensa pela benevolência da minha mãe ao comprar um quadro presumivelmente inútil, de um pintor obscuro. Mas não me conseguiu convencer de que eu deveria ser recompensado pelas virtudes da minha mãe, embora tenhamos concordado que nem eu nem a minha mãe tínhamos recebido qualquer recompensa sob a forma de prazer pela contemplação da obra, que se deteriorara consideravelmente com o desvanecimento das cores desde o momento em que fora adquirida. Acabei por me dirigir ao estúdio de Brown com o quadro e disse-lhe que aquele quadro não valia nada para mim, pois eu achava-o particularmente mau, e que ele poderia tê-lo de volta por quinze libras, metade do preço inicial. Ele disse-me, de imediato, que eu poderia conseguir junto de qualquer vendedor pelo quadro mais do que ele me poderia pagar, mas disse-me também que eu não tinha direito a lucrar com o seu trabalho e que me pagaria o preço original de trinta libras. Aceitei e, depois disso, mandei o homem que me oferecera as oitocentas libras ir ter com ele. Para minha frustração, Brown recusou-se a vender o quadro sob quaisquer condições, porque o considerava indigno da sua reputação. O indivíduo chegou a oferecer-lhe mil e quinhentas libras, mas Brown não vendeu o quadro e acabei por notar que, em vez de lhe permitir ganhar setecentas e setenta libras, lhe tinha feito perder trinta libras. Assim sendo, ofereci-me para lhe devolver as trinta libras. Brown, encarando essa oferta como um insulto, declinou qualquer outra comunicação comigo. Depois disso, insisti que o assunto deveria ser submetido a arbitragem e exigi mil e quinhentas libras como valor pela devolução do quadro. Todos os medianeiros concordaram que esse montante era monstruoso, pelo que afirmei que, se negassem o meu direito ao valor da troca, teriam de reconhecer o meu direito ao valor do uso. Concordaram com isso depois de adiarem a decisão durante quinze dias para poderem ler Adam Smith e descobrir o que queria eu dizer com os meus valores de uso e de troca. Depois disso, demonstrei que o quadro não tinha qualquer valor de uso para mim, pois não gostava dele, e, portanto, não tinha direito a nada, e que Brown deveria receber de volta as suas trinta libras. Eles ficaram satisfeitos por concordarem comigo nesse aspecto, pois todos eles eram artistas amigos de Brown e desejavam que ele não perdesse dinheiro com a transacção, embora, naturalmente, em privado pensassem que o quadro era, tal como o descrevi, mau. Depois disso, Brown e eu tornámo-nos muito bons amigos. Num primeiro momento, ele tolerou os meus avanços para não parecer aborrecido por eu ter depreciado o seu trabalho. Posteriormente, acabou por aceitar os meus pontos de vista, tal como aconteceu consigo.

— Isso é muito interessante — disse *Sir* Charles. — Que atitude nobre... recusar mil e quinhentas libras! Ele dificilmente poderia pagar isso... muito provavelmente.

— Heróica... de acordo com as noções de heroísmo do século XIX. Voluntariamente deitar fora a oportunidade de ganhar dinheiro! Isso é o *nec plus ultra* do martírio. A esposa de Brown ficou extremamente irritada com ele por ele ter tomado tal atitude.

— É uma história interessante... ou poderia ser — disse Erskine. — Mas põe a minha cabeça à roda com os seus confusos valores de troca e as outras coisas. Para si, é tudo uma questão de números.

— Isso advém do facto de eu não ser um poeta — afirmou Trefusis. — Mas nós, socialistas, precisamos de estudar o lado romântico do nosso movimento, de maneira que as mulheres se interessem por ele. Se quiser fazer crescer uma causa, ensine todas as mulheres que encontrar de modo que fiquem a conhecer bem essa causa. Elas são, ou serão um dia, esposas e irão contradizer os respectivos maridos com alguns pedaços dos seus argumentos. Seguir-se-á uma disputa. Um filho acabará por ouvir e ficará a pensar, caso seja capaz de pensar. E assim a mente do povo fica a levedar. Tenho convertido muitas jovens. A maior parte delas não sabem mais sobre a teoria económica do socialismo do que sobre os caldeus, mas já não têm medo nem condenam o seu nome. Oh, asseguro-lhes de que muito pode ainda ser feito nesse sentido por homens que não tenham medo das mulheres e que não tenham muita pressa em esperar pela colheita que semearam.

— Tenha cuidado. Algumas das suas prosélitas poderão, um dia, ser melhores do que você. O futuro marido a ser contrariado poderá vir a ser Sidney Trefusis. Ah, ah, ah! — *Sir* Charles já esvaziara uma segunda taça grande de vinho e sentia-se um pouco liberto e alegre.

— Não — disse Trefusis. — Já me enamorei o suficiente e não é muito provável que seja capaz de inspirar amor numa outra pessoa. Conforme afirma Erskine, as mulheres não ligam nada aos homens que vêem tudo como uma questão de números. Eu costumava namoriscar com as mulheres, agora ensino-as e abomino o namorico masculino mais do que o feminino. Um pouco mais de vinho? Oh, não pode desperdiçar o resto desta garrafa.

— Acho que seria melhor irmos, Brandon — disse Erskine, sentindo aumentar a sua desconfiança relativamente a Trefusis. — Prometemos regressar antes das duas.

— Assim será — disse Trefusis. — Contudo, ainda não é uma hora e um quarto. A propósito, não vos mostrei o instrumento acarinhado por Donovan Brown para a regeneração da sociedade. Aqui está. Uma petição monstruosa, na qual se pede que a retenção feita a um trabalhador sobre qualquer parte do valor líquido produzido pelo seu trabalho seja declarada crime. É tudo.

Erskine deu um ligeiro toque em *Sir* Charles, que disse apressadamente:

— Obrigado, mas é melhor eu não assinar nada.

— Um baronete assinou esta petição! — exclamou Trefusis. — Não pensei em pedir-lhe. Só lha mostro por ser um documento histórico interessante, com os autógrafos de alguns artistas e poetas. Está aqui Donovan Brown, por exemplo. Foi ele que sugeriu a petição, que não deverá servir de muito, pois o assunto não pode ser resolvido dessa forma. No entanto, prometi a Brown que iria tentar arranjar o maior número possível de assinaturas, de tal modo que também a pode assinar, Erskine. Não diz nada em verso branco sobre a santidade de matar um tirano, mas é um passo na direcção certa. Não pode ficar preso a essa ninharia… a não ser que as críticas o tenham assustado. Vá lá, o seu nome e morada.

Erskine abanou a cabeça.

— Então compromete-se apenas com sentimentos revolucionários quando há alguma probabilidade de conquistar fama como poeta com tais sentimentos?

— Eu não vou assinar, simplesmente porque opto por não o fazer — disse Erskine calorosamente.

— Meu caro amigo — disse Trefusis, quase carinhosamente —, se um homem tiver consciência, não pode ter outra opção em matéria de convicção. Li algures no seu livro que o homem que não tiver derramado o seu sangue pela liberdade dos seus irmãos é um cobarde e um escravo. Você não vai derramar uma gota de tinta, da minha tinta já agora, pelo direito dos seus irmãos ao trabalho que executam com as suas próprias mãos? A princípio, não me preocupei em assinar esta petição, porque preferia antes apresentar uma petição para que um tigre compartilhasse comigo a sua presa a saber que os nossos governantes tinham relaxado de algum modo no controlo da mão-de-obra roubada da qual depende a sua vida. Mas Donovan Brown disse-me: «Não tem outra opção. Ou acredita que o trabalhador deve ter direito aos frutos do seu trabalho ou não. Se acredita, registe a sua convicção, mesmo que seja tão inútil quanto foi para Pilatos lavar as mãos.» Então, eu assinei.

— Donovan Brown tinha razão — disse *Sir* Charles. — Eu vou assinar. — E assim o fez com um floreio.

— Brown ficará encantado — disse Trefusis. — Vou escrever-lhe ainda hoje para lhe dizer que tenho mais uma boa assinatura para ele.

— Mais duas — disse *Sir* Charles. — Deve assinar Erskine. Ai de mim se não o fizer! É apenas contra os sacanas que fogem sem pagar aos seus homens os respectivos salários.

— Ou que não os pagam na íntegra — observou Trefusis, com um sorriso curioso. — Mas não assine se não se sentir confortável em relação a isso.

— Se não assinar depois de mim é um cobarde, Chester — disse *Sir* Charles.

— Não sei o que isso significa — disse Erskine, hesitante. — Não compreendo as petições.

— Significa o que ali se diz. Não poderá ser responsabilizado por um significado que não esteja expresso na petição — disse Trefusis. — Mas não importa. Sente alguma desconfiança em relação a mim, penso eu, e prefere não se envolver nas minhas petições, mas pensará melhor nisso à medida que se habituar a mim. Entretanto, não há pressa. Não assine ainda.

— Que disparate! Eu não duvido da sua boa-fé — disse Erskine, negando apressadamente as suspeitas que sentia, mas que não conseguia explicar. — Aqui vai! — E assinou.

— Muito bem! — disse Trefusis. — Isto fará com que Brown fique feliz para o resto do mês.

— Chegou a hora de nos irmos embora — disse Erskine, melancolicamente.

— Podem fazer-me uma visita quando entenderem, serão bem-vindos — disse Trefusis. — Não precisam de fazer qualquer tipo de cerimónia.

Depois disso, despediram-se. *Sir* Charles assegurando a Trefusis de que nunca tinha passado uma manhã tão interessante e apertando-lhe a mão durante um período considerável por três vezes. Erskine disse muito pouco até chegar à Riverside Road com o seu amigo, momento em que, de repente, explodiu:

— Que diabo de atitude foi a sua ao beber duas taças de uma coisa tão estranha à uma da tarde, na casa de um homem tão perigoso como este? Lamento muito ter ido a casa dele. Já tinha dúvidas sobre ele, e confirmaram-se plenamente.

— Como assim? — perguntou *Sir* Charles, surpreendido.

— Ele levou a melhor sobre nós. Fui um tolo ao assinar aquele papel e o mesmo aconteceu consigo. Foi para isso que ele nos convidou.

— Que disparate, meu caro. Não era um papel dele, mas do Donovan Brown.

— Duvido. O mais provável é que ele tenha convencido o Brown a assiná-lo tal como nos convenceu a nós. Digo-lhe que os comportamentos dele são tortuosos, tal como as suas ideias. Ouviu como ele mentiu sobre a menina Lindsay?

— Oh, estava enganado em relação a isso. Ele não liga nada a ela nem a ninguém.

— Bem, se está satisfeito, eu não estou. Não estaria tão animado se tivesse tomado pouco vinho, como eu fiz.

— Tchhhh! Você é muito ridículo. Era um óptimo vinho. Acha que estou embriagado?

— Não. Mas não teria assinado o papel se não tivesse tomado aquela segunda taça de vinho. Se não me tivesse obrigado... Eu não podia deixar de o fazer, depois do seu exemplo... Preferia vê-lo a ele mo...o a ter alguma coisa que ver com aquela petição.

— Não vejo que mal possa vir dali — disse *Sir* Charles, desafiando alguma inquietação secreta.

— Nunca mais voltarei a casa dele — disse Erskine mal-humorado. — Caímos que nem duas moscas numa teia de aranha.

Enquanto isso, Trefusis cumpria a sua promessa de escrever a Donovan Brown.

Sallust's House.

Caro Brown: Passei a manhã a tentar apanhar dois peixes muito jovens e consegui apanhá-los com mais dificuldade do que aquilo que eles efectivamente valem. Um deles tem escamas berrantes: é um baronete e artista amador, passe a expressão. Todos os meus argumentos e o meu pequeno museu de fotografias não serviram de nada para ele, mas, quando mencionei o seu nome e prometi apresentá-lo a si, ele mordeu ansiosamente a isca. Estava meio embriagado quando assinou, e eu não deveria ter deixado que ele tocasse no papel se não me tivesse convencido de antemão de que ele tem boas intenções e de que o meu vinho apenas serviu para libertar a sua generosidade natural da cobardia e preconceito convencionais que ele sente. Temos de publicar o nome dele no maior número de revistas possível como um dos signatários da grande petição. Servirá para atrair outros, da mesma maneira que o seu nome atraiu o dele. O segundo noviço, Chichester Erskine, é um jovem poeta. Não será de grande utilidade para nós, ainda que seja um dedicado defensor da liberdade em verso branco e dedique as suas obras a Mazzini, etc. Assinou com relutância. Toda esta hesitação resulta da incerteza proveniente da ignorância. Ainda não descobriram a verdade por si mesmos e têm medo de confiar em mim, tendo nós chegado a uma época em que ninguém se atreve a confiar nos companheiros.

Encontrei aqui uma bela jovem que poderia servir-lhe de modelo para Hypatia. Está repleta de todos os preconceitos da nobreza, mas estou a tentar curá-la. Tomei a decisão de a fazer casar-se com Erskine, que, pensando que a estou a namoriscar por minha própria conta, se mostra ciumento. O clima é agradável por cá, e estou a passar uns dias bem alegres, mas acho que não tenho muito para fazer. Etc., etc., etc.

Capítulo XVI

Numa manhã soalheira, enquanto Agatha estava entretida a ler, sentada nos degraus da estufa, a sombra da sombrinha aprofundou-se e ela, ao olhar para cima, tentando descobrir algo mais denso do que a seda da sombrinha, viu Trefusis.

— Oh!

Agatha não fez nenhuma outra saudação, tendo-se habituado ao hábito de Trefusis de dispensar, na medida do possível, todas as saudações e cerimónias. Ele parecia não ter pressa em falar e, portanto, depois de uma pausa, ela começou por dizer:

— *Sir* Charles...

— Foi à cidade — disse ele. — O Erskine saiu de bicicleta. *Lady* Brandon e a menina Lindsay foram à aldeia no fiacre e a menina veio até aqui para desfrutar do sol de Verão e ler porcarias. Já conheço todas as novidades que tem para mim.

— É muito inteligente e, como sempre, está errado. *Sir* Charles não foi à cidade. Foi apenas à estação de caminho-de-ferro para ir buscar uns papéis. Estará de volta para o almoço. Como é que sabe tanto sobre o que fazemos?

— Eu estava no telhado da minha casa com uns binóculos. Vi-a sair e sentar-se aqui. Depois *Sir* Charles passou. Depois Erskine. Depois *Lady* Brandon, guiando com muita energia o fiacre e demonstrando um contraste notável com a atitude desdenhosa da Gertrude.

— A Gertrude! Gosto muito dessa sua informalidade.

— Quer dizer que não gosta da minha presunção.

— Não, acho que informalidade é uma palavra mais expressiva do que presunção, e quero dizer que gosto dela... que me diverte.

— Realmente! O que está a ler?

— Porcarias, foi o que acabou de dizer. Um romance.

— Ou seja, uma história de mentira, sobre duas pessoas que nunca existiram e que teriam agido de maneira muito diferente caso tivessem existido.

— Exactamente.

— Não poderia antes imaginar alguma coisa igualmente divertida por si própria?

— Talvez sim, mas dar-me-ia muito trabalho. Além disso, cozinhar tira-nos o apetite de comer. Acho que não gostaria de apreciar as minhas próprias histórias.

— Em que volume está?

— No terceiro.

— Então, o herói e a heroína estão prestes a unir-se?

— Na verdade, não sei. Este é um dos seus romances inteligentes. Quem me dera que as personagens não falassem tanto.

— Não importa. Duas delas estão apaixonadas uma pela outra, não estão?

— Sim. Não seria um romance sem isso.

— Acredita, no recôndito da sua alma, Agatha... tomo a liberdade de usar o seu nome de baptismo porque gostaria de ser extremamente solene... acredita realmente que alguma vez houve um ser humano que tivesse sido tão pouco egoísta ao ponto de amar outra pessoa da maneira que é descrita nos livros?

— Claro que sim. Pelo menos, acho que sim. Nunca pensei muito nesse assunto.

— Eu duvido. A minha crença é que não há nenhum ser humano nestes tempos mais recentes que tenha algum tipo de fé no rigor ou na permanência da sua afeição por outro ser humano. No entanto, um ser humano não duvida da sinceridade dos votos de outro ser humano e esconde a sua própria superficialidade desse outro ser humano, em parte porque tem vergonha desse outro ser humano, e em parte porque tem pena dele. E o outro ser humano, por seu turno, desempenha exactamente a mesma comédia.

— Acredito que é isso que os homens fazem, mas não as mulheres.

— De facto! Peço-lhe que se lembre de ter fingido que estava muito enamorada de mim certa ocasião, quando...

Agatha enrubesceu e colocou a palma da mão sobre o degrau, como se estivesse prestes a pôr-se de pé. Mas conteve-se e disse:

— Pare, Sr. Trefusis. Se falar sobre isso, vou-me embora. Fico surpreendida consigo! Não tem a mínima decência?

— Nenhuma. E como eu era a parte lesada nesse assunto... fique, não se vá embora. Nunca mais falarei disso. Começo a ficar com medo de si. A menina costumava ter medo de mim.

— Sim, e o senhor usou isso para me intimidar. Tem o hábito de intimidar as mulheres que são suficientemente fracas para terem medo de si. É muito mais esperto do que eu e sabe muito mais coisas, atrevo-me a dizer, mas agora já não tenho o mínimo receio de si.

— Não tem qualquer motivo para ter receio agora e também antes não tinha de ter. A Henrietta, se estivesse viva, poderia testemunhar que existe um defeito nas minhas relações com as mulheres, que advém da minha amabilidade excessiva. Não consigo recusar a uma mulher nada de que ela goste muito... excepto a minha mão em casamento. Desde que o seu género se sinta satisfeito com isso, podem fazer o que quiserem comigo.

— Como é cruel! Pensei que estava quase noivo de Gertrude.

— Essa é a interpretação habitual de uma amizade entre um homem e uma mulher! Nunca pensei em tal coisa e tenho a certeza de que ela também não. Não somos tão íntimos quanto a menina e *Sir* Charles.

— Oh, *Sir* Charles é casado. E aconselho-o também a si a casar-se se quiser evitar quaisquer mal-entendidos devido às suas amizades.

Trefusis sentiu-se afectado. Em vez de responder, manteve-se de pé, depois de olhar admirado na direcção dela e observando atentamente o nó do seu próprio dedo indicador.

— Não tenha piedade do nosso género fraco — disse Agatha maliciosamente. — É tão rico e tão inteligente, e efectivamente tão atraente, que deveria partilhar a sua vida com alguém. Gertrude ficaria muito feliz.

Trefusis sorriu e abanou a cabeça, lentamente mas enfaticamente.

— Acho que *eu* não teria qualquer hipótese — continuou Agatha pateticamente.

— Eu ficaria muito feliz, como é evidente — respondeu ele, com uma confusão simulada, mas com um brilhozinho nos olhos que poderia tê-la advertido, caso ela tivesse reparado.

— Case-se comigo, Sr. Trefusis, por favor — implorou ela, apertando as mãos num arrebatamento de maliciosa zombaria. — Por favor.

— Obrigado — disse Trefusis com determinação. — Eu caso.

— Tenho a certeza de que não o fará — disse Agatha, após uma pausa incrédula, pondo-se de pé e recolhendo a saia como se quisesse fugir. — Não achou que eu estivesse a falar a sério, pois não?

— Sem dúvida que sim. *Eu* estou a falar a sério.

Agatha hesitou, sem saber se ele estava ou não a brincar com ela, tal como ela tinha acabado de brincar com ele.

— Tenha cuidado — disse ela. — Posso mudar de ideias e falar a sério também. E depois como se vai sentir, Sr. Trefusis?

— Acho que, tendo em conta a alteração das nossas relações, será melhor chamar-me Sidney.

— Acho que será melhor deixarmos de brincar. Foi de um certo mau gosto e talvez eu não o devesse ter feito.

— Seria uma piada execrável, portanto, não tenho nenhuma intenção de a considerar como tal. Será obrigada a manter a sua oferta, Agatha. Está enamorada de mim?

— Nem pouco mais ou menos. Nem um pouco. Não conheço ninguém de quem esteja menos enamorada ou de quem tenha menos probabilidades de estar enamorada.

— Então, tem de se casar comigo. Se estivesse enamorada de mim, eu teria de fugir. A minha santa Henrietta adorava-me, e eu mostrei-me completamente indigno dessa adoração, embora me sentisse muito lisonjeado.

— Sim, exactamente! A maneira como tratou a sua primeira esposa deve ser suficiente para alertar qualquer mulher e levá-la a evitar tornar-se a sua segunda esposa.

— Qualquer mulher que me tenha amado, é o que pretende dizer. Mas você não me ama e, se eu fugir, terá a vantagem de se ver livre de mim. Podemos chegar a acordo de forma a assegurar que metade da minha fortuna será sua na eventualidade de isso suceder.

— Você nunca terá uma possibilidade de fugir de mim.

— Não vou querer fazer isso. Já não sou tão débil quanto era. Não. Não me parece que vá fugir de si.

— Também penso que não.

— Bem, quando vamos casar-nos?

— Nunca — disse Agatha, e fugiu. Mas antes de dar um só passo, ele apanhou-a.

— Não — disse ela, sem fôlego. — Largue-me. Como se atreve?

Ele libertou-a e fechou a porta da estufa.

— Agora — disse ele —, se quiser fugir, terá de correr a céu aberto.

— O senhor é muito impertinente. Deixe-me sair daqui imediatamente.

— Quer que eu lhe peça para se casar comigo, depois de se ter oferecido para o fazer livremente?

— Mas eu estava só a brincar. Eu não quero nada consigo — disse ela, olhando em volta, à procura de uma saída.

— Agatha — disse ele, com uma paciência sinistra —, há meia hora eu não tinha a intenção de me casar consigo, tal como não fazia tenções de viajar até à Lua. Mas, quando fez essa sugestão, senti toda a sua força naquele instante, e agora nada me poderá satisfazer mais do que vê-la cumprir com a sua palavra. De todas as mulheres que conheço, é a única que não é completamente idiota.

— Eu seria uma grande idiota se...

— Se se casasse comigo, ia dizer, mas eu não penso assim. Sou o único homem não completamente burro entre os seus conhecidos. Sei o meu valor e o seu. E enamorei-me de si há muito tempo, quando não tinha esse direito.

Agatha franziu o sobrolho.

— Não — disse ela. — Não vale a pena dizer-me mais nada sobre esse assunto. Está fora de questão.

— Vá lá, não seja vingativa. Eu fui mais sincero naquela altura do que a menina. Mas isso nada tem que ver com o presente. Desde que nos voltámos a encontrar, tem-se mantido na defensiva, ripostando contra mim, arreliando-me e tentando-me. Seja generosa por uma vez, e diga «Sim» de boa vontade.

— Oh, eu NUNCA o tentei — gritou Agatha. — Não fiz isso. Não é verdade. — Ele não disse nada, mas estendeu a mão. — Não, vá-se embora. Não. — Ele insistiu, e ela sentiu que a sua resistência, de repente, diminuía. Apavorada, disse apressadamente: — Não vale a pena incomodar-me. Não lhe vou dizer nada hoje.

— Prometa-me pela sua honra que vai dizer «Sim» amanhã, e eu deixo-a em paz até lá.

— Não vou fazer isso.

— Que diabo de género o seu — disse ele melancolicamente. — Já sabe o que eu penso, e eu tenho de lhe fazer galanteios, porque a menina não sabe o que quer. Se me tivesse preocupado com o meu conforto, continuaria solteiro.

— Aconselho-o a fazer isso — disse ela, recuando em direcção à porta. — É um viúvo muito interessante. Uma esposa iria estragá-lo. Além disso, pense nos problemas da vida doméstica.

— Eu gosto de problemas. Eles fortalecem... Ah! — (Ela chegara à maçaneta da porta, e ele rapidamente colocou a sua mão sobre a dela, impedindo-a de rodar a maçaneta.) — Ainda não, por favor. Não pode falar abertamente como uma mulher... como um homem, quer dizer? Pode colocar um osso em frente ao *Max* até que ele se ponha sobre as patas traseiras a implorar para que lho dê, mas não me deveria tratar como se eu fosse um cão. Diga «Sim» com toda a franqueza, e não me faça implorar.

— Porque diabo quer casar comigo?

— Porque me obrigaram a carregar com uma casa aos ombros e terei de o fazer. Quero fazer o melhor possível por mim próprio e nunca mais terei uma oportunidade destas. Além disso, não posso deixar de o fazer, e não sei porquê. Esta é a verdade, pura e simples. Vai casar-se com alguém, um dia. — Ela abanou a cabeça. — Sim, vai. Por que motivo não se casa comigo?

Agatha mordeu o lábio inferior, olhou tristemente para o chão e, após uma longa pausa, disse relutantemente:

— Muito bem. Mas preste atenção, acho que está a agir de uma forma extremamente pateta e, se depois ficar decepcionado, não me deve culpar a MIM.

— Assumo a minha quota-parte dos riscos — disse ele, soltando a mão dela, e encostando-se à porta, enquanto retirava o diário de bolso. — Terá de assumir a sua quota-parte dos riscos, que espero não venham ser os piores. Estamos a dezassete de Junho. Que data, antes de vinte e quatro de Julho, será adequada para si?

— Quer dizer vinte e quatro de Julho do próximo ano, presumo?

— Não, quero dizer este ano. Estou de saída para o estrangeiro nessa data, casado ou não, para participar numa conferência em Genebra, e gostaria que viesse comigo. Poderei mostrar-lhe muitos lugares e coisas que nunca viu antes. Tem o direito de indicar o dia, mas não tem nada de importante para fazer e eu tenho.

— Mas não sabe todas as coisas que eu... que eu terei de fazer. É melhor esperar até ao seu regresso do continente.

— Não tem de fazer nada, senão tratar de alguns acordos e do seu enxoval. O enxoval é uma patetice, e o Jansenius já me conhece o suficiente em matéria de acordos. Da última vez, casei-me em seis semanas.

— Sim — disse Agatha drasticamente —, mas eu não sou a Henrietta.

— Não, graças a Deus — concordou ele placidamente.

Agatha sentiu-se atingida pelos remorsos.

— Foi terrível dizer isso — afirmou. — E para si também foi terrível.

— Tudo o que é verdadeiro deve ser dito, terrível ou não. Vem comigo a Genebra no dia vinte e quatro?

— Mas... eu realmente não estava a pensar quando.... Eu não tinha a intenção de dizer que sim... Eu...

— Eu sei. Virá, se formos casados.

— Sim. SE estivermos casados.

— Estaremos casados. Não escreva à sua mãe nem ao Jansenius até eu lhe pedir para o fazer.

— Não faço tenções de o fazer. Não tenho nada para escrever.

— Que miserável! E não fique com ciúmes se me vir a namoriscar com *Lady* Brandon. Faço sempre isso. Ela espera que o faça.

— Pode namoriscar com quem quiser. Não é uma preocupação minha.

— Aí vem o fiacre com *Lady* Brandon e Ger... e a menina Lindsay. Não lhe devo chamar Gertrude agora, excepto quando a Agatha não estiver por perto. Antes que nos interrompam, deixe-me recordá-la dos três pontos em que chegámos a acordo. Eu amo-a. Você não me ama. Vamos casar-nos antes de vinte e quatro do próximo mês. Agora tenho de me despachar para ajudar sua senhoria a descer.

Trefusis encaminhou-se rapidamente em direcção à porta de casa, onde o fiacre acabara de parar. Agatha, demasiado confusa e envergonhada para enfrentar as duas amigas, entrou em casa através da estufa e trancou-se no quarto.

Trefusis entrou na biblioteca com Gertrude, enquanto *Lady* Brandon se demorava na zona de entrada a tirar as luvas e a fazer algumas perguntas aos criados. Quando seguiu atrás deles, deparou com ambos de pé, próximo da janela. Gertrude ouvia Trefusis com a expressão paciente que usava agora muitas vezes quando ele falava. Trefusis sorria, mas Jane deu-se conta de que ele não estava muito à vontade.

— Eu estava a começar a contar à menina Lindsay — disse ele — uma coisa extraordinária que aconteceu durante a vossa ausência.

— Eu sei — exclamou Jane, com uma convicção súbita. — O aquecedor na estufa está partido.

— Possivelmente — disse Trefusis —, mas, se assim foi, não ouvi falar desse assunto.

— Se ainda não partiu, irá partir — disse Jane sombriamente. Depois, adoptando com algum esforço um certo interesse pelas novidades de Trefusis, acrescentou: — Bem, o que aconteceu?

— Eu estava a conversar com a menina Wylie ainda há pouco, quando nos ocorreu uma ideia singular. Discutimos isso durante algum tempo, e o resultado é que vamos casar-nos antes do final do próximo mês.

Jane corou e olhou fixamente para ele, e ele retribuiu-lhe atentamente o olhar. Gertrude, embora não fosse observada por ninguém, não mudou a sua expressão de paciente felicidade, mas surgiu uma ligeira tez branca-esverdeada no seu rosto, e só muito lentamente regressou à cor normal.

— Quer dizer que vai casar-se com a AGATHA? — perguntou *Lady* Brandon incredulamente, depois de uma pausa.

— Sim. Não tinha intenção de o fazer quando estive consigo da última vez ou ter-lhe-ia dito.

— Nunca tinha ouvido tal coisa na minha vida! Apaixonou-se por outra pessoa em cinco minutos, suponho.

— Céus, não! Não estamos apaixonados um pelo outro. Acha que eu me casaria por causa de um motivo tão fútil? Não. O assunto surgiu acidentalmente, e a vantagem de um casamento entre nós impressionou-me muito favoravelmente. Tive a sorte de a conseguir converter à minha opinião.

— Sim, ela precisava de ser muito pressionada, atrevo-me a dizer — disse Jane, olhando para Gertrude, que sorria inexpressivamente.

— Conforme pretende insinuar — disse Trefusis friamente —, a relutância dela pode ter sido fingida e pode ser que ela se tenha sentido muito feliz por conseguir um marido tão encantador. Supondo que seja esse o caso, ela disfarçou muito bem.

Gertrude tirou o chapéu e saiu da sala sem pronunciar uma só palavra.

— Esta é a minha vingança por se ter casado com o Brandon — disse ele de seguida, aproximando-se de Jane.

— Oh, sim — respondeu ela com ironia. — Eu acredito nisso tudo, como é evidente.

— Obtém a mesma segurança nessa verdade que em todas as coisas patetas que lhe confesso. Ora veja! — apontou para um espelho, no qual a figura de Jane estava reflectida a toda a altura.

— Eu não vejo nada que possa admirar — disse Jane, olhando para si própria sem grande apreço. — Pode notar-se que há muito para ver, se é que admira isso.

— É impossível ver demasiado de uma coisa bonita. Mas não devo olhar mais. Apesar de Agatha dizer que não me ama, não tenho a certeza se ficaria contente caso eu procurasse o amor de outra pessoa.

— Diz que não o ama! Não acredite nela. Ela já passou por muitas dificuldades para o apanhar.

— Sinto-me lisonjeado. Você apanhou-me sem qualquer problema e, no entanto, não me quer.

— É boa educação esperar para se ser convidado. Acho que tratou a Gertrude vergonhosamente... espero que não fique ofendido comigo por lhe dizer isto. Culpo principalmente a Agatha. Ela teve duas caras.

— Como assim? — disse Trefusis, surpreendido. — O que tem a menina Lindsay que ver com isto?

— Você sabe muito bem.

— Asseguro-lhe de que não. Se estivesse a falar de si mesma, poderia compreendê-la.

— Oh, pode sair dessa situação airosamente, como todos os homens, mas não me conseguirá enganar. Não deveria ter fingido que gostava da Gertrude quando, na verdade, estava a tentar conquistar a Agatha. E ela também, enquanto fazia de conta que namoriscava com *Sir* Charles... como se ele se importasse minimamente com ela!

Trefusis parecia pouco perturbado.

— Espero que a menina Lindsay não tenha tais... mas ela não podia.

— Ah, não podia? Em breve, verá se ela podia ou não.

— Compreendeu-nos mal, *Lady* Brandon. A menina Lindsay está ciente da situação. Além disso, lembre-se de que esta minha proposta não foi nada premeditada. Esta manhã, eu não alimentava quaisquer pensamentos carinhosos em relação a ninguém, excepto uma pessoa que seria impróprio nomear.

— Oh, isso é tudo conversa. Já não serve de nada.

— Não digo mais nada. Tenho de ir à aldeia para telegrafar ao meu advogado. Se encontrar o Erskine, dar-lhe-ei a boa notícia.

— Ele vai certamente ficar encantado. Ele pensava, tal como todos nós, que o senhor lhe tinha cortado todas as hipóteses perante Gertrude.

Trefusis sorriu, abanou a cabeça e saiu, lançando a Jane um olhar de admiração perante os seus encantos. Jane contemplava a sua figura ao espelho quando um criado lhe pediu para ir falar com o senhor Charles e a menina Fanny. Ela correu escada acima até ao berçário, onde os filhos, que disputavam entre si o direito a torturar o bebé, tinham chegado a vias de facto. Ficaram um pouco assustados com a entrada de Jane, mas não apaziguados.

Ela ralhou, persuadiu, ameaçou, subornou, citou o Dr. Watts, lançou um apelo à ama e depois insultou-a, perguntou aos filhos se eles gostavam um do outro, se gostavam da mãe e se queriam apanhar uma boa surra. Por fim, exasperada com a sua própria incapacidade para restaurar a ordem, pegou no bebé, que durante todo aquele tempo chorara incessantemente, e, declarando que ele estava a fazer de propósito e que se queria chorar deveria fazê--lo efectivamente por causa de alguma coisa real, deu-lhe uma palmada exemplar e ordenou que os outros fossem para a cama. O rapaz, atemorizado com o destino do irmão mais novo, afirmou, numa espécie de compromisso, que se portaria bem caso a menina Wylie fosse brincar com ele, uma proposta que provocou ciúmes na mãe e a levou a dar-lhe um puxão de orelhas, que o mandou a uivar para a cama. Depois disso, Jane saiu do quarto, parando à porta e dizendo-lhes que se ouvisse um único som de qualquer deles nesse dia poderiam esperar o pior dela. Ao descer para a sala de estar, exaltada e enraivecida, encontrou Agatha sozinha, olhando pela janela como se a paisagem fosse especialmente insatisfatória nesse momento.

— Que pestinhas egoístas! — exclamou Jane, provocando ao entrar uma tempestade em miniatura com a saia. — O Charlie é um pequeno demónio. Passa o tempo a pensar em maneiras de me irritar. Aarrgghh! É exactamente igual ao pai.

— Obrigado, minha querida — disse *Sir* Charles à porta.

Jane riu-se.

— Eu sabia que estavas aí — disse ela. — Onde está a Gertrude?

— Ela saiu — disse *Sir* Charles.

— Que patetice! Ela acabou de chegar comigo.

— Não sei o que queres dizer com patetice — disse *Sir* Charles, irritado. — Vi-a caminhar ao longo da Riverside Road. Eu vinha pela estrada da aldeia, e ela não me viu. Parecia ter muita pressa.

— Encontrei-a nas escadas e falei com ela — disse Agatha —, mas ela não me ouviu.

— Espero que não se vá atirar ao rio — disse Jane. Depois, virando-se para o marido, acrescentou: — Já ouviste a novidade?

— As únicas novidades que ouvi estão nesta revista — disse *Sir* Charles, pegando numa revista e atirando-a para cima da mesa. —

Está aqui um parágrafo que diz que eu aderi a uma infernal Liga Socialista, e disseram-me que há um artigo no *Times* sobre a difusão do socialismo em que o meu nome é mencionado. Isto tudo se deve a Trefusis, e acho que ele me pregou uma partida extremamente desonesta. Vou dizer-lhe isso mesmo da próxima vez que o encontrar.

— É melhor teres cuidado com o que dizes acerca dele em frente à Agatha — afirmou Jane. — Oh, não precisas de ficar alarmada, Agatha, eu já sei de tudo. Ele disse-nos na biblioteca. Nós saímos esta manhã... a Gertrude e eu... e quando voltámos encontrámos o Sr. Trefusis e a Agatha a falarem com muito carinho um com o outro nos degraus da estufa, acabadinhos de se tornarem noivos.

— A sério? — disse *Sir* Charles, desconcertado e irritado, mas tentando sorrir. — Então posso felicitá-la, menina Wylie?

— Não precisa de o fazer — disse Agatha, mantendo o mesmo semblante tanto quanto possível. — Foi apenas uma piada. Pelo menos, surgiu como uma brincadeira. Ele não tem o direito de dizer que estamos noivos.

— Mas que disparate — disse Jane. — Isso não é assim, Agatha. Ele foi telegrafar ao advogado. Ele está a falar muito a sério.

— Sou uma grande pateta — disse Agatha, sentando-se e contorcendo as mãos, perplexa. — Creio que disse alguma coisa, mas realmente não pretendia fazê-lo. Ele fez-me falar antes de eu própria saber o que estava a dizer. Meti-me numa grande confusão!

— Estou contente por finalmente teres sido enganada — disse Jane, rindo-se maliciosamente. — Nunca tiveste piedade de mim quando eu não me conseguia lembrar da coisa mais correcta a dizer em determinado momento.

Agatha deixou passar despercebida a provocação. O seu olhar vagueou ansioso pela sala e, finalmente, pousou apelativamente sobre *Sir* Charles.

— O que devo fazer? — perguntou-lhe.

— Bem, menina Wylie — disse ele com gravidade —, se não pretendia casar-se com ele, não deveria ter-lhe prometido isso. Não quero ser antipático, e sei que é muito difícil livrarmo-nos de Trefusis quando ele se mostra determinado a conseguir obter alguma coisa de nós, mas ainda assim...

— Não te preocupes com ela — disse Jane, interrompendo-o. — Ela quer casar-se com ele tanto quanto ele quer casar-se com ela. Ficarias terrivelmente decepcionada se ele cancelasse o casamento, Agatha, apesar de toda essa relutância.

— Não é assim, a sério — disse Agatha sinceramente. — Quem me dera ter tido mais tempo para pensar no assunto. Suponho que a esta hora ele já disse a toda a gente.

— Podemos então considerar a situação como resolvida? — perguntou *Sir* Charles.

— Claro que podes — disse Jane com desdém.

— Peço-te que deixes a menina Wylie falar por si própria, Jane. Confesso que não compreendo por que motivo ainda tem dúvidas... se realmente se comprometeu com ele.

— Suponho que estou disposta a fazê-lo — disse Agatha. — Tenho a sensação de que há uma objecção fatal, se ao menos pudesse lembrar-me qual. Quem me dera nunca o ter encontrado.

Sir Charles sentia-se confuso.

— Não entendo os comportamentos das senhoras nestas questões — disse ele. — No entanto, como não parece haver nenhuma dúvida de que a menina e Trefusis estão noivos, eu, naturalmente, não direi nada que possa tornar desagradável a visita dele a esta casa, mas devo dizer que ele demonstrou, no mínimo, falta de consideração por mim, pessoalmente. Assinei um papel em casa dele no entendimento implícito de que era algo estritamente privado, e agora ele mostrou esse papel a todo o mundo, e associou publicamente o meu nome não só ao seu próprio nome, mas também ao de muitas pessoas sobre as quais não sei absolutamente nada, a não ser que preferia não estar ligado a elas de maneira nenhuma.

— Que importa isso? — perguntou Jane. — Ninguém se importa nada com isso.

— *Eu* importo-me — disse *Sir* Charles enfurecidamente. — Nenhuma pessoa sensata me pode acusar de exagerar a minha própria importância, porque eu dou valor à minha reputação o suficiente para me opor à divulgação pública do meu apoio a uma causa para com a qual não tenho qualquer simpatia.

— Talvez o Sr. Trefusis não tenha tido nada que ver com isso — disse Agatha. — Os jornais publicam o que lhes apetece, não é?

— Isso mesmo, Agatha — disse Jane maliciosamente. — Não deixes que ninguém fale mal dele.

— Eu não estou a falar mal dele — disse *Sir* Charles, antes que Agatha pudesse retorquir. — É uma simples questão de sentimento, e eu não a deveria ter mencionado se soubesse da alteração da relação entre ele e a menina Wylie.

— Peço-lhe que não fale sobre isso — disse Agatha. — Estou a pensar em fugir no próximo comboio.

Sir Charles, para mudar de assunto, sugeriu que tocassem um dueto.

Enquanto isso, Erskine, que regressava pela aldeia do seu passeio matinal, encontrara Trefusis e tentava passar por ele apenas com um aceno. Mas Trefusis chamou-o para que ele parasse, e Erskine desceu da bicicleta com relutância.

— Só uma palavra para lhe dizer que me vou casar — disse Trefusis.

— Com...? — Erskine não conseguia acrescentar o nome de Gertrude.

— Com uma das nossas amigas em Beeches. Adivinhe quem.

— Com a menina Lindsay, presumo.

— Que diabo deu a todos para pensarem que a menina Lindsay e eu temos algum tipo de ligação particular? — exclamou Trefusis. — VOCÊ sempre me pareceu ser o homem certo para a menina Lindsay. Eu vou-me casar com a menina Wylie.

— A sério? — exclamou Erskine, com a sensação de um descongelamento repentino depois de uma forte geada.

— Claro que sim. E agora, Erskine, você tem a vantagem de ser um homem pobre. Não deixe que aquela menina esplêndida se case por dinheiro. Se continuar assim, é provável que a situação se torne ainda pior, tal como para ela. — De seguida, acenou e foi-se embora, deixando Erskine especado a olhar para ele.

— Se ele a abandonou, é um canalha — disse Erskine. — Lamento não lhe ter dito isso.

Montou na bicicleta e seguiu lentamente ao longo da Riverside Road, em parte suspeitando de que Trefusis poderia estar a enganá-lo, mas ainda assim inclinado a acreditar nele e, de qualquer maneira, decidido a seguir o seu conselho relativamente a

Gertrude. A conversa que ouvira entre ambos na avenida ainda o fazia sentir-se perplexo. Não conseguia conciliá-la com a afirmação de desinteresse de Trefusis para com Gertrude.

A bicicleta transportava-o silenciosamente sobre os pneus de borracha até ao sítio onde a cicuta crescia e foi aí que ele viu Gertrude, sentada no muro baixo que separava o campo da estrada. A sua cesta de palha, no interior da qual tinha a tesoura, estava pousada a seu lado. Os dedos dela estavam entrelaçados, e as suas mãos repousavam, de palmas para baixo, sobre o joelho. A sua expressão era um pouco vaga e tão pouco sugestiva de qualquer emoção séria que Erskine sorriu quando desceu da bicicleta ao lado dela.

— Está cansada? — perguntou.

— Não — respondeu ela, sem se revelar assustada e sorrindo mecanicamente, uma condescendência invulgar da sua parte.

— Estava imersa num devaneio?

— Não — afastou-se um pouco para um dos lados e ocultou a cesta com o vestido.

Ele começou a temer que se estivesse a passar algo de errado.

— Será possível que se tenha aventurado novamente no meio das plantas venenosas? — perguntou. — Está doente?

— De maneira nenhuma — respondeu ela, erguendo-se um pouco. — A sua solicitude é desnecessária. Estou perfeitamente bem.

— Peço-lhe perdão — disse ele, sentindo-se humilhado. — Pensei... Não acha perigoso sentar-se nesse muro húmido?

— Não é húmido. Está a desfazer-se em pó devido à seca — uma risada pouco natural, com a qual Gertrude concluiu a afirmação, intensificou a inquietação dele.

Ele deu início a uma frase, parou e, para ganhar algum tempo para recuperar, colocou a bicicleta na vala em frente, um procedimento que ela testemunhou com impaciência, pois indicava que a intenção dele era permanecer ali e conversar com ela. No entanto, ela foi a primeira a falar e fê-lo com uma frieza que chocou Erskine.

— Já ouviu a novidade?

— Que novidade?

— Sobre o Sr. Trefusis e a Agatha. Eles estão noivos.

— Assim me disse o Trefusis. Encontrei-o há pouco na aldeia. Fiquei muito feliz por ouvir isso.

— Claro.

— Mas tinha um motivo especial para me sentir feliz.

— A sério?

— Eu temia desesperadamente, antes de ele me ter contado a verdade, que tivesse outras intenções... intenções que poderiam ter sido fatais para as minhas esperanças.

Gertrude franziu o sobrolho, o que o levou a enfrentá-la. Perdeu ligeiramente o autodomínio, já abalado pelo comportamento estranho dela.

— Sabe que a amo, menina Lindsay — disse ele. — Pode não ser um amor perfeito, mas, humanamente falando, é verdadeiro. Quase lho disse naquele dia em que estivemos juntos na sala de bilhar, e eu fiz uma coisa extremamente desonrosa nessa mesma noite. Quando estava a falar com Trefusis na avenida, eu estava próximo de ambos e ouvi-os.

— Então ouviu-o — exclamou veementemente Gertrude. — Ouviu-o jurar que estava a falar a sério.

— Sim — disse Erskine, trémulo —, e pensei que ele estava seriamente enamorado de si. Dificilmente poderá culpar-me por isso. Eu próprio estava enamorado, e o amor é cego e ciumento. Não tinha mais esperança até ele me dizer que se vai casar com a menina Wylie. Posso falar consigo, agora que sei que estava enganado, ou que já mudou de ideias?

— Ou que ele mudou de ideias — disse Gertrude desdenhosamente.

Erskine, com uma nova preocupação por causa dela, conteve-se. A dignidade dela era importante para ele, e apercebia-se de que a decepção que ela sentia a tornara imprudente.

— Não me diga nada agora, menina Lindsay, que...

— O que disse eu? O que tenho de dizer?

— Nada, sou eu que tenho de dizer. Amo-a muito.

Ela fez um movimento impaciente, como se isso fosse uma questão extremamente insignificante.

— Acredita em mim, espero — disse ele, timidamente.

Gertrude fez um esforço para recuperar as suas habituais reservas como uma senhora, mas a energia impediu-a de fazer mais do que levantar simplesmente a cabeça. Voltou a cair numa atitude indiferente, e fez um gesto ténue de intolerância.

— Não pode ser totalmente indiferente ao facto de ser amada — disse ele, tornando-se mais nervoso e mais urgente. — A sua existência constitui toda a minha felicidade. Ofereço-lhe os meus serviços e a minha dedicação. Não peço qualquer recompensa. — (Ele falava agora muito rapidamente e de forma quase inaudível.) — Pode aceitar o meu amor sem ter de o devolver. Eu não quero... fazer um negócio. Se precisar de um amigo, pode acreditar em mim com mais confiança porque sabe que a amo.

— Oh, acha que assim — disse Gertrude, interrompendo-o. — Haverá de conseguir superar isso. Eu não sou o tipo de pessoa por quem os homens se apaixonam. Em breve, mudará de ideias.

— Nem pensar! Oh, sabe tão pouco de mim! — disse ele, tornando-se eloquente. — Tive bastante tempo para mudar, mas estou tão determinado como sempre estive. Se duvidar, espere e ponha-me à prova. Mas não seja rude comigo. Causa-me mais dor do que pode imaginar quando se mostra apressada ou indiferente. Estou a falar a sério.

— Ah, ah! Isso é fácil de dizer.

— Não por mim. Posso mudar a minha opinião sobre outras pessoas de acordo com o meu humor, mas acredito firmemente na sua bondade e beleza... como se fosse um anjo. Sou sincero no meu amor por si, tal como sou sincero em relação à minha própria vida, que só poderá melhorar com a sua ajuda e influência.

— Está muito enganado se pensa que eu sou um anjo.

— Está errada ao desconfiar de si mesma, mas estou a tentar falar do que lhe ficarei a dever e não do que espero de si quando lhe digo que se assemelha a um anjo. Sei muito bem que não é um anjo para si própria. Mas é-o para mim.

Ela sentou-se obstinadamente em silêncio.

— Não vou pressioná-la para que me dê uma resposta agora. Estou satisfeito por lhe ter dado a conhecer o que sinto, finalmente. Vamos regressar juntos?

Ela olhou em volta lentamente para a cicuta e daí para o rio. De seguida, pegou na cesta, levantou-se e preparou-se para partir, como se estivesse a ser obrigada.

— Precisa de mais cicuta? — perguntou ele. — Se assim for, vou colher um pouco para si.

— Quem me dera que me deixasse sozinha — disse ela, com uma raiva súbita. E acrescentou, um pouco envergonhada de si mesma: — Estou com dores de cabeça.

— Lamento muito — disse ele, desanimado.

— Não me apetece ouvir ninguém. Faz-me doer a cabeça ouvir as outras pessoas.

Humildemente, ele retirou a bicicleta da vala e empurrou-a, seguindo ao lado dela até Beeches, sem dizer uma só palavra. Entraram pela estufa e separaram-se na sala de jantar. Antes de o deixar, ela afirmou, com um pouco de remorso:

— Eu não queria ser rude, Sr. Erskine.

Ele corou, murmurou algo e tentou beijar a mão dela. Mas ela afastou-a e saiu rapidamente da sala. Ele sentiu-se atormentado por esta repulsa e deixou-se ficar mortificado a pensar nessa atitude até ser perturbado pela entrada de uma criada. Depois de a criada lhe dizer que *Sir* Charles estava na sala de bilhar, Erskine foi ter com ele e perguntou-lhe descuidadamente se já ouvira a novidade.

— Acerca da menina Wylie? — perguntou *Sir* Charles. — Sim, acho que sim. Acho que já toda a gente sabe, ainda que não sejam noivos há mais de três horas. Já viu isto? — E empurrou um par de jornais sobre a mesa.

Erskine teve de fazer várias tentativas antes de conseguir ler.

— Foi um pateta em assinar aquele documento — disse ele. — Eu disse-lhe isso naquela altura.

— Eu acreditava que o indivíduo era um cavalheiro — disse *Sir* Charles calorosamente. — Não me apercebi de que estava a ser um pateta. Vejo que ele é um canalha e em relação a esta questão da menina Wylie dar-lhe-ei a conhecer a minha opinião. Deixe-me dizer-lhe, Chester, que ele actuou rapidamente e de forma desleixada com a menina Lindsay. Lá em cima, está em curso uma confusão dos diabos. A menina Wylie acabou de dizer à Jane que tem de voltar para casa de imediato e declara que não quer ter nada que ver com Trefusis se a menina Lindsay já estava comprometida com ele. E a Jane está irritada por ele admirar outras pessoas e não apenas a ela. É bem feito para mim, pois os meus instintos advertiram-me contra aquele indivíduo desde a primeira hora. — Precisamente nesse instante, o almoço foi anunciado. Gertrude não desceu. Agatha manteve-se silenciosa e mal-humorada. Jane tentou fazer Erskine descrever a sua caminhada com Gertrude, mas ele escapuliu-se à curiosidade dela omitindo no seu relato praticamente tudo, com excepção dos lugares-comuns.

— Parece-me que a conduta dela é muito estranha — disse Jane. — Ela insiste em ir para a cidade no comboio das quatro horas. Eu acho que não está a ser bem-educada para comigo, embora ela sempre tenha feito questão em se comportar com toda a perfeição. Nunca tinha ouvido uma coisa assim!

Depois de saírem da mesa, seguiram juntos até à sala de estar. Pouco depois de ali chegarem, Trefusis foi anunciado, e apresentou-se perante eles antes ainda de terem tempo para esconder a expressão de consternação que o seu nome provocara em todos os rostos.

— Vim despedir-me — disse ele. — Acho que tenho de ir para a cidade no comboio das quatro horas de maneira a fazer avançar pessoalmente os meus preparativos. Os telegramas que recebi denunciam sobretudo demoras. Já viram o *Times*?

— Já vi, de facto — disse *Sir* Charles, enfaticamente.

— Também está num outro jornal e será publicado em mais meia dúzia de jornais no decurso da próxima quinzena. Os homens que se empenham numa opinião têm sempre problemas com os jornais. Uns porque não conseguem chegar a eles, outros porque não se conseguem manter fora deles. Se tivesse apresentado um manifesto revolucionário estrondoso, não haveria um só jornal que tivesse ousado aludir a ele: não há maior cobardia do que a cobardia de Fleet Street![1] Tenho de me despachar, pois ainda tenho

[1] Fleet Street é uma rua em Londres, Inglaterra, assim baptizada em homenagem ao rio Fleet. Tendo sido a sede da imprensa britânica até à

muitas coisas para fazer e já são quase três horas. Adeus, *Lady* Brandon, e a todos.

Apertou a mão de Jane, acenou rapidamente aos restantes, sem fazer qualquer distinção em favor de Agatha, e saiu a correr. Eles olharam para ele por alguns momentos e depois Erskine saiu a correr, descendo dois degraus de cada vez. Apesar disso, teve de correr até à avenida antes de chegar a Trefusis.

— Trefusis — disse ele ofegante —, não deve ir no comboio das quatro horas.

— Porque não?

— A menina Lindsay vai para a cidade nesse comboio.

— Tanto melhor, meu caro rapaz, tanto melhor. Não tem ciúmes de mim agora, pois não?

— Ouça, Trefusis. Eu não sei e não pergunto o que aconteceu entre si e a menina Lindsay, mas o seu noivado perturbou-a muito, e ela está de saída para Londres por causa disso. Se ela souber que o senhor vai no mesmo comboio, terá de esperar até amanhã, e eu acho que o atraso seria muito desagradável. Pretende infligir-lhe essa mágoa suplementar?

Trefusis, evidentemente preocupado, olhou duvidosamente para Erskine e ponderou por alguns instantes.

— Acho que está a pensar de forma errada em relação a isso — disse ele. — As minhas relações com a menina Lindsay não eram do género sentimental. Já lhe disse alguma coisa... sobre si próprio, quero eu dizer?

— Falei com ela sobre as duas coisas, e sei pelos seus próprios lábios que tenho razão.

Trefusis assobiou.

— Não é a primeira vez que tenho a prova dos meus sentidos nessa matéria — disse Erskine significativamente. — Peço-lhe que pense nisso a sério, Trefusis. Perdoe a minha franqueza ao dizer-lhe

década de 1980, continua a ser usada metonimicamente para designar a imprensa britânica, mesmo depois de os grandes representantes dos média terem abandonado essa rua. [N. do T.]

que nada senão a sua própria e absoluta falta de sentimentos poderia desculpá-lo pela forma como tem agido em relação a ela.

Trefusis sorriu.

— Perdoe-me, pelo meu lado, pela curiosidade que sinto — disse ele. — O que diz ela à sua proposta?

Erskine hesitou, demonstrando pela sua atitude que pensava que Trefusis não tinha qualquer direito a fazer essa pergunta.

— Ela não diz nada — respondeu.

— Huuum! — disse Trefusis. — Bem, pode confiar em mim relativamente ao comboio. Juro-o com a mão sobre a Bíblia.

— Obrigado — disse Erskine fervorosamente. Apertaram as mãos e despediram-se. Trefusis afastou-se com um sorriso sugestivo de qualquer coisa, mas não de boa-fé.

Capítulo XVII

Gertrude, sem saber até que ponto revelara já a sua decepção, acreditava que a ansiedade relativamente à saúde do pai, que alegara como motivo para a partida repentina, era uma desculpa suficientemente plausível para que os amigos não reparassem na sua relutância incontrolável em falar com Agatha ou em suportar a sua presença, e para que não vissem a sua retracção feroz perante o género de piedade que normalmente era concedido a uma mulher desiludida e, acima de tudo, para que não notassem o pavor que sentia em poder voltar a encontrar Trefusis. Durante algum tempo, pensara nele como um homem recto e perfeito, profundamente interessado nela. No entanto, e apesar de ter recebido uma educação relativamente liberal, Gertrude não fazia a mínima ideia de outro interesse que um homem pudesse alimentar relativamente a uma mulher senão o desejo de se casar. Ele tinha-se esforçado, nos momentos sérios, para a tornar sensível à baixeza que via na sua mundanidade, elogiando-a na convicção aparente, que ela compartilhava, de que ela seria capaz de viver uma vida mais elevada. Quase no mesmo instante, um laivo de galanteio, que era incorrigível nele e a que o seu humor e a sua ternura para com as mulheres de que gostava concedia alguma variedade e charme, sobrepunha-se à sua seriedade com uma rapidez tal que o temperamento muito menos flexível dela não conseguia seguir. Daí que ela, continuando a encará-lo seriamente quando ele se desviara para o romance, tinha sido perigosamente enganada. Trefusis não sentia escrúpulos de consciência por aquela atitude namoradeira, porque não estava habituado a pensar em si próprio como alguém capaz de inspirar o amor nas mulheres, e Gertrude não sabia que a sua beleza conferia a uma hora passada a sós com ela um encanto efémero a que poucos homens de imaginação e trato conseguiam resistir. Ela, que vivia no mercado do casamento desde que saíra da escola, encarava o namoro como o assunto mais sério da vida. Para ele, era apenas uma espécie de frivolidade agradável, reforçada por um traço de tristeza quando pensava que tinha muito pouco significado.

De entre as cerimónias anteriores à sua partida, a que lhe custara mais fora o beijo que se sentira na obrigação de oferecer a Agatha. Sentira inveja dela no colégio, onde pensava em si própria como a melhor das duas, mas essa opinião de pouco servira para a consolar em relação à inteligência superior de Agatha, à sua destreza de mãos, audácia, aptidão de recursos, capacidade de formar ou seguir intrincadas associações de ideias, e o consequente poder para deslumbrar as restantes pessoas. A inveja que sentia relativamente a essas qualidades era agora ainda mais difícil de suportar, pois sabia que eram características muito mais próximas de Trefusis do que aquelas que sabia serem suas. Pouco lhe importava como se via a si própria em comparação com Agatha. Mas era muito importante (pensava ela) que para Trefusis parecesse ser uma pessoa tão lenta, dura, fria e estudada, e não tinha maneira de lhe fazer compreender que não era efectivamente assim. Pois não conseguia admitir a justiça das impressões em função do que não tinha intenção de fazer, por muito habitual que assim fosse. Gertrude tinha a teoria de que não era ela própria, mas sim o que teria gostado de ser. Quanto à única qualidade em que sempre se sentira superior a Agatha, e que ela chamava «boa educação», Trefusis conseguira até então destruir essa sua vaidade de tal maneira que começava a duvidar se não seria o seu principal defeito.

Não foi capaz de proferir uma só palavra enquanto abraçava a sua colega de escola, e Agatha também tinha a língua presa. Mas havia uma grande ternura de remorso nos sentimentos que as sufocavam. O silêncio de ambas teria sido estranho, se não fosse a loquacidade de Jane, que falava o suficiente pelas três. *Sir* Charles estava no exterior, na carruagem, à espera para levar Gertrude à estação. Erskine interceptou-a na zona de entrada enquanto ela passava, disse-lhe que se sentia desolado por ela ter de partir e implorou-lhe que se lembrasse dele, uma petição simples, que a comoveu um pouco, e que a fez notar que os olhos escuros dele tinham uma eloquência suplicante que ela já observara anteriormente nos cangurus dos jardins da Sociedade Zoológica.

Enquanto seguiam para o comboio, *Sir* Charles apressou o cavalo, de maneira a evitar uma conversa sobre o tema da partida repentina da sua hóspede. Fez algumas observações sobre a inconstância dos póneis mais jovens e sobre o tempo, e foi tudo o que disse até ao momento de chegarem à estação, um belo edifício situado em campo aberto, com vista para o rio a partir da plataforma. Havia dois fiacres à espera, dois carregadores, um quiosque e um bufete com uma beleza negligenciada e ansiosa colocada atrás do balcão. *Sir* Charles esperou junto à bilheteira para comprar um bilhete para Gertrude, que seguiu para a plataforma. A primeira pessoa que ali viu foi Trefusis, muito próximo dela.

— Estou de partida para a cidade neste comboio, Gertrude — disse ele rapidamente. — Permita-me que tome conta de si. Tenho algo para lhe dizer, porque tomei conhecimento de alguns mal-entendidos entre nós que têm de parar imediatamente. Você...

Precisamente nesse instante, *Sir* Charles saiu e ficou surpreendido por os ver a conversar.

— Acontece que vou neste comboio — disse Trefusis. — Tomarei conta da menina Lindsay.

— A menina Lindsay leva consigo a sua criada — disse *Sir* Charles, quase a gaguejar e olhando para Gertrude, cuja expressão era inescrutável.

— Podemos seguir na carruagem-restaurante — disse Trefusis. — Aí poderemos viajar de uma forma tão recatada como se estivéssemos num canto de uma sala de estar repleta. Posso viajar consigo, ou não? — perguntou ele, reparando no olhar perturbado de *Sir* Charles e virando-se para Gertrude para lhe pedir autorização.

Ela pensou que negar tal pretensão seria o mesmo que deitar fora a sua última oportunidade de felicidade. No entanto, resolveu negar-lhe tal pedido, ainda que pensasse que iria morrer de tristeza durante a viagem até Londres. Enquanto levantava a cabeça para o proibir ainda mais enfaticamente, encontrou o olhar dele, que era grave e expectante. Por instantes, perdeu a presença de espírito e, nesse momento, disse:

— Sim. Ficarei muito contente.

— Bem, se assim é — disse *Sir* Charles, no tom de alguém cuja simpatia fora alienada por uma raiva imperdoável —, não vale a pena eu ficar à espera. Deixo-a nas mãos do Sr. Trefusis. Adeus, menina Lindsay.

Gertrude estremeceu. A indelicadeza de um homem normalmente delicado era difícil de suportar num momento de despedida. Estendeu-lhe a mão em silêncio quando Trefusis disse:

— Aguarde até partirmos. Se acaso morrermos na viagem, algo que é sempre possível de acontecer nas linhas ferroviárias inglesas, recriminar-se-á por não ter ficado connosco até ao fim. Está a chegar o comboio, não o vai atrasar um minuto. Diga a Erskine que me viu aqui, que eu não esqueci a minha promessa e que ele pode confiar em mim. Entre aqui, menina Lindsay.

— A minha criada — disse Gertrude, hesitante, pois não fazia tenções de viajar daquela maneira tão dispendiosa. — Ela...

— Ela vem connosco para tomar conta de mim. Tenho bilhetes para todos — disse Trefusis, permitindo a entrada da mulher.

— Mas...

— Por favor, aos seus lugares — disse o guarda-linha. — Vai no comboio, senhor?

— Adeus, *Sir* Charles. Peço-lhe que entregue os meus cumprimentos a *Lady* Brandon, a Agatha e aos seus queridos filhos, e muito obrigado por uma muito agradável... — Nesse instante, o comboio partiu, e *Sir* Charles, comovido, sorriu e acenou com o chapéu até ver que Trefusis olhava para trás, na sua direcção, com um sorriso que parecia, naquelas circunstâncias, de tal modo satânico que o fez parar, como que petrificado, a meio das suas gesticulações e ficar com o braço estendido como se fosse um semáforo.

A viagem de regresso a casa serviu para recuperar um pouco, mas continuava a sentir-se algo surpreendido quando voltou a encontrar-se com Agatha, com a sua esposa e com Erskine, na sala de estar em Beeches. No momento em que entrou, disse sem mais delongas:

— Ela foi-se embora com o Trefusis.

Erskine, que estava a ler, levantou-se de imediato, segurando no livro como se estivesse prestes a atirá-lo na direcção de alguém, e gritou:

— Ele estava no comboio?

— Sim, e foi para a cidade nele.

— Então — disse Erskine, arremessando o livro violentamente para o chão —, ele é um canalha e um mentiroso.

— Qual é o problema? — disse Agatha, erguendo-se, enquanto Jane olhava de boca aberta para ele.

— Peço-lhe perdão, menina Wylie, esqueci-me de si. Ele prometeu-me, pela sua honra, que não iria nesse comboio. Eu vou... — Saiu muito rapidamente da sala. *Sir* Charles correu atrás dele e alcançou-o junto à escadaria.

— Para onde vai? O que pretende fazer?

— Vou seguir o comboio e apanhá-lo na estação seguinte. Consigo fazer isso se for de bicicleta.

— Que patetice! Está louco. Eles têm trinta e cinco minutos de avanço, e o comboio viaja a setenta quilómetros por hora.

Erskine sentou-se nos degraus da escada e fixou o olhar vazio na parede oposta.

— Deve estar confundido — disse *Sir* Charles. — Ele disse-me para lhe dizer que não se tinha esquecido da promessa que lhe tinha feito e que poderia confiar nele.

— Qual é o problema? — perguntou Agatha, descendo as escadas, seguida de *Lady* Brandon.

— Menina Wylie — disse Erskine, pondo-se rapidamente em pé —, ele deu-me a sua palavra de honra que não iria nesse comboio quando eu lhe disse que a menina Lindsay iria nele. Ele quebrou a sua palavra e aproveitou a oportunidade, e eu fui louco e crédulo ao ponto de lhe ter contado tudo. Se tivesse estado no seu lugar, Brandon, eu teria estrangulado aquele homem ou tê-lo-ia atirado para debaixo das rodas do comboio, antes de permitir que ele seguisse viagem com ela. Ele demonstrou, neste assunto como em tudo o mais, ser uma fraude, um conspirador, um indivíduo de caminhos tortuosos, de mudanças, de truques, de sofismas mentirosos, de um egoísmo insensível, de um cruel cinismo... — Parou para recuperar o fôlego, e *Sir* Charles interpôs um protesto.

— Está a emocionar-se por causa de nada, Chester. Eles estão na carruagem-restaurante, com a criada dela e muitas outras pessoas, e ela concedeu-lhe expressamente licença para que ele pudesse seguir viagem com ela. Ele fez-lhe a pergunta sem rodeios à minha frente, e devo dizer que pensei ser algo de estranho para ela consentir. No entanto, ela deu-lhe o seu consentimento e, como é evidente, eu não estava em condições de o impedir de viajar para Londres conforme ele pretendia. Não vamos fazer uma cena, meu velho. Não pode fazer nada para o evitar.

— Lamento muito — disse Erskine, baixando a cabeça. — Eu não queria fazer uma cena. Peço-lhe perdão.

Erskine seguiu para o seu quarto sem dizer uma só palavra. *Sir* Charles seguiu atrás dele e tentou consolá-lo, mas Erskine agarrou na sua mão e pediu-lhe que o deixasse em paz. Portanto, *Sir* Charles regressou à sala, onde a sua esposa, sem conseguir dizer nada pela primeira vez, nem sequer se atrevia a dizer que nunca tinha ouvido tal coisa na sua vida.

Agatha mantinha-se em silêncio. Há muito que chegara inconscientemente à conclusão de que Trefusis e ela eram os únicos elementos do grupo em Beeches que tinham bastante senso comum, e isso não lhe permitia pensar rapidamente que ele poderia estar errado e que Erskine poderia ter alguma razão no desentendimento entre ambos. Ela tinha uma forma algo desleixada de considerar «burras» as pessoas cujos hábitos de pensamento eram diferentes dos seus. De todas as variedades de homens, o poeta menor ascendia totalmente ao conceito de ser humano mais burro, e Erskine, embora fosse, na verdade, uma pessoa genuinamente boa e simpática, na sua opinião, era ainda um poeta menor e, portanto, um burro completo. Trefusis, pelo contrário, era o último homem, entre os seus conhecidos, que ela teria encarado como um indivíduo muito simpático ou um cavalheiro virtuoso, mas não era burro, embora fosse obstinado na defesa das ideias socialistas. Ela suspeitara de facto que ele tinha uma fraqueza quase asinina no que dizia respeito a Gertrude, mas afinal todos os homens eram burros nas suas relações com as mulheres, e como ele acabara por transferir a sua fraqueza para ela própria, já não parecia necessitar de justificação. E agora, à medida que a sua preocupação relativamente a Erskine, de quem sentia pena, se desvanecia, Agatha começava a sentir-se ofendida com a viagem de Trefusis e Gertrude como sendo um ataque ao monopólio que recentemente adquirira sobre ele. Havia um ar de orgulho aristocrático em Gertrude que Agatha anteriormente invejara, e que ainda temia que Trefusis pudesse confundir com um indicador de dignidade e refinamento. Agatha não acreditava que aquele ressentimento fosse o sentimento comum a que se chama ciúme, pois considerava-se única, mas dava-lhe uma sensação de maldade que não serviu para melhorar o seu ânimo.

O jantar foi aborrecido. *Lady* Brandon falava em voz baixa, como se estivesse alguém morto na sala ao lado. Erskine sentia-se deprimido com a consciência de ter perdido a cabeça e de ter agido estupidamente durante a tarde. *Sir* Charles não fingia ignorar o *suspense* em que estavam, na expectativa de notícias sobre a viagem até Londres. Comeu e bebeu, e não disse nada. Agatha, desgostosa consigo mesma e com Gertrude, e sem saber se também se deveria sentir desgostosa relativamente a Trefusis ou se deveria confiar afectuosamente nele, seguiu o exemplo do anfitrião. Depois do jantar, acompanhou-o numa série de canções de Schubert. Isso demonstrou ser ainda pior e não um alívio. *Sir* Charles, excedendo-se na expressão da melancolia, preferia músicas com essas características; e como as suas ideias musicais, tal como as da maioria dos ingleses, assentavam no que ouvira na igreja durante a infância, o seu estilo era opressivamente monótono. Agatha aproveitou a primeira desculpa para abandonar o piano. *Sir* Charles sentia que o seu desempenho tinha sido um fracasso e comentou, depois de uma ou duas tossidelas, que sentira um pouco de frio quando regressara da estação. Erskine sentava-se num sofá com a cabeça inclinada e as palmas das mãos unidas e penduradas entre os joelhos. Agatha estava à janela, observando o brilho do final do Verão. Jane bocejou e, de imediato, quebrou o silêncio.

— Estás exactamente igual ao que eras na escola, Agatha. Quase podia imaginar-nos de novo na sala Número Seis.

Agatha abanou a cabeça.

— Alguma vez me pareço assim... como eu, como eu costumava ser?

— Nunca — disse Agatha enfaticamente, virando-se e examinando a figura de que a menina Carpenter fora a antecedente.

— Mas porquê? — disse Jane num tom de lamento. — Não vejo porque não me deveria parecer assim. Não mudei assim tanto.

— Tornaste-te uma mulher muito bonita, Jane — disse Agatha com gravidade e, de seguida, sem saber porquê, rodou o seu olhar atento na direcção de *Sir* Charles, que o recebeu com alguma inquietação e saiu da sala. Um minuto depois, regressou com dois envelopes amarelo-claros na mão.

— Um telegrama para si, menina Wylie, e outro para o Chester. — Erskine levantou-se algo hesitante, pálido e com alguns receios. Agatha empalideceu, mas retomou a cor normal ainda com mais intensidade quando leu:

> Cheguei em segurança e ridiculamente feliz. Poderá ler mil e uma coisas nas entrelinhas. Escrevo amanhã. Boa noite.

— Podes lê-lo — disse Agatha, entregando-o Jane.

— Muito bonito — disse Jane. — Um xelim de atenções... menos de vinte palavras! Pode muito bem chamar-se a si próprio um economista.

De repente, uma risada de Erskine fez com que todos se virassem e olhassem para ele.

— Que absurdo! — disse ele, corando. — Que sujeito extraordinário! Não posso dar a mínima importância a isto.

Agatha pegou num canto do telegrama e puxou-o suavemente.

— Não, não — disse Erskine, segurando-o firmemente. — É demasiado absurdo. Não me parece que devo...

Agatha puxou decisivamente o papel e leu a mensagem em voz alta. Era de Trefusis:

> Perdoo os seus pensamentos desde o regresso de Brandon. Escreva-lhe esta noite e acompanhe a sua carta para receber uma resposta afirmativa pessoalmente. Prometi que poderia confiar em mim. Ela ama-o.

— Nunca tinha ouvido tal coisa na minha vida — disse Jane. — Nunca!

— Ele é seguramente um indivíduo extremamente irresponsável — disse *Sir* Charles.

— Estou feliz, por mim própria, por ele não ser tão mau quanto o pintam — disse Agatha. — Pode acreditar em cada uma das palavras dele, Sr. Erskine. Certifique-se de que faz o que ele lhe diz. Ele tem quase a certeza de ter razão.

— Pooh! — disse Erskine, amassando o telegrama e metendo-o no bolso, como se não valesse a pena pensar segunda vez no assunto. Saiu de imediato e não regressou. Quando estavam prestes a retirar-se, *Sir* Charles perguntou a um criado onde estava Erskine.

— Na biblioteca, *Sir* Charles, a escrever.

Olharam significativamente uns para os outros e seguiram para os respectivos quartos, sem o incomodar.

Capítulo XVIII

Quando Gertrude se viu ao lado de Trefusis, na carruagem-restaurante, perguntou-se como acabara por viajar com ele contra a sua própria resolução, se não mesmo contra a sua própria vontade. Na presença de duas mulheres que a examinavam como se suspeitassem de que ela estava ali sem ter motivos decentes para isso, um passageiro do sexo masculino que a admirava um pouco exageradamente, a sua criada que lia os jornais de Trefusis a uma distância em que não os ouvia, um cavalheiro do campo desinteressado e que olhava melancolicamente pela janela, um homem da cidade preocupado com o *Economist*, e uma senhora educada que se abstinha de olhar, mas não de observar, Gertrude achava que não deveria fazer uma cena. Contudo, sabia que não estava ali para manter uma conversa normal. As suas dúvidas não duraram muito. Ele começou de imediato a falar e foi directamente à questão.

— O que acha deste meu noivado?

Era mais do que ela poderia suportar com toda a calma.

— Que tenho eu que ver com isso? — perguntou ela, indignada. — Não tenho nada que ver com esse assunto.

— Nada! Então, é uma amiga muito fria para mim. Pensei que era uma das minhas amigas mais seguras.

Gertrude movimentou-se, como se estivesse prestes a olhar para ele, mas conteve-se, cerrou os lábios e fixou os olhos no lugar vago à sua frente. A censura que ele merecia estava muito para lá da sua capacidade de expressão.

— Agarro-me ainda a essa convicção, apesar da indiferença da menina Lindsay relativamente aos meus assuntos. Mas confesso que não sei muito bem como levá-la a sentir alguma simpatia por mim em relação a este assunto. Em primeiro lugar, nunca foi casada, eu já. Em segundo, é muito mais nova do que eu, em muito mais aspectos do que simplesmente na idade. Muito provavelmente, metade das suas ideias sobre o assunto resulta de ficções em que os resultados felizes estão ligados a condições muito mal calculadas para produzir tais consequências... e que, na vida real, quase nunca as conseguem produzir. Se a nossa amizade fosse um capítulo de um romance, qual seria o resultado? Então, eu deveria casar-me consigo, ou a menina ficava com o coração partido devido à minha traição.

Gertrude moveu os olhos como se tivesse a intenção de levantar voo.

— Mas como as nossas relações são reais e, portanto, muito mais doces, devo dizer que nunca sonhei em casar consigo depois de ter conquistado a sua amizade, sem pensar no negócio que o nosso século XIX mantém sempre em aberto, mesmo enquanto dorme. A menina, mostrando-se igualmente desinteressada no que me diz respeito, não acha que tem o coração partido, mas está, suponho eu, um pouco magoada com a minha aparente planificação e deliberação relativamente a um passo tão sério como o casamento com Agatha sem lhe ter confiado as minhas intenções. E castiga-me dizendo-me que não tem nada que ver com isso... que não é nada consigo. Mas eu nunca planifiquei esse passo e, por isso, não tinha nada a esconder-lhe. Foi concebido e executado em menos de um minuto. Apesar de o meu primeiro casamento ter sido uma patetice por amor, e um fracasso, sempre admiti perante mim próprio que deveria casar novamente. Um solteiro é um homem que se esquiva a responsabilidades e deveres. Eu procuro-os, e considero ser meu dever, com o meu monstruoso excesso de meios, não permitir que os individualistas tenham mais filhos do que eu. Ainda assim, não tinha pressa, pois tinha outras coisas em que me ocupar e gostava da liberdade de solteiro, além de, por vezes, duvidar do direito a trazer mais ociosos ao mundo para serem alimentados pelos trabalhadores. Depois disso, surgiu a dificuldade habitual sobre a senhora a escolher. Eu não queria uma pessoa para me ajudar, pois sei fazer muitas coisas. Nem esperava ser amado com dedicação, pois a raça humana ainda não desenvolveu uma pessoa capaz de ser amada graças ao conhecimento minucioso. Até mesmo o meu amor-próprio não é minucioso nem constante. Pretendia uma companheira genial para os assuntos domésticos, e Agatha pareceu-me, de repente, a pessoa mais capaz para aquilo que eu desejava e poderia encontrar no mercado do casamento, onde é extremamente difícil encontrarmos o que pretendemos, e onde é mais provável que os melhores negócios sejam feitos por outros se hesitarmos durante demasiado tempo na esperança de encontrarmos algo melhor. Admiro a coragem e a capacidade de Agatha, e acredito que serei capaz de a tornar semelhante a mim, e a ligação assim iniciada poderá transformar-se numa união saudável ou necessária entre duas pessoas diferentes. Posso enganar-me quanto ao carácter dela, porque não a conheço como a conheço a si, e ainda não confio o suficiente nela para lhe dizer coisas como as que lhe disse a si. Ainda assim, há uma pitada de romance consolador nesta transacção. Agatha tem encanto. Não acha?

A emoção de Gertrude tinha desaparecido. Respondeu com um frio desdém:

— Muito romântico, de facto. Ela tem muita sorte.

Trefusis riu-se um pouco e depois suspirou ligeiramente, aliviado por a ver tão confiante.

— Parece... e é, de facto... o cálculo egoísta de um viúvo desiludido. A menina não daria valor a tal oferta, nem sentiria inveja da sua destinatária?

— Não — disse Gertrude com um calmo desprezo.

— No entanto, há um pouco de cálculo por trás de tal oferta. Casamo-nos para satisfazermos as nossas necessidades e, quanto mais sensatas forem as nossas necessidades, mais provável será que as consigamos satisfazer. Vejo que está aborrecida comigo, e eu receava isso. É o género de mulher que não admite nenhuma outra desculpa para o meu casamento senão o amor... o amor puro e emocional, que cega a razão.

— Na verdade, não me importo...

— Não diga isso, Gertrude. Observo cada passo que dá com ansiedade, e não acredito que seja indiferente à dignidade da minha conduta. Acredite em mim, o amor é uma paixão demasiado valorizada. Poderia ser irremediavelmente desacreditado, se não fossem os jovens e os romancistas, que vivem à custa das suas loucuras e têm um interesse permanente na sua reabilitação. Nenhuma relação que envolva direitos divididos e um convívio contínuo entre duas pessoas pode subsistir permanentemente apenas à custa do amor. Contudo, o amor não deve ser desprezado quando se trata de uma natureza requintada. Há um homem que a ama exactamente como acha que eu deveria amar a Agatha... e como não a amo.

A emoção de Gertrude tumultuou-se novamente, e o seu rosto ruborizou-se um pouco.

— Não tem o direito de me dizer essas coisas agora — disse ela.

— Por que motivo não posso defender a causa de outro? Falo de Erskine. — Gertrude empalideceu, e ele prosseguiu: — Quero que se case com ele. Quando estiverem casados, entender-me-á melhor, e a nossa amizade, que agora está abalada, aprofundar-se-á. Porque, atrevo-me a assegurar-lhe, agora que já não pode compreender de forma errada aquilo que pretendo dizer, nenhuma outra mulher que esteja viva vale mais para mim do que você. Lá se vai a inevitável razão egoísta. Erskine é um pobre e na sua pobreza confortável (passe a expressão) está a vossa possibilidade de se salvarem da baixeza de casarem por riqueza e posição, uma baixeza que as mulheres da sua classe enfrentam constantemente. Elas procuram isso, você deve evitá-lo. Ele é honesto e ama-a. É jovem, saudável e adequado. Que mais pensa que o mundo tem para lhe oferecer?

— Muito mais, espero eu. Muito mais.

— Receio que os nomes que posso atribuir às coisas não sejam suficientemente românticos. Ele é um poeta. Talvez ele fosse um herói caso fosse possível a um homem ser um herói neste século XIX, que será infame para a história e que será visto como uma época em que os maiores avanços no poder do homem sobre a natureza serviram apenas para aguçar a sua ganância e fazer da fome o seu ministro confesso. Erskine, pelo menos, não é um jogador, nem um condutor de escravos. Se vive à custa da mão-de-obra saqueada, é porque não pode fazer mais do que eu. Não diga que espera muito mais, mas diga-me, se puder, que mais poderá obter? A propósito, não estou a perguntar-lhe que mais deseja, pois todos nós desejamos coisas indizíveis. Pergunto-lhe que mais poderá obter!

— Não considerei o Sr. Erskine uma pessoa tão maravilhosa como parece pensar.

— É apenas um homem. Conhece alguém mais maravilhoso?

— Além disso, a minha família pode não aprovar.

— Certamente que não aprovará. Se deseja agradar-lhes, deve vender-se a algum vampiro rico das fábricas ou a algum grande proprietário de terras. Se se entregar a um pobre poeta que a ama, o desgosto da sua família será ilimitado. Se uma mulher deseja honrar o pai e a mãe para satisfação de ambos, hoje em dia tem de se desonrar a si própria.

— Não compreendo porque parece estar tão ansioso por que eu me case com outra pessoa?

— Com outra pessoa? — perguntou Trefusis, intrigado.

— Eu não quero dizer outra pessoa — disse apressadamente Gertrude, ruborizada. — Por que motivo devo casar-me, afinal?

— Mas, afinal, porque é que uma pessoa se casa? Porque me vou casar? É uma função que anseia por ser satisfeita. Se não nos casamos a tempo por opção, acabamos por ser levados a fazê-lo posteriormente devido à inoportunidade dos pretendentes e da família, e devido ao cansaço do *suspense* que antecede o momento definitivo de assentarmos. Case-se com generosidade. Não se deixe desperdiçar ou vender. Entregue-se. O Erskine tem tanto em jogo quanto você e, no entanto, ele oferece-se sem medo.

Gertrude ergueu a cabeça orgulhosamente.

— É verdade — prosseguiu Trefusis, observando o gesto com um pouco de raiva —, que ele a tem a si em mais elevada conta do que a menina merece. Enquanto você, por outro lado, pensa muito mal dele. Quando se casar com ele, deverá salvá-lo de uma desilusão cruel, erguendo-se ao nível a que ele a imagina. Isso irá custar-lhe algum esforço, e o esforço far-lhe-á bem, quer venha a falhar ou a ter sucesso. Quanto a ele, acabará por encontrar o nível adequado na sua estima se os seus pensamentos chegarem suficientemente alto para o compreender a esse nível.

Gertrude moveu-se com impaciência.

— Quê!? — disse ele rapidamente. — Será que os meus sacrifícios verborreicos ao deus da razão são de mau gosto? Acredito que estou involuntariamente a fazer tais sacrifícios porque, afinal, sinto ciúmes dele. Apesar de tudo, estou a falar a sério. Quero que se casem, embora eu venha a alimentar sempre um rancor secreto contra o homem que se casar consigo. Agatha vai suspeitar que a traio se não se casar. O Erskine será um homem desiludido se não o fizer. Você será mal-humorada, uma desgraçada e... e solteira, se não o fizer.

As maçãs do rosto de Gertrude coraram com a palavra ciúmes e, de novo, perante a referência a Agatha.

— E se eu o fizer — disse ela amargamente —, o que sucederá?

— Se fizer isso, a mente de Agatha ficará descansada, o Erskine ficará feliz e você também será feliz! Ter-se-á sacrificado e alcançará a felicidade resultante de algo que vale a pena.

— Foi você que me sacrificou — disse ela, deixando para trás das costas as reticências que sentia e olhando para ele pela primeira vez durante a conversa.

— Eu sei — disse ele, inclinando-se na direcção dela e semi-sussurrando as palavras. — Não é a renúncia, o princípio e o fim da sabedoria? Sacrifiquei-a a si ao invés de profanar a nossa amizade, pedindo-lhe para partilhar toda a vida comigo. Você não é a pessoa adequada para isso, e eu comprometi-me com uma outra união, e estou a pedir-lhe que siga o meu exemplo, de maneira que não tenhamos de nos tentar mutuamente a dar um passo que rapidamente lhe revelaria que é verdadeiro aquilo que lhe digo que não é adequado para si. Nunca lhe permiti que vagueasse pelos compartimentos da minha consciência, mas guardo nesse espaço um santuário para si e mantê-lo-ei inviolado para sempre. Nem mesmo Agatha virá a ter acesso a essa chave, pois terá de se contentar com os outros compartimentos: a sala de estar, o gabinete de trabalho, a sala de jantar, e assim por diante. Esses não seriam adequados para si, não gostaria da mobília nem dos convidados. Após algum tempo nem sequer gostaria do proprietário. Será que vai ficar satisfeita com esse santuário? — Gertrude mordeu ligeiramente o lábio. Viam-se lágrimas nos seus olhos. Olhou suplicante para ele. Se estivessem sozinhos, ela ter-se-ia atirado para os braços dele e ter-lhe-ia pedido que ignorasse tudo, excepto a ligação entre ambos.

— E você vai manter um canto do seu coração para mim?

Ela lançou-lhe lentamente um olhar doloroso de aquiescência.

— Será que vai conseguir ser corajosa e sacrificar-se ao pobre que a ama? Ele vai salvá-la da solidão inútil, ou de um casamento mundano... não consigo suportar a ideia de qualquer dessas possibilidades para o seu destino.

— Eu não sinto nada pelo Sr. Erskine — disse ela, incapaz de controlar a voz —, mas casar-me-ei com ele, se é o que deseja.

— Desejo isso fervorosamente, Gertrude.

— Então prometo que o faço — disse ela, ainda com alguma amargura.

— Mas não se vai esquecer de mim? O Erskine terá tudo excepto isso... uma terna lembrança... nada.

— Posso fazer mais do que acabei de prometer?

— Talvez sim, mas sou demasiado egoísta para poder imaginar alguma coisa mais generosa. A nossa renúncia ligar-nos-á um ao outro de uma maneira que a nossa união nunca conseguiria fazer.

Trocaram um longo olhar. De seguida, ele retirou o relógio do bolso e começou a falar sobre a duração da viagem, agora quase no fim. Assim que chegaram a Londres, a primeira pessoa que reconheceram na plataforma foi o Sr. Jansenius.

— Ah! Recebeu o meu telegrama, conforme vejo — disse Trefusis. — Muito obrigado por ter vindo. Aguarde um pouco enquanto conduzo a senhora a uma carruagem.

Depois de fazer entrar Gertrude para a carruagem, e de ela, juntamente com a criada, estar lá dentro, Trefusis sussurrou-lhe apressadamente:

— Apesar de tudo, sinto aqui uma dor muito pesada — (indicando o coração): — Você foi corajosa, e eu fui sensato. Não fale comigo, mas lembre-se de que seremos grandes amigos para sempre.

Tocou na mão dela e virou-se para o cocheiro, indicando-lhe que podia seguir. Gertrude encolheu-se a um canto da carruagem, enquanto esta se afastava. De seguida, Trefusis, expandindo o peito como se fosse um homem recentemente libertado da escravidão provocada por algumas dores, regressou para junto do Sr. Jansenius.

— Ali vai uma mulher de verdade — disse ele. — Passei a viagem a persuadi-la a seguir o melhor caminho que tem à sua frente. Comecei por falar com alguma noção das coisas, como um homem de honra, e assim continuei durante cerca de meia hora, mas ela não me quis ouvir. Depois, disse-lhe algumas patetices românticas, do género mais rasca, durante cinco minutos, e ela consentiu com lágrimas nos olhos. Vamos aproveitar este cabriolé. Ei! Belsize Avenue. Sim, por vezes temos de responder a uma mulher de acordo com a sua feminilidade, da mesma maneira que temos de responder a um tolo de acordo com a sua loucura. Já decidiu, Jansenius, se eu sou um homem excepcionalmente honesto ou um dos piores produtos da organização social que desperdiço todas as minhas energias a atacar... em resumo, um sacana infernal?

— Peço-lhe que não seja absurdo — disse o Sr. Jansenius. — Fico admirado quando vejo um indivíduo com a sua capacidade agir e falar como, por vezes, faz.

— Penso que é desculpável um pouco de insinceridade, quando destinada a actuar como clorofórmio (para salvar uma mulher de se sentir ferida na sua vaidade). A propósito, tenho de enviar dois telegramas a partir do primeiro posto de correios por onde passarmos. Bem, senhor, vou-me casar com a Agatha, conforme lhe comuniquei. Só havia um outro homem solteiro e uma outra virgem em Brandon Beeches, e já estão quase noivos. Assim sendo...

— Manel com Maria, só há alegria; Cada um com seu par, Para bem acabar.

Anexo

Carta ao Autor, do Sr. Sidney Trefusis.

Meu caro senhor: Penso que os meus amigos não estão muito satisfeitos com o relato que deles fez no seu inteligente romance intitulado *Um Socialista Associal*. Já percebeu que considero ser meu dever comunicar toda a minha história, sem reservas, a todas as pessoas que pretendam ser orientadas ou advertidas pela minha experiência, e que não tenho qualquer simpatia pelo espírito que uma das senhoras em causa manifestou recentemente ao dizer que os assuntos dela não eram da sua conta nem da conta das pessoas que lêem os seus livros. Quando pediu a minha permissão, há alguns anos, para fazer uso da minha história, respondi-lhe de imediato que teria toda a justificação para lhe conceder a maior publicidade quer eu consentisse ou não, contanto que tivesse o cuidado de não a falsear por motivos artísticos. Ora, apesar de admitir sem grandes reservas que fez todos os possíveis para satisfazer essa condição, não posso deixar de sentir que, ao apresentar os factos sob a forma de ficção, apresentou-os, apesar de tudo, sob uma luz falsa. As acções descritas nos romances são julgadas de acordo com um sistema romântico de moral tão fictício quanto as próprias acções. As peças tradicionais deste sistema são, conforme Cervantes tentou demonstrar, na sua essência, bárbaras e obsoletas, os acrescentos modernos devem-se, em grande parte, aos leitores e escritores de romances do nosso século, a maioria dos quais são mulheres semi-instruídas, rebeldemente escravas, supersticiosas, sentimentais, repletas de um egoísmo intenso fomentado pela luta que desenvolvem para alcançar a liberdade pessoal, e, fora das respectivas famílias, sem qualquer sentimento social excepto o amor. Enquanto isso, o homem, depois de ter lutado e vencido a sua luta para conquistar esta liberdade pessoal, apenas para descobrir que é um escravo mais abjecto do que anteriormente, está a afastar-se com ódio do seu sonho egoísta de independência relativamente aos interesses colectivos da sociedade, com o bem-estar que agora entende estar indissociavelmente ligado à sua própria felicidade. Mas o homem nesta fase (será que todos já chegaram a ela?) ainda não tem tempo livre suficiente para escrever ou ler romances. No reino dos romances, as mulheres continuam a definir o padrão moral, e, perante elas, os homens, que se revoltam contra a aceitação da paixão de um casal de namorados como a mais elevada manifestação de instinto social e contra a restrição dos afectos no seio de um pequeno círculo de relações de sangue, e de simpatias políticas no interior das fronteiras, são o que elas designam por bestas cruéis. Foi exactamente isso que me chamaram as leitoras do seu romance, e é exactamente isso que, de facto, sou, julgado pelo padrão fictício e feminino da moralidade. Daí que alguns críticos tenham conseguido plausivelmente fingir que aceitaram o livro como uma sátira ao socialismo. Pode ter sido isso, tanto quanto sei, aquilo que pretendia alcançar. Se assim é ou não, lamento que tenha transformado a minha história num romance, pois o efeito foi quase como se me tivesse desvirtuado do princípio ao fim.

Ao mesmo tempo, reconheço que expôs os factos, em geral, com escrupulosa justiça. Na verdade, fez-me um grande elogio ao representar-me constantemente como alguém capaz de pensar nas outras pessoas e por elas, enquanto as restantes pessoas apenas pensam em si próprias, mas, por outro lado, contraditoriamente, chamou-me «associal», que é seguramente o último adjectivo que esperava encontrar ligado ao meu nome. Nego, é verdade, que aquilo que actualmente se chama «sociedade» seja a sociedade em qualquer sentido real, e desejo profundamente que se possa dissolver muito rapidamente, de maneira que aqueles que não estão «na sociedade» possam promover a sua dissolução, destruindo-a violentamente em pequenos pedaços. Mas nenhum leitor de *Um Socialista Associal* precisa que lhe digam de que modo, graças ao exercício de um certo tacto atencioso (que, exteriormente, talvez pareça o oposto de tacto), consegui manter relações agradáveis com homens e mulheres de todas as classes, até mesmo com aqueles cujas opiniões e comportamentos políticos me pareciam ser mais perigosos.

No entanto, não pretendo expor aqui completamente a minha posição, para não parecer enfadonho e ser acusado, não pela primeira vez, de uma certa propensão para palestrar (uma censura que provém naturalmente de pessoas cujas concepções nunca são demasiado vastas para serem expressas dentro dos limites de um telegrama curto). Limitar-me-ei a corrigir alguns mal-entendidos que surgiram, segundo me disseram, entre os leitores que, devido a hábitos inveterados, não conseguem ver qualquer relação entre as condições reais da vida e as pessoas e os acontecimentos de um romance.

Em primeiro lugar, então, gostaria de dizer que a Sra. Erskine não morreu com o coração partido. Erskine, eu e as nossas esposas frequentamos regularmente as casas uns dos outros, e, por isso, estou em posição de declarar que a Sra. Erskine, tendo escapado, graças ao seu casamento, a uma casta vil em que era relativamente pobre e artificialmente infeliz, e em que não vivia em boas condições, é agora, enquanto bela esposa de um crítico de arte, relativamente rica e simpática, activa e goza de boa saúde. O seu principal problema, tanto quanto consigo aperceber-me, é a impossibilidade de se livrar dos parentes ilustres que furtivamente abandonam o esplendor abjecto em que vivem para aparecerem em sua casa para jantar e usufruírem de uma sociedade um pouco mais humana com muito mais frequência do que é conveniente para o pobre Erskine. Ela assumiu uma atitude condescendente para com o pai, o almirante, que aceita a sua condescendência com gratidão, pois a idade fá-lo aceitar cada vez mais a inutilidade da posição social que ocupa. Além disso, ela, como seria de esperar, tornou-se uma defensora extrema do socialismo e, de facto, porque tem grande pressa em alcançar uma nova ordem para as coisas, encara-me como um discípulo indiferente, porque não me proponho interferir na marcha do lento Moinho da Evolução e concretizar a mudança através de um tremendo golpe do povo unido e desperto (que ela, infelizmente em vão, acredita ser já o proletariado). Quanto ao meu próprio casamento, algumas pessoas perguntaram sarcasticamente se eu fugira novamente ou não. Outras perguntaram se tem sido um sucesso. São perguntas tolas. O meu casamento acabou por se transformar em grande medida no que eu esperava que viesse a ser. Acho que as opiniões da minha esposa sobre esse assunto variam de acordo com as circunstâncias segundo as quais são expressas...

Tenho agora de fazer um ou dois comentários sobre as impressões transmitidas pelo estilo da sua narrativa. Não foi concedida proeminência suficiente, na minha opinião, ao destino extraordinário do meu pai, o verdadeiro herói de um romance do século XIX. Eu, que tenho visto a sociedade aceitar relutantemente obras de génio em troca de nada, feitas por homens com dons extraordinários, e ao mesmo tempo pagar milhões ao meu pai, e submeter-se a monstruosas hipotecas sobre a produção futura, em troca de algumas orientações quanto à melhor forma de fabricar e vender algodão, não posso deixar de me interrogar, enquanto preparo a entrega dos meus impostos sobre os rendimentos, se a sociedade foi louca ao sacrificar-se desse modo a ele e a mim. Ele detinha o poder de comprar, construir, escolher, conferir, presidir a comissões e decidir sobre projectos, impor as condições para fazer assentar qualquer coisa sobre uma base financeira sólida. Foi odiado, invejado, desdenhado pela sua origem modesta, censurado pela sua ignorância, no entanto, não havia nada que obtivesse rendimento a menos que ele gostasse ou fingisse gostar de uma coisa. Olho em volta para os nossos edifícios, as nossas estátuas, as nossas fotos, os nossos jornais, os nossos interiores domésticos, os nossos livros, os nossos veículos, a nossa moral, os nossos costumes, as nossas leis e a nossa religião, e vejo a sua mão em todos os lugares, pois todos eles foram feitos ou modificados para lhe agradar. Aqueles que não lhe agradaram acabaram por falhar comercialmente: ele não os comprou, nem os vendeu, nem os aprovou. E se não fosse por seu intermédio, enquanto «senhor da situação industrial», nada podia ser comprado, vendido ou aprovado. O proprietário de terras não podia fazer nada com os seus hectares de terras a não ser alugá-los a ele. Os tesouros dos capitalistas apodreciam e diminuíam até lhe serem emprestados. Os músculos e cérebros dos trabalhadores eram impotentes até lhe serem vendidos. Que filho de um rei não trocaria de lugar comigo, filho do Grande Empregador, o Príncipe dos Mercadores? Não admira que tenham proposto prender-me por traição, quando, ao aplicar os talentos comerciais que herdei dele, apresentei um plano para garantir os seus serviços em prol da sociedade em troca de algumas centenas de libras por ano. Mas, enquanto se aguarda a aprovação do meu plano, não pode descrevê-lo com desprezo como sendo um comerciante vulgar. A realeza industrial, a única verdadeira realeza do nosso século, foi dele graças ao direito divino da sua propensão para os negócios, e eu, seu filho, solicito que respeitem a coroa, cujas receitas herdo. Se não o fizer, meu amigo, o seu livro não renderá.

Ouço dizer, com alguma surpresa, que a bondade da minha conduta para com Henrietta (a minha primeira esposa, conforme deverá recordar-se) tem sido posta em causa. Porquê, não sei com exactidão. Não restam dúvidas de que não me deveria ter casado com ela, mas é uma perda de tempo criticar a decisão de um jovem apaixonado. Uma vez que não aprovo o plano habitual de negligenciar e evitar um cônjuge sem deixar de manter as aparências, não vejo que mais poderia eu ter feito do que desaparecer quando descobri o erro que tinha cometido. Não é mais do que uma política míope esperar que as situações que naturalmente estão destinadas a tornarem-se ainda piores possam ser remediadas. A noção de que a morte de Henrietta aconteceu por culpa minha é irracionalidade pura perante o que sucedeu e não preciso de desculpas a esse respeito, mas tenho de negar qualquer crédito por ter suportado a sua morte como um filósofo. Devia ter feito isso, mas a verdade é que fiquei extremamente afectado naquele momento, e a prova disso mesmo é que eu e Jansenius (a única outra pessoa que se importou) comportámo-nos de uma maneira extremamente imprópria, como sempre acontece aos homens quando ficam verdadeiramente perturbados. Raramente é possível ter um comportamento perfeito perante a morte, com excepção do cangalheiro, que tem a vantagem de não sentir qualquer emoção.

As suas baboseiras (se me permite a palavra) acerca da lápide dão bem a ideia errada da minha atitude nessa ocasião. Mantive-me afastado do funeral por razões que são, penso eu, bastante óbvias e naturais, mas que de alguma forma o senhor não parece ter notado. Admitindo que a minha fantasia pela Hetty era apenas uma nuvem de ilusões, ainda assim eu não poderia, poucos dias depois da sua morte repentina, participar a sangue-frio numa palhaçada grotesca e pagã por cima do seu caixão. Devia ter partido os ossos e estrangulado alguém. Mas, por fraqueza, sacrifiquei os meus próprios sentimentos, em todos os aspectos, aos sentimentos de Jansenius. Deixei-o ter o funeral que pretendia, apesar de pôr objecções aos funerais e à prática da sepultura. Consenti em que fosse construído um monumento, embora não haja, para mim, nenhum resultado mais amargamente ridículo da vaidade humana do que uns blocos erguidos para dizer à posteridade que uma qualquer pessoa, falecida nesta freguesia, nasceu, viveu e morreu, e que sejam suficientemente valiosos para que seja possível pagar a um pedreiro que estabeleça a distinção entre os seus ossos e os ossos de milhões de outras pessoas não registadas. Para satisfazer Jansenius, renunciei a essa objecção e apenas interferi para o salvar de ser espoliado e enganado por um intermediário desnecessário do West End, que, muito provavelmente, teria empregado exactamente o mesmo indivíduo a quem atribuí o trabalho. Nem sequer o epitáfio foi meu. Se eu tivesse levado a minha vontade avante, teria escrito: «HENRIETTA JANSENIUS NASCEU EM TAL DATA, CASOU COM UM HOMEM CHAMADO TREFUSIS, E MORREU NESSA OUTRA DATA; E AGORA O QUE IMPORTA O QUE ELA FEZ OU NÃO FEZ?» A noção geral veiculada no livro parece sustentar que tratei mal todas as pessoas envolvidas no assunto e que apenas consultei os meus próprios sentimentos, mas isso é precisamente o contrário da verdade.

Quanto à palhaçada que aconteceu em casa dos Brandon e que terminou com o meu casamento e também com o casamento de Erskine com as jovens que ali estavam de visita, só posso felicitá-lo pela determinação com que se empenhou em construir um romance a partir de tão pouco material. Não posso afirmar que me lembro de tudo exactamente como descreveu. A minha esposa declara categoricamente que não há uma só palavra de verdade sobre essa situação no que a ela diz respeito, e a Sra. Erskine recusa-se terminantemente a ler o livro.

Num ponto tenho de reconhecer que se mostrou um mestre da arte da ficção. O que Hetty e eu dissemos um ao outro naquele dia em que ela se encontrou comigo no meio dos arbustos no Alton College era conhecido apenas de nós os dois. Ela nunca contou isso a ninguém e pouco tempo depois eu já tinha esquecido tudo. Presto, portanto, a maior das homenagens ao engenho com que preencheu esse hiato e demonstrou o estado de coisas entre nós através de um discurso sobre a «mais-valia», plagiado de um relato imperfeito de uma das minhas palestras públicas e das páginas de Karl Marx! Se o senhor fosse um economista, condená-lo-ia por confundir as considerações económicas com as considerações éticas, e por causa da sua incerteza quanto à função com que o meu pai começou a sua carreira. Mas como é apenas um romancista, felicito-o vivamente pelo seu pastiche pouco inteligente, acrescentando, no entanto, que, enquanto relato do que realmente se passou entre mim e Hetty, é o romance mais louco jamais escrito. O filho do Wickens foi o mais perto que chegou da verdade nessa situação.

Em conclusão, permita-me que manifeste o meu desagrado por não encontrar melhor emprego para o seu talento do que a escrita de romances. O primeiro resultado literário da fundação do nosso sistema industrial sobre os lucros da pirataria e do comércio de escravos foi Shakespeare. Infelizmente, a miséria sórdida e o horror desesperado dos seus pontos de vista sobre o destino do homem continuam a ser de tal modo apropriados para a sociedade inglesa que ainda hoje consideramos que ele não é adequado apenas para uma época, mas para todo o sempre. Mas a poesia do desespero não sobreviverá ao próprio desespero. Os seus romancistas do século XIX estão muito aquém de Shakespeare. Não fique amarrado a isso, pois corre o risco de cair rapidamente no esquecimento.

Com os mais respeitosos cumprimentos,

SIDNEY TREFUSIS.